UNITY PRESS 團結出版社

图书在版编目（CIP）数据

大宋探花之飞刀问情 / 瘦影著. -- 北京 : 团结出版社，2017.6（2020.2重印）

ISBN 978-7-5126-5249-1

Ⅰ. ①大… Ⅱ. ①瘦… Ⅲ. ①长篇小说－中国－当代 Ⅳ. ①I247.5

中国版本图书馆CIP数据核字(2017)第127916号

出　　版　团结出版社
（北京市东城区东皇城根南街84号 邮编：100006）
电　　话　（010）65228880 65244790
网　　址　http://www.tjpress.com
E-mail　65244790@163.com
经　　销　全国新华书店
印　　刷　三河市京兰印务有限公司
装帧设计　成都天恒仁文化传播有限责任公司

开　　本　170mm×240mm　1/16
印　　张　25
字　　数　350千字
版　　次　2017年6月第1版
印　　次　2020年2月第2次印刷

书　　号　ISBN 978-7-5126-5249-1
定　　价　59.80元

第一章　引子……001

第二章……003

第三章……010

第四章……013

第五章……017

第六章……021

第七章……026

第八章……030

第九章……034

第十章……038

第十一章……042

第十二章……046

第十三章 …… 050
第十四章 …… 054
第十五章 …… 058
第十六章 …… 063
第十七章 …… 068
第十八章 …… 072
第十九章 …… 077
第二十章 …… 080
第二十一章 …… 084
第二十二章 …… 089
第二十三章 …… 096
第二十四章 …… 101
第二十五章 …… 106
第二十六章 …… 110
第二十七章 …… 116
第二十八章 …… 121
第二十九集 …… 125
第三十章 …… 127
第三十一章 …… 131
第三十二章 …… 136
第三十三章 …… 142
第三十四章 …… 147

第三十五章 …… 152
第三十六章 …… 158
第三十七章 …… 164
第三十八章 …… 169
第三十九章 …… 174
第四十章 …… 180
第四十一章 …… 185
第四十二章 …… 191
第四十三章 …… 196
第四十四章 …… 202
第四十五章 …… 206
第四十六章 …… 211
第四十七章 …… 214
第四十八章 …… 220
第四十九章 …… 226
第五十章 …… 231
第五十一章 …… 236
第五十二章 …… 240
第五十三章 …… 245
第五十四章 …… 251
第五十五章 …… 256
第五十六章 …… 262

第五十七章……268
第五十八章……274
第五十九章……279
第六十章……284
第六十一章……289
第六十二章……301
第六十三章……308
第六十四章……314
第六十五章……321
第六十六章……326
第六十七章……334
第六十八章……339
第六十九章……345
第七十章……348
第七十一章……354
信王番外……381
徐清之番外……386

第一章　引子

深夜，月明如水。

汴梁城内依然灯火通明。明天就是此次秋闱的殿试之日，仿佛这城里人人都没了睡意，整个城市都在紧张而忙碌着。

隔着皇城一条街的一家客栈里，李幼莹正坐在桌旁奋笔疾书，她的旁边，侍女银子正一脸焦虑地看着她。

银子没法子不焦虑，明天可是殿试啊！她家姑娘要是被皇上发现了身份那可是立马被斩首的事儿。“可是……姑娘，你明天真的要去？”

李幼莹放下笔，严肃地看着银子，“银子，记住了，从现在开始我就是少爷，你家大少爷李羽轩！”

听到大少爷几个字，银子的眼睛红了，低下头去。

李幼莹不再理她，继续看书写字。银子见状，默默地退了下去，去整理旁边的男装，眼泪终于忍不住掉了下来。

过了很长时间，房间里面灯熄灭了，只留下月光照在窗棂上。

房间里的李幼莹根本没有睡着，她的眼前又浮现了五年前她醒来那一刻见到的满屋子鲜血，和地上倒着的横七竖八的尸体，还有身边正在号啕大哭的双胞胎哥哥和侍女银子，从那时候开始，她的哥哥李羽轩就发誓一定要为自己家的满门血案报仇。

这五年里，她哥哥李羽轩变卖了家里的一切财产，带着女扮男装的她和银子隐居在了汴梁城外五十里的郭家庄。他们为了减少不必要的麻烦，都是以哥哥弟弟相称。李羽轩知道凭他之力，要报仇无疑是痴人说梦，只有发奋读书，去考取功名，当有一天他位极人臣之日，就是他报仇雪恨之时。

这五年里，李羽轩一路名列前茅拿下贡试，省试，直到……前天。

是的，前天，李羽轩在积极准备殿试的时候暴病身亡，死不瞑目。就在哥哥死亡的那一刻，李幼莹知道，为父母家人报仇的这条路，从此只有她一个人前行。她以李羽轩的名义对外宣称弟弟李幼莹暴病身亡……

明天，就是殿试。李幼莹眼泪流下来，从明天开始，她就是李羽轩，这世上再无李幼莹这个人。

第二章

殿试出乎意料的顺利，没有人对她有任何怀疑。所有人的目光都被榜眼苏轼给吸引住了，他的风采，几乎让整个朝廷为之疯狂。准确地说，是状元徐清之，榜眼苏轼，和她这个探花郎的风姿，让整个汴梁城为之疯狂。

从殿试到琼林宴，再到现在……看着黑乎乎的茅厕，李羽轩无语问青天。

还大家闺秀呢？还高官卿相呢，我呸！都把我虐待躲到这臭气烘烘的茅房里来了。

不过苏轼真叫一个风流倜傥，玉树临风。一米八几的个子，俊美无双的脸蛋，天生一双含情目，高挺的鼻梁，坚毅的嘴角，让人感觉如峡谷青松般冷傲，又如深谷幽兰般清淡，让她第一次看见他的时候都忍不住多看了他几眼，心脏漏掉了半拍。

可是人家有先见之明，赶考之前就已经结婚了。

李羽轩无聊地扯着耳边的几根头发，自己怎么之前就没想到这一点呢，早知道就不叫银子做书僮而让她做老婆了。这时候把银子那母老虎放出去，在街上随便咬死几个花痴，她哪会沦落到现在这模样？

一失足成千古恨！

状元徐清之也不错啊，儒雅聪秀，飘逸潇洒，人品一流。这些抓郎团的人为什么就盯着他这个第三名不放呢？打从昨天殿试后赴琼林宴回来，她就不敢回住原来的那间客栈了，远远望过去，那媒婆是里三层外三层排队等着呢，就等着她回去把他四分五裂，炖了，蒸了，煮了，然后吃个骨头都不剩。

可是这临安城内，现在要找个不认识她的人太难了，找个没人认识的地方那就更是痴心妄想了。他们三个人的名字，估计这几天城内的猫猫狗狗都听烦了，在造反呢。这不？外面那黑狗又在汪汪汪乱叫了。

前面传来了一阵脚步声和守门的书僮银子的声音，“你不能进去，我们家少爷在里面。”

一个温柔低沉的声音传过来，“小哥，我不上厕所，我就进去避一下，等后面的人走了，我马上出去。”听着声音就知道是个读书人。

不是又一个进来躲债的吧？真是苦了这满城的抓郎团了。李羽轩悄悄地靠近门口，从窗外望去，外面那个苍白羸弱的书生不是状元徐清之还有谁？此刻正苦着一张脸，焦急万分的样子。

哈哈！李羽轩大笑起来走进门口，“徐兄请进来吧！只是陋室太臭，怕辱没了状元郎的面子呢。”

见里面的人是李羽轩，徐清之一下子露出了笑脸，一步跨了进来，“李兄如此风采，都不怕臭，我又算什么呢？”

“我是久而不闻其臭了！”说罢，两人相视大笑起来。堂堂的状元郎和探花郎，居然成了同是厕所沦落人。

外面隐隐传来了嘈杂的脚步声和人声，两人互看一眼，同时停止了笑声。直到外面静悄悄的再也听不到人声，李羽轩才小心翼翼地问外面的银子道：“他们都走了吗？”

“暂时都走了，少爷。”

唉，李羽轩郁闷地摸了摸鼻子，这可得想个办法才行，这厕所也不是常待之地。先不说别的，要真待上一天，那还不得直接变成蛆虫爬出去？突然想起一件事情来，“徐兄，你不是尚未婚配吗？怎么也要躲躲藏藏的来避难？”

“李兄，我正想问你呢，你不也尚未婚配吗？怎么也要躲在这里来避难？”

“嘿嘿。”李羽轩干笑一声，“我有了婚约的，没拜堂而已，你呢？”

“我？尚无意中人，只是千金小姐，不敢高攀。宁愿得一小家碧玉，半拙半贤，一起读书习字，畅游于山水之间。”徐清之望着外面，随口答道。

“徐兄，人情练达即文章，徐兄就没想过找一高卿富贵人家，助自己一路青云直上？”李羽轩没想到贫寒出身的徐清之竟然是这想法，不由对他另眼相看。

“哈哈，李兄说笑了，徐某从未想过用攀龙附凤来毁了我读书人的骄傲。我们还是想办法先出去再说吧。”徐清之皱眉看着厕所里黑乎乎的地板，“我还真是佩服李兄在这里能待下来呢。”

“我啊，臭皮囊一副，配上这臭厕所也是相得益彰了！”李羽轩知道自己刚才那话问得突兀了，说着往外走去，“走吧，徐兄，咱俩换个香一点的地方待去。”

两人出了厕所，一路上跟做贼一样偷偷摸摸地转到了外城的护城河边。在河边找了个隐秘的地方坐下，徐清之望着远处大路上的人来人往重重地叹了口气，“昔日龌龊不足夸，今朝放荡思无涯。春风得意马蹄疾，一日探便长安花。东野先生此言，的确是入木三分啊！”

李羽轩望着坐在对面的徐清之俊朗却略显苍白的脸，此刻本应是兴高采烈的脸上居然有着一丝淡淡的忧伤。她微微有些诧异，故意笑道：“这话也就是你这状元郎发发牢骚罢了，此刻谁不羡慕你一日探便汴梁花？呵呵，你自己不去探，那也怨不得别人……”

听了他的话，徐清之也笑了起来，“探花不是你吗？难怪这汴梁城里的大家闺秀有一半儿是冲着你来的。你说你，不是辜负了这大好的美景良辰了吗？”

李羽轩枕着头靠上旁边的大树，望着徐清之，“看不出啊，徐兄，这几日里见你都是斯斯文文，沉默寡言，没想到也有想法这么邪恶的时候啊……”

“我吗？咳咳……”徐清之看着李羽轩脸上有些调皮和戏谑的微笑，看着他那双笑意吟吟的微微向上的丹凤眼，俊脸不自觉地一下红到了耳根，“我这不是跟李兄你现学现卖的吗？”

“我？我可是谦谦君子，从不说这些花间词话……哈哈哈哈。”李羽轩看着徐清之的窘样开心地哈哈大笑起来，“徐兄还请不要诬赖我！”

时间在两人的说说笑笑中很快就过去了。看着已经昏暗的天色和在秋风的凉意里衣衫单薄的徐清之，李羽轩摸了摸肚子，“我熬不住了，这里造反了，中午银子买的那烧鸡也不知道是鸡奶奶还是鸡祖母，咬得我现在这边脸颊还生疼。我们还是想办法先回城里去吧，我要好好地吃一顿了。”说完叫过身边的书僮，“银子，去前面看看还有没有抓郎团的人在。”

徐清之听完李羽轩说的话，待了一会儿对着他摇了摇头，“李兄，你还真是大俗大雅啊！”

“那是！这叫真名士，真风流。”李羽轩知道徐清之是在指她刚才的话过于粗俗，可是这粗俗如今是她的护身符。李羽轩苦笑一下，走过去在他的肩上一拍，“走吧，徐大状元郎，我请你去好好喝一杯。”

进了城，两人都不敢光明正大地晃到哪家酒店里去喝一杯。开玩笑，这可是关系到身家性命和一世清誉的事情，要是被那些无良的抓郎团的人看见了，徐清之还好，她这颗跟了她二十年的脑袋就会很快跟她说再见了。

徐清之当然没想到了她的心思，他只是担心他们两人被人认出来。两人站在一处黑暗的屋檐下，望着灯火阑珊的汴梁城都没有说话。

李羽轩的目光落到了前面一条街上的大红灯笼上，她知道那条街就是汴梁城里鼎鼎有名的花街，应试前她曾经在那里转过一圈，也刻意去听别人说过不少那里面的风流韵事。她知道是男人就逃不过这些地方的应酬，先知道一些事情也可以有备无患。

李羽轩看着身边的徐清之微微一笑，“徐兄，小弟之前答应你找个香的地方待去，现在我们就寻香去吧。”徐清之随着李羽轩的目光看到那片艳丽的红光，退了一步，看着李羽轩的眼神有些许疑惑，“李兄也喜欢那些风月场所？”

“走吧！”李羽轩知道像徐清之这种读书人自命清高。寒门学子，成功来之不易，自然是把名誉看得比生命还要重要。“权宜之计而已，不会让你把浮名换了浅斟低唱的。要不，你就在这儿待一个晚上吧，我不介意的。”话虽然这么说，李羽轩说完还是看着徐清之。要她一个人走进那里面去，她心里还真没底儿。徐清之虽然有些迂腐，但好歹也是个伴儿，就是放在身边做个摆设也能增加点胆气。

她突然发现自己看着徐清之的笑容也有些底气不足。不知道徐清之是不是也看出了这一点，犹豫了一下后突然露齿一笑，“走吧，咱们一起去。”

李羽轩听人说过，这条街上最里面的那个叫“品香居”的院子就是这汴梁城里最好的青楼，里面的姑娘个个琴棋书画样样都会，而且很多都是卖艺不卖身的。当然，你还得有足够的银子才能够进去。

李羽轩现在和徐清之就站在品香居的门口。品香居门口就挂着两盏大红的灯笼，站着一个迎客的龟奴。除了听到里面传来悠扬的琴声，竟然是听不到一点的嘈杂有喧哗。大门两旁挂着一副对联，上联是：此地有佳山佳水，佳风佳月，更兼有佳人佳事，添千秋佳话。下联是：世间多痴男痴女，痴心痴梦，况复多痴情痴意，是几辈痴人。横批：品香随意。

徐清之读着对联呵呵一笑，“好一个佳人佳事，添千秋佳话。这风月勾栏，也因这句话而变得清雅无限了。”

看见他们两个过来，里面的院子里转出一个扎着双环的小丫头，“两位公子请进！”

李羽轩瞅见后面又来了人影，拖着徐清之走进了院子里，“请姐姐前面带路。”院子不小，里面亭台楼阁，假山流水样样齐全。

小丫头带着他们两位转过院子，走进了一间灯火通明的屋子里。屋子很大，里面的陈设很是奢侈和铺张，不过色彩调和得很好，不会让人觉得俗艳和夸张。恰到好处地显示出来这里的富贵奢靡和雅致不俗。

李羽轩的目光刚从这房间里扫过，一个举手投足间风情无限的半老徐娘马上娇笑着迎了过来，“两位公子请进！小香儿，快上上好的香片！”

两人不用猜也知道这位就是这里的妈妈了，李羽轩还是不由自主地有些紧张，抿了下嘴唇，“妈妈客气。”

那妈妈是久经风月之人，一眼就看出眼前的两人是新客，笑着走过去挽上李羽轩和徐清之的手臂，把两人放到屋子中间的桌子上坐下，“两位公子，想找什么样的姑娘呢？”

“哦，我们就是闷了来听听曲的，妈妈为我们找一间清雅的上房，整一桌酒菜，再找位会弹琴唱曲的姐姐就是了。”李羽轩很快调整了情绪，对着那妈妈含笑说道。说完，从身上拿出了两锭足银，放到了桌子上。她知道在这个地方，只有银子说话算话。

妈妈笑嘻嘻地接过银子，“两位公子好福气，今儿正好有我们品香居的头牌姑娘闲着呢。”说完轻轻地拍了一下手掌，一个小丫头从屋子后面走进来，对着李羽轩两位深施以礼，“两位公子，请随我来。”

他们正移动脚步准备离开，听到屋子外面传来了一阵肆意的大笑，随着笑声，李羽轩看到那妈妈的脸色变了又变，最后变成了一朵花。

她觉得有些奇怪，回头往后面望去。

正好碰到一双瞪得圆溜溜的大眼睛正看着他。眼睛的主人看到他们，马上大叫起来：“状元郎！探花郎！”

这人，正是仁宗皇帝唯一的亲侄子信王爷。仁宗的弟弟信王赵祉的儿子。赵祉早逝，由他的儿子接了王位。

李羽轩看到他，听见他这一咋呼，马上两眼一闭万念俱灰。从小熟读《孙子兵法》的他，怎么就忘了“最安全的地方就是最危险的地方”这句古训呢？

一旁的徐清之见是信王，不敢懈怠，马上走过去见礼，“下官徐清之见过王爷！”

“呵呵！”信王挥退两边的手下，“外面守着去！”上前扶起徐清之，“状元郎不要多礼，这里不是朝堂之上，不要扫了大家的兴致。”说完看着还待在那里的李羽轩笑道，“怎么啦，探花郎，不愿意看见本王吗？”

李羽轩听见此话，马上把自己从神游里拉回了现实，从嘴角扯出一个微笑，“下官参见王爷。不知王爷驾到，有失远迎，还请恕罪。”

“哈哈哈……”信王大笑着走到桌子边坐下，“怎么样，昨天晚上本王对你说的话可想好了没有？”

李羽轩本想在这烟花靡靡之地，信王不会这么快想起这事才对，混过了今晚，明日朝堂听封之后，再想办法也不迟。

不料信王马上就开始进入正题，连叫姑娘的事儿都忽略了。他知道今晚上是混不过去了，只得挺直了腰背上前答道：“下官蒙王爷厚爱，本当肝脑涂地，万死不辞，只是家中已有未婚妻，还请王爷不要陷下官于不情不义不信。此事，万难从命。”

第三章

房间里一下陷入了沉默。

李羽轩低着头都感觉到了信王的目光正在炯炯地盯着她，那犀利的目光仿佛要把她层层的剥开了看个一清二楚。她知道昨天晚上的琼林宴上，信王就对她产生了极大的兴趣。当今的信王爷有断袖之弊，这是天下人都知道的秘密。

不过昨晚，还真是这信王爷给她解了围，不然她今天可能就不是待在茅房里，而是待在牢房里了。明眼人一看都知道昨晚皇上有意把卫国长公主的小女儿福安公主许配给她。就在她急得无计可施的时候，一直在打量她的信王爷走到皇帝身边，大包大揽地把这事给揽了下来，皇上才没有在宴会上赐婚。

信王身边，久经风尘的妈妈见到这情形，心里也猜到了个八九不离十，她可不想在她这品香居里发生什么事情，影响到她品香居的名誉。看着信王不说话，她摇身走到李羽轩身边，夸张地笑道："哎哟，这两位就是状元郎和探花郎啊，我可是听坊里的姑娘们议论，说两位都是俊俏得如花儿一般啊，生生儿的把我这里姑娘们的魂儿都给勾走了。香儿，去绣楼把姑娘们都叫出来，就说信王爷和状元郎还有探花郎今儿都来了咱们品香居，大家都出来热闹热闹。"

李羽轩听到妈妈的话，马上松了一口气，知道今天这一劫算躲过去了。信王不至于在这品香居里和老鸨翻脸。抬起头来，正对上信王对她似笑非笑的眼神。

她被这眼神看得激灵灵地打了个冷战，本想再说几句拍马屁的话，也噎在喉咙里生生地吞了下去。还好徐清之看出了她的窘状，对着信王做了一个请的手势，跟着妈妈往楼上的包厢走去。

李羽轩嘘了口气，跟在他们后面走去。很快出来了一群姑娘，大家推推搡搡的在包厢坐下，姑娘们敬酒的敬酒，弹琴的弹琴，看样子都是信王的旧识，很快就把信王的注意力从他身上转了开去。

徐清之也被两位女子包围着，他正端着一杯酒喝也不是，不喝也不是，本来有些苍白的脸上涨得通红。

李羽轩让过身边的女子，在徐清之跟前坐下，“徐兄，你这样也太不给美女们面子了，来来来，美女们，我来陪你们喝，就不为难状元郎了。”说罢伸手握住敬酒女子放在徐清之肩上的小手，夸张的大声叫道，“哇，姐姐你这手真是肤若凝脂，润如珠玉啊！小生这样摸着也销魂摄骨啊！”

“哈哈哈……”那边的信王大笑起来，“探花郎，品香居的姑娘可是只能摸摸的，你可不能存有二心。”

李羽轩成功把徐清之身边的姑娘吸引到了自己身边，也哈哈假笑了两声，“小生对这里的姐姐都仰慕得紧呢，哪敢存什么二心呢？只是姐姐们太过风流别致，情不自禁而已，哈哈，情不自禁而已。”

“是吗？为什么本王看你，竟然比这里的姑娘还要风流别致呢？”信王拂开身边的姑娘，走过来抱住李羽轩的肩膀，低头在她的脖子间闻了一下，“好像还很香呢。”

李羽轩知道碰上了这么一个王爷，实在是流年不利，既然避无可避，就只有从容面对了。她展颜一笑，拉开信王的手，“王爷，下官虽然出身山野，却也知道士可杀不可辱，您说呢？”

“我说，我这眼睛阅人无数，我这个人也是在脂粉堆里打滚出来的，特别会识男子和女子，你信吗？”信王干脆倚着一个姑娘坐了下来。

“信！”李羽轩心里咯噔一惊，被信王的这几句话镇得身体一僵。赶紧说道，“王爷雄才伟略，大智大勇，下官当然信了。”

千穿万穿，马屁不穿。但愿这话在这里也是真理。

果然，信王纵声大笑起来，一屋子的人都笑了，就连徐清之都在一边忍俊不禁。几个姑娘娇笑着围上李羽轩，“探花郎，你真是好口才啊，来，陪姐姐们喝几杯，姐姐对你这可人的小嘴爱得紧呢。”

这里的姑娘嘴上虽也说些黄段子，但喝酒还是很规矩的，并没有谁来对他们上下其手。徐清之不喝酒，和几个姑娘聊起了柳景庄（柳永）的词。

喝花酒的时间一晃而过，李羽轩正在庆幸今晚躲过一劫，喝得醉醺醺的信王站了起来，指着一个一直在弹古筝的女子，“海棠，你今晚陪探花郎。本王要休息了，你们也休息吧。”

那个叫海棠的女子眼神慵懒的扫过李羽轩，低首答道：“是，王爷。”

李羽轩知道所谓的卖艺不卖身那是针对一般人物而言，不包括像信王爷这样的大腕。她看向那海棠，只见她容长脸儿，眉如远黛，目如秋水，只有那慵懒的眼神里，透出一丝疏离与冷漠。

她在信王的注视下走向海棠，“姐姐请！”

第四章

信王的嘴角不由自主地露出一丝戏谑的微笑，不过李羽轩并没有看到，她正在咬牙腹诽这个有特殊爱好的，整死人不赔命的王爷。

不过她对这个意外情况也并不那么担心，这些年来，比这更意外的情况都被她支撑过去了。

她随着海棠走进绣房，房间里弥漫着一种淡淡的清香，沁人心脾，李羽轩本来绷紧了的神经也在这香气里慢慢松懈了下来。她在起居间的椅子上坐下，深深吸了一口，忍不住赞叹道："姐姐，单单坐在你这绣房里，闻着这香气，就可让人欣然欲醉了，不知姐姐这用的是什么香料？"顾左右而言他，这是打破死局，把握主动权的第一招。

走进绣房，海棠早已经收起了在外面的笑脸，看着李羽轩坐下，叫小丫头捧上茶，就自顾自地走进了里间，听她这么说，淡淡地回道："这是苏公子给奴家配的香料，公子喜欢，就多闻几次吧。"

"哪个苏公子？"

"苏轼。"

"哦！"原来是他！

看着海棠对自己的这个冷淡劲儿，李羽轩原来以为这只是品香居姑娘的冷傲而已，没想到是珠玉在前，跟苏轼的翩翩风采比起来，她就是那上了霜的瓦砾，怎么看都是灰的。

这样想让她的心里很有点酸溜溜的不舒服，苏轼居然会跟这个女子有一腿——，而她，进来后一直就坐在里间，没正眼瞅过她。她长得也不差吧？有必要这样打击人吗？虽然是个假冒伪劣，但是假冒产品也是有自尊心的。

亏他的词写得那么好，亏他的画画的那么好，亏他还那么出尘脱俗，亏他还那么伟岸帅气。她使劲地揉了下鼻子，果然是眼见为实，耳听为虚，别人嘴里的东西都经不起实践的证明的。

她想起被他叫来的徐清之，不知道那个迂腐的老学究被哪个姑娘拖了进去。要是今夜在这里被哪个姑娘强行嘿咻嘿咻，他还不把她当仇人恨死。她和徐清之除了今日两人共同逃避抓郎团，之前并没有太多的交往，但是不知道为什么，对于徐清之，她心里有一种莫名的亲近感，他们两个，算同是天涯沦落人吧。那河边柳树下的相顾一笑，她的心就在他的羞涩的笑容里温暖了起来。仿佛有一种淡淡的相知与相惜，弥漫在了两人身边。

她站起来，对着里屋说道："海棠姑娘，小生冒昧，打扰了姑娘清静，请姑娘相信，这只是信王的意思，小生并无意冒犯姑娘，还请姑娘另外找个地方给小生休息吧。"

一会儿，小丫头抱着一床锦被走了过来，把被子交到李羽轩手里，"姑娘说了，你今晚不能出去，就在这儿躺一晚吧！"

"啊？"李羽轩接过锦被，"一床被子，我怎么睡？睡地上？"

小丫头俏生生的摔了个华丽丽的后脑勺给她，装作没听见他的话。李羽轩叹口气，真是人以类聚，算了，就在这凳子上凑合一夜吧。不行，还是得去看看徐清之咋样了，不然良心不安，得把他从水深火热里救出来才行。她看了一眼里屋，里面已经没了动静，她轻声放下被子，踮脚走了出去。

外面依旧灯火通明，欢声笑语，与里面是两个世界，李羽轩走到楼梯口，看见妈妈还坐在大厅里。她走过去，对着老鸨微微一笑，"妈妈还不休息啊？"说着从荷包里拿出一张一千两的银票，"这些够今晚我们三人的花费吧？”

老鸨可能没想到李羽轩出手这么阔绰，看清了银票上的数字，待了一下才接过，“够了。”

“那就好，请妈妈把状元郎叫出来吧，我还有事情找他。”李羽轩虽然她父母兄弟都死了，但是他们还是留了大笔的财产给他，都说三年清知府，十万雪花银，这话一点都不假，她那当了十多年官的父亲留给了他二百多万两的家当。当时的灭门惨案，那些人一点都没动李家的财产。这也是李羽轩一直想不通的问题，所谓谋财害命，为什么会害命不谋财呢？她也知道这个案子朝廷查了几年，也不了了之了。

很快，徐清之跟着一个姑娘走了过来，李羽轩打量了一下他整齐的衣着，忍笑挑了挑眉毛，“徐兄，没打扰你快活风流吧？”

她如愿以偿的看到徐清之又涨红了双颊，瞪着眼睛望着她。她嘿嘿一笑，赶紧过去拍上他的肩膀，“走，到我房间里。”又对着老鸨一笑，“明天信王若是问起，妈妈什么也没看见吧？！”

老鸨笑呵呵的挥挥手，“这个自然，状元郎只管自去。”

李羽轩靠近徐清之的耳朵，低声笑道：“我够朋友吧，特意来救你出狼窝的。”没想到她这话一出，看到徐清之连颈根都红了。

她诧异地盯着他，“你不是吧？真被我说中了？被女人吃豆腐啦？不是，是被女人欺负啦？”

徐清之甩开她放在他肩上的手，半晌才说道：“李兄胡说什么？我是被你……你找我就为这个？”其实他也不知道自己为什么会如此紧张，可是，刚才李羽轩靠在他的耳边，他怎么感觉她吹气如兰，好像还有隐隐的清香？那身体，也不像男人那么硬实……呸！他狠狠地啐了自己一口，他一定是被这里的女人搅浑头了，产生的幻觉。

李羽轩把他拉进海棠的绣房，“徐兄，今晚你就陪我在这里坐一晚吧！”

徐清之见李羽轩并没有和海棠在一起，还叫自己来陪他，心里莫名的放松了下来，反唇讥笑道："李兄，这就是你的不是了，都说金榜题名时要配洞房花烛夜，你找我来凑什么热闹？不行不行，我不要在这里。"说罢佯转身离开。

李羽轩摊开手，"如果你不怕外面有女人把你吃了，我不介意。"看着徐清之顿住了脚步，她从房间里的书架上拿出一盘五子棋，"徐兄，漫漫长夜，陪我下棋吧！"

徐清之也不是真要走，两人便坐下来开始有一搭没一搭的下棋，李羽轩也不知道自己是怎么睡着的，醒来的时候发现自己包裹着棉被伏在桌子上，徐清之已经不见了踪影。

第五章

李羽轩伸了个懒腰，挪开被子站了起来。看看窗外，还只有微微的曙光，她应该只是伏在桌上打了个瞌睡而已。这个时候，徐清之哪里去了？

她身上的被子是他给盖的吧？

她看看里屋，寂静的没一点声息，她再对着烛光看铜镜里的自己，一脸疲倦，眼睛都仿佛凹了进去。唉，她叹了口气，赶紧找到徐清之回客栈是关键，今天还要上朝听封呢。

整理了一下衣服，再抚顺了一下头发，她开门往外面走去。走到外面的院子里，看到徐清之正围着假山在跑步，瘦削的身影在早秋的凉风里有一种说不出来的萧素。

看见李羽轩出来，徐清之跑到了他身边，“李兄就醒来啦？”

李羽轩拍了拍身上的长衫，问道：“徐兄昨晚一晚没睡？”

“呵呵。”徐清之笑道，“我见李兄睡了，也跟着眯了一下，怎么办？我们先走还是……？”

“先走吧！”

“嗯。”

李羽轩回到客栈，银子已经跳着脚丫在等她了，见他此时才回，忍不住埋怨道：“少爷，你也太大意了，居然一宿不归。害奴婢等了一晚没睡。”

李羽轩呵呵一笑，“快点帮少爷我把水打进来，等下还要去上朝呢。”

金殿上，她，苏轼，徐清之并排而站，躲过了昨日的榜下捉婿，三人这一重聚，都忍不住相视一笑。

她和苏轼一起，被封为大理寺少卿，签凤翔府。徐清之入秘书监。散朝后，仁宗留下他们和信王赵蕴，御书房议事。

信王闻言，眼神暧昧地看向李羽轩，见到信王这般模样，李羽轩知道一定与前晚的赐婚有关系，抬头回给他一个笃定的微笑，皇帝可以赐婚，她可以抵死不从。

仁宗皇帝以仁孝治国，应该不会因此事鞭杀大臣。何况前有今科恩师欧阳修，后有开封府尹包拯，都是刚正不阿之人。她之所以敢赌，就是因为她知道自己处在一个政治相对清明的时代，只要不暴露她的女儿身，她就可以保自己性命无忧。

三人跟着管事太监走进御书房，发现卫国长公主也坐在一旁，李羽轩看这势头，过这一关，好像有点难度。

果然，见他们进来，仁宗就问赵蕴："爱卿前晚答应朕的事情都怎么样了？"

信王上前一步，"禀万岁，微臣已经调查清楚了，李大人家中已有妻房，不合公主的选婿要求。"

李羽轩悄悄松了口气，这信王，倒也不是落井下石的小人。

仁宗转向李羽轩，"李爱卿？"

她赶紧走向前，"万岁，王爷说的都是实情，微臣家里有已故父母给微臣指腹为婚的妻子，只是尚未拜堂成亲而已，请万岁明察！"

"那你怎么在资料里填尚未成婚呢？欺君罔上，可是死罪。"仁宗看向卫国长公主，脸色阴了下来。

李羽轩咚咚咚磕了三个响头，"资料里要求填写已婚还是未婚，微臣怎敢乱填，实是有婚约而未成婚。万岁乃天下至仁至孝之君，还请万岁成全微臣的一片孝心。微臣福薄，不能孝奉双亲于膝下，这是父母遗愿，微臣不敢违拗。”

仁宗看着他，唏嘘了一下，抬起了手，“爱卿平身，既然如此……”转天向卫国公主，“皇姐，此事就算了吧！”

李羽轩站起来，想起哥哥，不由得悲从中来，眼泪顺着眼角止不住地流。

旁边递过一块白色的手绢，他伸手接过，“谢谢！”

卫国公主见李羽轩这等模样，只得叹了口气，“我家福安在琼林宴上偏偏就相中了李大人，罢了，罢了，皇上，状元郎不是也尚未婚配吗？”

徐清之扑通一声跪倒在了殿中央，“长公主厚爱，微臣愧不敢当！”

卫国公主见徐清之也有推脱之意，不由得有些恼怒，“什么愧不敢当？难道堂堂的福安公主还配不上你吗？”

大殿里陷入沉默。

李羽轩没想到自己推脱开了，却让徐清之当了替罪羊。眼看仁宗就要开口说话，怎么办？她本来一直压抑着自己没有哭出声来，此刻脑筋一转，哇的一声大哭，扑倒在了地上。

宫殿里的众人果然都把注意力转移到了她的身上，她知道自己这样冒犯龙颜，也拖不了太久时间，大哭三声，叫道：“父亲！母亲！”便装作悲痛欲绝的样子，把头伏到地上，晕厥了过去。

她之前那伤心饮泣的神情可是看在他们的眼皮子底下的，此刻这一招，她想别人也看不出来。她伤心过度，伤心欲绝，反正她就这么，必须这么晕过去。

她感觉到殿内有人惊呼，紧接着，一双大手抱住了自己，听见仁宗皇帝在宣叫御医，然后听到外面有人禀报：翰林大学士欧阳修觐见万岁。

然后听到欧阳修进来，然后御医进来，然后她被人抱了出去。

她已经尽力而为了，徐清之到底会怎么样，只能他自求多福，阿弥陀佛了。她不知道自己被谁抱着，感觉自己的脸正靠在一个结实的胸膛上，带着淡淡的男子的体香的衣服摩挲着她的鼻子。

她偷偷眯开了一点点眼睛，看到前面一片紫色。

呜呼一声，她彻底晕死。她和徐清之，苏轼三人都是红色的官服，只有信王是紫袍玉带。怎么会是这个魔鬼加魔爪来抱住她呢？

李羽轩额头上渗出了冷汗，这可是有断袖之癖的男人，一个男人抱个男人，还抱得这么暧昧……他可千万不能看上自己这只假凤凰啊——，当时苏轼不就站在她他身边吗？他为什么不出来英雄救美？苏兄啊，你的人为何这般冷酷无情呀呀呀呀。

还好他抱着她走得并不远，李羽轩很快就被放到了一张床上，很快太医就给他诊完脉，说她是痰浊蒙窍，并无大碍。

她正在思索下一步醒来怎么面对前面这个人，却又毫无征兆地被他抱起，放入了一辆马车之中。

第六章

马车一路平稳地驶出了皇宫，又行驶了一阵才停了下来。李羽轩感觉身边的那人又向她俯身下来，赶紧睁开了眼睛。

睁开眼睛，正好对上信王近在咫尺的那张年轻飞扬的脸，她吓了一跳，大叫一声往后退去，“你要做什么？”

“什么做什么？”信王见她醒了，讥笑的抬抬眉毛，坐直了身体，“我不过是好心把你从皇宫里救出来而已。”

“咳咳。”李羽轩赶紧坐好，偷偷描了一下自己的衣服，还好，该遮的地方都遮着。她掀开车帘，发现马车正停在信王府前面。

见马车停下，马上有两个小厮过来扶他们下车。李羽轩避开小厮，自己跳了下去。发现信王看她的神情始终带着一丝说不出戏谑。

见信王被小厮搀扶着下了马车，李羽轩抱拳说了声谢谢就要离开，信王抬头看着自己信王府的牌匾，“李大人不觉得住在小王这里才是你最好的选择吗？”

李羽轩想也没想赶紧摇头，“王爷厚爱，下官还是住自己寒舍的好。”

信王把目光收回来，看向李羽轩，“是啊，我怎么忘了皇上都赐了府邸给你们呢？不过，李大人，本王有一句忠言想和你说，李大人是听还是不听呢？”

“愿王爷赐教！”

“李大人，以后在众目睽睽之下少流点眼泪，男儿流血不流泪，你今天这样自己伤了身体不说，还很让人怀疑呢。”

“下官谨记王爷教诲。”

信王继续缓慢说道：“李大人少年才子，朝堂里有多少眼睛看着呢，为官之道，首在自保，重在变通，李大人做事可不能再书生意气。”

这话什么意思？李羽轩神情一紧，看向信王，却发现他的目光正落在他自己脚下，并没看他。这话……好像话里有话……难道他看出来了什么？他的假晕厥，还是他的假身份？李羽轩不敢在信王身边多待，“谨遵王爷教诲！下官告辞了。”

这个信王简直就是一只狐狸。短短的几次相交，李羽轩每次看见他都想逃。

回到客栈，李羽轩还兀自在想着信王的话，直到银子进来说有人找她。

她要银子把人叫进来，却是徐清之和苏轼来看望他。原来恩师欧阳修的及时赶到，替徐清之解了围。两人记挂着李羽轩，知道她回了客栈，便相携而来。

两人见他没事，都笑道：“李兄，你刚才可是吓到我们了。”

李羽轩嘿嘿一笑，没有回答。

徐清之皱眉道：“两位仁兄都在大理寺任职，以后就能朝朝相处，切磋诗词了，只有小弟一人在秘书监，以后你们可要多来找我聊天。”

苏轼正在看李羽轩摆放在桌子上的书，听此话笑道：“你的诗词都是聊天聊出来的吗？那好，我知道一绝好的茶楼，我们现在就去喝茶聊天，看徐兄能聊出些什么好文章。”

李羽轩正不想他们在他的房间里多待，听此话马上附和：“我也正有此意，走，今日我请客，咱们三个确实也该好好聚一聚了。从殿试到现在，我还没和苏兄说过几句话呢。”

三人说走就走，苏轼把他们带到一个毫不起眼的巷子深处，门口栽着几株翠竹，雕金的门楣两旁刻着：一杯永日醒双眼，草木英华信有神。一个灯笼从围墙里斜挑出来，写着一个大大的茶字。

三人走入院子，院子里的小厮认得苏轼，见他进来，马上堆起笑脸把他们带到一个三面环水的小花厅，不一会儿，两个茶女带着茶具袅袅婷婷的来了。

苏轼叫她们放下茶具，“这里不用你们伺候了，只管上最好的水就是。”

李羽轩笑道：“苏兄，小弟只会喝茶，可不会烹茶。”

苏轼自是去摆弄那些茶具，“不急，你等着就是。”李羽轩看着苏轼把茶具备好，开始取火烹茶，他的手白皙而修长，指节微屈，贴在紫色的茶具上，那感觉，就如同在温柔的抚摸情人。这样的手，真想摸摸……

李羽轩莫名的脸一红，她来到这里五年，差不多把自己整成了一个真古人。是的，当初醒来的那个李幼莹并不是真正的李幼莹，而是一个来自二十一世纪的灵魂，这些年里，她把自己活成了李幼莹，然后……是李羽轩。

苏轼也感觉到了李羽轩的目光，抬头说道：“李兄好像对烹茶很感兴趣啊，要不要我教你烹茶之术呢？”

不，我只是对你有兴趣而已。李羽轩转开目光，“小弟懒散疲怠，还是喝现成的好，呵呵呵。苏兄不要理我。”

“是吗？”苏轼哈哈大笑，“我怎么感觉李兄对我有点刻意的疏离呢？”

“当然，你是有老婆的人，我自然不能和你走得太近。”

“恩？”苏轼不解地望向他，“这和我家夫人有关吗？”

李羽轩知道自己一时口顺，说漏口了，赶紧嘿嘿一笑，“苏兄，你这人就不厚道了，非要我把实情说出来吗？如果我说是因为苏兄的文采风流，让我嫉妒了，你信也不信？”

“信！”

“嗯？”

“李兄都这么说了，我还会不信吗？哈哈哈哈。”

看着苏轼肆意张扬的大笑，李羽轩瞬间有些恍惚：他原来是这么爱笑的吗？他的笑容原来是这样的阳光，无拘无束，甚至调皮的有些像小孩吗？这样的笑容只能在他意气风发年轻的脸上吧，当他经历了乌台诗案，当他被朝廷一贬再贬，他是否还会有现在这样洗手烹茶的心境？

想到这里，李羽轩的心里有些心疼，这个男人，这样的风采才情，原就是属于这繁华之内，茶香之中的。他只要不那么孤傲，他只要不那么坚持实事求是，他只要圆通一点点。

茶泡出来了，苏轼递过一杯给他，“尝尝。”

小小的紫砂杯，透亮如翡翠般的茶水，李羽轩接过一口喝了下去：罢了罢了，我想这些做什么？我只是个历史的过客，自己的生死尚不知道，还有什么闲心来管别人呢？

她把杯子退还给苏轼，却发现旁边两人都瞪大眼睛在望着她。哦，她刚才一口把茶喝了，是不符合品茶的游戏规则。她对着他们挑了挑眉毛，走过去又倒了一杯，再一口喝下，“我渴了，你们有什么要说的吗？”

徐清之见识过李羽轩的大俗大雅，摇摇头，“没有。”

苏轼却是摇头再摇头，然后哑然一笑，“我要是知道自己带了一头牛来，就煮些普洱就好，何必浪费这极品的毛尖呢？”

“牛也好，兔子也好，喝进去了就没浪费。好吧，我再来一杯慢慢品尝。”李羽轩伸手去拿茶壶，苏轼却早她一步把茶壶拿起，“没你的份了，剩下的，是我和徐兄的。”

李羽轩看着他那动作纵声大笑，“苏兄果然小气。”

苏轼等李羽轩笑过，也微笑着道：“李兄现在既然能够如此大笑了，就请把我的东西还给我吧？”

李羽轩不可置信地张大了嘴巴，“我说你小气，你还真这么小气？茶我已经喝下去了，出不来了，没的还。”

苏轼再也忍不住噗哧一笑，“李兄，我说的是我的手绢。”

“你的手绢？”原来那条手绢是他的？她望向徐清之，徐清之点点头。

李羽轩把手伸进袖袋，啊呀一声叫了出来，“糟了，那手绢丢宫里了。”

第七章

见李羽轩那焦急的模样，苏轼又忍不住低首摇头，“李兄，不就是丢了条手绢吗？没必要这么大呼小叫吧？”

李羽轩捏捏那好好的躺在袖袋的手绢，苏轼的东西哎，怎么能还给他。当下把手拿出来，遗憾地摇摇头，“怎么这银子不丢，单单丢了苏兄的手绢呢？可见我是个俗人，怎么都免不了俗。”

“哈哈！”苏轼过来拍上他的肩膀，“李兄，我就喜欢你这风趣劲儿，咱身边太多了一本正经的老学究了，其实做学问，做的就是一个心旷神怡，济世救民，谁管他那么多的条条框框呢？”

徐清之也在一边笑道：“苏兄这话说对了一半，既要济世救民，自然要遵从官场的定律，要是没有个平台，你最大的学问，也只能问鼎山林，那不平白的浪费了苏兄的豪情壮志？”

唉，苏轼长叹一声，正要说话，外面传来清脆的巴掌声，一个浑厚爽朗的声音随之传了过来，“兄台这话说得对，纵有满腹才情，若不懂得入官场的条条框框，那也与白丁一般无二。”随着话声，一个穿着墨绿色长衫的男子走了进来。

看见那男子，苏轼赶紧放下茶具迎了上去，“介甫兄！”男子呵呵一笑，“子瞻兄，你又在用你的那套理论毒害小朋友？”

“哪里，我只不过发发牢骚而已，这不，正被这位徐兄批得体无完肤呢，又偏偏被你听见了。”苏轼给男子泡了一壶茶，“我给你们介绍一下，这位就是天下闻名的大才子王介甫，王安石。”

王安石？李羽轩一怔，虽然知道前面这人就是鼎鼎有名的王安石，脑海里却不由得浮现出她当日醒来时，看到父亲李知府手下压着的一个血书的王字。

她知道这个王字，就是她找到当年那场血案的线索。虽然她已经不是他真正的女儿，但当时的悲惨景象让她义愤填胸，发誓要为李知府一家报仇雪恨。

其实，她当初只想跟在哥哥的身后，来见识一下北宋这个时候的名人，这时的北宋，正是苏轼，苏辙，王安石，晏几道等人指点江山，激昂文字，意气风发的大好年华。哥哥……李羽轩摇摇头，摆脱了这突如其来的伤感。

徐清之已经上去拜见了王安石，彼此说了些相见恨晚之类的话。

苏轼显然和王安石很熟络，他叫外面的茶女换了一套茶具进来，重新开始烹茶。王安石看向李羽轩，“这位是？”

李羽轩赶紧抱拳道：“小生李羽轩，拜见王大哥。”

“哈哈哈……”王安石大笑起来，“原来今科的三魁都在这里啊，我何其有幸。”

苏轼也笑道：“大哥，你哪天回的京师？也不派人告诉我一声，我好给你接风啊！”

“回来好几天了，你一直忙着应试，我就没告诉你。”王安石挨着苏轼坐下，看着他捣鼓着那些茶具，“可惜苏兄雅兴，偏偏碰到我这粗犊子。没的浪费了你的好茶。”

苏轼嘴角动了又动，看得出是在强忍笑意，最后还是忍不住扑哧一声笑了出来，指着李羽轩，“大哥，真正的牛犊子在那儿呢。”

李羽轩嘿嘿一笑，不以为意，“俗人自有俗人的快乐，王大人，京城里姓王的官儿多不多？”

“姓王的？多大的官？你问这个做什么？”王安石随口回过她，有些奇怪她的问题。

“我也就随便问问，呵呵，那天在福泰酒楼看见一首诗，写得极好，上面署名王敏，是太常寺的王大人吧？”李羽轩挑出话题。

“这京官里姓王的，四品以上的文官有五个，武官好像有两个。不过文采虽好，和苏兄比起来，也是月亮和星星的区别。”

李羽轩刚想说话，外面又传来一阵爽朗的笑声，“呵呵哈哈，你们都在这儿啊？”接着一挑门帘，进来一个剑眉朗目的男子，双眉炯炯，嘴噙微笑，腰间别着一把佩剑。一看就是公门中人。

王安石见此人进来，也笑道：“苏兄的茶香果然风靡京师啊，连展兄都来凑热闹了。”

男子扫了一眼屋内的四人，眼里微微有些惊奇，嘴里依旧笑道：“我哪里是来凑热闹的，是大人见你出来这么久，都没回去，叫我出来看看的，我一问这里的小厮，知道苏兄也在这里品茶，就知道你一定是奔这里来了。”

苏轼放下茶具，“包大人今儿也在这儿吗？”

“呵呵，包大人不在这儿，王大哥又怎么会在这里呢？他现今可是开封府的判官。还有一个人也在这茶楼里……”

“谁？”四双眼睛一齐望向他。

李羽轩听他们说展兄，又听他们说起包大人，知道眼前这男子就是传说中大大有名的展昭了。

展昭也注意到了李羽轩，他作为神捕，目光何等犀利，直觉到这人的目光不像男子，却像一个柔情四溢的姑娘家，如果是姑娘家，却为何一副男子装扮，出现在这大庭广众之下？他看向王安石，手却指着李羽轩，“这位兄台是？”

李羽轩看到展昭怀疑的目光，心里一惊，知道自己一时大意又失态了，赶紧抱拳回道：“小弟李羽轩，见过展大侠。”

“李羽轩？”展昭剑眉微皱，“你是今科探花郎李羽轩？”旋即哈哈大笑，“难怪外面传闻探花郎俊美如潘安，就是有些过于文弱，有点娘娘腔，今日一见，果然名不虚传啊！”

李羽轩脸皮再厚，也被这话说得满脸通红，这个展昭，还真直接啊——

王安石见李羽轩尴尬得不知怎么接话，马上接过了话题，“展兄，你来这里找我做什么？”

“欧阳大学士也来了，大人叫你进去呢。”

“什么？恩师也来了？”王安石提高了声调，“你怎么不早说？苏兄，徐兄，李兄，恩师来了，你们也一块过去吧！”

三人点头，跟着王安石往廊上走去。转过一道长廊，是一个小小的清舍，展昭伸手做了一个请的手势，“就是这里了。”

李羽轩走在最后，跟着他们走了进去。她很想跟展昭套点近乎，刚才被他那么一说，又不知这近乎从哪里下手了。这展昭，好像不大待见她这个娘娘腔。她已经尽量把声音压得很低沉了，还是被人说成娘娘腔，悲剧啊——

屋内一左一右坐着两个人，一个须发皆白，一个身材肥胖。

身材肥胖的那人李羽轩认识，正是她的恩师翰林大学士欧阳修，今科进士的主考官。那个须发皆白的人一定就是包拯了。

来到这屋里，王安石，苏轼依旧是话题的主角和明星。徐清之不爱说话，坐在一旁默默微笑喝茶，她坐在徐清之身边，考虑着怎么才能吸引他们的注意力。

她的前程和家仇，都在前面坐的这几位手里捏着呢。

第八章

她见他们一直在谈茶学，桌上的茶点已经不多，微笑着站起来走了出去，不一会儿，她带着小厮端着八碟茶点走了过来，都是京师含罕有的名品，价格不菲。

王安石呵呵一笑，“看吧，我把李兄叫过来是多么明智的选择，都说李兄为人豪爽，一掷千金，果然名不虚传啊！”

李羽轩嘿嘿一笑坐下，“王大哥，你这是沾了恩师和包大人的光了，平日里想孝敬恩师，也找不到什么借口，今日正好一偿心愿。”

“呵呵呵呵。”欧阳修从苏轼身上转开目光，看向李羽轩，“越吾（李羽轩给自己取的字，反过去念就是吾越，表示吾是穿越过来的），上午之事，是你派人来通知老夫的吧？”

李羽轩茫然地摇摇头，“什么事？我没有啊！”

“不是你派人来告诉老夫，你在上书房有难？”欧阳修也觉着奇怪，那会是谁呢？目光扫过苏轼和徐清之，两人都摇摇头。

李羽轩心中亮光一闪，想起信王在他府门前说的话，“可能是信王爷。”

欧阳修神情一整，“是他吗？”

包拯在一旁点点头，“有可能，信王爷这人虽然风流成性，却也不昏庸。”

只有展昭笑道：“被信王爷看上，也不是什么好事，李兄以后要多加小心才是。”李羽轩领教了他的口无遮拦，知道他说的就是传闻中的信王爷的断袖之癖了，便也回他一笑，“多谢展兄提醒。”

王安石提起茶壶，给每人斟满，“来来来，大家喝茶，闲聊而已，不谈国事，大家来填词怎么样？”

李羽轩摇手，“我就不来了，今天折腾了一上午，脑袋都折腾成糨糊了。”

包拯站起来，“府里还有公事要办，我也要告辞了。”

看着展昭和王安石也同时站了起来，李羽轩忙问道：“展兄，我要想找你，怎么找？”

“你去开封府衙门找就是了，不过我大半时间在外面办案，居无定所。”

“没关系，呵呵，你什么时候在府里，我就什么时候去找你！”

包拯三人离开包厢，包厢里安静了下来，李羽轩三人向欧阳修汇报了一下这几天的情况，欧阳修也教了他们一些京师里的人脉关系，人情世故，一直聊到傍晚才散了。

三人送欧阳修上了轿子，才相携往李羽轩住的客栈走去。

李羽轩看着他们三人在落日下的影子，心里一动，“二位兄长，我们同科同榜，又年龄相仿，也是缘分，不如我们学桃园结义，结为异性兄弟如何？”

苏轼虽有些恃才傲物，也是个性情中人，当即应道：“好！”

却见徐清之久久没有说话，李羽轩问道：“徐兄，难道你不愿意吗？”

“没有，怎么会！”徐清之赶紧摇头，“只是我家世贫寒，怕是配不上两位兄台。”

李羽轩嗔怒道：“那你是看不上我们两位？”

“李兄！你知道我不是这个意思。好，既然两位兄台不弃，端正（徐清之表字）就恭敬不如从命了。”

“哈哈哈哈”苏轼大笑起来。

三人回到客栈，在李羽轩的张罗下，就在她的房间里拜了天地，烧了黄纸，结成了异性兄弟。徐清之最大，二十二岁，是大哥，苏轼和李羽轩同年，比李羽轩大了月份，是二哥。李羽轩是小弟。

彼此重新见了礼，苏轼说道：“两位兄弟，我要先回去了，出来一天，家里夫人应该等急了。”

李羽轩嘿嘿一笑，“二哥，哪天带我们过去见见嫂子啊。”

“一定！”

苏轼离开了一会，徐清之也走了。李羽轩开始考虑明天第一天去大理寺报到的事。她知道大理寺专掌刑狱案件审理，有点像穿越前的最高法院。她原来一心想来的就是这个地方，当真要去了，又有些心神不宁。第一天当官，这心里多少有点不着谱。

第二天上过朝，便和苏轼一起到大理寺衙门，他们的顶头上司大理寺卿也姓李，人虽然长得不高大，但那脸看起来严肃得就像戏台上的包黑子。

那个真正的包黑子他也见过了，却像个隔壁家里的糟老头。

同僚们见他们报到，少不得要他们请客吃饭，李羽轩，苏轼跟着他们乐呵乐呵一天就过了。

第二天才算正式上班，她负责管理江南那边报上来的案件，苏轼负责西京一带，常州正在苏轼的管理范围内。

她们的工作比较轻松，能够送到大理寺的案子，都是州府衙门解决不了的，或者是名震京师的惊天大案，不得不惊动朝廷和官家。而一般州府衙门情愿枉杀一千，也不情愿自己属下的麻烦事上达天听，误了他们的前程。

李羽轩上午把之前的宗卷调出来看了一下，研究了一下这里的审案思路，下午就跑到苏轼那里聊天去了。

两人从天文聊到地理再聊到古文，然后李羽轩顺顺溜溜的把话题聊到了几年来没能侦破的案件上，作为五年前最大的惨案，两人在档案室里查到了李知府灭门惨案的资料。

李羽轩把资料拿出来，故意装作很惊奇地问道："屠杀朝廷命官，这样的案子怎么都成了悬案呢？"

苏轼也好奇心起，两人便仔细的研究起这个案子来。

宗卷前页上写着：李府世代望族，祖籍洛阳，知府于常州，于皇祐五年被杀，全家无一活口。后面就是一大叠关于这个案件的查案记录。

李羽轩知道无一活口缘于自己的那一把大火，她当时从血泊中醒来，听到因为上街而躲过一劫的哥哥和银子的诉说，虽然慌乱迷惘，还是有点理智和分析能力，便怂恿哥哥在当天晚上搜罗了李府里所有值钱又能带走的东西，然后一把火烧了整个常州衙门。

她们在逃跑的路上，看到大火烧红了常州的半边天。

她对这个案件唯一知道的，就是李知府临死前压在手心里那个鲜红的王字。

案卷的最后，不知道谁用笔打着一个大大的问号，旁边很工整地写着一个王字，然后再无下文。

而案卷里，自始至终都没有一个姓王的嫌疑犯出现。

这案卷，也成了一桩死案，被搁置到了档案堆里。

很明显，苏轼也对这个案件表现出了浓厚的兴趣，从他那兴奋的表情里就可以看出来。

李羽轩看着案卷沉思道："二哥，为什么这么大的一件案子，会查不到蛛丝马迹呢？何况这宗卷里还有开封府的查案记录。为什么连展大哥都查不出什么？"

苏轼把宗卷合上，沉吟了一下，"我看这里面只怕是大有文章，就连展大哥也不敢再查下去。"

第九章

听了此话，两人都沉默了。

这案件的背后，到底是怎样的隐情？为什么会连包大人和展昭都不敢再查下去？他们在忌讳什么？

难不成还是皇上干的？

李羽轩想完自己先摇了头，这是不可能的，皇上要杀一个臣子，动动嘴皮子安个莫须有的罪名就杀了，没必要用这下三烂的暗杀手段。再说现在是太平盛世，也没什么国恨家仇，敌死我活。

她决定先去找展昭问问，套点情况。

她拿起宗卷，“二哥，我对这案件挺有兴趣的，我拿我那边去好好琢磨琢磨。”

苏轼点点头，“别让人看见了。”

李羽轩一笑，“谢二哥！放心，我有什么发现，一定会和你分享的。”

对于李家的事情，她已经从侍女银子口里知道了不少，李知府为人本分，并无外仇，只有夫人萧氏，是老爷当年赴考的路上自娶的，不知家世。而她的性命，正是因为当时萧氏伏在她身上，替她挨了那致命的一刀，她才兴免于难，至于她为何会穿过来，这个答案就只有老天知道了。

傍晚时候银子来接她，告诉她已经搬到西子胡同皇上御赐的院子里去了，下午还在人牙子那里买了两个小子和两个丫头。银子乐得合不拢嘴，“少爷，你不知道皇上赐给咱的这院子有多大，有当年的咱在常州时住的院子那么大呢。”

李羽轩看着银子拿喜笑颜开的样子，发现这个一直跟在她身边的小女孩已经长得如花苞一样炫目，心里一动也莞尔一笑，“银子，这些年里里外外的事情都是你在打理，辛苦你了。”

银子双颊一红，“少爷说的哪里话！”

“嘘！”

两人回到院子，发现院子里起居家常一应俱全。这宋朝富庶在历史上是有名的，特别是宋仁宗事情，这个时期的京官都可以获得一套朝廷分赠的房子，如果不满意，还可以自己出去再建，不过朝廷的房子就要收回朝廷。

李羽轩大大的感叹了一声宋朝官员的奢靡，拉着银子走进卧室。“银子，姑娘要你帮忙办件事儿！”

银子见李羽轩说得凝重，有些担心地问道：“姑娘，出事了吗？”

“你姑娘这么聪明伶俐哪里会出事？”李羽轩随手拿起一本书敲向银子的脑袋，“以后这么没营养的话不能说了啊！”

“那是什么大事情？还搞得这么神神秘秘！”银子揉了下脑袋，白了她一眼。

李羽轩嘿嘿一笑，“哪里是什么大事，我只不过要你做我的老婆而已。”

“啊？——”银子闻声长大了嘴巴，李羽轩一把捂住，“别叫，假老婆而已，这样才不会让人怀疑我的身份，也不会再有人对我这钻石王老五虎视眈眈，你的，明白？”

银子嘘了口气，“明白了。”

李羽轩赞赏地对她点点头，这个银子，这五年里能跟上她的思维和语言，很不容易了。她望望整理一新的房间，“咱们的家底儿呢？你放哪里啦？”

银子指指她身后的柜子，“全锁里面呢。”

“那好，银子，你明天请人把这屋子重新整理一下，把左右两间房子都给我打通了，只能由这房间进出。这三间房子，做连着的两间卧室，一间书房。这间变成书房，你明白？”

银子点点头，“明白！不过，姑娘，这是为什么？”

“这是因为……”李羽轩哈哈大笑，“我说了，我要娶你做老婆！你明天做了这件事，就去外面住个十天再回来，回来的时候一定要雇抬大轿子，穿上女装，打扮得漂漂亮亮的，当本少爷那个指腹为婚的未婚妻。哈哈哈哈。”

银子不确定地望着她，“姑娘，这样行吗？”

“我说行就行，你就按我的吩咐去做吧，剩下的事情我来搞定。”

“姑娘……”银子眼眶一红，“银子倒不打紧，是老爷夫人救了我，收养了我，姑娘叫我做什么都行，只是这样太苦了姑娘了。”

“傻丫头，说什么呢？”李羽轩怜爱地摸了一下小姑娘的头。

银子用手揉了揉眼睛，抿嘴一笑，“我知道了，姑娘，我知道要怎么做的。”

两人又聊了一些需要注意的细节，银子才回房睡去。

第二天李羽轩回家，发现房子已经按他的意思改造好了，银子把所有的事情吩咐好，当着昨儿买来的几个仆从的面，向李羽轩请辞回家。说是家里老父病重，拖人带来了口信，叫他赶紧回家。

李羽轩交给他二十两银子，“好吧，万事孝为先，你先回去伺候好了老父亲再过来。”

银子拜别了他，就在夕阳里打个小包袱离开了。

李羽轩看着廊下站着的四个仆从，问那两个小厮道：“你们都叫什么名字？知道你们的活儿吗？”

高个儿的小厮回道：“小人叫柱子，活儿银子大哥早吩咐好了，不用大人操心，大人有什么要做的，尽管吩咐就是。”

“我只有一句吩咐，我的房间不是我叫你们，谁都不许进来！知道没？”

“知道！”

李羽轩满意地听着齐刷刷的回答，点点头，往房间里走去，“等下晚饭送我房间里来。”

李羽轩在大理寺整理档案，查看案情，十天很快就过去了，这天回家，她特意叫上了徐清之。

两人才在院子的花树下喝酒，门口的小厮来报：“有一乘小轿停在院门口，指名叫大人前去迎接。”

“恩？”李羽轩和徐清之对望一眼，“会是谁？”

李羽轩笑道：“大哥稍待，我看看就来。”

不一会儿，只见李羽轩领着一个小娘子和两个家丁装扮的人走了进来。李羽轩叫一个丫头先把小娘子领进房间，又赏赐了两个家丁，这才抱歉的对徐清之说：“大哥，今日有点事情，就不留大哥了，下次请客，大哥怎么罚都行。”

徐清之见李羽轩把那个小娘子请进了屋内，很是奇怪，不解地问道：“三弟，你这是怎么回事？”

李羽轩苦笑一声，“这位就是我提及的未过门的媳妇了，她家里出了点意外，家里人就把她送我这儿来了。”

“是这样啊？”徐清之站起来，“那我就不打扰三弟和心上人相逢了。有什么需要大哥我帮忙的，你尽管说就是。”

送走徐清之，李羽轩长长的嘘口气，大哥，对不住了，利用你一回。

第十章

来到客房，李羽轩看到银子正规规矩矩地坐在凳子上，一身水蓝色的宽袖长裙，外披一件银色绣同色大花的披帛，头上插着两支玉步摇。眉如远黛，眼若秋水，虽然说不上是什么国色天香，却也正是一小家碧玉。她没想到五年男装，这丫头居然长这么水灵了。

她挥退旁边的丫头，关上门。银子站起来叫道："姑娘！"

她忍俊不禁，本想哈哈大笑，又怕外面隔墙有耳，只得捂嘴笑道："还姑娘呢，以后叫我相公！"走过去围着银子转了一圈，"这模样儿配你相公，还勉勉强强，不会给我丢脸，我这几天还一直在嘀咕，怕是梁鸿娶个孟光女，那就呜呼哀哉。"

"姑娘！"银子不依地瞪了她一眼，"都这时候了，你还没个正形，我这未婚妻人是来了，你要怎么向别人介绍？还有，我也总不能不明不白的住在这里啊！"

李羽轩走过去坐下，"这个我早就想好了，从现在起，你的名字叫张银红。我叫惯嘴了，以后还是叫你银子，你对外就说，家里父母暴亡，你不堪哥嫂虐待，知道我中了探花郎，就奔我这儿来了。至于以后的事情，本山人自然还有连环妙计，你就等着吧。"

"恩！"银子知道她足智多谋，柔顺地点点头，"一切听姑娘你的。"

第二天散了朝，徐清之靠近李羽轩，悄声问道："昨日那女子，真是三弟的未婚妻？”

“是啊！”李羽轩诧异地看向他，“莫非大哥不信？”

“不是。”徐清之的脸又红了，“我只是不敢相信而已，弟妹真是女中豪杰啊，一个女子单独跑你这里来了。”

“唉！”李羽轩重重地叹了口气，“我们是同病相怜啊，她也没了父母，又遭哥嫂虐待，只好来我这儿了。”

苏轼见他们两个在一旁嘀嘀咕咕，也凑了过来，“你们在说什么？”

李羽轩故意苦着脸做了个一筹莫展的样子，“二哥，我正在着急上火呢？正好你来了给我拿个主意。”

“发生什么事情了？”

李羽轩便把编好的故事说了一遍，末了问道：“你们说我们又没完婚，她一个女孩子住在我那里算什么呢？”

苏轼想了一下，“这个简单啊，你们完婚就是了。”

“是啊！”徐清之也接口道，“既然是这样，你们就完婚得了，你可是为了她，驸马爷都放弃了。”

李羽轩继续苦着脸，“这婚怎么结啊，我们是指腹为婚，现在两人都是上无高堂，中间无媒人。虽然说她不介意就这么嫁给我，可是我心里介意啊，人生就这么一次，我不想委屈她。”

……

沉默了一会，苏轼开口道：“你既然是我义弟，我晚上跟父亲商量一下，你就做了他老人家的义子，由我们家来给你主持婚礼好了。”

“不行不行！”徐清之赶紧摇头，“朝廷最忌党争，你们苏家已经有三人在朝为官了，更要低调，这个办法不行。”

苏轼听了徐清之的话点点头，“大哥说的对，这个确实不得不防，搞不好被小人利用，耽误了三弟的前程。”

“唉！”李羽轩摇摇头，“我心里乱急了，这时候是什么法子也想不出来。”

徐清之陷入了沉思，李羽轩发现他思考问题的时候有一个特点，就是喜欢扒拉自己的手指头。

手指头扒拉完了，徐清之缓缓说道："我有一个办法……"

李羽轩和苏轼一齐问道："什么办法？"

徐清之嘿嘿一笑，"看你们俩那急样，我就是在想啊，恩师如父，三弟要是能请到恩师为你主持婚礼，嘿嘿，你要什么样的风光都有。"

李羽轩眼睛一亮，她等的就是这句话啊，她已经计较好了，这是个攀结欧阳修的大好机会，不显山，不露水，欧阳修高居宰相之职，在仁宗那儿圣眷正浓，也没人敢弹劾他。

马上展颜笑道："大哥，你这提议不错，可是恩师会不会答应呢？"

"这样吧……"苏轼接口道，"下午我去叫上王大哥，我们一起去恩师家里说说，恩师看在我们这些人的面子上，说不定会同意呢。"

李羽轩对着他们俩一抱拳，"小弟就先谢谢你们了，你们和王大哥都是恩师的得意门生，有你们陪小弟前去，此事基本就成了。"

回到大理寺，苏轼也过来问道："三弟，你还真有指腹为婚的媳妇啊？我还以为你就是不愿意找福安公主呢。"

"嘘！"李羽轩拿两根指头在唇边晃晃，"二哥，你可别乱说，这可是要杀头的。"

苏轼顺手拍了他一下肩膀，"我还乱说，那天别以为我没看到你的小动作。"

"恩？"李羽轩抬起脑袋望向苏轼的眼睛，"什么小动作？"没办法，对于苏轼，李羽轩从来都只能仰视，谁叫苏轼没事长那么高呢？足足比她高了一个脑袋……真是人生无处不悲剧。更悲剧的是，她每次望着他那张俊朗明亮的脸，总舍不得移开目光。

苏轼一笑，"什么我就不说出来了，反正我看到了。你哭的还真像啊！"

“我再说一句，当时信王爷的反应倒叫我吓了一跳，要不是我们是兄弟，我还会以为你跟信王有点那啥呢？”

李羽轩说：“二哥，你真是好心提醒我？还是在我面前讲我的闲话？你三弟我坦坦荡荡，男子汉大丈夫，才不会做那些有的没的勾当。”

“哈哈哈哈。”苏轼大笑起来，“是啊，男子汉大丈夫，只是有些娘娘腔。”

“你！”李羽轩一笔头扔过去，“你赶紧去叫王大哥吧！再说这话，我就不认你在这个二哥了。”

苏轼笑着走了出去，“二弟，你长得实在太阴柔了一点，要不多留点胡子吧！”

某人气结，半日无语。

下午四人到齐了，相伴往学士府走去，李羽轩已经叫小厮把家里的一幅《洛神赋》拿来了，这是她当年逃离李府时拿走的，汉朝王献之的真迹。她后来找专人鉴定过。

他们三人都说：“三弟，你还真舍得啊！”

舍不得猪肉套不到狼啊——

来到学士府，见了欧阳修，李羽轩恭恭敬敬的献上了这价值千金的礼物。

欧阳修见是王献之的真品，立马爱不释手，李羽轩知道文人的弱点，就是喜欢这些没点实用的风雅之物。

趁着欧阳修高兴，李羽轩赶紧说了自己的目的，说完扑通一声跪在地上，“学生父母双亡，这人生大事，恳请恩师做主。”

“我见你们四人一起出现，还以为是什么大不了的事情呢！”欧阳修赶紧叫下人扶起她，“为师答应就是。”

李羽轩却跪在地上不起来，“恩师大恩，学生无以为报，恩师就收了学生做个义子吧！也好平日里孝敬您。”

第十一章

见欧阳修面有犹豫之色，李羽轩咚咚咚地磕了三个响头，“学生自幼没了双亲，一人孤苦伶仃长大，见别人父母双全，承欢膝下，每每午夜梦回，常常泪湿枕巾……”说完抬起头来，双目里隐有泪光，“学生这话，也是情不自禁，如果冒犯了恩师，还请恩师海涵。”

“你这孩子！”欧阳修走下座位，“起来起来，我没有说不行啊，哎呀，你也确实不容易啊，不知你的父母都是谁？”

“学生的父母，原是江南的一商户，五年前被劫匪杀害，学生当时侥幸生还，便变卖了房屋家财，逃难来到京师。”

欧阳修伸手去扶他，“过去了的事情就不要多想了，你现在也算是给你父母光宗耀祖了。”

李羽轩哪敢要他真扶，赶紧从地上爬了起来。

徐清之和王安石的父母都远在家乡，李羽轩这番话不由得勾起了他们的相思之情，都恨不得立马去把父母接过来，共享天伦之乐。也立马对这个来自江南的柔弱小白脸书生充满了怜悯。他们好歹还有家有父母，这探花郎……唔，太可怜了。

王安石为官多年，做事一向审时度势，很少逾规，此刻见李羽轩那黯然伤神的样子，没来由地心中涌起了强烈的保护欲望。保护弱小，他这种大男人当然义不容辞。古人云：不以善小而不为……

正好李羽轩求助的目光看了过来，他心里一热，上前说道：“恩师，依学生看，您要是收了吾越做您的义子，也是佳事美谈啊！”

“是啊，恩师，吾越少年才子，诗词见识均不在我们之下，他独自一人，这五年来连中三元，可见他就不是一普通之人，恩师如若收他为义子，正见恩师爱才惜德治心啊！”苏轼和徐清之也上前一步，抱拳说道。

李羽轩感激地望向他们，这三人，确实是坦坦荡荡的君子，相对于他们的坦荡，她就是彻底的一小人，用尽心机的把他们带进她画好的圈圈里。唉！

李羽轩正在胡乱思量，只见欧阳修叫过一丫头，“去把夫人叫出来！”

不多时，一个风韵犹存的中年妇女从内堂走了出来。四人赶紧拜见了师母。

等夫人在主位坐下，欧阳修对着李羽轩笑呵呵地说道：“吾越，过来，拜见你义母！”

“啊——”李羽轩没想到这事这么一帆风顺，这欧阳修这么顺顺溜溜地同意了，心里大喜，扑通一下对着欧阳修跪了下去，“儿子李羽轩拜见父亲大人！”“儿子李羽轩拜见母亲大人！”

夫人也是经历过风浪的人，看了欧阳修一眼，虽然有些惊奇，却没有表现出来，马上笑呵呵的叫丫头赶紧去拿赏赐出来。

李羽轩见事情搞定，站起来接过丫头端过来的茶盏，恭恭敬敬地给欧阳修和夫人敬了茶，要知道，欧阳修现在身居显赫，想做他义子的人多若牛毛，俗话说宰相家丁七品官，这义子多么招摇的身份。

不过她现在的身份也不低，他们三个，当初在殿试上，被仁宗说是百年难遇的奇才，同样的年少有为，同样风流倜傥，这样齐刷刷的三个少年才子同榜登科，确实百年难得一见。

虽然她属于假冒伪劣——

一旁的三个正品才子马上过来给她道喜。

夫人的赏赐也来了，是一对玉如意，李羽轩接过赏赐，夫人笑道：“闻探花郎才情横溢，今日就填词一首，送给母亲如何？”

这种剽窃别人知识产权的事情，李羽轩从来都是能躲就躲，平日里很少拿出来卖弄。

不过，今日不同往时，非做不可，这匆忙之间她写什么好呢？

悲剧，她这些天满脑子里都是苏轼的词，着了魔一样。

旁人见她沉吟，马上把纸张放桌子上铺好，徐清之开始给她磨墨。

李羽轩绞尽脑汁回忆宋朝以后的词人，既要应景，又要不露馅……得了，勉勉强强有一首，记不起是谁的了。以后有时间，是要琢磨几首正版的诗词，好歹原装正品，心里没那一疙瘩。

她拿起毛笔，洋洋洒洒一气呵成，“百尺西楼十二栏，日迟花影对人闲。秋风已入片时梦，中秋从今数日间。折枝故情多望断，落梅新曲与愁关。诗成欲访江南便，千里烟波万叠山。”

写完长长地嘘了口气。

欧阳修赞道：“好诗！吾越，以后这里就是你的家了，不需下江南，也没有千里烟波万叠山。以后想家了，就来陪陪老夫。”

李羽轩拱手道：“是！”

苏轼笑道：“看到李兄好诗，我也一时技痒，我也献丑了，就在李兄诗后题一首。”

李羽轩忙卷起诗稿，“不行，我这诗单独看是好的，和苏兄的放一块，就成了衬红花的绿叶了，何况我这字也和你的合不到一块。”笑话，她的字写得跟怀素和尚的草书有一拼，怎么可能跟将来成为书法家的苏轼作品放一块。

正好前厅有人来报：“老爷，夫人，宴席准备好了。”

欧阳修呵呵一笑，“走吧，今日喜事，都在老夫这里不醉无归。”

夫人叫丫头从李羽轩手里接过诗稿，一行人跟着往饭厅走去。

几人喝酒吟诗，一直喝到深夜才回家。

第二天，李羽轩就过来送了自己和银子的生辰八字，请欧阳修给他们看个好日子完婚。又给夫人薛氏送了大量的礼物，连他的三个儿子，两个女儿，也送了价值不菲的宝贝。

她虽然没有经历过官场，但经历过职场，纪晓岚之类的历史剧看多了，也能举一反三，一通百通。

不知道谁说过，世界上最龌龊的两个地方，一个是妓院，一个是官场。所以，尽量把官场往龌龊里想，总不会有错。

何况这是人治大于法制的封建官场。

何况她还知道，这欧阳修认了她这个义子，大部分的心思只怕是王安石那句千古佳话，而不是真心的要罩着她。

至于王安石，据历史记载，典型的翻脸不认人的强势政治家，最后连力荐他平步青云的欧阳修都被他整回家了。

苏轼更是差点被他整得没命。

咦？不是还有徐清之吗？那个时候徐清之到哪里去了？为什么历史没有对他的记载？他该不会是被仁宗和王安石赶下了历史舞台吧？

欧阳修很快定好了日子，下个月的八号是个好日子。也是最快的日子。不到半个月的时间了。

李羽轩本来不想张扬，这也没什么好张扬的，没想到欧阳修主婚的这话一传出去，八辈子打不着关系的京官都来了，就连包黑子也派展昭送来了贺礼。

贺礼里面，信王爷的礼物最特别，是两朵碗口大的和田玉雕的牡丹花。价值不菲，却也寓意深长。看得李羽轩冷汗淋漓，总觉得这信王看出了她的性别。

第十二章

九月八日这天很快就到了，院子已经被装饰一新，大红的灯笼，大红的绸缎挂满整个院子。一大早，和李羽轩同榜的留在京师里的进士们就陆陆续续地来凑热闹了，还有她的义母梁氏也很早就到了，在客房那边陪着银子说话。

晌午时分，下了朝的欧阳修，信王和苏轼，王安石，徐清之一大帮子人也来了，李羽轩拜见了欧阳修，请他在厅上坐上正位，又把梁氏也请上来坐了，马上就有婆子把银子扶了出来，两人在司仪的主持下拜了天地，拜了高堂，夫妻对拜，然后被送入了洞房。

李羽轩看房间里站着两个丫头，都有些眼生，问道："她们是谁？"

银子小声回答道："这是刚才义母送给我的，还没来得及跟你说呢。"

"是吗？那太好了。"李羽轩心里转了下小九九，不知道这梁氏夫人未经她同意送着两个婢女是有意还是无意，走到银子身边，捏了她一下手指，"自己见机一点啊！"

银子点点头。

李羽轩从柜子里拿出几条特制的手绢塞进袖口里，这是她叫银子特意为今天准备的，全棉的手帕中间缝了一层薄薄的蚕丝，专门用来喝酒的。她知道今天这酒是躲不过去的，虽然她酒量不错，但外面那些人就等着给她灌酒呢。

更加悲剧的是，她一喝酒就上脸。到时候粉面桃腮，别人不怀疑她的性别，说不定也会怀疑她和信王一样有特殊爱好。

李羽轩来到厅里，酒席已经开始了，欧阳修，王安石和几个朝廷大臣坐在首席，信王却和苏轼，徐清之，展昭坐在第二席。徐清之旁边留了一个空位，应该是留给她的。

她走过去，给大伙儿挨个倒满酒，“感谢各位的光临，小弟敬大家一杯！”

徐清之和苏轼闻言站了起来，信王摇摇手道：“探花郎今日大喜，怎么能这么敬酒呢？这不是敷衍我们几个吗？我们敬新郎官，每人三杯，大家说好不好？”

“好！”大伙儿哄的都叫了起来，这个表态真比去红灯区泡妞还积极。不好意思，李羽轩看到信王，脑海里就只有这个形容词。信王那怎么看怎么都像嘲笑一切的猥琐笑容，让她本来不怎么纯洁的脑袋里，想不出更适合和谐社会的词来。

她知道拒绝不是办法，便呵呵一笑，“大家稍等片刻，我先去敬了恩师那边的酒，等下再来这里一醉方休，行吧？”

“行！”信王大度的挥挥手，“快去快来！”

李羽轩一抱拳，拿起酒杯往首席走去，在欧阳修面前，少不得喝了几杯酒，实打实的喝的。在他们面前，她不敢打马虎眼，那些久经官场的眼睛毒着呢。要是被发觉，少不得要安上不尊敬长辈的罪名。

一圈喝下来，等回到徐清之身边，李羽轩已经两颊发热了，徐清之望着李羽轩摇摇晃晃的模样，担心地问道：“李兄，你还行吧？”

“新郎官怎么会不行呢？不行今晚怎么入洞房？是吧？新郎官？”信王打断徐清之的话，拿着酒杯站起来，“来来来，我们先喝三杯。”

李羽轩接过杯子，“下官敬王爷三杯，先干为敬！”说罢，一扬脖子把酒喝了下去，然后装作拿手绢拭擦唇边的酒渍，顺口把酒吐到手绢上。

如此反复喝了十多杯，李羽轩摇头道：“我真喝不下了，大伙儿就饶了我吧，不然今晚上我这洞房花烛夜就浪费了。”

“哈哈哈哈。”信王大笑起来。“不行不行，你可不能见色忘友，我们这一桌子的酒，你是一定要喝完的，你们说是不是？”

徐清之笑道：“李兄这文弱样子，一看就没什么酒量，王爷就饶了他吧！”

“就是！”苏轼也举杯向信王，“王爷，下官敬王爷三杯！”

酒席上，本来就是闹闹就好，大伙儿看苏轼和徐清之都帮着李羽轩求情，便都转开目标，把目光锁定到了信王身上，这个好好巴结信王的机会可不能白白错过。

信王却不依不饶，一双眼睛依然锁定在李羽轩身上，“新郎官不会连这个面子都不给本王吧？”

李羽轩闭了一下眼睛，再睁开，她早料到这信王会发难了。如果他怀疑她的性别，是肯定不会给她好日子过的。

她微微一笑，也直视着信王，“王爷抬爱，下官怎敢不从，王爷还要下官喝多少杯呢？”

信王笑呵呵地指着她身边的人，“恩，这一桌你还有三人没喝完，加上你身边的你的这些同僚们，你还喝一百杯就行了。”

李羽轩心里恨恨地骂了他个底朝天，脸上还是满脸笑容，“王爷，您这是要我喝酒呢，还是要我光荣的自我牺牲，因公殉职？”

听了她这话，前前后后的人都大笑了出来。一人说道：“新郎官，王爷这是和你开玩笑呢，咱们也不敬酒了，春宵一刻值千金，你要是真喝趴下了，咱们以后也没脸见嫂子。”

信王还是那似笑非笑的笑容，“那咱们不敬酒了，闹洞房去？”

“王爷，来，您喝多少我陪您喝多少，怎么样？”李羽轩给两人斟满酒，递一杯给信王，“既然王爷看得上下官，下官今天就陪着王爷一醉方休！洞房花烛夜，以后每晚都可以是，是吧？！王爷的如此雅兴，却是难得，来来来，大伙儿一齐陪着王爷一醉方休！”

徐清之望着李羽轩，轻声问道：“三弟，你还撑得住吧？别伤了身体。”

“恩！”李羽轩抛给他一个感激的微笑，“放心，我没事的。”说真没事那是假的，大家熙熙攘攘，她吐酒也不能太张扬，只能有的酒喝了，有的酒洒地上了，有的酒到手帕上了，她还跑了三次厕所，挖心挖肺地把喝下去的就吐出来。看样子这信王一点怜香惜玉之情都没有，就想整死她。

就这样从中午一直闹腾到晚上，李羽轩晕晕乎乎地就要支持不住了，虽然晕乎，头脑却很清醒，一直傍着徐清之站着，知道在男女问题上，只有这人心眼最实。从没怀疑过她。

徐清之也知道李羽轩不能再喝了，不过畏于信王的权势，他也只能干着急。这时候欧阳修也已经回家了，找谁来摆平这事儿呢？这信王爷，三弟好像没有哪里得罪他啊，怎么就跟他耗上了呢？

信王也看出来李羽轩在强自支撑着，不过能跟他从中午耗到现在，他也不由得对她另眼相看。他甚至有些怀疑自己是不是感觉错了，眼前的探花郎是货真价实的男子汉，而不是他怀疑的女子。

要是女子，这份胆识，这份酒量，也叫人敬佩。

不过，要真是女子，为了家国天下，他也不会心慈手软。

最好，她不要被他查出有什么政治目的来考的探花郎。最好，她不要是辽国和西夏的奸细……最好，她不是女子，只是一文弱书生。

他终于在所有人的目光里拍拍手站了起来，“酒也喝得差不多了，咱也不能真误了新郎官的春宵良夜，得，都散了吧，回家！”

李羽轩见信王终于要走了，马上抱拳道：“不送！好走！”

信王经过李羽轩身边，停下来轻笑道：“新郎官今晚可要好好表现！”说完哈哈大笑，扬长而去。

第十三章

李羽轩应付完所有人回到房间里，看到银子已经遣退了身边的丫头，自己取下了红盖头，正一个人对着满桌子的红枣花生发呆，她童心忽起，蹑手蹑脚地走到银子身后，猛地拍了银子一下肩膀，“在想什么？”

银子一惊，看到是李羽轩，马上抹了下眼睛站了起来，“姑娘——”李羽轩看到她红红姑娘眶，笑道：“傻丫头，放心好了，你家姑娘不会误了你的终身的，咱们在这里待两年，等弄清楚了咱家的那场惨案，咱们就到江南去居住，到时候你去找你的良人，我去寻我的幸福。”

“姑娘！你说什么呢？”银子微嗔道，扶着她在床沿坐好，“奴婢只是在为姑娘担心，要不是那场变故，姑娘现在也已经嫁入豪门，相夫教子了。哪里会在这里这样受人欺负。”

李羽轩放松了绷紧一天的神经，只觉得头晕目眩，再也支持不住了，依着床栏斜下身子，“银子，我喝多了酒，已经撑不住了，你赶快的弄点东西给我吃。”

银子一边从暖壶里倒出醒酒汤，一边回道：“奴婢早备着呢。”端着汤送到李羽轩唇边，“姑娘，我喂你吧！”

李羽轩迷迷糊糊的嗯了一声，嘀咕道：“银子，明早记得叫醒我。”眼皮儿再也睁不开，就这么依着床栏睡了过去。

银子的眼泪又忍不住扑通掉了下来，她家姑娘的苦，她是知道的，这五年来女扮男装，从常州漂泊到汴梁，再到如今大少爷死了，她顶替大少爷的身份做了这个探花郎。什么苦她都咬牙承受下来了。虽然她从不在她面前念叨什么，虽然她在她面前从来都是乐呵呵的，一副天塌下来总有比她们高的人顶着的模样……

她把李羽轩往床上移好，帮她脱去大红的吉服，发现她的腋下已经被裹胸的棉布勒出了一条条的红沟，为了防止结婚时的吵吵嚷嚷会有人不小心碰到她的胸部，她今儿早上特意多缠了两条棉布。

她从外面打来热水，细心地给李羽轩抹了脸，抹了脚，才回自己的卧室去睡觉，也就是当初李羽轩要求打通的另外一间卧房。

第二天一早，李羽轩被银子叫起来，只觉得头痛欲裂，眼冒金花，强自起来穿好衣服，洗漱好了，便带着银子赶去学士府给欧阳修夫妇敬茶。既然认了人家做义父母，这个礼数就是不能少的。

到学士府敬过茶，银子便在丫头的搀扶下回府，李羽轩便跟着欧阳修一起去上朝，银子望着李羽轩苍白的脸，担心地问道："相公，你，能行吗？"

李羽轩拍拍她的手，"放心！"

欧阳修也问道："没事吧？要不，我去跟他们说说，你休息一天吧。"

李羽轩伸手揉揉太阳穴，"还好，撑得住，前日请假不是没准吗？皇上有意为难，恩师您又不是没看出来。"

欧阳修点点头，"也是，我看皇上也不是真要为难你，卫国公主那儿到底记着仇呢。"

"呵呵。"李羽轩一笑，"能被人惦记就是好事。"和欧阳修两人各乘了一顶软轿，往皇宫而去。

一见李羽轩到来，在偏殿里等着上朝的人纷纷围了过来，她本来就头痛得厉害，这下被人围着叽叽喳喳的一闹，更觉得摇摇摆摆的如踩在棉花堆里一样，不由自主地皱起了眉头。

嘴里强自笑道："对不起，我昨日喝多了，这时候酒劲还在呢，我先去一旁休息一下。"

脚下却不敢走动，怕一不小心摔倒让人家平添笑话，在人群中看到徐清之，便把求救的目光看向他。

还好徐清之身后跟着苏轼，两人都看到了她的求救的目光和苍白的脸蛋，赶忙一前一后地向她走了过来。

一个慵懒的声音在人群后传来，“你们这是在做什么呢？哦——原来是新郎官来了？”

李羽轩只得提点起精神，“王爷！”

信王爷走到李羽轩身边，看到她倔强而又苍白地站在那里，像一只随时准备扑人的小猫，心底莫名的一柔，本想再调侃两句，话到嘴边却说成了，“人都这样子了，怎么不在家休息呢？”关切之情溢于言表。

“嗯？”李羽轩见信王的那双狐狸眼里突然有着一丝关切，激灵灵地打了个冷战，本来模糊了的脑袋又被这一击给清醒了过来。

还好外面及时传来了报点太监尖细的声音，“文武百官上朝见驾！”

李羽轩最怕听见的就是这小公鸡打鸣样的声音，反射性地伸出双手揉了两下耳朵。徐清之抱过她的左臂，“李兄，我扶你。”

李羽轩正不知要怎么办，见徐清之扶过来，马上把身体倾斜了过去，“谢谢！徐兄，明人面前不说假话，小弟我昨天喝太多酒了，现在酒劲还没走，等下你要站我身边照看着点儿。”

“我知道。”徐清之微微一笑，“你放心吧！”

苏轼也走过来，两人把李羽轩夹在中间，往大殿走去。

信王冷眼看着他们，待他们走出去，才跟在后面进了殿。

李羽轩晕晕沉沉地站在位置上，只觉得胃里翻江倒海般的难受，昨晚睡着了没事，酒劲全到这时候来了。真不明白这些人上朝为什么要这么早，难怪古书里有说某大臣一下雨天去上朝，结果淹死在护城河的故事，以前不信，现在真信，她今早可是四更就起来了，连带着去学士府，再来上朝都没听见打五更的声音。她这么折腾要是不晕，估计也没了天理。

她恨恨地看着站在前面好整以暇的信王，恨不得从他后面看出十七八个痔疮来。从脚底板一直长到头发根。

她听到前面有人在启奏什么，迷糊里看到有人在争论，好像是与西夏的边防出了点问题，还有什么冬日里例行巡边的事情。

她接着听到一个大嗓门在说她的名字，她看出那人是驸马都尉杜威，卫国公主的老公。她忍住一阵一阵的眩晕，站好了身体，她虽然没听清楚他们具体在说什么，不过如果牵扯到她，又牵扯到卫国公主，总不会是什么好事。

她轻声问身边的苏轼："什么事？"

"派人例行巡边的事情，驸马和信王在争呢，很奇怪，信王这回好像在护着你。"看着她额头上的汗珠，再递过一枚手帕，"擦擦汗吧！你还支持得住吧！"

李羽轩接过手帕点点头。

前头的争论终于停了下来，她看见欧阳修上去说了几句什么。说实话，并不是她此刻迷糊得厉害，而是她这种四品小官在这朝堂里，就是站旮旯里的份，平日里没喝酒，碰上个说话温柔的，先天不足的，也要连猜带蒙的才能明白人家说什么。

一会儿她听到值日太监扯着嗓子叫她的名字，还有徐清之的名字，她用指甲使劲地掐进合谷穴，强烈的酸痛让她睁大了一直闹革命的双眼，瞪着眼睛直挺挺地走了出去，徐清之站在道上等她，见她出来，伸手扶住她，一起走到台前跪下。

"奉天承运，皇帝诏曰：着徐清之，李羽轩为钦差大臣，即日出发，去凉州查看军情军备，不得延误，钦此！"

李羽轩跟着徐清之接过圣旨，两人退回原位。她现在根本失去了思考的能力，纯粹是跟着徐清之亦步亦趋。

第十四章

好不容易撑到散朝。欧阳修走过来想和她说什么，才发现她已经站在那里大汗淋漓，摇摇欲坠。

他大吃一惊，急忙伸手摸了摸他的额头，“越吾，你没事吧？！”

李羽轩挤出一个笑容，“没事，休息一下就好。”

“还没事呢，看你这模样跟就要虚脱了一般，先回去歇着吧！”他不等她再说话，招手叫来一个侍卫，“找人送李大人回去。”

“欧阳大人，本王送他回去吧！”不知信王什么时候站在了他们身边，伸手挥退了侍卫，“本王正好有事情与李大人商量。”

李羽轩退后一步，望着欧阳修，“恩师，学生没事，您不要担心。”再转向信王，“既然王爷找下官有事，那我们就去大理寺吧！公事相商，坦坦荡荡，当然要在“衙门”里了。你说是不是？怎么能去下官的私宅呢？”

信王揶揄地看着李羽轩的全神戒备，突然低头一笑，“李大人，你是怕本王吃了你吗？还是你有什么秘密怕本王知道呢？”

李羽轩实在头晕的受不了了，还在这里待下去很有可能就会直接牺牲在这大殿上，不行，她先得回家再说，不就是个王爷吗？不就是这个王爷喜欢断袖吗？干吗这么怕他……她对着信王伸出左手，“既然王爷这么热心，下官当然恭敬不如从命了，就请王爷扶下官回家吧。”

信王的笑容一下被她这句话整得半天僵在脸上没换过表情来。

这话，配上他信王爷的风流名号，倒也恰到好处，恰到好处地给他添了一笔冤枉风流债。还好欧阳修见他过来，已经走开了，只有徐清之和苏轼远远地站在大殿外面看着里面的情形。

他扩大了笑容，扶上李羽轩的手，“李大人，你这话说的，你就不怕本王听了会联想点什么？”

李羽轩迈步往殿外走去，“下官实话实说，难道王爷不这么认为吗？”

“本王觉得，你的心总离本王万里之遥。”信王低下头，声音正好低低的送进李羽轩的耳朵，这姿势，在外人看来，就像情人间的耳鬓厮磨。

李羽轩没想到信王这么毫无忌讳，苍白的脸上不由抹上了一抹红晕，这死狐狸的脸皮比骆驼还厚。“我的心怎么能与王爷的心相提并论呢？王爷是龙子龙孙，王爷的心自然是金心宝石心七窍玲珑心，下官山野之人，下官的心就是一乡间的榆木疙瘩心，不识时务，不解风情。”

“哈哈哈哈……”信王毫无顾忌地大笑起来，并且笑得仿佛非常开心，一直笑到喘不上气，才咳嗽一声，“哈哈，李大人好口才，正和本王脾气，李大人不会介意本王认了你这个兄弟吧？”

李羽轩已经没有力气和他胡扯，牵动一下嘴角，算是回答。信王见她眉头深皱，用右手使劲地掐着左手的合谷穴，也收起了笑容，半扶半抱的把她扶出宫门，扶上马上，直奔西子胡同。

他们的谈笑引来了外面所有人的瞩目，刚刚散朝的人们目瞪口呆地看着信王和李羽轩这么暧昧的离开。

徐清之看着他们消失在眼前，忍不住问身边的苏轼：“二弟，你说这信王怎么回事？”

苏轼摇摇头，“三弟惹上麻烦了。”

“那我们怎么办？”

“信王行事，一向乖僻夸张，放荡不羁，皇上又不不管他，我们没有办法。”

……

“那我们跟去看看吧！”徐清之到底放心不下，“三弟太过秀丽，我怕信王不怀好意。”

“是啊，三弟的那双眼睛，水汪汪的就像个美娇娘，要是三弟换上女装，只怕就连京城里的花魁也要被比下去了。”苏轼用手拂了一下衣服，“我有时候跟三弟在一起，都忍不住有一种错觉，何况是信王，走吧，咱们也去看看好了。”

徐清之想起那日在品香居闻到的李羽轩身上的淡淡的香气，莫名的心中一荡，一种无法把握的失落感从他的四肢百骸蔓延开去。

信王把李羽轩送回李府，李羽轩只是去睡觉，信王却并没有离开，一直坐在书房里喝茶看书，看李羽轩的笔记，还好像对李羽轩的字很感兴趣。

银子怕他在书房里看出什么蛛丝马迹，几次暗示他这家里不便待客，他都充耳不闻。

还好苏轼和徐清之不久也到了，两人见信王不走，便也不走，苏轼还派人把夫人王弗接了过来，陪银子聊天。

只有银子坐立不安，她知道书房里有李知府生前留下的手卷，虽然里面写的都是些风月之词，要是让信王看到，也是大大的不妙。

还好苏轼他们的到来多少分散了信王的注意力，三人开始谈论起欧阳修倡导的古文运动。

信王知道苏轼他们到来的目的，他知道自己花名远播，别人不放心也是情有可原，也不点破，一心一意的和两人聊起词来。反正这两人的才情，他也是十分欣赏的。见这两人如此护着李羽轩，心里也有一丝温暖，在这尔虞我诈的官场里，也许也只有这个年龄，才会有这样的肝胆相照？

这样的年龄？他苦笑一下，他也是这样的年龄，可是他的心思已经在耳闻目染的宫廷争斗里，早已失去了信人和爱人的能力。

直到中午时分，三人也没见有离开的意思。银子正在不知所措，睡了一觉的李羽轩终于醒来了。她是被饿醒来的。从昨天到现在他除了喝酒，就是吃了一点茶点。

一觉醒来，酒劲散了，只觉得自己已经饿得肚皮贴肚皮，赶紧叫银子拿吃的。银子叫小丫头端来热着的燕窝粥，李羽轩接过碗咕咚咕咚地喝了个底朝天，这才发现房子里的桌子边坐了一个女子，正微笑看着他。

这女子，怎么形容呢，让李羽轩一下就想到了红楼梦里的林妹妹，娴静如临花照水，行动如弱风扶柳，典型的一大家闺秀。

她望向银子，银子笑着介绍道："这位是苏大哥的夫人。"

苏轼的夫人？李羽轩一翻身从床上坐了起来，"小弟这个样子，让嫂子见笑了，嫂子先出去一会儿，小弟马上就出来。"

王弗含笑点点头，"三弟既然醒来，妾身就去把这消息告诉少爷。"

好在李羽轩是和衣而睡，此刻起来，只许外面换件袍子就成，她问银子："现在什么时辰了？"

"已经午时了。"

"外面都有谁在？"

"信王，徐大哥和苏二哥。"

"哦！你们吃午饭了没？"

"还没，妾身正不知道该怎么办呢，还好你就醒来了。"

李羽轩伸了个懒腰，嬉笑着摸摸银子的脸蛋，"这称呼改得好。"

银子瞪了她一眼正想说话，李羽轩用手捂住了她的嘴巴，顺便把脸蛋贴到了她的脸蛋上，"别说话，信王过来了。"伸手把她拉到自己的怀里。

银子唔一声，就听见信王响亮的声音传进了屋子里，"李大人只记着跟夫人亲热，就置外面这几个守了你半天的兄弟不顾了？"

"哪里哪里。"李羽轩放开银子，"是我家夫人见我醒来，一时喜极而已。正好我也饿得不行了，咱们这就去酒楼里吃午饭。"

第十五章

李羽轩带着银子，苏轼带着夫人王弗，几人就近选了一安静雅致的酒楼走了进去。李羽轩不能再喝酒，大家也就都没有喝酒，因为有两位夫人在场，也不好说什么玩笑话，就纯粹的吃饭而已。

吃完饭，王弗提出要回家，苏轼见李羽轩已无大碍，与夫人相携告辞。徐清之也说秘书监还有公事要办，大家便一起出来。

酒店的大堂里，正炫目的站着两位红衣女子，李羽轩好奇的看过去，赫然发现其中一位就是品香居的海棠姑娘。

海棠显然也发现了他们几位，目光流转，最后满脸惊喜的把目光锁定在了苏轼身上。迈开步子，向着苏轼走来。

李羽轩看向王弗，大叫糟糕，再看向信王，见他一脸淡然，仿佛不认识海棠一般。知道靠这个狐狸救场是痴心妄想，大笑两声，迎着海棠走了过去，“海棠姑娘，几日不见，愈加的漂亮了。”

海棠轻笑一声，已经走到众人的面前，李羽轩闪身过去拦住海棠的身形，“海棠姑娘，给你介绍一下，这位是信王爷，这位是苏子瞻，这位是苏兄的夫人，这位是……”

海棠看了李羽轩一眼，脸上的笑容隐了下去，“李大人，今日怎么如此热情？小女子与李大人一面之缘，没必要如此殷勤吧？”

“呵呵，姑娘这话就说见外了，人与人之间的缘分，不是见面多少来决定的，你不见多少传奇故事里，两人一面未见，便相思入骨，生死相许的？何况姑娘天姿国色，冰肌玉骨，下官想不相思也不行啊。”

李羽轩搅动三寸不烂之舌，就想把这事从苏轼身上转到自己身上来，反正银子也不会吃醋。要是王弗知道了苏轼和海棠的事情，那可不得了。

苏轼显然不知道李羽轩的用心，他上前一步，有些诧异地问道：“李兄也认识海棠姑娘？”

李羽轩见苏轼不知道趁这个时候带着老婆赶紧溜走，而且还主动上前搭话，表示自己认识海棠，真想推着他那颗水泥脑袋去撞墙。所以说聪明都是相对的，这苏大才子的情商真不怎么样。社交经历更不怎么样。

他只得装作很诧异地问道：“苏兄也认识海棠姑娘？”

“呵呵。”苏轼笑道，“海棠姑娘也算是在下的一位朋友，不过，李兄，你当着嫂夫人的面如此夸赞海棠姑娘，就不怕嫂夫人吃醋吗？”

李羽轩见苏轼如此说，知道自己这场掩护是白费劲了，只得嘿嘿一笑，“我家娘子知道我，也就是嘴上厉害，心底里是万万不敢的。”

海棠本来还对李羽轩的油腔滑调有些恼意，见他这样一说，想起那晚他睡书房的事情，也不由得掩嘴一笑。

苏轼拉过夫人王弗，“来，我给你介绍一下，这位海棠姑娘，兰花是画的极好的，我上次拿回家的那副，就是这位海棠姑娘画的。”

王弗盈盈一笑，上去与海棠相互见了礼。

李羽轩不禁对苏轼的这招大为赞赏，表面上坦坦荡荡，背地里……从此以后，她一定对苏轼刮目相看。

酒店里走进来五个汉子，虽然是锦衣玉带，但李羽轩还是从他们走路的姿势和炯炯的目光里，看出他们不是斯文人物，那几人也看到了李羽轩他们，李羽轩他们此刻身上着的，除了李羽轩是平常服装，其他人都是官服，那些人却仿佛不曾认得，看过一眼便转开目光从他们身边走了过去。

另外一个红衣女子也走了过来，对着海棠说道：“姐姐，走吧！”

海棠答应一声，跟着她向着那群人的同一个方向走去。

一直没说话的信王突然问道：“海棠，你在这里做什么？”

海棠闻言冷笑一声，“难道王爷忘了小女子是做什么的吗？当然是有恩客相邀。”

“是吗？”信王也冷笑一声，“海棠姑娘最好先看清恩客的样子再赴约，不然到时候就算你有最好的花容月貌，本王也救不了你。”

苏轼还想说话，被王弗拉住了衣角。

李羽轩对信王的话也觉得奇怪，却见海棠如什么都没听到一般，径自走远了。信王，海棠，苏轼，李羽轩突然觉得，这里面一定有什么秘密，是他所不知道的。

信王见海棠走远，也拂袖往酒店外走去。大伙儿在酒店外散了场，信王依旧跟着李羽轩回到西子胡同。

李羽轩想起早朝时苏轼说过的话，知道信王一定是有重要的事情要说，一定与她和徐清之去凉州边关有关。虽然她对信王了解不多，但她知道，他一定不会在无聊的事情上浪费时间。她甚至开始有些怀疑，他的风流的名声，是不是他对外面用的迷雾弹。

因为他心机实在太深，因为他好像对谁都了如指掌，就像刚才的海棠，就像刚才匆匆而过的几位过客。

两人在书房坐定，李羽轩还是忍不住问道：“王爷认识酒店里的那几个人？”

“不认识。”

“那王爷怎么和海棠姑娘那样说呢？”

“凭感觉。”

“那王爷凭感觉他们是什么人？”

“不是好人。”

哦！

“下官知道王爷今日等我，一定有要事要说，此刻这里再无他人，有什么事情，王爷请直说。”

信王看着李羽轩，又换上了他那招牌式的揶揄的微笑，“本王希望李大人和本王实话实说。”

“王爷您问，下官一定知无不言，言无不尽。”

“那好，我问你，你为什么来参加殿试？”

“这个啊——”李羽轩微微一笑，“这个与下官的意愿无关，是恩师们选出来的。”

信王看着李羽轩回答的滴水不漏，嘴角一扬，“那我问你，你为什么要考进士？”

“难道王爷觉得，以下官的才情，不足以有此想法吗？”

“我要实话！”

“实话就是——”李羽轩看着信王的眼睛，她今日就赌一把了，信王既然把话说到这份上了，就证明他一定查到了她的一些资料，他查到了资料而没有上报，而是直接找自己问话，证明他也暂时不准备把这事说出去，或者他还没有足够的把握证明自己掌握的资料是真实的。

那么，主动权依然在她的手里。“王爷，实话就是，我考取功名，确实是想为父报仇！”

“你父亲是谁？”

“五年前惨遭灭门的常州知府李德。”

“哦！”李羽轩看得出信王悄悄地松了口气，知道自己这把赌对了，信王果然查到些什么了。继续说道，“下官知道王爷和众位都以为李知府全家被屠，下官也是当时一时侥幸，得以生还，所以不敢暴露身份，怕仇家追杀。这五年来，从不敢与人说起身世，王爷是知道此秘密的第一个人。”

这话不假，信王确实是第一个知道这个秘密的人。要别人相信你，总要有些东西坦诚相告，何况她要查这件案子，她的身世早晚也会被别人知道。

信王陷入了沉默，一会儿才问道：“关于仇家，你可查到了什么？”

“暂时什么都没查到。”

“嗯！”信王点点头，“你家的这件血案，朝廷查了五年也没查到什么线索，你最好不要陷入其中。”说罢轻轻一笑，“你认为你能查得出来吗？”

李羽轩见信王对她已经不疑，长叹了一口气，“尽人事，知天命。”

“行！”信王站起来，“李大人把事情都说了，我也不瞒你，这两日我也派人查到了你不少资料，知道你自常州来，而且当日李知府有一个儿子叫李羽轩。”

李羽轩背心一凉，忍不住出了身冷汗。

信王微微一笑，也未再追究，脸上的表情也柔和了下来，“这几日在家里好好休息，过两天本王和你们一起去凉州送岁银。”

第十六章

李羽轩这才知道所谓的巡视边关，原来就是去给西夏送银子，现在中秋已经过了，眼看就要到寒冬，肯定是西夏那边来人催要银子布匹了。

放着朝堂上那么一列列的武将不去，居然要她和徐清之这两个文弱书生去送岁银，摆明就是卫国公主公报私仇，整她和徐清之两个。

凉州啊，塞外苦寒之地，王之涣的一首：春风不度玉门关，就写尽了凉州的荒凉与寂寞。这个信王为什么放着好好的京师不待，要跟他们跑到凉州去？

说实在的，要去跟西夏人打交道，李羽轩心里还是有点虚，在她的印象里，这个时候的西夏，还是典型未开化的野蛮人，一不小心就翻脸不认人，打了再说，凭她这点道行，人家一个小手指头就可以捏死她。

哦，是捏死她和徐清之两个。

她把这担心和徐清之一说，徐清之这个傻小子却是一脸正气，“大丈夫自当以身报国，死而后已。”

跟苏轼一说，苏公子无可奈何，“圣上旨意，大哥和三弟保重。”

跟欧阳修一说，欧阳大学士一脸严肃，“此事正是你们建功立业的好机会，端正和越吾你们两个一定要好好把握！”

那么包大人，把展大哥借给我当保镖吧！……这话不敢说，只能在肚子里当腹语说给自己听。

或者圣上，您给我多带点兵马吧！三千不行就五千。

朝廷有规定，每年都是配给五百兵马，沿途护送岁银。多一个也不给——

能不能看在信王的面子上，这五百个都配上大内侍卫？

听这话的人眼睛一瞪，“你做梦吧，信王武艺高强，保护自己绰绰有余。”

那我怎么办？

听天由命！

银子柔声安慰她：“少爷，放心啦，不会有事的，这不每年送岁银的人都平安回来了吗？”

李羽轩半闭着眼睛靠在躺椅上，“银子，以前每年都是武将去的，你说今年西夏人见大宋派了两个嘴上没毛的羸弱娃娃去和他们打交道，他们会怎么想？是认为大宋实在善良，还是觉得这大宋实在好欺负？”

“少爷，你不是常说，社交之道，在于变通，而不在于武力吗？你这问题都问了我好几遍了。”

“唉，就怕秀才遇见兵，有理说不清啊，我这嘴皮子和他们的钢刀放一块，这没得比啊！”

……

外面一个丫头来报：“老爷，夫人，外面一个女子求见，说是老爷的相识。”

“知道了，你叫她在书房等着吧。”李羽轩从躺椅上站起来，“奇怪了，怎么会有女子来找我？”

和银子两个走到前厅，却见站在厅里的一人明眸皓齿，红衣红裙，正是海棠姑娘。

李羽轩对海棠的突然造访大感奇怪，这女子不是一直都不待见她吗？怎么会到府上来找她？不会是见她和苏轼感情好，叫她给她们两个当红娘，穿针引线吧？不行，这事绝对不做，给小三当说客的事情绝对不做。

她希望自己的爱情能够一生一世一双人，也不愿看到别人娇妻美妾，满屋芳香。她就是不喜欢男人左拥右抱。没办法，这是上辈子被一夫一妻制给毒害的，到了这个社会，变成了心理强迫症。凡是家里老婆多的男人都在她的腹诽鄙视之下。

海棠见李羽轩出来，马上盈盈地施了一礼，“小女子拜见李大人。”

李羽轩看她这架势，就知道她一定有求于她，不过这事儿她也一定不会答应。她在主位坐下，挥挥手，“海棠姑娘请坐。”

海棠在一边坐下，却沉默着没有说话，好像是在斟酌着这话该怎么说。

李羽轩笑笑，“海棠姑娘有话就直说吧，我不会记得你那晚的打地铺之仇的。”

海棠俏脸一红，“李大人说笑了，海棠以前怠慢李大人，还请李大人大人不计小人过。”

李羽轩不置可否，接过丫头递过来的茶开始慢慢品茶。银子不知就里，也在一边沉默地看着。

海棠突然站了起来，站到李羽轩前面跪了下去，“小女子有一事相求，还请大人成全！”

终于要说出来了？行，除了做小三，别的我都可以考虑，脸上装作一脸惊奇地站了起来，“哎呀，海棠姑娘，你这是做什么？快快起来！夫人，把海棠姑娘扶起来！有什么事情就说嘛，大家相识一场，能够帮忙的下官一定义不容辞，不看在海棠姑娘的面子上，也看在苏兄的面子上，是不是？”

看在苏兄的面子上，更不能帮你。本姑娘人生长恨两件事，一件是小三，还有一件就是别人看穿她女扮男装。

海棠换上了一副悲切的模样，那模样看在谁的眼睛里都是我见犹怜。

李羽轩冷笑一下。

海棠当然不知道李羽轩的心思，见李羽轩答应得爽快，马上眨眨大眼睛，从大眼睛里掉落了几粒珍珠大的泪珠，“小女子闻说李大人会送今年的岁银去凉州，小女子家在安西，与凉州相隔不远，当年与家兄逃难离开家乡，已经多年未回家了，家兄这些年一直想回家，一人上路，却又不敢，怕碰上流寇和西夏人。家兄知道每年朝廷都会有人马经过安西去凉州，一直求我，希望我能求哪位大人带他一起回去。所以今日斗胆来求李大人……”

李羽轩没想到海棠求她的事居然和小三扯不上一点关系，却是这样一件看似很简单的小事，捎个人上路，举手之劳——

她看着海棠，“为什么你不回去，而是你哥哥一个人回去？”

“小女子残花败柳，回家只会给父母增羞罢了。”

“你父母远在安西，他们怎么会知道你在京师做什么？再说了，你们不是卖艺不卖身的吗？哪来残花败柳之说？”

“世上没有不透风的墙。小女子若回去，总有一天小女子的事情会被家人知道，到时候，小女子死无葬身之地。”

“海棠是你的花名吧？”

“是。”

“你的真名在这京师里有几人知道？”

“没人知道。”

“呵呵。”李羽轩笑起来，想起信王那双毒眼果然厉害，这位海棠姑娘，只怕是哪位组织潜伏在京师的资深地下工作者，现在计算到她李羽轩的头上来了。她看起来很好骗吗？“海棠姑娘，这件事情下官做不了主，还有信王爷和徐大人一起去，我得先和他们商量商量。”

“大人！”海棠看得出有些心急，“这事儿就是一件小事，您叫家兄随便扮成您的一个随从就成了，不要惊动信王爷吧！”

“那怎么成呢？”李羽轩故意慢腾腾的做思考状，“本官年轻不懂事，但也知道此事的厉害，要是在路上，下官，徐大人，信王三人随便出了点意外，或者我们押送的银子随便出了点意外，而我又正巧带了个陌生人在身边，海棠姑娘你这不是要陷下官于死路吗？还是明说的好，大伙儿一致通过的话，下官也好将来给自己留条活路。”

李羽轩看出海棠听了此话，脸上的肌肉马上僵了一下，随即见她勉强一笑，“李大人说笑了，小女子绝无此心，如果大人为难，小女子也就不勉强了，再回去给兄长另外想办法。”

“另外想办法好啊，不是有商队经常往那边去吗？跟商队一起就好了，不要和官府的事情搅上联系，搞不好平白的丢了脑袋，本官也是提着脑袋在办差呢。”李羽轩真想苦口婆心地劝海棠回头是岸，放她和徐清之一马。不过海棠没说破，她也不好凭猜测说些什么。要是说错了，海棠反口安上个居心不良，有心造反的罪名给她，她更加的吃不了兜着走。

“是！”海棠又是盈盈一施，“小女子告辞。”

送走海棠，李羽轩的担心又加上了一层，这岁银，只怕是还有人盯上了。对于这个时候的帮派组织，江湖势力，她可是一窍不通。悲催了。

她这一去，羊入狼口啊——

但愿她是喜洋洋，对方是灰太狼——

……

两天后，雄纠纠气昂昂的徐清之，耷拉着脑袋的李羽轩，似笑非笑的信王带着九门提督赞助的五百兵士，压着一长溜的拖着银子，布匹，茶叶的马车从京师出发了。

第十七章

银子依旧装扮成小厮模样，跟在李羽轩身边。

浩浩荡荡的队伍出了京师，一路向西北走去。五日之后，队伍到达了陕西境内。傍晚时分，大伙儿在一处叫青龙镇的驿馆内歇了下来。

连续五日的骑马赶路，把李羽轩颠簸得腰酸背痛，苦不堪言。为了不被信王看出什么，只得挺直腰杆强撑着。这日实在撑不住了，一到驿馆，便趴到床上睡觉，连晚饭也没有出去吃。

半夜里醒来，吃了几个银子留着的烧饼，发现银子已经歪在床边睡着了，便把银子扶好放床上睡下，自己去厨房打热水洗澡。

一路上风沙飘扬，一天下来，人早已经变成了灰不溜秋的癞蛤蟆，不洗澡那是绝对不行的。说起洗澡，李羽轩满腹辛酸，这几天每次都只能乘着夜深人静的时候打水进来洗，因为没有专门洗澡的器具，洗的不干净不说，还得提心吊胆，外面院子里躺着五百个男人呢！

李羽轩走出房间，才发现院子里清亮一片，头顶上一轮明月，正透过树梢洒在院子里，洒在满院子执勤的兵士身上。兵士以为她是出来巡夜的，打起精神向她示礼致敬。

她这才想起，又到了月圆之夜，自从中了探花郎，这日子都过得没有概念了。

来到后院的厨房里，她找到一只盛水的木桶，热水已经没有了，灶上瓮里的水还稍微有点温热，打了一桶水，她伸手去提，发现这个重量根本就不是她的能力范围之内，她咬咬牙，也最多只提起了一厘米高就吧嗒掉下去了。

这该死的笨木桶怎么可以这么重？她泄气地看着脚下的木桶，不知道银子那些天是怎么把水挪进房间里的……

“三弟！”一个温和的声音从门口传了过来，让李羽轩心里一哆嗦，自己刚才的举动不会让他给看见了吧，这也太逊了。还好是这傻小子，心眼实在，不会想到别的。

她展开一个笑脸对着进来之人，“大哥，你怎么还没睡呢？”

月光照在她笑颜如花的脸上，闪烁着一种炫目的晶莹，配着那双恍若秋水的丹凤眼，徐清之有一瞬间心底一窒，以为眼前站着的，就是月里的美婵娟，要不是那身官服，要不是她那一声大哥……

徐清之懊恼地摇摇头，不知道自己怎么会老是对着三弟把他想象成女人，大概是三弟长得太文弱了，大概是他年龄大了，现在金榜题名，想找个女子成家了吧？

他走到木桶前，他刚才看到李羽轩提不动木桶的无可奈何的样子，这样子，太惹人爱怜了，这一颦一笑，一言一语都让他有些情不自禁，他情不自禁地又摇摇头，唉，三弟，要是不是三弟该多好——

李羽轩看着徐清之进来后摇头再摇头，不知道他在想什么，见他直接走到木桶前，知道他一定是看到了自己的糗态，不禁俏脸有些微微发红，好在月光朦胧看不真切。

徐清之伸手把木桶提起来，“三弟，你这是要提到哪里去？”

“哦，我只是想提回房间去洗澡。”

“洗澡啊，那边有一间专门洗澡的房子，我帮你提过去。”徐清之提起木桶就往门外走去，“三弟，不是我说你啊，每次见你洗澡都偷偷摸摸的在房间里，大男人干吗这样害羞呢？莫非你们江南的男子都是这样的小家子气？”

李羽轩见他真把水往厨房隔壁的房子里提，苦笑着说不出话来，只得赶紧闪身拦在他的前面，用手压下他提桶的那只手，“大哥，你就放着吧，不用你帮忙了，我就是这些天骑马，拉的肩膀有些疼，舒展一下就没事了。”

“我还是先帮你提过去吧，等下你洗完澡，我帮你肩膀按摩一下，我的医术很不错的。”徐清之边说边去拉开李羽轩压在他手臂上的手，才发现李羽轩的手如羊脂一般洁白和细腻，一拉之下，好像还很柔软？

他的手一怔，覆在那小手上忘了移开。他望着李羽轩，心中仿佛有千言万语奔涌着，却一句也说不出来。潜意识里提醒他，这个人是男的，你不可以这样，他是个男的，你快离开——

李羽轩见徐清之的话说了半截就没了下文，觉得奇怪，抬头准备说话，正好迎上徐清之的目光，那目光深沉而热烈，正一眨不眨地盯着她。

她没来由觉得浑身有些发热，使劲地把手抽了出来，故意装作有些薄怒的嗔道：“大哥，你怎么啦？”

徐清之也如着火了般把手收回，看着李羽轩的轻嗔薄怒，心里一悸，竟然说不出话来，“我——”

李羽轩忽略掉他的不自在，呵呵一笑，很大度地拍拍他的肩膀，“大哥，我只是想要你把水帮忙提回房间里，你怎么发起呆来了？”

徐清之慌忙避开李羽轩的手，“我没——，我这就帮你把水提过去！”他这是怎么啦？今晚太不正常了，他一定要好好回去自省。是的，自省再自省，以后再也不能出现这种状况了，要是三弟知道自己有这样的想法，不跟他绝交才怪。不行，绝对不能让这种事情再出现。

他把水提到李羽轩的门口，“三弟，你自己提进去吧，我就不进去了。还有……”他从怀里拿出一个油纸包，塞到李羽轩手上，“这里面是这里的特产酥油饼，本来我是见你没吃晚饭，给你送吃的，没想到见到你，一时忘了。”

李羽轩接过纸包，心里有些感动，“你一直在等我？”

“没！”徐清之摇摇头，“我也睡不着，就顺便等着你了，也没想到你真会出来。”

李羽轩感激地一笑，“大哥，谢谢你！”

“没——”徐清之又莫名地红了脸，只得慌忙地离开，“那我去休息了，三弟你也早点休息。”

“恩！”

李羽轩把水挪进房间里，银子已经醒来了，见状赶紧把水桶接过来，“少爷，我来吧！”看着李羽轩手里的纸包，“徐大哥真细心。唉，少爷，要是你不是那个……多好，徐大哥是个好人。”

李羽轩把纸包放桌上，想着徐清之那窘样，也忍不住莞尔一笑，“银子，这徐大哥确实是个老实人，以后你不许欺负他。”

银子斜着眼睛挑了她一眼，“少爷，这话你是对自己说的吧，我哪有那胆儿呢？”

李羽轩抬抬眉毛，“也是，我以后要更加慎重一些，不能和他单独相处，以后你也机灵点儿，别让我们单独在一起。还有信王爷一样。还有，我那几件内衣的领口你还给我缝高一点，最好把整个颈部都遮住。”

“还有……”李羽轩想了一下，“以后我的衣服别经常洗，得捂出一点汗味来。”

“姑娘。”银子低低的嚎叫一声，“你这是要当男人，还是当流浪汉？怎么可以让衣服有汗味！我第一个受不了。”

李羽轩嘿嘿一笑，“汗味好，让人不敢靠近。”打开纸包，拿起一个酥油饼放进嘴里，自去洗头发洗澡。

寂静的月光里，一阵悠扬的箫声从窗外传来了进来，李羽轩凝神细听，知道吹的是高山流水，马上想到这一定是徐清之吹的，也想到了他的用意，他正在用这曲子为刚才的事情向她道歉呢，说明他对她，他和她，就如钟子期和伯牙一样，是知己，是知音……

她忍不住一笑，“这傻瓜——”

第十八章

第二天出发，李羽轩发现驿馆门前多停了一辆马车，她正奇怪，信王从马车里跳了下来，“李大人，本王昨晚叫此地衙门送来的这辆马车还不错吧，怎么样，今天是继续骑马，还是坐本王的这辆马车？”

这绝对是诱惑——

这死狐狸精——

是接受诱惑还是继续挑战快要磨成茧子的屁股？李羽轩正在犹豫，徐清之也从马车里面走了出来，“三弟，这是王爷见路途遥远，怕三弟受不了骑马的劳顿，特意准备的，去吧，车里面我们都已经打点好了，你就在马车里休息，我和王爷骑马看着就好了。”

“你们不一起坐车？”李羽轩犹疑地看向信王，和两个大男人坐一辆马车，打死她她也不干——

信王的嘴角又露出他那招牌式的笑容，“那就要看李大人的客气了，或者偶尔本王和徐大人也会来歇一会儿的。”

“那就这样说定了，你们骑马，我坐车，你们偶来进来歇息，我就偶尔出去骑马。”李羽轩最见不得信王那抹戏谑的微笑，豪气干云天的把坐骑交给身边的一个兵士，跳上马车，“王爷，下官就恭敬不如从命了，谢谢王爷的关照！”

信王见李羽轩坐进马车，眉毛一挑，跳上马车的驾辕，挥鞭一甩，“出发！”

马儿立刻扬蹄奔走起来，李羽轩刚在马车里坐下，听到信王的声音，赶紧拉开马车的帘子，正好看到信王扬手甩鞭的笔直背影。

徐清之骑马跟在信王身边，这几日的日晒风吹，他本来有些苍白的脸被太阳晒得红红的，那纵马而驰的身姿，总算是让李羽轩从他的身上看到了一丝阳刚之气。他见李羽轩探出脑袋来望着他，侧身对她展颜一笑。

李羽轩也微微一笑，把脑袋缩了进去，算了，上了贼车，信王爱咋折腾就咋折腾吧，反正她也改变不了他的想法。那是个绝对自我，心里绝对强势的男人。

坐马车里比骑马舒服多了，李羽轩开始细细地打量这马车，马车不小，有六人的座位，都铺着上等的皮毛，还有几个小靠垫，一床被子，车子的右前边放着一只箱子，她坐过去打开箱子，里面居然是各种小点心，她用手摸摸，还有些温热，是今天一早放进去的。点心下面，还有不少杏仁，核桃和花生，大概是这个小地方能买到的最好的东西了吧？

这是谁放的？信王还是徐清之？

她抓起一把杏仁，刚吃了两粒，脑袋里灵光一闪，想起信王说过的话："我这眼睛阅人无数，我这个人也是在脂粉堆里打滚出来的，特别会识男子和女子……"女子，零食？我呸——，差点又被他算计进去了。

李羽轩赶紧把杏仁放回箱子里，想用美食诱惑我？门儿都没有！

她抱着一个靠枕斜躺在座位上，掀开一边的帘儿看外面的景色，愈往北走，愈加荒凉，官道上几乎看不到一个行人，只有一座比一座更高的山矗立在眼前。

这山里，不会有强盗吧？

这个问题，从一开始出发李羽轩就担心起，总觉得那次海棠突然的造访很有问题，总会哪天冷不丁的杀出一窝强盗，把他们杀个片甲不留。

要是能有一身武功多好，不说能保护别人，就保护她和银子两个就行了。还有，徐清之也应该要保护，信王？不管他，祸害留千年，他怎么也死不了……

她干脆闭着眼睛开始想象自己练成了绝世武功，像武侠电影里那样，白衣白裙，衣裙飘飘，在林子里飞来飞去的场景，下面围着一山的帅哥，都仰着脑袋留着口水望着她——

咦，口水？脸上怎么会这么凉？

她伸手往脸上一摸，睁开眼睛，发现是雨水飘落到了脸上，面外的天已经阴沉了下来，凉风正夹着细雨扑面而来。

这山里的天气，就是这么讨厌，刚才明明还太阳高照的，这会儿就风雨交加。昨天也是，好好的一会儿下雨，一会儿出太阳，出着太阳下雨。

只是，好像，这雨愈来愈大了？

她听到信王在叫大家找个宽敞的地方支起帐篷躲雨。接着马车停了下来。

她掀开前面的帘子，正想看看到了什么地方，一个紫色的人影已经到了她的身前，见她想出去，把手一横，把她挡在了马车里。

李羽轩本来也只想看看外面而已，被他的劲道一推，登时站不住脚，咚咚退了两步，跌坐在了最里面的位子上。

信王弯腰坐进来，脸上似有不悦，“你出去干吗？淋雨还是指挥避雨？”

李羽轩对他一直抱着三不理的原则，非公事不理，非人命关天不理，非避无可避不理。当下就当没看到他的无理，没听到他的话，对着外面还在指挥避雨的徐清之叫道：“大哥，进来避雨吧！”

徐清之点点头，却没有立刻进来。

信王知道这几天李羽轩都在有意避开他，每次他骑马在前面，她就必定走在后面，他转到后面，她就必定打马跑到前面。聪明如她，一定是知道他看出了什么。可是，既然看出来了，她又怎么躲得过？她也太小看他了。

他不管她的反应，坐到木箱前，打开箱子，拿出里面的点心吃了起来，顺手递一块给李羽轩，“吃吗？”

李羽轩正被满车子的香气勾着鼻子，见此毫不客气地接过点心，“谢王爷！”

她看到银子小小的身子正站在一棵大树下避雨，不远处的山坡上，帐篷已经陆陆续续地搭了起来。

她心疼银子，也知道银子一个小小的奴仆，是怎么也没有资格坐进这马车里来的，只得叹了口气，收回目光在马车里坐好。

她看到信王吃完点心，又开始剥花生，眼睛看在手里的花生上，一言不发，也不看她。花生剥了壳，花生米握在手里也不吃，车厢里的气氛有些诡异的尴尬。

她不自然的有些脸红，也伸手过去想去抓些干果吃，转移一下这车内的气氛，也转移一下她莫名的心慌。

她伸出的手刚到木箱边，信王毫无预警的伸手抓住了她的手，她只感觉脑海充血，心脏一下子跳到了嘴边，一个啊字还没出口，信王却抬头对她温柔一笑，反手把自己手里剥好的花生放到她的手里，“吃吧！”

“啊——”

“我不吃花生的。”

“那你为什么剥？”

“我在想事情……”

“啊——”李羽轩啊字刚出口就闭上了嘴巴，因为信王又开始低头剥花生，没有再看她。

李羽轩坐回自己的座位，看着手里的花生，感觉刚才就是在做梦一般。这是信王吗？再看向信王，只见他眉头深锁，显然是如他所说，他正在想事情。

这里远离京师，他要想什么问题？

还有，他这次自告奋勇和他们一起来送岁银，她总觉得很不符合事物的正常发展逻辑，好好的京师的奢靡安逸不过，跑出来和他们风餐露宿，还有要应付随时可能出现的危险。

他该不会是不放心她，又无法逆转皇上的旨意，特意跟出来监视她？

不可能，她还没这么大魅力，她也没这么自恋，要监视她，很多方法都可以。

那么，为什么？他难道是在利用这次送岁银的机会在计较什么吗？

对了，危险——，海棠的那件事情要不要告诉他？防患于未然总是好的，大不了笑她疑神疑鬼。

“信王！”她虽然不喜欢他，也有些不忍打破他的沉思，轻声叫道。

“恩？”他抬起头来，嘴角又显现出那抹笑容，“你主动叫我？有什么大事发生？”

“你！”李羽轩气结，这人果然不能亲近，不过为了脑袋，她忍！“王爷，我突然想起一件事情来，想告诉王爷。”

“恩！”他丢下花生，把手里的花生仁递给她，脸上难得的正经，“说罢！”

李羽轩便一五一十地把那日海棠找她的事情说了一遍。

信王一直看着她说完，才笑着问道：“你担心什么？”

李羽轩也不想和他抬杠，“我担心海棠说的是假话，我担心咱们这一路有危险。”

“呵呵。”信王闻言大笑，“有我在，你还担心你有危险吗？”随即脸色一沉，目光转开她的身体看向车外，“相信我，我不会让任何人伤害你。”

第十九章

李羽轩见他说得严肃，不由得心头一荡，这话，说的好像有点不合场合，也不合人物——，信王爷，果然是脂粉堆里的高手，或者，果然对她有断袖之意？这话要是别人说出来多好，她一定会感激涕零，以身相许，呜呼，浪费了这么好的台词。

她收紧心神，也呵呵一笑，“我知道王爷雄才伟略，未卜先知，这事儿，大概王爷不用我说，也是知道的吧？”

信王本来严肃的面容听了她的这话，又忍俊不禁扑哧一笑，“你就消遣我吧！你这马屁精。”

李羽轩也忍不住一笑，终于两个人都忍不住大笑起来。在这笑声里，李羽轩觉得她和信王的关系有了一丝奇妙的改变，仿佛两人一笑泯恩仇，从此不再是敌人而成了朋友。

车外一个信王的亲随来报：“王爷，帐篷已经全部搭好，徐大人请您和李大人过去。”

李羽轩打开车帘，外面的雨更大了，凉风吹进来，她不自觉地往里缩了下身子。信王跳下马车，接过亲随手里的蓑衣披在肩上，对着李羽轩伸开手，“下来，快点！”

李羽轩接过他的手，跳了下去。信王双手稍稍用力，把她带到自己的蓑衣里，两人冒雨向中间的大帐篷冲去。

帐篷里已经生了火，徐清之正站在火旁烤衣服，见他们进来，赶紧迎了过来。

李羽轩见他全身都湿透了，头发上还往下滴着雨水，不由得有些生气，“你看看你，本来身子就单薄，还淋这么多雨，还不赶紧去换衣服，你要感冒了才舒服吗？”

“三弟？”徐清之突然被她这么一顿抢白，有些诧异地望着她。

得，她知道自己的大女人情结又作怪了，总爱当圣母玛利亚，不过这徐清之也真是的，当官有必要这么身先士卒吗？跟他一比较，她这个李大人就被比到山嘎达里去了。

她在火旁坐下，这秋风一起，还真有些凉快，“大哥，看情形这雨一时半会也停不了，你先去换了衣服吧，在这路途里生病了也不是好玩的。”

“恩。”徐清之感激地望着他，“三弟，你这么关心我，大哥真是开心。”

“去吧！”信王挥挥手，“我们在这里等你。”

“是！”

徐清之转身走出去，信王侧身望着李羽轩，“你很关心他啊？”

“当然了，有些人是君子，有些人是小人，你难道要我不关心君子去关心小人吗？”李羽轩说完，自己也忍不住一笑，“王爷，我就是打个比喻啊，你别对号入座。”

“这世界小人多了，伪君子更多，与其做个伪君子，我还不如做个真小人，你说呢？”

“我说啊，王爷你一定不是人们传说中的那个真小人。”

“哦哈哈哈哈。”信王大笑起来，“你确定？”

李羽轩也笑，“我不确定，在我心里，王爷就是一只永远也看不透的狐狸。”

旁边的军士与听着他们的谈话，都向李羽轩投来了诧异的目光，这李大人，在王爷面前也太放肆了吧？难道他们两个，有那种关系？有可能，看王爷看他的那眼神，就像看小情人一样……再看这李大人，身子单薄的就跟娘们儿一样——

唔——

好事不出门坏事传千里，雨还没有停，信王爷和李大人有那种那种不可言传的关系的传闻就传进了每个人的耳朵。

徐清之换完衣服进来，就见到守卫的两个兵士站在帐篷门口窃窃私语，见他进来，马上那个闭上了嘴巴。

李羽轩见他进来，笑道："君子来了，快请坐。"

徐清之见他们两个神情，好像在说什么愉快的话题，在一旁坐下问道："你们在说什么呢？"

信王看了李羽轩一眼，笑道："我们在说君子坦荡荡，小人长戚戚。"

"我们在说花姑娘呢，大哥，你要不要听？"李羽轩调皮的一笑，如愿以偿的看到徐清之红了脸。

"逗你玩的呢，我们在说一品香的海棠姑娘。"

"海棠姑娘啊，她怎么啦？"徐清之有些奇怪，"你怎么想起她来啦？"

"我们在说像海棠姑娘这样的雅人儿，正好配徐大哥这样的风流才子啊。"李羽轩眯上眼睛做陶醉状，没办好，她实在太喜欢看徐清之红脸的模样了，总忍不住要调戏他。

徐清之知道她口没遮拦，当作没听见一般看向信王，"王爷，这雨一时半会也停不了，我们今天只怕是要在这儿过夜了，叫将士们开火做饭吧！"

信王点点头，"叫将士们把岁银看好了。这天气，很不正常呢！"

第二十章

这天气确实很不正常，待到天黑的时候，停了雨，天边又挂上了一轮明月。由于是临时的歇息地，帐篷紧张，李羽轩和信王，徐清之只得三人合着一个帐篷凑合一晚。

这是信王的主意，本来是信王爷单独一个帐篷，她和徐清之一个帐篷的。信王把他的帐篷腾给了士兵，凑到他们一块来了。

这可害苦了李羽轩，本来她思量着和徐清之一块她还可以睡一觉的，现在多了个信王，哪里还敢睡觉，只得拖着银子睁大眼睛看月亮。那两个无聊的男人见她不睡，也不睡，陪着她一搭没搭的说话聊天看月亮。

突然，徐清之叹气，"李兄，你想你夫人吗？"

李羽轩："想啊！"

徐清之："哎，你还有个可想可念之人……"

李羽轩被他这话说得心底酸酸的，拍拍他的肩膀，"放心了，大哥，会有一个好姑娘在等着你的。"

"是啊！"信王站起来抬头望着月亮，"好姑娘不少，能碰到自己心动的就不多了。"

"是啊！"徐清之也站起来望着月亮，"好姑娘不少，能碰到自己心动的就不多了。"

……

李羽轩看着两人对着月亮那悠然神往的样子，也站起来，决定不跟他们在这里发花痴了，深深地吸了口气，走进帐篷坐到临时搭好的木床上打坐去了，可是坐着坐着就睡着了。

银子摇醒她，“少爷，你醒醒？”

李羽轩一惊，努力睁开眼睛，“银子，你家少爷熬不住了，赶快想想办法不让我睡觉！”

“熬不住了就不熬嘛！难道你还怕山里的老虎把你吃了？”帐篷外传来信王清朗的声音，跟着传来徐清之的哈欠声，“我也要休息一下，王爷，你也一起休息吧！”

接着两个身影向帐篷里走了过来。

李羽轩把自己的上眼皮用手扯起来，接过银子递过来的冷水对着脸上一顿乱抹，刚觉得清醒点儿，那两个人影已经到了身边。

徐清之对她的举动再次表示了无与伦比的诧异，“三弟，你这是做什么？”

李羽轩没好气地白了他一眼，“睡你的去吧，管这么多干吗？”睡眠不足果然火气很大——

好在徐清之不计较惯了，爬上另外一张床，很快就睡着了。

剩下她和信王大眼瞪小眼。

信王其实很想跟她耗下去，看她能不能撑过这一夜，这一夜，或许还有精彩在后头呢。不过看着她的一双丹凤眼变成了绿豆大的斗鸡眼，心里还是有些不忍，知道自己不睡，这倔犊子也是不会睡的，便走回自己的床边和衣躺下，很快就响起了均匀的呼吸声。

李羽轩见信王睡着，马上眼睛一闭，身子一歪，躺床上睡了过去。银子也俯在床边睡下了。

不知道睡了多久，外面嘈杂的声音把李羽轩惊醒了过来，她尽管困得厉害，可睡得并不沉，这是她女扮男装以来养成的习惯。

她睁开眼睛，看到帐篷里一片通红，抬眼望去，帐篷外大火烧红了整个山坡。她大惊，一翻身爬起来摇醒身边的银子，再看信王和徐清之的床上，两人都已经不见踪影。

她跑到帐篷口，见徐清之正站在帐篷前面，一大群的兵士围着帐篷，却不见信王身影。

徐清之见她出来，赶紧走到她身边，“怎么出来啦？”

李羽轩见徐清之好好的，惊魂初定，“这是怎么回事？王爷呢？”

“有劫匪来劫岁银，正好落入了王爷和展大哥的圈套，王爷叫我们在此保护你，他和展大哥追一个重要的人犯去了。”

看着徐清之侃侃而谈，好像一切都在计算掌控之中，李羽轩不禁恼道：“原来你们一切都知道，就是瞒着我一个人？”

徐清之嘿嘿一笑，“一切都是王爷的主意，再说了，这种事情也不知道哪天哪时发生，我们为什么要告诉你让你担心呢？”

“你们今晚不睡也是为了这个？”

“是啊！”

“那你后来为什么还睡？”

“那不是你要睡了嘛，我可没睡着，你一睡下我和信王就起来了。没想到劫匪果然来了。”

“你们——好！”李羽轩气结，“你们欺负我！”看着漫天的火光和来来去去的兵士，“你们丢我一人睡觉，就不怕一不小心有人进来咔嚓一刀结果了我？”

看着李羽轩那满脸的不忿，徐清之无奈地一笑，“三弟，我们是保护你，你性子急，又没防身之术……再说了，你这不是一混乱就出来了吗？”

李羽轩白了他一眼，“你不也没武功吗？还说保护我！”

“我是男人，自当保护弱小！”

某人望天，“拜托，大哥，我也是堂堂男子汉，你这话说出来，是要我去跳黄河还是跳泾河？”

“呵呵。”徐清之轻笑不答。

李羽轩知道徐清之也是一根筋的脑袋，只是不知道这个一根筋怎么就把自己归分到比他还文弱，还需要人保护的那一类去了，这傻小子不是让信王给洗了脑吧？居然这么默契地来对付她——

天理何在！！！

好吧，为了一路平安，她再忍！“劫匪来了多少人？”

“不知道，一出现就被展大哥带来的人包围了。”

“连岁银的银沫子都没见到？”

“是的。”

噗——，这样的智商还做劫匪，就算要衬托展大哥的英明神武也没必要这么衰吧？对了，怎么会连展大哥也来了？

信王爷果然不是为了送岁银而送岁银，原来是他们早就计划好了的，他和徐清之这两个傻瓜就是诱饵。

信王就是让劫匪大胆来送死的那颗糖——

两个文弱书生千里迢迢去送万两白银，换谁都不会信，一定会怀疑有诈，再加上个武艺高强的信王（别人说的，暂未亲见），那感觉就不一样了，这招就叫明修栈道暗度陈仓，虚虚实实，谁会想到有个展昭在后面呢？连她也没想到。

连展大哥都出来了，这劫匪一定不是普通山贼，哇，果然好戏在后头。

她抬腿往前面走去，“那些被抓住的劫匪在哪里？我去看看！”

第二十一章

徐清之伸手拉住她的手臂，“三弟，你到哪里去看？那些人都在展大哥带来的侍卫手里呢！连我都不知道在哪里。”

李羽轩停住脚步，却见前面一个年轻的兵士站出来走到他跟前，“大人，末将知道地方，末将带您去吧！”

李羽轩心里奇怪，还没转过弯来，就感觉一样凉飕飕的东西抵在了自己的脖子上，再一愣神，双手已经被人扭到了身后，钻心的疼。这下不要想也明白了，她被人绑架了，在自己的地盘——

这一下变化太快，待到徐清之和那一群的将士们反应过来，那人已经提起李羽轩腾出了帐篷的保护圈，急速向火光里飞奔而去。竟没有一人来得及阻挡。

有几个武艺高强的将士追上来，都被他的飞镖给打了回去，大家忌讳着李羽轩，不敢放箭，只得眼睁睁地看着那人挟持着李羽轩奔进了那片火光，再无身影。

李羽轩被反扭着双臂，被那人提着疾行，犹如腾云驾雾一般，一棵棵大树在身旁掠过，接着就是满目的火光直逼身上，炙热的火焰烤得她胆战心惊，死死的闭上了眼睛。

不一会儿，烧烤的感觉没有了，不过耳边风声呼啸，李羽轩心想，要是这时候这人把自己丢下去，肯定会摔成七八个李羽轩出来，正思量着，忽然感身体一轻，那人已经松手将她掷下。

“啊——”李羽轩吓得大叫起来，跟着背心传来剧痛，原来是那人把她丢在了地上。接着冷冷的声音传来，“李大人，得罪了。”

李羽轩忍痛睁开眼睛，见前面的人已经把头盔丢开，虎目浓眉，约莫三十来岁年纪，正在冷冷地盯着她。

她心中一喜，男人总比女人好打交道，想要坐起，胸口一痛，啊一声又跌了下去。

那男人见她如此，冷冷一笑，“我道和信王在一起的人有多大本事呢，原来就是一脓包！”

李羽轩见他出言讥讽，知道自己此刻是他砧板上的肉，说什么都没用，只有沉默等他说下文。但也听出他只是掳了自己，并没有杀她之意。要杀她，当场就杀了，没必要费心思把她掳来。

掳她来，做人质吧？呜呼，她当时和徐清之站一块儿的，难道她看起来真的比徐清之更好欺负？

男子见李羽轩一心揉着被跌痛的屁股，对他的话完全无视，不禁恼道：“你别把自己当回事儿，要不是要拿你换被展昭那厮抓去的兄弟，老子一刀砍了你。”

李羽轩思衬着徐清之和信王，还有展昭一定不会对她的死活不闻不问，毕竟她好歹也是一四品的朝廷命官，还是徐清之的兄弟，她现在主要的任务，就是尽量拖延时间，等他们来救她。

知道了自己暂时性命无忧，她也不那么急，那么怕了，当下装作一副恐惧的样子瑟瑟发抖，“大哥，您千万别杀我，您想知道什么我都说。”

汉子哈哈大笑，拧起她的衣领，把她从地上拧了起来，“我现在什么都知道了，赵蕴卑鄙无耻，居然和老子玩这样的把戏！他妈的！”

兵不厌诈嘛，是你自己太傻了。李羽轩连忙点头，“就是，就是，信王赵蕴太可耻了，居然玩这样的把戏！还把我这个无辜的人连累进来，被你们抓了。”

那人手一松，又把李羽轩往地上一丢，“你们朝廷为官的都是些损人利己的鼠辈，你还无辜？你不是和信王又龙阳之好吗？不然，老子还不会请你过来。”

李羽轩摸着自己惨遭荼毒的屁股，不由得对眼前这个没半点同情心的猛汉充满了愤恨，一个念头由心而起，干脆坐到地上呜呜咽咽地哭了起来。

没办法，有时候，眼泪是万能的。

男子果然中计，见她抽泣，立马鄙夷地说道：“什么男人，娘们儿一样，有种的给我站起来，别让我看扁了你。”

李羽轩把脚一伸，“呜呜，你欺负我，我本来就是娘们。”

男子显然没想到李羽轩有此一说，呆了一下，“你明明就是探花郎李羽轩，你别装娘们骗我。”

“我没骗你，我不是探花郎，我就是汴梁城外一庄户人家的女儿，被那个信王爷强行抓来装探花郎的，我根本就不认识什么探花郎……呜呜呜呜……”哭声更大了，李羽轩扯下帽子，解开发簪，一头秀发飘了下来。

男子冷哼一声，“别用这种假把戏骗我，你就算是娘们，老子抓了你来，那你不是李羽轩也是李羽轩。”

李羽轩思绪急转，正在想要怎么圆谎，一阵脚步声从远处传了过来，不一会儿过来了五个人，中间一个是女子，月光下雪白的一张瓜子脸，眉儿弯弯，眼儿弯弯。

李羽轩知道来了救星，扑过去抱着女子的脚，“姐姐救我。”

女子见李羽轩一身官服，却满头秀发，声音娇媚，不禁对着那男子奇道：“大刚哥，这是谁？”

男子显然对李羽轩的突然改变有些发怵，不知道她说的是不是真的，见女子一问，声音竟放低了几码，“他是探花郎李羽轩。”

李羽轩赶紧摇头，“姐姐，我不是！我只是信王招来冒充探花郎的一个小女子——，姐姐要是不信……”李羽轩猛地拉开外衣，显出里面白色的裹胸，“请姐姐验明真身就是了。”

旁边的几个男子赶紧把头转了开去。

女子蹲下身子，细细地看了李羽轩裹胸的棉布，又伸手摸了一下，知道不假，把她的外衣合上，把她拉起来，温柔地问道：“你这到底是怎么回事？”

李羽轩止住抽泣，把刚才的话又说了一遍，末了说道：“信王早知道你们的动静了，他这本来就是一个圈套，要套你们上当的，没想到你们还真上了当……可怜我一家十多口全部被信王那坏蛋软禁了起来，说是我完成任务了才会放回去——呜呜，可怜我八十岁的奶奶和5岁的小弟弟啊，你们这一抓了我，他们肯定没命了。”

男子一拳向旁边的松树打去，一棵碗口大的松树应手而倒，“他妈的，这信王太无耻了，居然拿个娘们来戏弄我们！老子跟他势不两立！”

李羽轩被他那一拳吓得张大了嘴，“信王无耻，你们才知道啊？”

男子瞪了她一眼，再看了女子一眼，垂下了头。

旁边的男子都望向那女子，“小姐，现在怎么办？”

李羽轩挺直身体站好，拉起那女子的手，“好姐姐，你们就拿我做人质去换你们的人吧，我知道你们是好人。这位大哥把我当成探花郎抓了来，也没为难我，不像那信王，用我一家人的身家性命来威胁我。”再眨巴出两滴眼泪，“我恨不得你们帮我杀了他！我这一路上，也受够了他的非礼——呜呜呜，我不要活了。”

得了，这下轮到劫匪来安慰她这个被劫持的人了。女子拿出手帕温柔地替她抹去眼泪，“别哭了啊，你也是受害者，都怪信王这招太毒了，我们也太低估他了，别哭了，我们这就送你回去！”

李羽轩被她温柔的话语说的一阵脸红，觉得自己的话语骗那个傻大个还可以，骗这样一位心地纯良的女子，还真有些良心不安。

她推开她的手帕，“你们不能送我回去！”当然不能这样被送回去，这样回去不什么都穿帮了？“你们这样把我送回去，他们一定会怀疑我和你们有什么阴谋，一定不会放过我！”

说完呜呜一声又哭了，“我要怎么办？”

是啊，她要怎么办才能既要毫发无伤，又要信王爷不起疑地回去呢？

第二十二章

女子旁边一个一直没说话的中年汉子看着李羽轩，突然说道："少庄主，我们不能送她回去。"他的声音不大，却自有一种威严，让人不敢反驳。

李羽轩心底一惊，第一个想法就是这男人要杀人灭口——，既然抓错了，那就杀掉，这本来才是强盗逻辑嘛！

不然就是这个男人看出了什么？他总不会怀疑她本来就是一女子吧？不可能，他不会有这么丰富的想象力，也不可能有那么高的智商。

女子显然对这个男子很尊敬，听他说话，马上转身望去，"那杨叔的意思？"

男子看了身边几个人一眼，"据我所知，信王并不是滥杀无辜之人，他既然找了这位姑娘前来冒充李羽轩，也必定不会顾这位姑娘的生死于不顾，再说了，他这么做，事先也不一定先告诉了皇帝，说不定就是他为了保护李羽轩自作主张……"顿了一下，"报信的人不是说李羽轩与信王关系暧昧吗？或者他比我们更不想让别人知道事情的真相。"

"那您的意思？"

"当作什么都不知道，依旧拿她去换人。"男子说得斩钉截铁。

李羽轩眼前顿时飞出了一大串肥皂泡……

女子望着李羽轩悲伤的神情，犹豫了一下，却也点了点头，"一切听杨叔安排。"

马上有一个年轻男子过来扭住李羽轩的胳膊，一行人往前面的山头走去。李羽轩手被扭得生疼，正好一肚子郁闷气无处发泄，回头骂道："放开我！老娘自己走！"

"你！"眼看一个巨大的巴掌就要落到李羽轩的脸上，同行的女子低声道："小林，让她自己走！"

年轻男子愤恨地把巴掌换成了拳头，听了那女子的话，却还是没敢放到李羽轩脸上。

李羽轩看出这个女子是这一行人的头脑，劫匪窝里女当家，对这个女子，也不由得多了几分敬意。就是不知道这么一个心思善良的女子怎么当的山寨的老大？

她紧走几步，走到女子身边，"老大！"

"恩？"女子看着她，一笑，"我不是老大。"

她才不管她是不是真的老大呢，她只是想知道她们到底是什么来路。"姐姐，你们这是要带着我去哪儿？"

"你去了就知道了。"

"那你们会不会杀了我？"

"不会！"

放心地嘘了一口气，"那信王那边会不会杀了我？"

那个叫大刚的人也走在女子身边，闻言冷笑一声，"那是你的事情，别企图利用我家小柔的同情心，这事，没得商量。"

"你家小柔？这位姐姐叫小柔？她怎么可能是你家的，她长这么漂亮——"小柔很有同情心吗？那很好办。攻一堆堡垒她不行，攻一个堡垒的本事她还是有的。

"你这野丫头胡说什么？"大刚一声怒喝，"小柔漂亮，怎么就不可能是我家的！"

"好吧，小柔是你家的，我又不会跟你争，急什么？"看来这大刚哥不仅一身武艺了得，这喝醋的功夫更是大大的了得。李羽轩故意把这话说得轻言细语，却让旁边的人都忍俊不禁。

就连那个杨叔，也回头看了她一眼，眼神里充满疑惑。

见大刚被李羽轩的那句话气得吹胡子瞪眼睛，小柔拉起他的手，“大刚哥，小女孩不知道咱们的关系，不要和他计较了，大事要紧。”

只见大刚点点头，满脸的怒气霎时变成了满眼的柔情。

七人继续往前走去，转过一个山坳，在一个毫不起眼的大树下停了下来，两个人上前把大树绕着的藤蔓分开，树旁边的山石上出现了一个裂缝，说是裂缝，因为它刚刚可以容纳一个人侧身进去。

李羽轩被他们压着侧身钻了进去，穿过那道裂缝，里面稍微宽敞了一点，可以容纳一个人转身，进来的人有人打着了火把，里面愈走愈宽，没多久，一个硕大的地下溶洞出现在了李羽轩的面前。

溶洞显然被人精心整理打磨过，里面的石钟乳和石头被按着形状雕成了石桌石椅石床，除了火光，另外一边还有自然的光线照射进来。

难道劫匪都是住山洞的？还是劫匪果然都是住山洞的？

山洞里除了他们七人，还有几个人正坐在石椅上聊天，见他们进来，都站了起来，“少庄主，杨大哥，你们回来了？”

两个人去把壁上的油灯全部点亮，里面一下子变得非常明亮。李羽轩看出里面有四个人，都是中老年男人。

四个老男人也望见了李羽轩，一个诧异的开口道：“少庄主，这位是？”

李羽轩知道自己大难临头，避无可避，干脆自己接口道：“我是人质。”

四人的目光一齐望向小柔，小柔沉下脸点点头，“我们的计划失败了，父亲大人正被展昭和信王追杀。她……”指着李羽轩，“一言难尽。”说完对着一个年轻男子说道，“马上去给信王和展昭送信，就说我们抓到了李羽轩，用她换我们被抓去的十八个兄弟，如果不换，就要他等着收尸吧！”

年轻男子答应一声，转身往外走去。

一个换十八个，乖乖，展大哥会不会买她这个面子？估计，有点难。他们计划筹谋了这么久，居然让她给搅和了，就算要她想，她也会觉得不值。

自力更生，丰衣足食，还是想办法自救吧，变成尸体可不好玩。好歹她曾经也比他们的生活多进化了一千年。别的地方不说，这脑细胞总要多几个吧。要不然，大伙儿还不都是山顶洞人还是洞里爬啊爬。

这么一想，那自信心又多少回来了一点，小柔虽然说得这么绝，她不会来真的吧？这个很难说，要是换不出那十八个人，她捏也会被他们捏死，甭说一人一刀，凌迟处死了。

她强自站着，脑海里已经千回百转，只有额头上渗出的汗珠和苍白的脸蛋在告诉别人：我真的很害怕。

不过她这样子已经能让洞里的人多看她一眼了，特别是知道她是女子的那几个人，她这镇定，和刚才的时候反差太大了。大刚看着她冷笑道："这时候这么不求饶了？"

她想抬脚，脚发软一哆嗦，差点摔倒，只好站在原地，见大刚这时候还来调侃她，也豁出去了，"我求饶你会放了我吗？会放我，我叫你一千声爷爷都行。"

李羽轩这一激动，马上忘了自己这时候是真女人，这句话虽然说得真气不足，但声音明显比刚才装女人低沉了许多。天啊，她到底是在装女人还是在装男人？好吧，她承认，她基本已经忘记自己是个女人了。

可是她也知道自己不是男人——

好在里面的人都各有各的心事，没去追究她声音的变化。大刚冷哼一声走到了小柔身边，小柔此刻正坐在桌旁和大家商量什么。他们把声音压得很低，估计是怕李羽轩听到。

李羽轩也没闲情去研究他们的战略方案，她现在唯一的心思就是怎么活着出去。她还有大仇未报，可不能就这样变成一个墓志铭上的英雄？

当务之急就是保住小命。

留得青山在不怕没柴烧。

还好这句话让她想起了一个人，本来她应该早就要想起的，这一惊一吓的，让她把这人给忘了。

这人就是海棠。

这些人是不是就是海棠所属的江湖帮派呢？那个大刚一身戎装混在兵士群里，是不是他就是海棠当时要放到她身边的哥哥？

很有可能。

那赌不赌？

……还是不要赌了。依海棠在京师的人际关系，一定知道没有假李羽轩这回事，她就是如假包换的李羽轩，要是让她知道李羽轩是女子，她一样得翘辫子。

她从袖子里拿出当时贪污的苏轼的手绢，闻着上面的香气，现在细闻起来，这香气，跟海棠房间里的香气一模一样——

这个海棠，回去后一定好好查查她。对，回去一定得好好问问苏公子这个海棠的底细。

她学着小柔的语气，“大刚哥，你过来，我有事情问你。”

大伙儿知道她是一个普通女子，倒也没有为难她，就让小林站旁边看着她，随她站在那里胡思乱想。此时见她叫大刚，都把目光向她转了过来。

大刚瞪了她一眼，没好气地回道：“叫什么？大刚哥也是你叫的？给我闭上嘴巴少添乱。”

她马上温顺地闭上了嘴巴，不过一会儿再张开，“我只是在死之前想知道我是被谁杀死的，不然到了阎王殿，阎王爷问我：你被谁杀死的？我回答：不知道。他再问我，他们为什么要杀你？我回答：我冤枉，我是替死鬼。阎王爷大怒：你个糊涂蛋，判你永世不得超生。我怎么办？我回答：不是我糊涂，确实是我死的糊涂，他们那些抓我的人怕您找他们麻烦，不肯告诉我——”

屋子里的人都被她这话乐的扑哧笑了出来，本来沉重冰冷的气氛也多了一丝暖意。李羽轩就当没看见，她要的就是这效果，他们的心情放松了，她才有机可乘……她继续可怜兮兮地说道：“我做人莫名其妙的被人抓了来当替身，到时候做鬼也是一莫名其妙的冤死鬼，你们说，我怎么这么倒霉呢？”

一个老年男子看着她突然咦了一声，走到她身边仔细的打量了她一会儿，走到杨叔的身边，“老杨，这个小妞你觉不觉得好像一个人？”

杨叔落寞地点了点头。

他这反应没逃过李羽轩的眼睛，可是，她根本就没见过他们，这一点她百分之百的肯定，那么是她前身的小女孩认识他们？更加不可能，一个十四五岁的官家小姐，怎么可能认识江湖大盗？

而且看这人和杨叔的神情，那个人一定不是他们的敌人。她是个女人，那么那个人也是女人了，一个女人，是他们的旧相识……女人和男人，唔，莫不是那个女子和这个杨叔有什么这个那个的勾当？不然怎么特意问杨叔呢？

要是这样那就太好了。

她这才仔细看这个杨叔，虽然是一脸的胡须，年过四旬，那眉眼，那唇线，那挺拔的身姿却依然可以看出年轻时的风姿与俊尔不凡。这样的男人年轻的时候确实有迷死少女的本钱。

她装作很好奇的样子问那位老年男子，她不好奇也是假的，“大伯，你说我像谁？我已经听过几个人说我像某人了，可是我一问，他们又都不说。”

老年男子看了她好一会儿，问道：“姑娘，你母亲姓什么？”

我母亲？李羽轩长大嘴，她确实和她母亲长得很像，这是银子一再确定的事情，但是，他们说的那人，不会是她母亲吧？没这么巧吧？“我母亲姓萧！”

杨叔一听，竟然惊得从凳子直接“飞”到了她身边，那双眼睛只差没把她吞进去，“你说姓什么？”

李羽轩被他的动作吓得咚咚退了两步，老天保佑，她的猜想果然正确。这个男子果然和某个和她长得很像的萧姓女子有渊源。“我母亲姓萧。”

看着杨叔一下子变得异常激动，小柔赶紧过来拉住杨叔的手，“杨叔，您多想了，不可能的，她是汴梁人，再说了，五年前，不是都结束了吗？”

五年前？

五年前李府血案？她不由得神情一凝，看向小柔。她见小柔此刻也正望着她，怕她看出自己心中所想，低下了头。

难道她要寻找的血案线索就在他们这里？

难道真是踏破铁鞋无觅处得来全不费工夫？

难道……他们就是凶手？她心里一震，再次抬起头来看向杨叔。杨叔已经被小柔扶着重新坐回了椅子上，却还是对着李羽轩问道：“你今年多大？”

李羽轩下意识地摸了下鼻子，决定还是实话实说：“二十岁。”

杨叔望着她，李羽轩看到他眼神一瞬间变得虚无缥缈，听见他喃喃地说道：“年龄也一样大——。”

李羽轩也被这突然的变故雷得怔在了当场。这一切绝对不是巧合。这绝对是天雷。

慌乱之间，她看着杨叔，仿佛也似曾相识，看着他那痛苦迷惘的表情，她的心仿佛也被什么刺到一般疼痛起来。她知道了一个答案，眼前之人，不是仇人就是亲人。

不知道为什么，她突然很想哭，一直用笑容掩藏脆弱的她，此时突然很想大哭一场，很想……

第二十三章

洞里被李羽轩好不容易搅和出来的气氛又重新变得诡异了起来。大家都用各种猜测的目光看着她，

她自己也没有心情想别的问题了，只是看着杨叔，期望着从他的脸上看出事情的答案来。

那个老年男子重新走到她身边，“姑娘，你家里都还有些什么人？”

李羽轩突然有些恨自己刚才编的那些谎话，不过也幸好她编的谎话，不然她的名字和相貌合在一起，答案就昭然若揭了。“小女子家里还有父母兄妹，老祖母。”

“嗯嗯。”老者点点头，又仿佛很奇怪地问道，“姑娘年纪也不小了，为什么没有嫁人？”

是啊，为什么没有嫁人？这个时期，一个二十岁的老姑娘确实很奇怪。“小女子曾经有一个未婚夫，不过在小女子还没进门之前就死了。所以，小女子就留在家里了。”

“嗯嗯。”老者又点点头，“姑娘为什么被信王抓来冒充李羽轩？”

李羽轩用手抹了一下眼睛，这洞里的油灯熏得眼睛有些疼。老者却以为她在抹眼泪，长长地叹了口气，“我知道你和她没有关系，只是，太像了，让人忍不住唏嘘而已。”

李羽轩也长长地叹了口气，轻声问道：“老伯，您说的这人是谁？”

老者望着她的眼睛，眼神仿佛飘到了遥远的过去，还是摇了摇头，没

有回答她的话，自言自语道：“这是我一辈子最后悔的事情。”

“方大哥，你别说了，是我自己的错，与你们无关。”杨叔突然出声截住了老者的话。他已经从悲伤里恢复过来了，至少表面上他的表情恢复了平静。

原来这个老者姓方。

方老爹见杨叔这么说，低着头退回了椅子上。

小柔正想接话，出去送信的瘦高的年轻男子回来了，一进来就大叫：“少庄主！”

“信王怎么说？”小柔顾不得杨叔和方老爹了，赶紧问道。

男子喘了一口气，显然他是一路跑回来的，“信王同意了。他说今日午时交换人质，地点由我们定。”

“什么？”李羽轩的声音比里面任何人的都大，“信王同意用我换你们十八个人？展昭也同意？”这太出乎意料了。虽然她一直期待这结果。

小柔显然也对这个消息有些意外，没想到信王真愿意用他们十八个兄弟换回这个假的李羽轩。所以她问了和李羽轩同样的问题。“信王同意用她换我们十八个弟兄？展昭也同意？”

“是的，少庄主。”

山洞里马上热闹了起来，大伙儿开始热烈的讨论在什么地方交换比较好。小柔把年轻男子拉到一边，看得出她的神色有些担忧，“你在哪里见着信王和展昭的？”

瘦高男子嘿嘿一笑，“少庄主，甭担心了，庄主没事，信王和展昭根本就没追上他老人家，我是在他们的营地里找到信王他们的，他们现在正乱成一团呢。”看了一眼李羽轩，“少庄主，你说，我们掳了这个假李大人，我怎么觉得官兵那边紧张的跟丢了魂一样呢？听说我们交换人质，信王和那个徐大人想都没想就答应了。”

小柔沉吟一下，“大概杨叔说的对，他们怕找人冒充李羽轩的事情暴露出去吧。所以……”她走到李羽轩身边，拍了一下她的肩膀，“你放心吧，信王答应换你，你不会有危险的。”

她们的谈话李羽轩已经听到了，不过她还是对着小柔笑了一下，“我知道了。”我知道他们终于还是我的好兄弟，好朋友，是不用我的性命去换取功名的好汉。

“少庄主！”那边的杨叔也叫道，“大伙儿已经商量好了，今日午时，咱们去前面的白马镇瑞来客栈交换人质，那里人流多，大伙儿都扮成乡人混在人群里，如果信王使诈，大伙儿也好离开。”

小柔问身边的人，“现在什么时候了？”

“辰时。”瘦高年轻人答道。

“嗯，你马上去回复信王我们的交换地点，就说第一山庄王柔准时恭候。”说罢小柔目光转向众人，“离午时还有两个时辰，杨叔，方叔，就请你们出去布置一下，我们压着李羽轩随后就到。到时候我和大刚哥压着李羽轩去见信王就行，你们都别露面。”

“少庄主！”杨叔走到她身边，“这样不行，你太危险，我答应了老庄主要保护你的，你去外面安排布置，我和大刚还有老方压着这姑娘去见信王。”

“杨叔——”小柔显然不同意这个安排。

那几个老人一齐围了过来，“少庄主，我们都同意老杨这个安排，你就先带着他们出去到白马镇安排好，我们几个人做事你还不放心吗？”

小柔见众人主意一定，而他们都是庄里的老人，连老庄主也要对他们恭敬两分，知道争辩无益，说了声大家一定保重，一定要见机行事，便带着其他的人离开了山洞。

李羽轩整理好衣衫，又把头发挽好，把帽子带好，要回去了，不能太狼狈。主要是，要回去了，她又是个男人了。

洞里的人就着一点接好的山泉水开始啃随身带着的干粮。要上战场了，当然得吃饱喝足。李羽轩被他们折腾一夜，早就饿了，此刻肚子闻见香气，很不给面子的……放了一个……响屁。

条件反射啊，肠蠕动增强——，她不是故意的。

大刚远远地对着她挥起了手，不知道想干什么，杨叔压下他的手，走近李羽轩，从袋子里拿出两个烧饼递给她，“吃吧！”

李羽轩接过烧饼，感激地朝他笑笑。他却很快地转开身子，重新走回了原来的地方。

吃过干粮，他们又商量了一下对策，便压着李羽轩走出了山洞，出来的时候，李羽轩顺便从山崖上抹了些青苔黑土涂到脸上。此刻已经是白天，外面的光线比洞里的灯光清晰多了，她可不想让她的脸那么清晰的出现在杨叔和方老爹的面前。

现在不是寻找答案的时候，也不是纠结感情的时候。

出了山洞，下了山，再翻过一座山，再走过一个青纱帐，前面就是白马镇。她知道他们带着她走的山路，抄的近道，奇怪的是，这一路上居然没有看见一个人。

这个组织的严密和办事效率，也让她对他们刮目相看。

来到镇上，他们说的瑞来客栈就在镇中间的官道旁，两边是集市，人来人往，非常热闹。李羽轩四下张望，没看到熟悉的面容。走进客栈，此刻正是午餐时候，一楼大厅里坐满了吃饭的人。小二看见他们进来，马上迎了过来，“几位？”

“六位。”

小二的目光落到李羽轩的官服上，诧异地看着她脸上的泥土，“几位爷，楼上四号雅间有请，您的朋友已经早到了，正在等着您呢。”

李羽轩心里一喜，迈步往楼上走去，大刚和杨叔左右两人把她押在中间，她知道大刚抓住她的那只手，正放在她的腕关节的动脉上，大概就是练武之人的所说的脉们上。只要她稍有异动，她的小命就会没了。

四号包厢就是进门右边的第二间，李羽轩一上楼，就看见楼上站着的小二全部是平时他们身边的将士。

他们看见李羽轩上来，赶紧挑开了四号包厢的门帘。

包厢里，信王，徐清之，展昭都坐在里面，看见他们压着李羽轩进来，都站了起来。

第二十四章

李羽轩看见他们，劫后余生的喜悦登时传遍了全身，忍不住对着他们喜极而泣。她看到徐清之眼里有泪光，信王的眼神冷得可以冻死大灰狼，展昭的眼睛里有一丝笑意。

杨叔在门口停了一下，扫了他们三人一眼，带着李羽轩走进包厢，扬声道："你们要的人我带来了，我们要的人呢？"

展昭拍拍手，"请看！"对面二号包厢的门帘挑开，站着齐刷刷的一屋子人。他对着杨叔懒洋洋的一笑，"看清楚了？看清楚了就先放了李大人，我展昭决不食言。"

"你们先放了那些人！"杨叔依然抓着李羽轩的脉们，"我相信你，却不相信他！"这个你自然是指展昭，而这个他，李羽轩看向信王，显然是指这个男人。

信王听了杨叔的话，脸上依然冷淡阴沉得看不出任何表情，李羽轩打了个哈哈，"杨叔，你怎么可以厚此薄彼呢？信王爷的信誉，不会这么差吧？好歹他也代表着皇家……"她的话没说完，杨叔突然手上加大了力度，疼得她龇牙咧嘴地叫了出来，"疼——啊——"

她疼得变了脸色，前面三个人也变了脸色。展昭收起笑脸，把剑往身边的桌子上一放，沉声道："李大人要是有什么三长两短，你们那十八个人一个也别想活着出去！"

杨叔撤下了手里的力道，他只是让他们知道他随时可以杀了李羽轩，警告他们别耍花样，“放了我们的人，李大人可以毫发无伤的还给你，不然，我就和她同归于尽。”

“别，别冲动！”徐清之摇摇手，“既然答应换人，我们绝对不会食言。”说着看向信王，信王点点头。徐清之便走到二号包厢门口，“王爷有令，放了他们。”

房间里的侍卫向两边退开，里面的人鱼贯走了出来，杨叔看着他们走下楼梯，走出大门，也押着李羽轩往大门口走去。

李羽轩一手被他抓住，一手被大刚抓住，两只手都被他们抓得疼得要命，不敢反抗，任他们把自己拖着走到客栈门口。

杨叔见之前出去的十八个人已经看不到人影，看样子已经被接应的人救走了。松开她的手，说声得罪，把她往前面一推，一行人往后纵去，很快消失在人群里。

李羽轩被杨叔的力道一推，人收不住脚步，笔直的往前面扑去，眼看就要摔个悲惨的屁股向后平沙落雁式——，一个人影闪到前边，双手刚抓住她的手臂，她便一头撞在了他身上，只撞得她头晕眼花，半天才倚着那身体站稳。

“李兄，你没事吧？”一个关切的声音传进她的耳朵，她睁开眼睛，看到徐清之满脸的担忧，还有前边展昭关切的眼神，她死里逃生，犹如做梦一般，知道自己已经脱险，看见他们几位，真像看见自己的亲人一般，扑过去抱住徐清之的身子，“大哥，我没事，我回来了。”

徐清之也是异常的激动，“三弟，你担心死我了。”

李羽轩放开徐清之，扑向展昭，展昭往一边闪开，笑道：“别，我从来不抱男人的。”

“呵呵。”李羽轩一笑，收住脚步，“信王爷呢？”

展昭对着她的身后努努嘴。

她回头，信王正一脸苦相地站在那里使劲地揉着胸口，大概，她刚才撞的是这个人的胸口。

她含笑着走上去，对着他的胸口用劲一捶，“别装了，撞不死你的。”

信王哇的一声大叫起来：“还捶，真的很疼的，不信，我撞你一下试试。”

“王爷！”展昭揶揄道，“您那是自作自受，谁让您不让李大人去撞墙呢？偏偏拿自己的身子给他撞。好吧，现在撞了也白撞。”

“呵呵。”信王终于露出了一个笑脸，如春雨融化了寒冰，这是李羽轩第一次看到信王如此温暖的笑脸，一时痴了。仿佛心里某一个地方有一丝涟漪正在滑开。不过她马上想起了一个问题，“你们真的就这样把劫匪给放走了？你们用十八人换下官一人，下官实在感激涕零，无以回报。不过，你们回京后怎么向圣上交代呢？”

信王又挂上了他招牌的揶揄的笑容看着李羽轩，“李大人觉得无以为报吗？那就以身相许吧？”

李羽轩见了信王刚才的笑容，以为他多少转了点性呢，没想到还是这德行，从鼻孔里轻哼了一声，好女不跟男斗。看在他救她的份上，她不跟他一般见识。

“哈哈哈哈。”一旁的展昭见李羽轩的小脸又绷了下去，扬脸大笑起来，“李大人，你也太小看我们三位了吧？”看了一下四周的人群，“我们进去再说。”

李羽轩见他们三个一脸轻松的谈笑，知道他们都是极品水晶心，一定运筹帷幄早就计算好了，也放下了心思，跟着他们走进酒楼，重新叫上一桌子酒菜。三人开始喝酒聊天。

李羽轩忍不住心中的好奇，“展大哥，说说你们的计谋，你说你还抓得回来他们那十八个人吗？”

展昭抬手喝下一杯酒，脸上全是得意的笑容，“这些劫匪也不是普通人，是太宗时期造反的王小波的后人，第一山庄的人，江湖上大大有名呢！不过还是算不过我和信王，徐大人三个。此刻这白马镇四周被大内侍卫和官兵围得如铁桶一般呢。就算是鸟儿，也飞不出几只。”

李羽轩顿时对他们顶礼膜拜，“从知道消息到我出现，才不过两个时辰而已，你们怎么能准备得这么到位？”

“呵呵。”徐清之轻笑，“展大哥可是昨夜从你一失踪就开始忙乎起。”

“啊？！”李羽轩把惊奇的目光转向展昭，“展大哥，你未卜先知啊，怎么知道他们会带我来这儿呢？”

“这个很容易——。”展昭望着李羽轩一脸的求知欲，配上她脸蛋上黑一块黄一块的全是泥巴，再配合着她眨巴眨巴的大眼睛，再也忍不住大笑起来，其他两人见他大笑，看着李羽轩的表情，也肆意的大笑起来。

大伙儿昨晚见李羽轩被掳，都心急如焚不眠不休地想办法营救，此刻见到她完好无缺的回来，而劫匪又进了他们的圈套，心里自然喜不自禁，哈哈大笑起来。

徐清之笑完起身，不一会儿端来一盆清水和一块手帕，放到李羽轩面前，忍笑道：“李兄，先把脸洗了吧！”

李羽轩这才想起自己出来的时候涂在脸上的泥土，对着水面一照，自己也哈哈大笑，“这玩意儿是当时防身用的，没想到见着你们太高兴，都给忘了。”

“你这玩意儿防身？”展昭夸张地叫出来，“那我的七星剑还有什么用？”

“嘿嘿！”李羽轩抹干净脸，自我感觉神清气爽，风流倜傥，嘿嘿一笑，“我这招叫烂泥巴扶上脸，专防色狼。”说罢老实不客气地看了信王一眼，这里坐着一只耽美狼。

信王见她看到，知道她的用意，微笑不语。

只有徐清之问道：“那里面难道还有女子对三弟倾心吗？”

“当然有啦，你三弟我长得这么风度翩翩，一表人才，玉树临风，往那劫匪窝里一站，简直就是……鸡窝里落下了一只金凤凰啊，那些姑娘们的眼睛都看直了，所以我就只好把自己装得丑一点儿了。唉！”李羽轩忽略掉前面左右三人快要掉下来的下巴，用一个唉叹号结束了这个问题，“展大哥，你刚才说这个很容易，什么很容易？赶紧说完吧，别吊我胃口了。”

第二十五章

“我是说要知道他们会到这里来交换人质很容易啊，首先，他们知道我们来了一批侍卫，还有青州衙门的一千兵马，所以这个地点，他们不会选择在他们潜伏的山上，是吧？要是被我们发现了他们的歇息地，那样我们把整个儿的山一包围，他们就全体出不去了。同样的理由使他们也不会把地点选择就近在山上，那么，一般来说，会是什么地方呢？旁人认为这样的事情，当然是愈隐秘愈好，其实不是，是人愈多的地方愈好，最好交通愈方便，与外界连接的地方愈多愈好，为什么呢？”说到这里，展昭含笑望着李羽轩。

“为什么啊？”李羽轩笑道，“当然是方便逃跑，四面八方一跑，你们要追也分散了兵力。”这个想到不难。

“正是！”徐清之接口道，“然后人多的地方，我们也有忌讳，怕会误伤人命，不敢明目张胆地截杀他们。就给他们的离开留下了可乘之机。但是这方圆百里，人多的地方就是我们经过的青龙镇和现在这个白马镇，要是你会选择哪里呢？”

李羽轩看着店里来来往往的人群，“要是一般人，当然会选这里了，但是我不会，我一定会想到我能想到的东西你们一定也能想到，所以我会反其道而为之，就选择在就近的树林里。”

“哈哈，”展昭笑道，“我也考虑了这一点，怕第一山庄的人想到这个点上，所以你们手下的那五百名将士都在原地待命呢，昨晚就分派了青州府的那一千名官兵和侍卫们在这镇子外面通向镇外的四条大路上设了埋伏，除非他们从天上飞出去，不然就一定会中埋伏重新被我擒回来。”

“那你这些动作没有被第一山庄的人发现？”

“呵呵，我之所以要他们选择地点就是给他们一颗宽心丸，要他们以为是他们自己选择的地点，是最安全的地方，须不知他们根本没有选择。”

信王一直微笑着听他们谈话，此刻插话道：“展大人，时间差不多了，你去看看怎么样了吧！”

展昭拿起剑在手里潇洒的挽了一个剑花，“是，王爷！”

李羽轩看着展昭走出的背影，“展大哥心计太厉害了，我以后要绕着他点——。”

信王自己斟了杯酒喝下，“君子的心机从来都只会用来征服敌人，而不会设计朋友。”

“要是哪天一不小心成了敌人呢？”

徐清之在旁边呵呵一笑，“那你就逃无可逃。”

不一会儿展昭折了回来，脸上笑意盈盈，“王爷，事情已经办妥了，抓获的劫匪二十三名，全部已经往青州知府衙门押了。”

二十三名？听到一下子多了五名，李羽轩想起了小柔和杨叔，心莫名的有些不安，“抓到的那些人里都有谁？”

“暂时还不清楚，要等审完才知道。”

“里面有没有女人？”

展昭望着她，“你是说王柔吧，没抓到，让她跑了。你见到她了吗？”

李羽轩老实地点点头，“不是她，我的命就只能剩下半条来见你们了。”

那三人好像经她这么一说才想起她是俘虏之身回来的，她自己也才想起她那被杨叔抓得瘀血斑斑，青红紫绿一锅端的手臂。

好奇怪，为什么不怎么疼呢？

她卷起袖子，把手臂放他们眼前，“看看吧，这只是后遗症，当时不知道有多凶险，我被抓去的时候，就有好几人举着明晃晃的刀子要来戳我几刀，说是四肢每个地方一刀，先替受伤的兄弟们报了仇再说。”

“后来呢？”

“后来我吓坏了，不知道要怎么办好，就准备英勇殉职，为国捐躯了，没想到这危急关头，她出现了，她就是一位天使，把我从魔鬼的手里救了出来。她说：住手！两国相争，不斩来使，何况我们还要留着她去换我们的兄弟。记住了，好好的看待她。那几个人自然不肯，还是扑过来要先割我几刀报仇再说，就听那王柔小姐一声娇叱：你们心里有什么怨恨，冲着我来吧，不准对李大人无礼。所以我才能什么零件都不缺地回来了。不然此时，你徐大哥，你展大哥，就只能趴在我的身边叫我：李兄，你千万不能死啊——”

她不知道自己为什么要这么做，只是心里隐隐的希望，要是哪天王柔落到了展昭的手里，他能看在王柔曾救过他李羽轩一命的份上，对她网开一面。

还有那个杨叔，不知道这次他脱险了没？他千万不要被展大哥抓住了。抓住了就凭他们的身份，审都不要审，就是一个秋后问斩的结局。

故事讲完了，她把衣袖放下。唉，这手臂上花花绿绿的痕迹可能要一段时期才会消了，我还在这里想着怎么为他们求情，这杨叔也不知道手下留情，把她的手抓这么惨。

这个杨叔，和李家，和萧氏夫人，到底是什么关系呢？

王字？王柔？乖乖隆地咚，李羽轩一下从凳子上蹦起来，“这怎么可能？这也太巧合了吧？李知府怎么会和山贼挂上联系？难道五年前那桩案子，就是这第一山庄的人干的？不可能，坚决不可能……没什么不能……”

三人见李羽轩突然神色古怪地站了起来，不知道她又想起了什么，展昭奇道：“李兄，难道里面还有其他拼命救你的美女？”

李羽轩摇摇头，“不是，我是突然想起了他们的一句话，有些奇怪。”

“什么话？”

李羽轩重新坐回凳子上，再摇摇头笑道："其实也不是什么重要的话，只是我当时生死关头，心里慌乱，别人跟我说过的话，都记得不太清楚了，只记得一个叫杨叔的，早晨给了我两个烧饼充饥，不知道这次俘虏的人里，有他没有。他也算是还有点良心的人吧！"

"杨叔，我知道这人，本名叫杨萧，是第一山庄的管家，武功了得，一根竹笛横扫江湖，年轻时曾是风靡整个武林的白衣神笛，不知道后来怎么归隐了，还归入了第一山庄。"展昭接过李羽轩的话头。"凭他的武功，是不会被我们轻易抓住的。"

"那你认识他吗？"李羽轩轻声问道。押我来的那人就是杨叔。没见你有什么特殊反应啊？

"我不认识，仅听江湖上的朋友提到他的名字而已。"

"哦，那就好。"李羽轩松了口气。

今天的信王显得特别的安静，一直静坐着听他们谈话，眼睛偶来流连在李羽轩身上，也会很快地转开喝他的闷酒。就在李羽轩忘记了他的存在的时候，他站了起来，"走吧，回营。"

李羽轩只得收回了她和展昭的聊天，跟在他们身后回去。难得展昭有时间陪她聊天，她还有很多事情想问呢。

回到营地，看到她回去，一直等候在外面的银子扑过来扑到了李羽轩的怀里，"少爷，你没事吧？"

李羽轩摸摸她的头，"放心，我哪儿都没少。"

展昭对着他们三个一抱拳，"把你们送回来了，我也要走了，我的兄弟们都在去青州的路上了，我得去赶上他们。"

信王挥挥手，"保重。"

李羽轩没想到展昭说走就走，也挥挥手，"保重。"

展昭一笑，跨上他的枣红马，扬鞭而去，很快消失在路尽头。

第二十六章

三人回到营地并没有待多久，信王和徐清之很快指挥兵士整理好行装重新上路，大伙儿又重新转回白马镇休息。还是瑞来客栈。

吃过晚饭，李羽轩记起展昭说的在四面道路上埋伏的事情，带着银子去镇外的大路上看看战场。

因为她们进镇的那条路上，两边的高粱地里都看不出打斗的痕迹，当时也没见惊扰到镇子里的人，那么干脆利落，不留痕迹，真不知道展昭用的是什么法子。

她信步走到镇子西面的官道上，听信王说，从这里出去，就进入了甘肃境内，在往前走，就到了安西城。

安西城，海棠说的到处都有流寇和西夏兵的地方。

流寇他是已经见着了，西夏人却还没有见到。他知道愈往前走，就愈有两种极端可能，一是愈加凶险，一是非常平安。平安是因为大家害怕西夏人的野蛮，不敢再打岁银的主意，凶险就怕西夏人吃黑，自己劫了再向宋王朝赖账。

她一边思量着一边往前走，不自觉已经走出了镇外。

此刻夕阳西下，官道上只有偶尔的几个匆匆赶路的人。

银子拉拉她的手，“少爷，咱回吧，外面太不安全了。”

李羽轩看着平静如昔的官道，只有两旁的大树有新的被折断的痕迹，知道凭她这肉眼凡胎也看不出什么，转身道：“回吧。”

这话刚说完，“啊——”的一声惨叫在她的头顶传来，把她吓得毛骨悚然，赶紧往后面退去，再抬头，看到一个绿色的身影从树上直朝着她刚才站的地方摔下来。啪嗒一下摔在了她面前。

接着一个绿衣绿裙的小姑娘哎呀着从地上爬了起来。看见李羽轩站在前面，双手一叉，双目凶光毕露，“小子，刚才看见本小姐掉下来怎么不接住我？”

这可真不能怪李羽轩，这两天她被折腾得是风声鹤唳草木皆兵了，要是换在平时，她还是很乐于助人的。不过这小女孩的口气也太不友善了吧？一看就是哪家大户被宠坏了的娇小姐。她有些好笑地看着前边气势汹汹的小女孩，“我为什么要接住你？”

小女孩十五六岁的样子，圆圆的脸蛋，两颊粉红粉红的，就如她旧时记忆里江南的荷花苞，不过这荷花苞可没有江南烟雨里的荷花温柔，她见李羽轩笑她，挥拳就往李羽轩身上打来，“死小子，敢笑本姑奶奶，敢看本姑奶奶出丑，姑奶奶今日就杀了你。”

李羽轩没想到那小女孩说出手就出手，才一闪神，下腹就挨了重重的一拳，疼得她连哎呀都省了，直接弯腰蹲了下去。这小妞，没想到力气这么大，疼得她连气儿都喘不上了，流年不利啊，太岁当头，站在门口让人抓，出门散步还会让个树上掉下来的小丫头片子欺负，下次回了京师，一定要拜了展大哥当师傅，她要习武，她要报仇——

银子见她蹲下，急着扑了过来，“少爷！”

李羽轩摇摇手，指指前面，她现在还没转过气儿来。银子知道她的意思，是要她去前边找救兵，可是，她怎么放心她家小姐一个人在这里呢？

小女孩看到李羽轩弯腰皱眉的苦相，哈哈大笑，“看你以后还敢不敢欺负我。”

银子狠狠地瞪着她，“明明是你欺负我家少爷！”

“谁叫你家少爷这样不经打？没意思。”看了李羽轩一眼，“这么孬的人还长得这么美，真是浪费了一副好皮囊。”小女孩说完拍拍手，再伸手拍掉衣衫上的尘土，鼻孔里轻哼一声，往前面镇上走去。

银子扶起李羽轩，“少爷，你怎么样？”

李羽轩苦笑着吸了口气，“死不了。”

前面走着的小女孩突然来了一个急转身，笑嘻嘻地看着李羽轩，“这位少爷，本小姐离开出走，银子用完了，借点儿吧？”

李羽轩不想和她纠缠，看着银子点点头。

银子摇摇头，“都在客栈里呢，没带身上。”

“哇——”小女孩眼睛一亮，“原来你们是住在客栈里的？不是本地人？那太好了，我正没地方住呢，就和你们一起去客栈好了。”

“你想的美！我家公子……”银子正要骂人，李羽轩用眼神制止了她，看着小女孩出手的力道，就知道是个练过的，这地方，她两个加起来也不是这小女孩的对手，识时务者为俊杰，到了客栈再说。客栈才是她的地盘。

她对着小女孩点点头，“好。”

“那你们先走吧？！”小女孩笑嘻嘻的退到她们身边，“你们也和我一样，是离家出来游玩的吗？怎么不去中原，反而跑到这西北边来了？这里可一点都不好玩。”

李羽轩不置可否地点点头，由银子扶着往镇里走去。这样刁蛮不讲理的小女孩，理一次就够了，理二次就是傻瓜。

回到镇子，一些在闲逛的官兵看到李羽轩的模样，都围了过来，“李大人，您这是怎么啦？”

看到有官兵围过来，小女孩显得全神戒备，见到他们叫李羽轩为李大人，顿时一脸的奇怪，“你这模样儿居然是个官儿？哈哈哈，连我都打不过。”

李羽轩没被她打死，这下被她气死了，她这明摆的就是让她丢人现眼——。她已经够丢人的了。

见小女孩如此说，一些拍马屁的官兵马上把腰刀拔了出来，“你这野丫头哪里来的？居然敢和李大人动手！”

小女孩从腰上解下一根五颜六色的绳子握在手里，毫不在意的嘿嘿一笑，“想打架吗？姑奶奶奉陪。”

李羽轩挫败地对着官兵们摇摇手，“你们别添乱了，都让开吧。”

有精明的官兵看到这阵势，赶紧跑去瑞来客栈禀报信王。

所以，李羽轩还没走到瑞来客栈门口，就见信王和徐清之大步从客栈里走了出来。两人见到李羽轩弯腰捂着肚子，都赶紧跑了过来。信王接过银子扶着她的手臂，声音里有些恼怒，“你好好的就不能消停一会儿啊，不在客栈里休息，出去逛什么？要出去也和我说一声，告诉我一声叫几个人陪着你会要你很多时间啊？以后再这样小心我把你关禁闭。”

李羽轩被信王这一通义正词严的唠叨唬得乖乖的没有说话，一向冷面少言的信王爷原来也有这么婆妈的时候啊——当真是人不可貌相，信王爷不可斗量。

小女孩奇怪地看着信王和徐清之，李羽轩奇怪地看着小女孩的镇静，按道理说，这么个荒山僻野小地方的小女孩，看到信王和徐清之的风采和他们身后的官兵，看到别人脑袋都不敢抬的叫信王，她不应该有这样的镇静啊，就算她不识得他们身上的官服，但话总听得懂吧？

还是她压根儿就是初生牛犊不怕虎，不知者不怕？

信王和徐清之显然所有的目光都在她身上，根本没去看这个小女孩，两人把李羽轩扶进房间，随即把随军的军医叫了进来。

李羽轩知道自己最多也是一个肌肉挫伤，怎么能叫军医来检查呢？她见军医到了，马上以要做检查不好意思的名义把信王和徐清之赶了出去，对着军医笑道：“我没事呢，是信王爷太紧张了，不好意思，麻烦您走一趟。”

说完叫银子拿出二十两银子递了过去，“这个是诊费，让您白跑一趟了，还希望您不要让外面二位知道这事，他们问起，您就说一点小伤，没有大碍。”

军医哪敢收她的银子，谁都知道她和信王爷的关系不一般，诚惶诚恐的低头道：“李大人说哪里话，能为李大人效劳，小人不胜荣幸，既然李大人执意不看，那下官就告辞了。”

“不急不急。”李羽轩叫银子端上茶，“您先喝一杯茶再出去了，这么快出去会让王爷起疑的。”

军医喝了茶，还是有些不放心，“要不李大人还是让下官检查一下伤情吧，不然王爷那里，下官不好交代。”

李羽轩呵呵一笑，“您要是真要检查，在我这里就不好交代了，您先回去吧，有什么事情，我自然会再来叫你。”

军医不敢违抗，唯唯诺诺点头走了出去。

刚开门，信王和徐清之就叫住了军医，“李大人的伤情怎么样？”

军医看了李羽轩一眼，“没……很大关系，皮肤挫伤而已，下官去开点活血祛瘀的药，李大人喝上几副就会好了。”

“嗯。你去吧！”信王点点头。

军医松了口气，逃也似的赶紧走了。

绿衣小女孩也守在门外，听了军医的话，咕哝道：“小题大作，我才用了三分力气呢，哪来这么多啰唆。”见们打开，第一个蹦了进去，“小子，你答应给我银两的，现在给了我吧，我不想和你们这么多男人住一家客栈。”

信王的其实一开始就注意到了这个小女孩，这个小女孩腰间的香囊上的图案和她那个当作武器用的鞭子告诉他，这个小女孩不是本地人，她很有可能是从西夏或者辽国那边过来的。

此刻见她找李羽轩要银子，微微一笑，从袖间拿出一张银票，“小姑娘，那位哥哥是穷人，没银子，你以后要银子来找我吧！”

“真的啊？”小女孩喜笑颜开地接过银票，“谢谢你。”

“不用谢，像你这么可爱的小姑娘，谁都会给你的，嗯，去吧！”说完还摸了一下小女孩的脑袋，信王的声音低沉而又充满磁性，直看得李羽轩眼睛充血，这简直就是勾引啊。

第二十七章

小女孩无视于信王的暧昧，或者说是无视于信王刻意表现出来的对她的亲热，走到李羽轩面前，调皮的一笑，露出两颗小虎牙，“小子，你的人缘不错啊，居然有人替你出银子，不过他的银子是他的，你答应我的银子我还是要的。”

李羽轩干笑一声：“小妹妹，你没听这位大哥说吗？我是穷人，没有银子，再说了，我也没有欠你什么银子啊？”

都说六月天是小孩的脸，想变就变，其实这小孩中间要加一个女字，是小女孩的脸，想变就变，看吧，刚才她还好好的一笑脸，此刻听到李羽轩的话，马上变得龇牙舞爪，一屁股坐到李羽轩的对面，“喂，你别赖账啊，你明明就答应给我银子的，不然，本小姐就去衙门告你见死不救，谋财害命，不然，你就赔本小姐摔坏的屁股，你这小子，见本小姐掉下来也不接着，本小姐还没跟你算这账呢！”

徐清之刚喝下去的一口茶一点不剩地全部喷了出来。他的激动度实在太低了，实在有损朝廷大员的面子。

李羽轩摇摇头，目光从徐清之身上转到小女孩身上，她已经彻底看清了此小妞不是一普通小妞，不是传说中的某位世外神仙的高足，就是传说中的流落民间的豪门小妹，无所顾忌，豪放得有些白痴，白痴得看似很纯洁，纯洁得有些白痴。

配着她腰间香囊绣上的那只鹰，到底是纯洁还是白痴，还是从哪个草原雪山上飞出来的小雌鹰，有待她仔细分解。李羽轩哈哈一笑，“小姑娘，你突然从我的头顶掉下来，把我吓得小心肝儿乱蹦，我还没找你要惊吓费呢，还有，你打得我肚子里面的肠子啊，肾脏啊，水啊，饭啊大便啊什么的乱七八糟，我还没有问你要医药费呢！”说完伸手向小姑娘，“拿来！”

小姑娘被她这水啊，饭啊绕住了，也可能是被她的大便给雷住了，见她伸手，愣愣地问道：“什么拿来？”可见对付无赖最好的办法就是以其人之道还治其人之身。

李羽轩趁她傻着的这一秒功夫抢过她手里的银票，“当然是银子拿来了，这点钱，权当医药费好了，你可以出去了。”她以为信王怎么会在这小姑娘面前不爱绿装爱红装了呢，原来是这只狐狸早看出了小女孩的不同一般，既然要试探，就让她来好了，信王聪明，她也不傻。

她用眼角瞟了信王一眼，看到他眼角里都是笑意。

小女孩霍的一下站了起来，扑向李羽轩手里的银票，“你撒赖，这是我的银票！”

李羽轩趁势抱着她的腰，自觉笑得有些无赖，“你叫我一声好哥哥，我就不和你计较，把银票还给你。”

小女孩果然俏脸一红，眼睛依旧瞪着她，身体却是乖乖地待在她怀里没了动静。

李羽轩松开手，在她脸蛋上揉了一下，“这才乖嘛！女孩子要像淑女才会有人喜欢的。”李羽轩虽然也是女子，但是身高还是比这个身量未足的小女孩高了半个头。

房间内猛然安静了下来。

最吃惊的还是徐清之，还好他没再喝茶。只是像看怪物一样看着李羽轩。

然后是银子，她差点就要跌掉了下巴。

其次是信王，悠闲如他，也张大了嘴巴，显然有话要说，却说不出口。

状态最好的反而是两位当事人。小女孩一脸娇羞，李羽轩一脸笑容。好像这勾引与反勾引还没上演就落幕了。

李羽轩看着小女孩的模样，这样子被她吃豆腐居然没有大发雷霆，这实在不像小女孩的性格？

她坐下来，也拉着小女孩的手坐下，用语重心长的口吻说道："小姑娘，你怎么可以就一个人出来呢？还瞒着父母，你不知道你父母知道了会很着急吗？你不知道这世界上很多坏人吗？要是那些坏人见到你这么漂亮，又是一个单身女子，他们把你抓去当压寨夫人了怎么办？别说你父母心疼，哥哥我也心疼啊——，好孩子，乖，告诉哥哥你家里在哪里，你叫什么名字，哥哥送你回去。"

"……"小姑娘低头没有说话。

"好吧，你打了哥哥，哥哥也不跟你计较了，谁叫你长得这么可爱，这么叫哥哥我喜欢呢？"李羽轩把手里的银票塞回她手里，"听哥哥的话，拿着银子，今天在这里休息一晚上，明天回家啊！"

小姑娘甩开她的手，一双大眼睛望着她，突然问道："你叫什么名字？你们这么多人来这里做什么？你们带着这么多官兵做什么？"

这个问题嘛……李羽轩望向信王，信王点点头。李羽轩呵呵一笑，"哥哥们呢，是来这里送东西到边关去的，当然了，绝对不是来打仗的，你也看到哥哥我了，对不对？就是一文弱书生，我们是来送东西给西夏王的。"

"送东西给西夏？岁银吗？"小女孩有些诧异地问着李羽轩，不过马上变得喜气洋洋，一蹦坐上了前面的桌子，"那就太好了，我中原也不去了，要是给坏人抓去当压寨夫人一点也不好玩，像今天这样没有银子饿肚子也不好玩，我就和你们一起回去啦！"看这李羽轩笑得一脸得意，"这个哥哥，你的银子我也不要了，我以后就跟着你吧！"

李羽轩和信王，徐清之对望一眼：这小女孩居然知道岁银，要跟他们一起回去？那她是？护身符还是催命符，还是定时炸弹？

好吧，看在她很有可能是护身符的份上，她一忍再忍。如果她是故意接近他们的奸细，她更要忍。凭她在他们三个的眼皮子底下，估计也翻不出什么浪儿来。

她故意板起脸，“你怎么可以跟着我呢？我可是男人，我们这里可都是男人！你一个女孩子家，这样是不行的，哥哥明天就送你回去。对了，你家在哪里？你叫什么名字？”

“我家啊？”小女孩嘻嘻一笑，“不告诉你们。我的名字啊，也不能告诉你们。对了，你叫什么名字？我总不能一直叫你小子吧！”

“我叫李羽轩。”指着信王，“他叫信王爷。”指着徐清之，“他叫徐大哥。”

“哈哈哈。”小女孩翻身从桌子上落到地上，指着李羽轩哈哈大笑，“小子，原来你也姓李啊！”

也姓李——。西夏王朝皇帝李元昊，姓李。辽国皇帝辽圣宗耶律隆绪，太后萧太后。答案已经出来了。

“是啊，我也姓李。”李羽轩微微一笑，“李姑娘，我答应你留在我们这里，但是你要听我的话，要乖乖的，行不行？”

“不行！”小姑娘想也没想就否定了，“从来只有别人听我话，没有我听别人的话。我先留下来试试看吧，本姑娘开心呢就继续留下来，不开心呢就跑路。所以你要想办法让本姑娘开心，知道吗？”

“知道知道！”李羽轩赶紧点点头，对着银子说道，“去给这位李姑娘准备一间上房。”

又对着小姑娘柔声道：“先跟这位大哥去吃点东西吧，你应该还没吃晚饭吧？”

小姑娘确实没吃晚饭，肚子正饿着呢，早就想叫他们弄东西给她吃了，不过是见着他们在这客栈里三步一岗，两步一哨，不知道他们的来历，才不敢要吃的，此刻知道他们只是去西夏送岁银的，心里高兴，拍拍银子的肩膀，“小兄弟，走吧，先给我弄点儿好吃的，本姑娘的钱袋丢了，都饿了一天了呢。”

看着小姑娘的背影走出房间，李羽轩一歪瘫坐到了凳子上，“累死我了。”

徐清之走到她身边，关切地问道：“你的肚子真没事吧？”

李羽轩做了一个苦哈哈的笑脸，“我哪里都有事，我就是一倒霉蛋。”

信王见状笑道：“李兄哪里都没事，就一点心病而已。”

李羽轩白了他一眼，“你就得瑟吧，现在知道了这小女孩很可能是西夏王室的，你说怎么办？”

第二十八章

信王还是那样悠闲地坐在那里，“我说怎么办？李兄说怎么办就怎么办吧？李兄不是已经把这小女孩给搞定了吗？你看，她刚才看你的时候多温柔……”嘴角的笑容扩大，“李兄要是能被这小女孩相中，能为了大宋去西夏和亲，那李大人定可以名垂千古，万世流芳，为我大宋和西夏的和平立下不世功勋啊。”

李羽轩抬头望着屋顶，看吧，这就是见义勇为，拔身相助的后果，这死狐狸，得了便宜还卖乖，还在这里说风凉话。要不是她看出了信王的意图，挺身而出，照他那对付女人的媚术，这去西夏和亲的人就是他信王了，到时候人家知道他竟然是个菊花残，指不定会红颜一怒为菊花，从此大宋王朝华丽丽直接从仁宗开始蜗居江南，变成了南宋。

话说，这其实也很好玩——

见她不说话，信王从凳子上站了起来，走到她身边居高临下的看着她，正对上她看着屋顶满目悲催的眼神，一笑，扳过她的肩膀，让她看着自己，沉声说道：“我刚才开玩笑的，我很感动你能为我这么做。”

李羽轩其实是沉醉在自己对于南宋的幻想里，猛然间被信王出现的这个姿势吓了一跳，拨开他的手站起来，“王爷！”

这距离太近了，李羽轩感觉自己的鼻尖再过一厘米就会碰上信王的肩膀，赶紧把身体往右边挪了挪。

信王见她如此，也自觉的往后退开了一步。

她看着信王一瞬而过有些受伤的眼神，呜呼！信王长得其实真的不差，差不多有一米八的身高吧，跟苏轼站一起也差不多的高度，五官轮廓分明而深邃，配上幽暗深邃的眸子，显得狂野不拘，邪魅性感而又大气爽朗。为毛这样绝色的男人会是一棵后庭花呢？

信王当然没想到李羽轩心里是如此龌龊的想法，见她避开，心知她对自己一直存有戒心，苦笑一下，“李大人，我自信我还是个真小人吧，你没必要对我这样避之不及吧？你这样我很伤心的。”

李羽轩不想和他纠缠这样的问题，这根本就是没有答案的，或者说是现阶段根本不可能会给他答案的问题。她也苦笑一下，“王爷，徐兄，你们是看我今天被折腾得还不够吗？如果你们觉得够了，那就请回吧，我在土匪窝里混了一天，还没休息呢。”

徐清之闻言马上站了起来，“是啊，李兄，你就好好休息吧，我们不打扰你了。”不知道为什么，他见着信王对李羽轩的自觉或者不自觉的亲近，心里都有些说不出味儿的味儿，就像吃到了还没长开的梅子，一嘴的酸溜溜，一直酸到肠子底下。

当然，他还没想到这味儿是什么味儿，只是不想看到信王和李羽轩在他面前那些有些暧昧的举动而已。李羽轩是他的三弟，是那么的文文弱弱，我见犹怜，保护她是他的责任。

信王知道李羽轩这话没错，目光在她有些发黄的脸上滑过，这几天，也真苦了她了，想抬手触一下那张笑脸，却终于把手握住拳头放了下来，“你好好休息吧，有什么需要叫银子来找我。还有，等下军医送药来，一定要吃啊！”

李羽轩笑着点点头。目送他们离开，她不是傻瓜，信王的情意她早就看了出来，只是她不能受，也受不起。就算他看出来了她是个女子，就算他对她是正常男人对女人的感情，她也不能接受。更何况他对她的感情，有可能是一朵花对另外一朵花的感情……

一生一世一双人，这是她对她的爱情最起码的要求。她梦想的生活就是完成了自己的心愿，过两年隐居江南，到苏堤边上筑一座别院，找个一心一意对她的实在的男人，平平淡淡的过完这一辈子。

她和衣躺倒床上，思绪却是飘到了她前世的故乡苏州，想起了戴望舒的《雨巷》，那丁香一样的颜色，丁香一样的芬芳，丁香一样的忧愁的江南女子。她本该有着江南女子的妩媚与清愁的吧？而今却一身男装行走在这寂静而荒凉的高原上。再往前面去，就应该是进入祁连山山脉了，祁连山的北麓，就到了凉州。那里，在她的印象里，只有大漠和戈壁。这些，原本是她最向往的东西，大漠孤烟直，长河落日圆……为什么她现在又有这么强烈的离愁呢？没有思念，离愁也是雨巷里的丁香，寂寥而又彷徨。

她想起了电影龙门客栈，那个张曼玉演的金寂寥而又彷徨的大漠女子金镶玉。

银子进来，见她直挺挺地躺在床上发呆，知道她家姑娘又开始神游了，走过去脱下她的鞋子，“姑娘，你折腾了这么久了，也不累吗？赶紧的给我睡觉！等下医生送药来，我再叫醒你。”

李羽轩正在脑海里勾勒龙门客栈的画面，被银子一咕哝，那点感觉全没了，她怀念前世也没错吧？为什么每次都被人打扰呢？身体可以李代桃僵，但是记忆还是……偶尔会飞出来。她哀怨地看了银子一眼，自己动手脱掉外套。外套里面还有一套蚕丝的薄棉唐装紧身衣服，虽然还在九月，但是这山里的气温已经很低了，特别是在晚上，李羽轩感觉比江南的冬天还要冷。

她把手伸进衣服里把裹胸解下，缩进被窝里。肚子还有些疼痛，不过还能忍受。她叫银子把灯移过来，掀开被子一看，小腹上正好一拳头大小的青紫。她忍不住咬牙道：“这小丫头忒恨了，我真要是个男的，躲她十万八千里。”

银子担忧道：“要不要我去军医那里要点外用的药敷一下？”

“不用！”李羽轩马上止住了她，“要是让信王和徐大哥知道了，不知又要听多少唠叨。我忍一下，求个耳根清净。”

银子无奈的替她整理好衣服，“姑娘，你怎么不是一个真男人呢？是个真男人，我真嫁给你。”

李羽轩嘿嘿一笑，正要躺下，外面传来了敲门声，她赶紧盖好被子，闭上眼睛假装睡着。

银子见李羽轩睡好，这才去开门，“来了。”她想应该是军医送药来了。

打开门门口站着却是徐清之，手里正端着一碗药，散发着浓浓的药气。银子伸手愈接过药碗，徐清之避开了，“我亲自给三弟送进去吧。”

银子无奈，侧身让他走了进来，“徐大人，我家公子已经睡着了，你放下药就走吧。”

徐清之呵呵一笑，“我知道三弟的脾气，这苦药儿没人监督，她是一定不会吃的，你把她叫起来，我看了她喝下就走。”

“可是，徐大人——”银子知道她家姑娘就是徐清之说的这德行，没想到这徐大人这么了解她。她要怎么回答呢？她求救地把目光看向床上，李羽轩却好像真睡着了一般，半点动静也没有。

徐清之也望向床上，见李羽轩侧身往里睡着，他往床边走过去欲去叫醒她，银子见徐清之往床边走去，心里一急，闪身拦在了床前，“徐大人，不行！”

“为什么不行啊？难道她真的和你说了不起来喝药？那绝对不行的，前面苦寒之地，她带着一身的伤怎么赶路呢？这药是一定要喝的。”徐清之对着银子温和的一笑，“我知道你怕你家少爷责罚，放心好了，有我在，没你什么事儿，你让开吧！”

第二十九集

李羽轩在床上听着他们的对话，知道靠银子护驾是没指望了，这丫头，跟了自己这么多年，还这么实在，唉——

她把身体翻过来，故意有些不悦的懒洋洋地问道：“银子，你们在吵什么？不知道本少爷在睡觉吗？”

银子见李羽轩说话了，高兴得赶紧让开了身体，“少爷，是徐大人一定要见你。”

“我不是说了谁都不见吗？告诉徐兄，就说我睡着了，要他明天再来。”

“三弟，醒来啊？醒来了就起来吃药吧！”徐清之见银子让开，很自觉的一屁股坐在了床沿上，“别撒赖了，起来吧！”

“我……”李羽轩泪奔，居然说她要赖，她是不想吃药，可是她不能起床是另有原因的。这个一根筋的人怎么会跟她的药耗上了呢？还坐到床上来了。

见李羽轩依然赖在被子里，连脑袋都顺便一起放了进去，徐清之哑然，忍不住摇头一笑，“三弟，你不是小孩，我也不是家长，不要跟我撒小孩子脾气了，前面再走就进入高山区域了，你身上有伤，到时候会很难过的。”

……有时候骑白马的并不是白马王子而是唐僧，这话说得真好啊——。就是孙悟空，也逃不出唐僧的紧箍咒。

这个执拗的书生，一定会不达目的誓不罢休。可是，她这样子真不能见人。银子呢？银子死哪儿去了？

她从被子里伸出头来，对着徐清之微微一笑，随即叫道：“银子！”

银子拿着一件披帛走了过来，站在床边用身体挡住徐清之的视线，“少爷，吃药吧。”

第三十章

李羽轩用迅雷不及掩耳之势从床上坐起来，用披帛严严实实的包住身体，这个形容词可能还形容得不够好，反正徐清之一眨眼的工夫，就见刚还在被子里的李羽轩已经坐好在床头了，两手正把头发绾起来。

银子帮她用头巾把头发包好，退了开去。

李羽轩自觉已经看不出太多异样，才伸手对着徐清之，“拿来！”

徐清之望着她白皙的手臂上乌青的抓痕，脑海里腾地想起那晚他握着这手的感觉，那种让他刻骨相思的滑腻与柔软，身体不由自主地有些发热，突然很想再去摸摸……

李羽轩见徐清之对自己的话一点动静也没有，眼睛一眨不眨地盯在自己的手上，以为他担心自己手上的伤，笑道：“这点伤真没什么。你不要担心了。”

“哦！”徐清之随口应道，把药递给她，眼睛却还是留在她的手上，“把药喝了吧，都凉了。”

那手，好纤细——，比他的小多了。那修长的手指根处，还有四个小小的销魂的酒窝……比他见过的女子的手还要漂亮。

那手，接过药碗缩了回去。

李羽轩接过药碗，闻着那浓浓的药味，不由得皱紧了眉头，这么苦，怎么喝啊？看着前面显得有些失魂落魄的徐清之，不知道这个书呆子今儿是咋了，居然看着她的手魂不守舍，受伤的是她，他不会比她还疼吧？

难道，他也从这手上看出了某些端倪？

他不是一直把她当兄弟的吗？朝夕相处，她可不能低估了男人的直觉。她果然是置身狼窝啊，只怕徐清之这个靠山也要靠不住了。

被男人这样看着总是有些含羞的，她感觉着周围的温度一下高了好几度。往床里移了移身体，轻叫道：“大哥！”

徐清之抬头看着她平日里总蕴藏着笑意的丹凤眼，眼神有些迷惘，仿佛没听到她的叫声，喃喃道：“三弟，你为什么要长得这么美丽？”

“吓？”李羽轩差点把药泼倒在床上，“大哥，你在说什么？”

天可怜见，不是她不懂风情，而是这风情在此时真不可以有。

银子也吓了一跳，赶紧走过来进过李羽轩手里的药碗，“徐大人，我家少爷已经起来喝药了，您就放心吧，我这就送您回去。”

“送我回去？干吗？啊？是啊，我要回去了。”徐清之看到银子的身影挡住李羽轩的面容，一惊从梦幻里醒了过来，顿时出了一身热汗：他这是在想什么？他又情不自禁了。他，他，他没被她们看出什么来吧？

他真是羞死人了。

他一脸通红的从床上站了起来，不敢再去看李羽轩的脸，嗫嗫着往门口走去，“是啊，很晚了，你们休息，我不打扰你们休息了。”

李羽轩看着徐清之这样，心里不由一乐，这书呆子也太可爱了，就这样走了？他不是来逼着她喝药的吗？她看着自己被披帛包裹得很好的肩膀和手，她没引诱他吧？他要是真对她这个假男儿身有了感觉，把他折腾成和信王一样的断臂她就罪过大了。

其实，徐大哥，真的是个好男人。细心，体贴，温柔而又侠义，哪个女孩子能找上他，也是有福了。李羽轩叹了口气，把身子往被窝里滑去。

女扮男装，报仇是她的目的。

刚才徐清之的样子让她乐过之后觉着很辛酸，她突然很希望在他的面前，她是个女人，可以哭，可以笑，可以撒娇，可以撒赖。还可以吃点豆腐。

她男装下包裹的依然是女子的身体，有着女人正常的需要。需要爱与被爱。需要坚实的肩膀和胸膛。需要一个相爱的男子的柔情。

唉——

人生不如意事十之八九，此恨绵绵无绝期。

银子把药重新端了过来，“小姐，徐大人说得对，你就把药喝了吧！”

李羽轩重新把脑袋缩进被子里，“不喝！”

银子懒得跟她废话，直接用手去掀她的被子，两人正在打闹，外面又传来了敲门声。

两人都是一惊，停止了动作。李羽轩马上坐起来整理好衣服头发：这还让不让人睡觉啊——

银子扬声问道：“谁啊？”

“是我！”外面传来了信王低沉浑厚的声音。

李羽轩悲哀的把身体往床上一靠，“王爷，我已经睡着了，您明天再来吧！”

信王呵呵的笑声在门外传来，“我也已经睡着了，你开门吧！我知道你没睡，刚看徐大人离开呢。”

……我的徐大哥啊，你离开就好了，为毛还要去显摆呢？

她不知道徐清之出了房间，还是魂不守舍，直接走进了信王的房间，爬到他的床上就睡觉。信王不知道出了什么事情，一向谨守礼仪的徐清之怎么会做出如此的事情来，一问守卫，原来是从李羽轩的房间出来。

他大吃一惊，不知道李羽轩出了什么事情，叫侍卫守护好徐清之，就匆匆赶了过来。来的时候记着李羽轩的伤，从随行的行李里拿了一盒专治跌打损伤的药膏。他是练武之人，这些都是随身携带。

来到门外，却听见里面之人在嬉笑。同样的原因，他是练武之人，听觉比一般人灵敏了很多，并不是特意偷窥。他听见银子在叫姑娘。姑娘？他微微一笑。意料之中。一路行来，他对她从怀疑，猜忌到佩服到欣赏到如今的一时不见，如隔三秋，他知道自己已经不可自拔地爱上了这个假小子。

或者，从那天第一次在琼林宴上看见她，她那双微波荡漾，却又那样执着坚定的丹凤眼，就在他的心里泛起了涟漪。

这样的才情，这样的睿智，这样的美丽……这样的坚忍与大气，不得不让他心折。

心甘情愿地心折。

他自嘲地一笑，骄傲如雪山般的信王爷，从不为任何女子驻足的信王爷，居然这么快就心甘情愿的心折在了这个女子麾下。而她，居然一直把他当成了断臂之人在逃避。

银子打开门，他看了一眼坐在床上瞪着他的李羽轩，走了进去。

第三十一章

见他进来，银子警惕地站在床头。

他知道自己有些冒昧，就算是两个大男人，如此深夜相见，也实在有些暧昧诡异，何况，他看向李羽轩，后者正一脸倦意的倚在床头上。她也真的需要好好休息了。

他已经很不正常，很不淡定了。

和他一样不淡定不正常的还有此刻睡在了他房间里的那个男人。

英雄所见略同，无论是看事情还是看女人。

只是不知道这女人的心里会有谁？

他真的很想看看她的伤，他白天看到她的手腕处全部是青紫，还有被那个西夏小姑娘打的那一拳，也只有她，才这样微笑着承受了下来，作为一个女子，她也很不正常，坚强得很不正常，淡定得很不正常。

在她的亲人全部被杀害的这五年里，她都是这样默默地承受和走过来的吧。在她的沉默里，别人都只看到了她的风光与灿烂，看不到她沉默眸子里的沧桑。

她的眸子里，有一种看透世情，超越红尘的沧桑。这种沧桑，是她经历了多少痛苦以后的领悟？所以，她在痛苦面前绝不叫苦，所以她看起来永远豁达和洒脱。所以，她的坚强和沉默让他心疼。

他真想分担她的沉默与沧桑，让她从此以后无风无雨，快快乐乐，想笑便笑，想哭就哭。让她的眼里溢满幸福而不是沧桑。

他真想——，揪心地想。

他真想抱着前面的娇躯，告诉她这一切，告诉她，他真的真的无可救药地爱上了她。他真的真的是多么渴望给她一个温暖的家，给她一份幸福。他愿意用他一辈子的时间和他的无边尊崇来换得她的对他的回眸一笑。

纵万里江山，不如一红颜相伴。爱上了才知道，千金纵得相如赋，是怎么样的一种无奈与悲凉。

他之前是不相信爱情的，他是孤儿，父母早逝，一直是在宫里由曹皇后抚养长大，仁宗无子，和他一同由曹皇后养大的，还有现在的太子赵宗实。他在宫里看多了女人之间为权为利的你尔我诈，对女人一直不存好感。赵宗实被立为太子后，他为了不被猜忌，更是放浪形骸，穿走于花街柳巷，家里娈童歌姬，不计其数。朝廷里传言他有断袖之癖，也不是空穴来风。

他轻轻地叹口气，在她的面前，他简直就是一团污水，混沌不堪，看不到本来的清浊。可是这一切，原也不是他的本意，只是，本意也好，曲意也罢，他的生活就是如此，不得不如此。

他再喟叹一声，从怀里拿出药膏，柔声道："把手拿出来吧，我是来给你涂药的，涂完就回去。"

李羽轩望着和徐清之一样风中凌乱的信王，苦笑一声，"王爷，把药膏给银子吧，下官怎敢劳您大驾。"

信王知道要论斗嘴与心计，这李羽轩绝对是他的对手，在她面前，只能强制执行。他呵呵一笑，"李兄，你为国负伤，本王保护不力，心存愧疚，你不会连这点道歉的机会都不给我吧？"说着伸手抓过她放在被子上的右手，丝毫不给她挣扎的机会，撸上衣袖，一大片青紫出现在他的眼前。大概是他抓得太紧，李羽轩低声的呀了一声，手颤抖了一下。

信王心里一疼，松开了手，同时低声喝道："别动！"

李羽轩知道在信王面前，她只有乖乖听话的份，谁叫这厮喜欢以暴制暴呢？她又暴不过他，每次都被他欺负。

不过看在他是为她好的份上，她忍吧！

反正她也不信什么男女授受不亲。

反正她堂堂四品大员，他也不敢对她做什么不堪之事。反正……他要是认出了她的女儿身，并以此为要挟，那也糟糕透顶。

不过，她看着正一点一点用手挖出药膏，给她慢慢地，细心涂药的信王，此人也不像是如此小人之人。

恩师不是说过这信王爷吗？虽然风流，却通晓大义，绝不糊涂。能被欧阳修如此评价，此人不是英雄，便是枭雄。

不过乘人之危虽是江湖大忌，却也是朝廷厚黑学之一。

一种火辣辣的疼痛从手臂上传来，她忍不住皱住了眉头，这药性，还真来得快。信王感觉到了她的变化，抬头问道：“很疼吗？”

“没，还可以忍受。”

“恩，我轻轻给你抹，你忍耐一下，这药是少林的金创药，消瘀散结的效果特别好，我以前和别人打架，受伤后回来一抹，几天就好了。”

“别人会和你打架？”李羽轩奇道，“谁敢打你？”

“呵呵。”信王得意的一笑，“我经常去找御前侍卫的碴，逼他们和我打架，还有，展侍卫和我，也切磋过很多次呢。”

“那你和展大哥，你们谁的功夫高？”这个很好奇。

“我们一般分不出高下，不过展侍卫的功夫应该比我好，他每次都让着我。”

“那是。你是金枝玉叶，谁敢真打你？”

信王呵呵一笑，没有接话。一心给她上药。他抹完了她的右手，放好，再拉起她的左手，左手比右手的瘀青更严重，被信王一拉，整只手麻酥酥的痛。这只手是被那个大刚给祸害的，他真一点都不怜香惜玉。

王柔和他，真是一朵鲜花插在牛粪上。

信王看着眼前突兀的瘀痕，用手指轻轻地抚摸了上去，“羽轩？”

“恩？”

“疼吗？”

“还好。”

“我真想立马去给你报仇。”

“别！”

“为什么？”

“展大哥不在，我们这点人马估计打不过他们。”

“你很信任展侍卫？”

“恩！”很用力地点头。

“可是他有老婆了。”

“他有老婆关我什么事？”

“不关你什么事。”

……

信王给她涂完药，终于不舍地放下她的手，“好了。估计明天就会好很多，你休息吧，我回了。”目光看到桌子上凉了的中药，叹了口气，伸手端过，“这药我端走了，别让徐大人看到你浪费了他的一片好心。”

李羽轩马上点头，“王爷，您真是大好人。”

“我不是好人，就是只狐狸。”

嘿嘿，李羽轩嘿嘿一笑，“狐狸也有好狐狸吧？看在今晚的份上，我就当你是只好狐狸了。”

噗——

“睡吧，明天后天我们还在这里休息修整两天，你好好养伤，从这里过去就是高原了，不养好了身子，高原反应你会很难受。”

银子见信王好像还有话要说，赶紧跑过去拉开门，“王爷，您慢走。”

信王见银子送客了，知道他确实也该走了，再看李羽轩，已经缩进了被子里，只好苦笑一声端着药碗走了出去。

山区的月亮很清凉，他没有回房间，端着药碗走进了客栈的院子里，把药水倒进了一边的大树下。

这个李羽轩，其实有时候真像一个撒赖的小女孩。为什么这么久以来没被人发现呢？

以后，他要怎么样为她在皇上面前圆她的谎话呢？欺君之罪，说大就大，说小就小，全在君的一念之间。以他和皇上亲如父子的关系，有他求情，这个呀不是很难，难的就是这么样替她保持这个女扮男装而不被人发觉。

他能发现，别人就能发现。比如展昭。比如徐清之。

多一人发现，她就多一份危险。

第三十二章

对于李羽轩而言，信王离开后，终于一夜无语。

第二天她不顾外面吵得天昏地暗，坚持到吃午饭的时候才起床。那两人都很有默契地没有再来骚扰她。

不过是正在院子里和众将士比画拳脚的小姑娘见银子出去。马上就蹭到了她的房间里。小姑娘大概是真把她看成了男子，在她面前，昨日那么嚣张的她也有一丝羞涩。

李羽轩不想延续这个错误，对她有些刻意的疏远和冷淡。不过小姑娘好像并不在意，他不理她，她一个人笑呵呵的玩得挺好。

她最感兴趣的，就是李羽轩带着的那几本手抄本的唐传奇，那是李羽轩为了打发路上的无聊带的，没想到她根本就没有时间去看。这一路精彩纷呈，哪里还能和无聊这两个字扯上关系。

信王的药效果很好，她手上的瘀青已经变成了紫红色。吃过午饭，军医很准时的送来了中药，她很优雅的不顾银子哀怨的目光，把药液倒进了院子后面的水沟里。当然，这个是很低调的。要是军医知道了，也很伤他自尊的嘛！人家的劳动成果还是要尊重的。

小姑娘显然对这个黑乎乎的药液也很感兴趣，不停地围着银子追问关于生病与吃药的问题。

李羽轩很奇怪这个小姑娘对汉文化了解不多，却能识得汉字。她记得这个时候的西夏，有他们自己的文字，不过随着后来成吉思汗对西夏人的疯狂屠杀，西夏人的零落与萧条，西夏文化的消失，西夏文字成为了一个历史的传奇。

此日无话。

第二日继续无话。

无话得让李羽轩很不习惯。那两个是怎么回事呢？居然看见她都绕道走。特别是徐清之，根本就是躲着她，每天早出晚归，不知道在忙啥。她根本这两天就没见过他。问侍卫，都是一个回答“徐大人出去了，徐大人还没回来。”

我切。我也没欺负他啊。

竟然把她视为洪水猛兽般躲着，她不是就那么一点点让他觉得他自己很有断袖的潜质吗？

这也只能怪他自己眼力太差了。丫怎么就不能跟信王学学精明呢。信王那厮，十有八九看出了她的女儿身，昨晚他看着她手的那色迷迷那样，哪里是男人看男人的眼光。分明就是色鬼看见了女娇娘。

别以为她装不知道她就真不知道，她的这双招子也亮着呢。不过秉着天下太平的原则，她一向都是人不犯我我不犯人。

第三天出发。他们沿着河西走廊往凉州进发。小姑娘坚持不和她一起坐马车，而是要骑马，她说她的马术在她们那里，是超一流的棒。日落时分，他们在一处高低上安营。

不久，他们安营的不远处，一对商队也按扎了下来。军士上去盘查，无奈听不懂他们的话，只得把李羽轩和徐清之请了过去。他们对着她和徐清之叽里咕噜的说了一大堆听不懂的方言，大概是说他们并无他意，就是跟着军队旁边求个安全。

徐清之心好，同意了他们的要求，没有赶他们走，只是叫值班的军士加紧防护。

李羽轩好不容易和徐清之站一块，正想开口问他这两天到底是怎么回事，还没等她换过脸上的笑容，徐清之已经转身离开，只剩下了一个后脑勺给她。

顿时郁闷得她抓狂。这书呆子居然还在她面前耍酷……这世道变得真快，太阳要从西边出来了。

她脸一黑，干脆坐到了商队已经生好的篝火旁，去研究近在咫尺的骆驼。她看到这个商队有十四骆驼，有单峰的，有双峰的，大概是喂养得很悉心，它们身上并没有多大异味，李羽轩觉得除了背上多出来的那两个东西，它们和马其实也没多大差别，至少眼睛很像。

她一边研究骆驼一边比画着跟商队里的一个精壮汉子聊天，这个商队，清一色都是三十到四十岁的中年男人，和她聊天这个，大概是领队。

听久了，她也能听出一点他的意思，知道他们来自黔中，要经凉州去大漠里的瀚海城。用他们带去的丝绸和茶叶换取一些玉和首饰，再回来卖掉。那人告诉李羽轩，那里的玉很便宜，中原地区的玉基本都是从那边过来的。

李羽轩对这些商业的东西没有兴趣，她发现篝火的另外一边，一个男子手里抱着一个大概三四岁的小娃娃。小娃娃脸色惨白，毫无血色，面无表情，那男子也是面无表情，两人都垂首坐在火旁。

李羽轩用手指着那个小娃娃，“你们这里怎么会带一个娃娃上路？那娃娃生病了吗？”

男子赶紧把李羽轩的手放了下去，脸色一下变得很奇怪，做了个你别看，别说的表情。

李羽轩看到这男子看到那娃娃时，眼睛居然充满着恐惧。她很是好奇，忍不住多看了两眼，那男子和那娃娃始终低着头没有看任何一人，默默地坐在火堆旁，对周围的世界茫然不顾。

这太奇怪了。一个三四岁的小孩子，怎么可以这样安静呢？还有，他的亲人怎么会这么山水迢迢的带个小孩子上路？

她对小孩子总有一种挥之不去的爱怜感。她对着身旁的男子道：“你不用怕，如果娃娃生病了，我们有军医，可以给她医治。”说罢往小孩那边走去，“我去看看，我也略懂一点医学常识。”

男子大概是听懂了她的话，慌忙拉住她的手使劲地摇头，很大力，很使劲地摇头，神情很奇怪的迫切与恐慌。

这更加重了李羽轩的好奇心，不过她怕死，见男子如此极力地阻止，知道这里面一点有古怪，便收住了脚步，正好小女孩蹦跶着从营地那边过来了，抱住她的左手，“小子，走啦，吃饭了，等你呢。”

小子——

李羽轩忍不住拍拍她的脑袋，“我有名字，叫我李大哥。”

“你是臭小子！”

……

两人走回帐篷，信王和徐清之都在等她，见到她到来，徐清之的脸上又浸润了一层红色，低下了脑袋，李羽轩现在不想和他计较，拿张凳子往他们中间一坐，说起了刚才这那边看到的神秘的男人和娃娃。

听到描述徐清之和信王的脸色都不约而同地苍白了起来。最后听她说完，两人竟然同时走了出去，李羽轩跟出去，见他们是去了对面的商队。大概也是去看那热闹去了。她本来好奇，此刻有人仗胆，也跟在后面走了过去。

那篝火旁，却没有了那男子和小娃娃的身影。三人围着他们的帐篷转了一圈，也没有再看到。

信王和徐清之那反常的凝重让李羽轩更加奇怪了，他们两个，可都是大事上万物崩于前而不动其身的家伙，难道那男人和那小娃娃真的有异常？

三人回到帐篷，李羽轩再也忍不住了，问道：“你们怎么啦？到底发生什么事情啦？”

信王对着徐清之小声的耳语几句，徐清之转身走了出去。

李羽轩也欲跟去，被信王拉住手臂，“你过来，我有事问你。”

两人在帐篷里的火堆旁坐下，信王绷紧了一张脸，“你确定听清楚他们是从黔中来的？”

“我确定。”

“你确定你看到的娃娃脸色惨白，没有血色，也不言语，只是低着头？”

“我确定。”

“那好，你今晚和我们睡一个帐篷！”

又睡一个帐篷？“我不要！”

“你没得选择，小李姑娘也和我们一起睡。”

小姑娘显然对这种混搭习以为常，半句也没反对，“我愿意。”

李羽轩看着信王，不确定地问道：“为什么？因为那个小娃娃？他到底是什么来路？强盗？大侠？僵尸？”——望天，请原谅她匮乏的想象力，她对这个世界的江湖真的一无所知啊！

信王拉住她的手，一字一字地说道：“我们猜想，他很可能是一种尸娃！”

“尸娃？”喷血，这名字太恐怖了，光听这名字，就叫李羽轩胆战心惊，“什么叫尸娃？”

“尸娃是一种秘术，不过江湖传闻，只有一支叫戈莫的苗人部落才有此秘术。我和徐大人都没有真正见识过，只是在资料里曾经看到过，你的描述和资料里写的一模一样，而他们又正是从黔中过来，我们才会有此猜想。不过——”信王自嘲的微微一笑，“或许是我们多虑了。他们一对商人，怎么会带着一个尸娃上路呢？”

“这路上太不安宁，或者他们也无伤人之意，只是自保。”李羽轩想起那男子极力拦住自己的表情，汗，幸好当时没有母性泛滥，不然就这样稀里糊涂的丢了小命也不一定。

江湖险恶啊——，不过她还是很好奇这个尸娃到底是什么？不就是个小娃娃吗？难道真的是被控制的僵尸？有点像。

“王爷，这尸娃到底是什么？它为什么这么可怕？”

“这尸娃……”信王沉凝一下，“告诉你也罢，不过听了晚上可不许做噩梦。”

“这个不肯定，不过就算做噩梦我也想知道。”

“你啊——”信王被李羽轩的这句话勾得心情轻松了起来，“当地苗族的人，有一种习俗，就是刚出生的婴儿，不想要了，便去抓支死山猫，将两者包裹在一起，挂在山里的树上。在他们那里，猫代表的是地狱引路，婴儿和猫身一块腐烂，如果这个婴儿的灵魂够强大，他就会在这种情况下产生异变，吸收猫的精魂，重新回到人间。”

小女孩抱紧李羽轩的手臂，一边害怕一边求知欲很强地望着信王，“然后呢？”

“然后这尸娃因为是从婴儿变过来的，由于婴儿没有记忆，所以尸娃其实是一种植物型的怪物，没有智商，会盲目的游走。饿了的时候会嗜血，但平时比较温顺。因为其和猫身融合，所以有一物可以对他进行引导。”

“再然后呢？引导的东西是老鼠还是鱼？”这不折不饶的探索精神真害死人。其实听到这里，李羽轩真有些想呕。

“如果有一种玉器沾上初生时其母亲的血，用这种玉就可以对他进行控制。尸娃平时温顺，但恐怖起来力量也是十分惊人的，并且传闻还能控制人的心智，让其癫狂自杀。所以，就有专门炼尸娃的人存在，他们炼好了尸娃，一般都是出售，因为尸娃只认玉为主人。这个尸娃还有个特点，持玉的人下达命令需要做图解，尸娃行动其间只遵从图解指令，比如说让他去杀一个人，那么旁人无论怎么动他，他都不会有所反应，直到杀死那人为主。”

第三十三章

“如果持玉的那人和我一样不会画画呢？”小姑娘还是一脸好奇，“如果一次要杀很多人呢？那尸娃也记得住？你不是说尸娃是跟植物一样的东西吗？它又怎么会认得图画？”

小姑娘举一反三能力不错，值得表扬。李羽轩奖赏的拍拍她放在自己肩膀上的脑袋，“聪明！”

“呵呵。”信王笑道，“这个我就没有研究了，书上怎么写我怎么说，关于秘术的东西总有一些地方是不能为外人知道的。不然人人都知道了，怎么还能称之为秘术呢？”

“也是！”小姑娘点点头，“就像我们那里的巫术一样，我怎么想学人家都不教我。”

“好啦！”信王拍拍手，“我们先吃饭吧，也就是传说而已，再说，它也不一定是冲着咱们来的。”

虽然是荒郊野地，他们的伙食却还不错，除了没有米饭，蔬菜和肉类也还新鲜。李羽轩举着就往碗里夹去，手被小女孩一把推开，“臭小子，你还敢吃饭啊，不怕里面放了什么东西？”

李羽轩一怔，胆大包天的小女孩原来也怕鬼啊，旋即笑道：“有信王和徐大人在，你还怕这饭菜不干净吗？我看你是被尸娃吓坏了，连饭也不敢吃了吧？”

“才不是呢！”小女孩涨红了脸瞪着他们，“我才不怕鬼呢，我就是怕……怕莫名其妙的被人害死了不行吗？”

“行！”信王看着李羽轩，“这臭小子相信我这只狐狸，你也相信臭小子的眼光吧，吃饱了饭，晚上真有什么动静，咱也有力气和人家打架是不是？”

徐清之从帐篷外进来，对着信王点点头。

信王指着身边的位置，“吃饭吧！”

四人吃完饭，天已经全黑了，李羽轩走出帐篷，看到朦胧的月光把四周山峰的倒影拉得老长。营地周围都生起了篝火，火光映射下的大营一片光明。对面的商队篝火也烧的正好，把围坐在篝火旁的汉子的脸映得通红。

李羽轩发现那个男子和那个尸娃又出现在了她的视线里，他们还是那样一动不动地坐在那里——

她觉得一股凉意蹭蹭的从脚底升起，一直升到头皮，然后感觉她的头发也那么蹭蹭蹭的竖了起来。她赶紧退回帐篷里，对着信王和徐清之指了指外面。

他们两个被李羽轩那惊恐苍白的脸吓了一跳，赶紧往外面跑去，一会儿走了进来，两人均是一脸的疑惑，“外面什么也没有啊——”

“尸娃……在，坐在……对面火旁。”太丢人了，她这时还在使劲儿的打冷战。连小姑娘看着她的目光都有些鄙视她了，“臭小子，你看错了吧？外面什么也没看见啊？尸娃在哪里？”

你们什么都没看见？难道是我的眼睛抽风了，可以看见鬼？明明他们就坐在那里——我不要看见鬼啊！我怕——

信王听了她的话转身又走了出去，徐清之走近她身边，拍拍她的肩膀，“三弟，男子汉大丈夫，就是有鬼也不用怕成这样吧？所谓平生不做亏心事，半夜不怕鬼敲门。怕什么？”

李羽轩抓住他放在她肩膀上的手，“大哥，我真的看到了。”

在难以预料的意外面前，徐清之放下了他对李羽轩的那点私人恩怨，其实，他不敢面对她，就是怕她笑话他，那晚他的表现太荒唐了，但愿她不会把他看成轻薄浪子才好。他们是好兄弟，好朋友……唉，看到李羽轩那坦坦荡荡的神情，他倒是个小人了。可是，只要看到李羽轩那双丹凤眼，他就总会不由自主地把她想象成女子。

三弟啊三弟，我实在不是在避开你，而是在逃避自己啊！我一生饱读圣贤书，没想到在你面前，差一点亏了大节，想起那晚，我实在是没脸面对你啊。原来你竟然一点也没有计较，和你相比，我真是惭愧啊！

徐清之放下了心底那份纠缠，也坦荡起来，伸手抱住李羽轩的肩膀，“三弟放心，有大哥在，我一定会拼了性命也要保护你！”

小姑娘也凑过来踮起脚尖从另外一边抱住她的肩膀，“臭小子放心，有我新云公主在，决不许任何人伤害你！”

李羽轩心底一暖，还在嘎嘣着打架的牙齿终于恢复了正常，感激地一笑，伸手抱住两人的腰，“认识你们，真好！”这话，确是肺腑之言啊，患难之间见真情。没想到这小姑娘也这么仗义。

等等，她说她叫什么？新云公主？

徐清之也注意到了她的话，放开李羽轩，对着小姑娘笑道：“原来你就是西夏的李新云，新云公主？”

小姑娘自知一时兴奋失言了，白了徐清之一眼，“有什么大惊小怪的？我就是新云公主又怎么啦？”

李羽轩拉下她的手，从他们两个身边退后一步，“徐兄的意思是说，公主殿下大驾光临，我们如有冒犯的地方，还请不知者不罪啊。”

“呵呵……”小姑娘开心地笑起来，“我原本是不想让你们知道的，知道了玩起来就没意思了。我已经受够了当公主，一点自由也没有。你们不要告诉别人哦！”

“我知道了。”李羽轩从后面抱住他们两人的脖子，“我不把你当公主，你们俩都是我的好兄弟，好朋友。”

“李兄，你也太不厚道了吧，好兄弟好朋友居然没有我们两个。”一个爽朗的声音从身后传来，李羽轩惊喜的转脸一看，信王和展昭不知道什么时候站到了他们身后。

“展大哥！”她看到他，简直就像溺水之人抓到了救命稻草，无比激动的向他扑了过去，“你来的太好了，你就是我的福星啊，好了，你来了，有多少个尸娃我都不怕了。”

展昭避之不及，或者说他也没打算避开，就这样被李羽轩抱了个结结实实，生死攸关啊，这不能怪她兴奋过度。

展昭稍有些尴尬地一笑，“李兄，你这太热情了吧？”

李羽轩呵呵一笑，放开了他的身体，“不好意思，只是看到你太高兴了。”

很难得的，展昭的脸上居然出现了一丝红晕，对着李羽轩笑骂道：“臭小子皮痒了是不是？”

臭小子……为什么他也叫她臭小子？

信王看出了李羽轩的疑惑，又换上了他的招牌表情，嘲弄的一笑，“你有什么事情能逃得过展大侠的这一双虎眼吗？”

李羽轩最讨厌他这表情，当成没看到，继续对着展昭说道：“展大哥，你怎么会在这里？你不是去青州了吗？”

展昭在桌子旁坐下，自顾自盛起一碗饭，“终于可以吃饭了，赶了两天的路，累死我了。”

李羽轩赶紧过去把菜往他那儿挪，掩饰不住心里的震惊，“你是说你把人犯送回了青州，然后又立马赶了过来？”

“恩！”展昭点点头，“不然你以为信王爷那么好的让你们休息两天？”

李羽轩看了一眼也在一旁又开始吃饭的信王，原来如此，她还以为他是为了她呢？她什么时候变得这样自多了？需要深刻反省。

有了展昭，李羽轩的心一下子就定了下来，他的神机妙算她是领略过了的，有他在，还有什么搞不定的呢？

放心睡觉。

她看了一眼帐篷里相对放着的两张行军床，信王说睡一个帐篷，这要怎么睡呢？她要和谁睡呢？

信王果然是七窍玲珑心，见她目光扫向床铺，马上对着徐清之做了一个手势，两人过去把两张行军床合在了一起，又叫门口的侍卫搬了一张床过来，也合在一起，上面铺上一层厚厚的毛毯，一张超级大床就这样被搞定了。“李姑娘和李兄睡中间，徐兄傍着我睡，展兄睡李姑娘那边。”

这样的安排就是她傍着徐清之睡？还好——

“不行！”李新云过去抱着李羽轩的手臂，“我不睡那展大哥身边，我睡臭小子身边就好，我要和她换个位子。”

李羽轩无语地望向徐清之，他果然是人见人爱的老实人啊，连小公主都对他这么放心。

展昭吃完饭，往床铺上一躺，“我不管你们怎么睡，我累了，先休息一会儿。”

李新云也拉着李羽轩往床上爬去，“臭小子，咱们也睡吧，有我保护你，你放心好了。”

我当然放心了，左有展大哥右有你——，可是我不放心的不是这个啊——。她挣开李新云的手，“你先去睡吧，我不困，再说我也睡不着。”她真睡不着。

李新云见他不睡，以为他还在怕那个尸娃，嘟囔道：“没见过大男人像你这么胆小的，好吧，你不睡，我陪你就是了。”陪着李羽轩在火堆旁坐下。

信王和徐清之也在火堆旁坐下。李羽轩知道她不去睡，这三个人都是不会去睡觉的，如果不出意外，明天还要赶一百里山路才能到下一个驿站，唉，她叹了口气，“都别坐着了，我去睡觉就是。”

第三十四章

李新云一声欢呼，拉起她就往床上爬——，李羽轩看着她的模样头顶乌云滚滚，她就这么想睡觉吗？四个大男人一个小女孩哎，她一点都不怕这些男人把她吃了？她不怕，她怕……

她坐在床沿上，不知道把自己摆到哪个位置，看着展昭正背着她侧身而睡，呼吸均匀而绵长，光是那稳健的背影，就让她华丽丽的想流鼻血，要是真睡到那身边，闻着他身上的男子味道——，不行，她坚决不睡他身边。

那睡到徐清之身边？她看向还坐在火旁的徐清之，这书呆子一路行来，已经不见了当初的苍白羸弱，脸被山风吹得有些粗糙，平添了几分说不清也道不明的男儿气息，加上他儒雅飘逸的气质，也有让人忍不住非礼的冲动。

信王？他就不要考虑了，睡他身边准会被他吃掉。他自己肯定也是意识到了这一点，才把她远远的排开。

呜呼！她睡床脚下好不好？

李新云已经围着被子在叫她了，“上来啊！”

她苦笑一声脱下鞋子，“李姑娘，你傍着展大哥睡好不好？”

“不好！”回答好干脆。

“为什么？”问得好无奈。

“徐大哥不会武功，你睡到那里安全一些。”泪奔，原来是这个理由。

看着徐清之和信王也往床上走来，她赶紧抱过一床被子和衣滚到李新云旁边，把李新云往展昭那边蹭去，李新云没想到李羽轩会耍无赖，狠狠地瞪了她一眼，睡到了展昭身后。

她赶紧把被子卷成一个圈，往里面钻了进去。只露出一个脑袋出来。三人都被她的这动作逗笑了，信王笑骂道："你啊！"

徐清之也笑道："三弟，你很怕和我们睡觉吗？我们又不会吃了你。"说着拿过一床被子和衣睡在了她身边。

信王吹灭了帐篷里的灯，只留下盆里忽明忽暗的火光和外面篝火的影子。他也拿过一床被子睡下，低声道："睡吧，别让别人看出什么破绽。"

"可是，这咱们睡一块儿，已经很让人怀疑了。"李羽轩真觉得这不是一个好办法。

信王低声浅笑，"这一路上就这么睡了，你还是想办法早点睡着才是。咱们谨慎一点，才让别人看不出破绽。"

李羽轩哀叹一声，她身边的李新云已经传来了小小的鼾声，未经人事的小女孩果然单纯。

徐清之好像也睡着了，传来了同样均匀而悠长的呼吸。信王说完那句话，也没了声息。难道睡不着的只有她李羽轩吗？

她一边担心半夜来鬼，一边被周围无处不在的男子气息弄得心荡神移。远远的好像传来了狼的嚎叫声。还有山林树木的倒影倒在帐篷顶上，像巨大的鬼影在山风力飘飘荡荡。还有山里的鸟儿，这时候了这么还在叫呢？怎么听都像乌鸦在叫，听起来让她毛骨悚然。

她强行让自己闭上眼睛，身体也不自觉地往徐清之身边靠近了一点。她真怕。

她低声叫道："徐大哥？王爷？"

徐清之伸手拍拍她身上的被子，"睡吧，我们都在呢。"很奇怪，徐清之也没有武功，他为什么可以这么淡定，而她为什么这么不淡定呢？

她睁开眼睛，借着火光看到徐清之闭着眼睛平卧着，长长的睫毛温顺地搭在眼睑上，就好像睡在家里一般平静和平稳。

这个男人，比她想象中的强大了好多，在这样风声鹤唳的夜晚，还能如此坦然的男子，这就是她记忆力苍白羸弱的徐清之吗？

透过徐清之，是信王的脑袋，此刻他也平卧着，看不出他的表情。

她收回目光，强迫自己睡觉，可是愈是着急她就愈睡不着，又不能转动身体，只能这样仰睡着看帐篷顶的黑夜飘来荡去。

这样不知道过了多久，就在她意识开始模糊昏昏欲睡的时候，一双小手猛然伸过来捂住了她的口鼻，她反射性地用手一拨，马上想起肯定是出状况了，心里一紧张，睡意哗啦啦全跑光了。

她看向李新云，李新云也看向他，眨了眨眼睛。捂在她口鼻上的手正是李新云的。她再用眼角的余光扫了一眼徐清之，信王和展昭，三人都没事儿一样还睡着。她的心也镇定了下来。

跟着李新云的眼光，她看到后面帐篷上有红光一闪一闪。接着她的脑袋被某人塞进了被子里。

屋子里三个大男人的鼾声更绵长了。

李羽轩在被子里憋着一口气，不敢深呼吸，就在感觉要窒息了的时候，身上一凉，眼前马上恢复了视觉，她身上的被子一下就被人扯掉了，她看到一把明晃晃的钢刀就在她眼前——这刀大概刚刚挑落她的被子，就在她瞪着眼睛忘了反应的时候，一条绳子已经缠上了钢刀，她的身体被某人抱住一滚，滚到了床脚下。

嘭嘭帮帮的打斗声在帐篷里响了起来，帐篷马上被左右围着的火把照得透亮。她看到信王，展昭，李新云正和五个黑衣人缠斗在一起。

她的目光刚扫完他们三个，帐篷四面被切开，一群群侍卫扑了进来。

把她扑倒抱着她滚落地上的那人低声说道：“走！”拉起她就站起来往后面退去，一群侍卫看见他们，马上把他们围在了中间。

李羽轩惊魂初定，这也就离她看见钢刀不到一分钟的时间，她也这才看到身边的徐清之，火光里，他的脸上还有一丝惊惶，他看似镇定，心里其实也是也怕的吧？她反手握住徐清之的手，“大哥！”

徐清之对着她微笑一下，用力又反过来握住了她的手。

她看到帐篷外面无数的弓箭手正对着四面黑乎乎的山林。

“他们这是做什么？”她不明白这弓箭手不对着里面的劫匪，对着外面的空气做什么？

“劫匪一定还有其他同伴，这是让那些人不敢进来救人。”……这三个男人好毒，计谋一条比一条毒。

她正在腹诽，突然间左边的弓箭手传来骚动，接着见箭如飞蝗一般射了出去。接着帐篷里传来一声低哼，她听出来是信王的，心里大惊，凝神望去，只见五个黑衣人拼死往信王身上扑去，竟然全不顾展昭和李新云对他们的杀着，天啊，他们这不是要和信王同归于尽吗？不行——

当然不行，展昭和众侍卫也看到了劫匪的想法，只得拼死阻住他们，两军对垒，最怕有所顾忌，有所顾忌便放不开手脚，放不开手脚便会受制于人。信王好像已经被他们伤到了。

五个劫匪这种拼死和信王同归于尽的打法很快扭转了他们的劣势，他们五人把信王围住，不管不顾，每一剑都欲置信王于死地。侍卫们投鼠忌器，只能包围五人伺机偷袭。

还好信王真如传说里一般武功高强，和展昭配合着，以二敌五，还能保住小命。直看得李羽轩两眼发直，冷汗直流，见他们一次次死里逃生，还多亏了李新云的那根鞭子，在旁边左右开弓，分散了劫匪的一些注意力。

这样下去不是办法啊，展大哥和信王不被杀死也会被累死，这是典型的擒贼先擒王，置之死地而后生了。

可见劫匪不可怕，有文化的劫匪才可怕——

得想个办法才行啊，快想个办法才行啊，赶紧想个办法才行啊——，信王和展昭死了她也不要活了。

她大叫道：“住手！你们五个人想活着出去，就赶紧的给我住手！你们一定要在这里同归于尽吗？信王死了，你们一个也活不了！你们既然是来这帐篷里找麻烦，那一定是冲着我们这些人来的，是不是？留得青山在，不怕没柴烧，你们希望自己就这样死了吗？你们五个抵信王一个人的命，值吗？你们想要我们的性命，大可以以后趁我们落单的时候一个一个收拾，不是更好吗？何必今晚为了信王一人死在这里呢？……”她的话果然具有双节棍的作用，还没说完，眼前人影一飘，一把长剑华丽丽的抵在了她的脖子上，“你再叽叽歪歪，老子一剑杀了你！”声音清丽，竟然是个女子。

李羽轩看向那女子的眼睛，虽然这眼睛里充满了凌厉暴虐的杀气，她还是看出了这女子是王柔。

她这一路接触的陌生人不多，接触的劫匪更是不多里的不多，能让她有熟悉感的劫匪，还是个女的，就只有王柔了。

王柔一手抓住她的肩膀，一手继续用剑抵着她的喉咙，对着场内叫道：“你们统统给我住手！”

黑衣人见是王柔的声音，马上停止了进攻，站到了王柔身边。信王和展昭早就听见李羽轩在旁边叽里咕噜的话说，就怕她这一通话打动劫匪，出现这种状况，偏偏又没办法阻止她。

她果然还是为了救他们把自己又陷入了险境。

李新云见劫匪拿住了李羽轩，马上扑到了王柔身边，急得眼泪汪汪，又说不出话来，只得指着王柔骂道：“欺负弱小，欺负不会功夫的人，你们不是好汉！”……

王柔对着信王冷冷道：“放我们走！”

信王的背部显然受了伤，鲜血正从紫色的锦袍上往地下不停地滴，他看着李羽轩的脸半晌，低声道：“放他们走！”

侍卫们默默地让开一条道，四面的弓箭手却一齐骚动起来，一个侍卫从人群里冲过来对着信王急禀道：“一大群人冲着岁银的地方冲过去了。”

第三十五章

展昭脸色一变，“保护信王要紧，任何人不得擅离职守！”

话音刚落，又一个侍卫跑来，“报告王爷，一大批人往这边来了，咱们的弓箭抵挡不住！”接着天空中传来一声清脆的哨声，隐隐有呐喊声往这边逼来。更多的弓箭手和侍卫围了过来。

李羽轩看见王柔的眼里闪过一丝喜悦，只听见她低声说道：“走！”随着她的话音，她的长剑在李羽轩眼前一花，转到了徐清之的脖子上。李羽轩大惊，“不要！”

只见他们五人挟持着徐清之，慢慢地往后面退去，眼看他们就要退出侍卫的包围圈，前面的侍卫哇哇怪叫，见鬼一般的往帐篷边退了过来，“鬼啊——”

李羽轩背脊一凉，尸娃果然来了吗？就见一个小小的白色的影子，四脚落地，后面一条长长的尾巴，几个纵跃就往这边扑了过来，它抬头的时候，绿色的眼睛里闪着鬼火一般的光芒。几百名侍卫呆立着，都忘了上前拦截。

李新云一声怪叫，拉起李羽轩的手就跑到了展昭身后，展昭和信王都站在原地，握紧了剑把。

那怪物来到人群如入无人之境，却仿佛没看到其他人的存在，直奔五个黑衣人而去，黑衣人被这突然出现的状况吓得大骇，拿剑一起往怪物身上刺去，怪物不闪不避，被刺中了也没流血，尾巴横扫，小小的身体直扑王柔。李羽轩看那怪物身材衣着，分明就是她白天看到的小孩子。

王柔的剑一直抵在徐清之脖子上，大概是看到了尸娃的面容，发出了一声惊天动地的惨叫。她身后的一个黑衣人在这个瞬间把王柔往旁边一撞，用自己的胸膛抵住了怪物拍过去的两爪。

王柔被撞到一边，徐清之的脖子被剑划开，顿时鲜血直流，王柔撤回长剑，往尸娃扑去，同时大叫道："大刚哥——"

一个黑衣人大骂道："无耻！"随手一剑往徐清之身上刺去。

李羽轩心神俱裂，往徐清之身边扑去，"不要——不要啊——"

尸娃大概是闻到了徐清之身上的血腥味，放开大刚，往徐清之身上扑去，正好被黑衣人一剑刺到。尸娃长长的尾巴扫过去，黑衣人一声怪叫，跌坐在地上。王柔剑没刺到尸娃，回手把大刚扶住。

徐清之就地一滚，滚开了黑衣人的控制，侍卫们一齐向前，把他拉了起来。

黑衣人见势不妙，以为尸娃是信王和展昭故意收着的杀着，一个黑衣人发出一声清哨，随即外边也传来一声清哨，五人扶起大刚和另外一个黑衣人，往外面的哨声处疾奔而去。

尸娃见黑衣人离开，顾不得徐清之，一声怪叫，从后面直扑王柔。好在王柔轻功了得，扶住大刚疾走竟然也没叫尸娃追上。

李羽轩扑徐清之身边，"大哥，你没事吧！"

徐清之脸色惨白，脖子里鲜血直流，却微笑着摇摇头，"没事，皮肉之伤，你没事吧？"

李羽轩鼻子一酸，用手捂住他的伤口，"我没事！"

众侍卫见劫匪逃走，作势去追，展昭沉声道："不要去追了，她们叫尸娃盯上了，跑不了了。"

侍卫们想起刚才那怪物的凶狠，没有一个人出声说话。

展昭继续说道："你们去保护岁银吧，军医呢，赶紧把军医叫过来！"

众侍卫听到此言，齐刷刷一声是就往帐篷后面跑去，李羽轩一进营就没看见岁银放在哪里，难道是放在后面的帐篷里面？后面的帐篷那么小啊——，奇怪！

可是那边传来的喊杀声绝对是真的。

信王被展昭扶了出来，这顶帐篷是毁了，得换到旁边的帐篷里面去，李羽轩和李新云扶上徐清之，一起往左边的帐篷里走去。徐清之流血不少，伤口却不大，还好没碰到颈动脉上，只是割破了脖子外面的某一根小动脉。李羽轩使劲地捂住他的伤口，看到自己的手比徐的脸色还要苍白。

帐篷里的篝火被早来一步的兵士烧得很旺了，待到放徐清之坐下，军医过来给他包扎伤口，李羽轩才发现信王的脸色一点都不比徐清之好，嘴唇紧闭着，好像在忍受着极大的痛苦。

展昭送他进来后马上就出去了。

李羽轩心里不忍，深吸一口气走到他身后，正好军医解开信王的袍子，袍子被刀整齐的割开，边缘被污血沾在伤口上，伤口鲜血直流，那伤口有四五厘米长，整齐的边缘，看不出多深。军医拿出一种黑乎乎的药水把粘在伤口上的瘀血去掉，再拿出一大把茶叶，叫旁边的小兵捣碎，用开水泡了，用茶叶末合着棉布去清洗伤口。

李羽轩在一边接过军医给信王脱下来的袍子，看着他伤口里面红色的肌肉被茶水擦过，想想都疼，忍不住问道："就这样清洗吗？不要用麻沸散什么的麻药吗？"

军医恭敬地回答道："王爷以前受伤，从来不用这些的。"

"可是这么长的伤口需要缝合，也这么直接缝吗？"这样也太悲壮了吧？又不是关二爷。

信王从嘴角显出一丝微笑，伸手向李羽轩，"你过来。"

李羽轩接过他的手，走进他身边，蹲下。这手，好冷。

信王看着她一脸的担忧，紧抿的嘴唇忽然露齿一笑，"臭小子，我没事，这点小伤不算什么。"

李羽轩知道他和徐清之两个性格迥异，却都是有担当的真男人，绝不会在关心自己的人面前表现出痛苦，哽咽一声，“我知道。”

李新云也对他们露出了佩服的眼神，见李羽轩神情悲哀，笑道：“臭小子，这点伤算什么？咱们草原上的男子汉大丈夫，都是这样真真铁骨的好男儿，以后有机会，我带你去看看。偏就你，娘们儿一样。”

“我——”李羽轩无语哽咽，六月飞霜。

信王拉住李羽轩的手一紧，正欲说话，帐篷前面不知从哪里突然飞进来两个蒙面人，两三下就杀了帐篷里守卫的四个官兵，直奔李羽轩，也不说话，抱起他就从帐篷顶上疾飞而出。待到外面的官兵发现冲了进来，已经只看到黑色的身影在夜色里往北方风驰而去。

原来帐篷是这么不结实的，随便用刀一划就是一窟窿。李羽轩涕泪双流，一声惊呼刚出口就被山风吹到了远方——，这人的武艺怎么可能这么高呢？用来对付她，浪费啊浪费——

帐篷里正在疗伤的信王被杀了个措手不及，只觉手中一滑，来不及抓住，李羽轩就不见了身影。

李新云反应最快，大叫一声追了过去。

信王欲腾身站起，身边的军医赶紧压住他的肩膀叫道：“王爷！你失血过多，不能再用力了。”

信王甩开他的手，拿起身边的剑就追了出去，一边大叫道：“展昭——”帐篷外面，哪里还有李羽轩和李新云的身影，只有远处退走的劫岁银的匪徒，在黑暗里向更远处退却。

他咬咬牙，就要追过去，肩膀又被一个人按住。他悲愤莫名一剑劈过去，剑被人接住，这人却是展昭。

展昭看着远处摇摇头，“王爷，这批人与上批不是一路人马，从他们的兵器和武艺招数上看，他们不像大宋人。我怀疑他们劫银另外有目的。他们只是偶尔和上批人马合在了一起，打了我们一个措手不及，还好我们早有准备。”

见信王的眼睛依旧望着前面，展昭安抚地拍拍他的肩膀，“王爷放心，我已经派人跟踪去了，明早就会有答案，大不了他们又把李大人当人质，我们再换回一次就成。王爷你还是进去先把伤口处理好了吧，要是你有什么意外，我们同样脑袋不保。”

信王沉默半晌，低叹道：“就不该让她一起来，我明知道这一路风险。”

“唉！”展昭也叹了口气，“谁叫她得罪了卫国公主呢？好好的驸马爷不做，偏要这般倔强清高。”扶上信王，“我们先进去再说。”

李羽轩又被人扛在肩头上腾云驾雾般的不知道走了多久，她知道自己又被俘虏了，在一片清明平静里，在高手如云的护卫里，在信王身边华丽丽的又被人劫了出来。

那些大内侍卫，都是干什么啊？吃饭的还是只会摆酷的？连两个人都守不住——，天啊，为什么每次都是俘虏她呢？她长得比他们寒碜吗？

后面有人在大呼小叫的骂人，一听声音就是李新云，她也被抓来了吗？

她听见他们在说话，叽里咕噜，她一句也听不懂。她只知道她身边的人越来越多了，大部分都骑着马，有人拉过一匹马来，她马上被捆绑住了手脚，横放在马上，抓住她那人纵身上马，整个马队往前疾奔。

这样不知道过了多久，曙光从天边慢慢升了起来，从一丝红线，到朝霞满天再到红日当头，就在李羽轩被扛着震得肚子里的五脏六腑都要被移位了的时候，她终于被他们丢在了一处荒原上。

应该说是一处荒凉的草原上。

一同丢下来的还有李新云。

她好不容易止住了头晕，看到对方正在生火做饭，再看他们的人数，乖乖龙的咚，大概有几百人吧？一个一个都是年轻汉子，衣服一致，步调一致，就连眼神都差不多一致。还有不远处的马匹，整整齐齐。

这绝对不是山野劫匪。就如王柔他们如此严密的组织，也没有如此统一的步伐。

这阵势，摆明了就是……军队？对，只有军队，才有这样儿的统一，再看那些汉子的面貌，大部分都是鼻梁高挺，眼睛深陷，绝对的不是中原人。

她看向李新云，“这些人，你们西夏人？”

李新云叽里咕噜地骂了一句，大概用的西夏话，见周围的人没有反应，对李羽轩回道：“不是！”

第三十六章

这可真奇怪了。

她挪到李新云身边，低声说道："看他们的面容，你有没有觉得他们跟你们西夏人很像？反正绝对不是中原人。"

那些人大概是看到李新云是个女的，并没有绑住她，只是点了她的穴道，让她动弹不得，不过这样一来，好像比绑住手脚的李羽轩还惨，只能以他们丢她的姿势仰卧在草地上，除了眼睛转动，口能说话，什么也做不了。

她见李羽轩移近身边，眼睛里闪过一丝喜悦。李羽轩此时却是心思百转，不知道绑架自己的人到底是何来路，他们扎营的地方已是甘肃境内，接近西夏边境，经过这个半天一夜的纵马急奔，如果不是西夏人，他们这又是到了哪里呢？

李新云咬牙道："契丹人！"

原来契丹辽国与西夏一直都有战争，李新云对契丹人也很熟悉。

李羽轩点点头。辽国把岁银劫走，引发宋朝和西夏不和，他们坐收渔翁之利。她知道这些年辽国在和西夏的战争里，从没占到过便宜。这种嫁祸于人的把戏，信王他们应该会看得出来吧？

一个男子过来丢给她们两个馍馍，李羽轩叫道："我要喝水！"不光是要喝水，"你们绑着我的手，我怎么吃东西？"

男子没理她，走到另外一个年轻男子前面，叽里乌拉啊的说了一通话，那男子应该是这群人的首领，看着李羽轩和李新云点点头，于是十来个男子把她们围住，一个人上来解了李羽轩手上的绳子。

还有一个人端来一碗水。李羽轩指着李新云，“她呢？”

男子摇摇头，意思是李新云不能解开穴道。李羽轩捡起落在地上的馍馍，原来她这次是沾了不会武艺的光了。

行家一出手，便知有没有，她这几斤重的骨头又被他们看穿了。

她看向昨天掳着她一路过来的男子，也就是那个年轻的首领，他正在大口吃着烤肉，一看就是个粗线条人。

她抱起李新云，把她扶好，让她的脑袋靠在自己的肩膀上，开始喂她喝水，喝完水，把馍馍辧碎了放她嘴里，喂完李新云，那边的男子也吃完了烤肉，只听他一声令下，所有人都以最快的速度爬上了马背，他走过来拎起李羽轩，丢到马背上，然后自己跨马上来，一行人又疾驰而去。

李羽轩手里紧握着剩下的一只馍馍，两眼发赤，就是在颠簸的马背上无法放到嘴里。她死抓着馍馍涕泪双流，让我把这馍馍先放进嘴里不行吗？

咱家好饿啊！

就这样一路狂奔，日落的时候终于来到了一个沙漠小镇，马队在镇上的一家小旅馆前停了下来。李羽轩被那人拎下马，丢给旁边的人，“绑住了，丢柴房里。”

两名大汉上前，用麻绳把她捆了个结结实实，顺便丢掉了她手里抓了一路的馍馍。提起她就转进了后院，看到一间放着柴火的屋子，就把她丢了进去。

她一身的骨头都被颠簸得散了架，浑身疼痛，半点儿力气都没有了，被这一拎一丢，晕得半天没回过神来，还在地上发晕，旁边又扑通丢进来一物，听到那一句哎呀，她知道是李新云也被丢进来了。

本来想着当俘虏的日子，不会每天有这么好运气有白馍馍吃，她咬紧牙关把那只馍馍一路带到这里，居然被那些没良心的抢了，难道这次，真就这么栽了？

她感觉李新云爬过来在碰她的肩膀，这女孩，对她也是情深义重了，单枪匹马来救她，结果也被契丹人给抓了过来。受这般的委屈。

她强行把自己的身子转过身对着李新云，见她的小脸上布满灰尘，头发凌乱，身上的衣服也被撕破不少，大眼睛里正蓄满着泪水，仿佛随时都会溃堤。

她见她的手脚也都被绑住了，大概是怕她们夜里逃走。

她见李羽轩望过来，眼里的泪水马上奔泻而出，“你没事吧？”

李羽轩心里一暖，动了动僵化的嘴角，温和的一笑，“傻孩子，哭什么呢？死不了。我要谢谢你舍身相救才是。”

见李羽轩微笑，李新云也想止住眼泪，可是两人的手都被绑着，她只得挪过去把脑袋放到李羽轩的肩膀上，低低的呢喃道：“你中午没吃饭。”

李羽轩叹了口气“相对你救我，一餐饭算什么呢？”

“我们是朋友，是朋友就要两肋插刀，死而后已。”小姑娘居然知道这句话。她不是娇养的西夏公主吗？怎么会对这江湖话这么熟悉。

“这话谁说给你听的？”

“我师傅。”

天很快就暗了下来，不知道是不记得还是故意的，没有人给她们送晚饭来，两人饿着肚子又无计可施，只好一搭没一搭的聊天。

在小姑娘的口里，她知道了小姑娘是李元昊的女儿，李元昊已经死了，现在当西夏国王的是她十一岁的弟弟，但是权利都掌控在年轻的皇太后没藏氏的手里。没藏氏想把她嫁给契丹去和亲，她就逃了出来。

李羽轩轻笑道：“为什么不嫁呢？难道是人家长得不帅吗？”

李新云在黑暗里沉默了一下，“没见过，但是我不喜欢契丹人。”

“难道你都不回去了吗？你这样出来也不是办法啊，你总要回去的。”

“我嫁了人再回去。”这话说得好坚决。

外面传来了灯光和脚步声，两人都闭上了嘴巴。脚步声往她们这边走来，不一会儿柴房门被打开，一个提着气死风灯的男子走了进来，把两个黑馒头和一碗水往她们前面一放，“起来吃东西。”

奇怪，这男人会讲大宋的官话。李羽轩借着灯光往那男子的脸上望去，却是一直押着她的那个男子，这支队伍的首领。

他来做什么？

杀人灭口，毁灭证据？她一直在奇怪他们为什么要抓她，抓了她又不用她去换岁银，而是一路做贼心虚的逃跑，这真的很奇怪。

她对着那埃菲尔铁塔一般的身躯做了一个鄙夷的眼神，“吃不了，你喂我。”

有眼睛的人都知道她们吃不了，难道说学狗狗一样，啃吗？宁愿饿死，这事儿她绝对不做。

男子冷笑一下，解开她手上的绳子，“你以为我怕饿死你吗？”

“你不怕饿死我来送什么饭？饿死了也好西夏和大宋联合起来灭了你契丹，你不要瞪我，我知道你是契丹人一点都不奇怪，因为我身边的这人就是西夏的新云公主，你别瞪她，大伙儿都看到是你俘虏了我们，这会儿只怕有人去贺兰山报信了。（贺兰山，当时西夏王宫所在处），而我，除了是大宋的钦差大臣，还是当今信王爷的义弟，福安公主的未来驸马，你说，要是我们两个死了，西夏和大宋联合起来攻打你契丹，有没有可能呢？更何况，你还想夺了大宋给西夏的岁银，这样想来，攻打你的理由太充分了。”这厮能听懂她的话，实在是太爽了。

男子的脸色沉了下去，“你说什么？我听不懂。赶紧吃了东西，不然我一刀杀了你们。”

李羽轩活动了一下双手，端起水喝了几口，接着扶起李新云，喂她喝了水，吃了馒头，然后自己吃馒头，两人都把那男子当成了透明人。

男子突然对李羽轩问道：“你不是信王！”虽然是问，却是肯定的语气。

这个问题不需要回答。

“你身上为什么有信王的衣服？”

“难道你们要抓的人是信王？”难道他们抓错人啦？她当时只是拿着信王的衣服而已。好大一个乌龙。

“你怎么知道我不是信王？”

“你自己刚才说的。我昨晚抓你出来就知道了。”知道抓错了，那你为什么不放我回去？知错不改不是好孩子。

“为什么要抓信王？你们不怕引发战争吗？”

“我不是契丹人。”还死犟。

“好吧，当我没说，不过你们这棋真不高明。以信王和展昭还有徐状元的智慧，你们玩的这点小把戏一定瞒不过他们。岁银偷到了还好，你们可以死不承认，岁银没偷到，你们就此逃跑还好，反正谁也不认识你们，就算大伙儿心里明白也没证据，这下好了，抓了我和新云公主，成了棘手的导火线，真不知道你们怎么想的，就算你是一介武夫，你难道就没有军师智囊团之类的吗？”

男子的脸色发青了，他来其实是想在李羽轩口里探听一些大宋和岁银的情况，好做下一步的定夺，没想到他还会抓了西夏的新云公主，这人说的也不是没有道理啊——。当时光想着抓到信王，去找宋廷讨价还价，没想到抓错认了不说，还多抓了一个……

李羽轩看到男子沉凝不语，继续说道：“其实也没啥难的，你现在放了我们，我们回去大不了说不知道你们是谁，大家好聚好散。毕竟边疆战祸，谁也不愿意见到的，是不是？这样你好我好他好大家都好，你说呢？”

“我说你给老子闭上嘴巴！”男子给李羽轩说得正中心怀恼羞成怒，一个巴掌对她甩了过去，“老子杀了你们一样天知地知。”

李羽轩避之不及，脸上结结实实地挨了这一巴掌，马上肿起了半边，火辣辣的疼痛起来。牙齿咬到下唇，鲜血顺着嘴角流了下来。

一直没说话的李新云哑声道：“小子，我记着你了，我会找你报仇的。”

男子打完李羽轩，自己也怔了一下，提起气死风灯走了出去。

房间里又恢复了黑暗。

不知道那男子是被她的话吓到了还是怎样，竟忘了绑住她的手。她咬咬牙，在黑暗里摸索着把脚上的绳子解开，再帮李新云解开了绳子，“你的穴道还封住没？”

李新云在黑夜里回道：“早解开了。”

“那我们怎么办？”

“逃吧！”

第三十七章

“怎么逃？”

“不知道，先出去了再说。”

看着李新云就要去拉开柴门，李羽轩拉着了她的手，“不急，等三更的时候我们再溜，那时候是最犯困的时候。”

李新云对他做了一个嘘的手势，把柴门拉开了一点点，看了一下外面，又转了进来，“奇怪，外面没有守卫。”

李羽轩心思一动，“他不是故意的吧？他知道抓错了人，又不敢杀我们，故意放我们逃跑。”

“管他呢！出去再说，留这里惹急了他们，真被杀人灭口也说不定！”两人想到这一层，胆子也大了起来，摸到客栈门口，开门闪了出去。

嘘，还真没人守着。

两人狂奔着离开小镇，走到镇边上，李新云突然在一棵大树下停下来说道：“你在这里等我。”说完两下就不见了身影，不一会儿，见她骑着一匹马，牵着一匹马驰了过来，她把手里的马交给李羽轩，“上马！”

李羽轩靠着大树爬上马背，两人照着北斗星的方向打马往南边走去。天亮的时候发现两人置身在一个渺无人烟的草原上。

四面都一个样儿，李羽轩分辨不出方向，盼着能看到太阳，却连朝霞也没找到，天阴沉沉的，仿佛随时都会下雨。

两人只得继续打马往前面奔去。希望能看到一丝人烟。不知道过了多久，就在李羽轩饿得头晕眼花的时候，李新云在一旁兴奋地大叫道："你看！"

抬头一看，什么都没有，还是草原，"看什么？"

"前面出现了山脉啊，有山的地方必有人家。咱们这就冲着山那边过去。"

山啊？极目远眺，前面好像是有山的影子，好远……

李新云已经开心的打马往那边驰了过去，李羽轩知道论在草原的生存知识，李新云不知道比她强了多少倍，强打精神跟上了她。

果然往前走了一段时间后，转过一个小山包，人烟多了起来，到处可以见到帐篷和牧民，再往前面走，日落时分，一座城市赫然出现在了他们面前。

城墙上醒目的两个不认识的字。

看向李新云，她也摇摇头。不过她笑得很灿烂，"管他呢，有地方睡，有地方吃饭，就行了。"

李羽轩知道两人这样子风尘仆仆的进城有些打眼了，不过她看下四面的人群，像他们这种风尘仆仆的人也不少，穿各色衣服的人都有，两人跟着一商队后面进了城，找了进城后的第一家客栈走了进去。

李羽轩的身上带着银票，店家却对银票不买账，坚持要出现银，李羽轩解下脖子里的玉佩，递给店家，店家接过，才叫小二把他们带进楼上的房间。

进了房间，李羽轩往床上一躺就开始睡觉，李新云好像一点都不倦，出去买了许多吃的东西进来。

李羽轩一觉醒来，看到她还在吃东西。奇道："你一点都不累吗？还有，你哪来的钱买东西？"

李新云指指李羽轩的外衣，"你的银票啊。"

"不是这里不要吗？"

“我拿到当铺，一百两当十两。”

……

李羽轩自诩也是个有钱人，但是她此时对李新云这种超级富翁顶礼膜拜，一百两当十两，当真是儿丢爷钱心不疼啊，她又不是她老爸，她还要靠着这些钱养老的呢。

她想要坐起来去扯回自己的外衣，身体刚动，全身肌肉针刺一般的疼痛起来，从头发到脚趾头，没一个地方可以幸免，疼得她龇牙咧嘴的不敢再动，大概是睡了一觉，紧绷的神经松懈了下来，这颠簸了一天一夜的后遗症发作了。

她正在哀叹自己身世坎坷，命运悲惨，突然房间里一黑，房门处传来一声轻微的响动，随着这声响动，一股刺骨的寒风毫无预警的从门口袭了进来，房间内顿时变得如冰窖一般寒冷，她被这突然而来的状况吓得霎时毛骨悚然，一哧溜赶紧缩进了被窝里。

耳边传来了细细的苍老的怪笑声，怪笑声在房间里一闪而过，笑声过后，房间里陷入了难熬的寂静。她躲在被子里连大气也不敢出，心里一个劲儿地念阿弥陀佛，她虽然不信鬼，可是自从见识了尸娃以后，心里对江湖上的东西不由得起了一种敬畏之心。何况她是个一点功夫也不会的人，任何稍微有点武功的人就可以把她搓圆了，捏扁了，蒸了，煮了或者扯下来零卖都行。

很奇怪，怎么没有听到李新云的声音？也没有听到打斗的声音。

在被窝里发抖了许久，臆想了许久，李羽轩确定没听到外面一丁点动静，才小心翼翼地从被子里伸出脑袋，房间里依然一片漆黑，不过她的眼睛在被窝里已经适应了黑暗，她看到窗口投射进来的淡淡的月光，还有敞开的房门。

她低声叫道：“新云？小姑娘？”

没有人回答。黑暗里只有她自己的呼吸声。

房间里的冷意还在，这北方的晚上本来就冻死人的冷，她脑袋伸出被窝，马上就被冷气刺激的连打了两个喷嚏。她不敢出去，又缩进被子里呆了一会儿，安抚住自己砰砰乱跳的心脏，给自己加了一百次油，鼓励了自己一百次后，壮着胆子重新掀开被子坐了起来。

什么都没有发生。

她忍着一身的疼痛爬起来，点亮了房间里的油灯。

房间里还如刚才一样，只是没有看见了李新云。她吃剩的零食还放在她坐着的地方，不对，有一点散落到了地上。还有一点散落在窗台上。窗户也是开着的。

房间里有了灯光，她的胆子也大了一点，拿着灯围着房间转了一圈，她从来都不愿意先想坏的结局，所以她猜想是李新云故意吓她在和她躲猫猫吧，于是她把房间里的角角落落里都找了一遍，不放过每一个可以待人和不可以待人的地方，就连床脚下的一只不知道待了多久的，被冻得奄奄一息的蜘蛛都被她赶出来光荣挂掉了。

折腾了半天，李新云的头发都没有发现一根。她只能以最坏的结局猜想李新云的去向了。

难不成这么快的速度她竟然被人虏了去？这一点是她从窗台上的果屑上得出的答案。她总不会躲猫猫躲到屋顶上去吧？而且，无缘无故的她干吗躲猫猫？这几日的相处，她知道李新云虽然刁蛮调皮，却不是一个调皮得没有分寸的人。

这个答案让她怎么也不敢相信，李新云的武功不错，这是他们三个斗王柔他们的时候她在边上看着得出的答案，有谁有这么高的武功让她一言不发就自动缴械？而且没动她李羽轩一根头发。这太不可思议，太不敢相信了。

她不相信，她不死心。

“李姑娘，出来吧，别吓我了，你知道我胆子小，经不起吓的，出来吧！我知道危险来了我只顾自己躲着是我不对，我知道你当初从树上掉下了我没接着是我不对，我知道我有秘密没有告诉你是我不对，我求求你出来吧！”你出来吧，你不在我真的好怕。我担心你也担心我自己，我胆子真的很小的，你要是不在了，丢下我一个人，我要怎么去面对这个一窍不通的地方，还有，我真的会愧疚一辈子啊，我曾经欺骗了你这么一个纯洁小姑娘的感情——

房间里依然没人回答，那一瞬间的功夫，李新云仿佛从这房间里蒸发掉了。

李羽轩被这满屋的寂静弄得心里发毛，再也顾不得一身的疼痛，披起外衣往一楼的大堂里奔去。

大堂里值夜的小二正在柜台后面睡觉，被李羽轩摇拨浪鼓一样的摇了醒来。小二见李羽轩穿着大宋文士的长衫，知道她就是白天用一块上好的和田玉换住宿的人，心里有火，没好气地问道："大半夜的，什么事情这么急？"

李羽轩见小二对自己说话，可恨的是她根本听不懂他在说什么，只得连比带画地问他有没有看到她的同伴走出房子，或者被谁俘虏了出去？

小二睡眼惺忪地看着李羽轩神情着急得又说又跳，看了半晌终于看出她是问刚才有没有人出去，摇了摇头。

李羽轩还想再问，看着小二茫然的眼神，知道自己这般鸡同鸭讲也问不出什么所以原来，只得放弃了交流，垂头丧气地回到了房间里。

房间里还是没有李新云的影子。

要不，就是刚才来了刺客，李新云追刺客去了？可是她为什么一点声音都没留下呢？

李羽轩不敢再睡觉，一个人巴巴的睁着眼睛坐在床上等李新云回来。

一直等到窗户外曙光初现，她下床倒点水喝，突然又感觉房间里一冷，她下意识地往门口望去，房门又是开着的，再望向床上，她的水杯哐当一声掉在了地上，她往床上扑了过去。

第三十八章

床上，她刚才睡过的地方，不知从哪里冒出来的李新云正赫然躺在那里，李羽轩扑过去摸摸她的身体，拍拍她的脸蛋，又确认一下她的鼻息，这才又哭又笑的把她摇起来，“你这家伙，你这么吓我，你知不知道我担心得要死了？我整晚都没睡觉，就想着你的事情，你居然这样一声不吭的睡回来了。”

对她这样的真情流露，声泪俱下，李新云一点反应都没有，还是那样平静地睡着，李羽轩摇了一阵，觉得怪异，放弃了摇晃，摸摸她的额头，好像有点烫，便找来一块毛巾浸了冷水敷在她额头上。

她不知道李新云昨晚到底经历了一些什么。

待到中午的时候，李新云终于醒来了，看见李羽轩坐在床头，马上扑进她的怀里又哭又笑，李羽轩看到李新云醒来，心里的石头终于放了下去，拍着她的背温言劝道：“好了，别哭了，这不是一切都好好的吗？”

李新云抓起额头上掉下来的毛巾，抬头望着李羽轩，“臭小子，我昨晚一直睡在这儿吗？我昨晚发烧了吗？我一直睡在这儿的是不是？”

李羽轩看着她急切的眼神，知道她想要自己给她一个肯定的答案，她不想骗她，摇了摇头，“不是，你昨晚失踪了，是早上才回来的。”

“那么，我昨晚的一切不是做梦？”李新云的眼神黯淡了下去，“我也觉得不是做梦。”她腾的一下从床上下来，抓起杯子喝了几大口水，“我遇见鬼了，还是色鬼。”

“你昨晚都去哪儿了？”李羽轩小心翼翼地问道，李新云愤怒里带着一丝红晕的脸色看得她心里发毛，“色鬼？”

她难道被传说中的采花大盗虏走，被谁谁谁 XXOO 了？

李新云喝完水，又粘到了李羽轩的怀里，把脑袋放到她的肩膀上，“臭小子，我真的好害怕，你说说昨晚发生了什么？”

李羽轩感受着她有些战栗的身体，知道她昨晚一定被吓到了，才会让这个天不怕地不怕的小女孩紧张成这样，握紧她的手笑笑，“你回来了，我也在，昨晚咱们就不去管它了，好不好？我带你下去吃饭去，吃饱了肚子，什么都会忘记了。”

李新云点点头，“我们换个地方住吧，我不想住这里了。”见李羽轩眼神里有犹疑，马上接口说道，“你的玉佩和银票我以后一定还给你。”

李羽轩拍拍她的脑袋，“傻瓜，又想歪了，我只是在想我们这到底在哪里呢。以后也好有个打算。”

李新云闷声道：“不要查了，这里就是大夏国的都城兴庆。”

“嗯？”

“你没注意这一路上我都没开口说话吗？我不要回来，但是当时情况危急，我也不知道去哪里，就带着你奔这儿来了。”

“呵呵。”李羽轩一笑推开她，“只要你能听懂这里的话就行了，放心，我不会赶你回去的。”转身解开外衣，从里面拿出两张银票，“既然你熟悉，就把这两张银票去换成银子吧，换五十两银子，也够我们吃喝一阵子了，我们正好在这里等展大哥他们到来。”

“嗯！”李新云点点头，从身上摸出昨晚剩下的银子，“我昨晚换了十两银子，因为怕你骂我，不敢多换，我们这就去交了房租，取回你的玉佩，换个地方住去。”

两人来到街上，吃了几个大饼，李新云带着她每人买了两套普通西夏人的衣服和棉袄，“我们这样才不会引人注目。”然后带着她来到一个僻静的客栈门口，“这里我住过一次，有一次打猎回来晚了，我和几个哥哥们在这里住过一回，里面很雅致很安静。”

李羽轩点点头，“一切听你安排。”

北方的冬天来得早，也冷得令人发指，此刻还只有十月，她从汴梁出发的时候还穿着夹衣，此刻穿着厚重的棉袄，客栈的房间里生着大火，烧着大块的木头，她还是很早就爬到了坑上。李新云从小生长在这里，耐寒能力比她强，一个人坐在火旁跷着腿吃牛肉干。

坐了一会儿，看到外面的天都黑了，大概是昨晚的阴影还在，她也爬到了坑上，挨着李羽轩坐下。李羽轩本来想要两间房子的，她死活不肯，说是怕。李羽轩也不想再瞒她自己是女儿身的实情，就依了她。

看见她蹭到自己身边坐下，李羽轩小声说道：“公主，我有一件事情要告诉你。”

“什么事情？”

“我其实是……”李羽轩刚开口想说，房间里的灯呼的一下黑了，一阵冰凉刺骨的风不知道从哪里吹了进来……

一切都和昨晚一样。

她背上一凉，眼睛不由自主地闭上了，下意识地去搂身边的李新云，没有。再伸手，还是没有。

经历了昨晚，她的胆子大了一点儿，知道就算是鬼，也对她没有意思，她睁开眼睛，看着房间里的炉火还烧得正好，寒风吹过后，房间里又恢复了温暖。

只有李新云又不见了。

这已经不是意外和巧合。

她握紧了双手，她只是感到背后一凉，李新云就不见了，如果这世界没有鬼，这人得有多好的武功？为什么这人只针对李新云呢？为什么她们搬了地方也逃不过呢？

难道是李新云的仇家？可是他对李新云又丝毫无损，李新云说是色鬼，天啊，难道真的碰到采花大盗了？

李羽轩捂紧棉袄，很有可能，只要女子不要男的。可是这世界这么多女子，为什么独独选中了她李新云？难道是一个对李新云知根知底，一直在注意着她行踪的人？或者说她们一进兴庆城，就被对方看上了？

这个答案太难了，此刻要是信王和展昭在就好了。

她和衣躺在炕上，昨晚一晚没睡，炕上的温暖让她昏昏欲睡，她用手撑开眼皮，背心依然有些发麻，人依然有些害怕，脑海里开始漫无边际地想一些神啊鬼啊的可怕东西，甚至想起了午夜凶铃里的贞子。自己吓自己的功效还不错，她被自己吓得瞌睡全没了，也不敢再待在房间里，穿好鞋子走了出去。

这是一个典型的北方四合院，她们住的房间是后院右排的第三间房，她走出去，看见第二间的房间里还亮着灯，她知道这一晚自己是不敢回房间去睡了，壮壮胆，走到第二个房间门口敲了三下房门。

里面马上传来一个男人有些沙哑的声音，“谁啊？”

“我，你隔壁的。”

“哦！”听见里面传来踢踢踏踏的脚步声，房门很快就打开了，里面出来一个披着深棕色狐狸皮的中年男子，看见李羽轩怔了一下，“请问有什么事情吗？”

李羽轩尴尬地一笑，“我那房间里闹鬼，一个同伴莫名其妙的不见了，我想来你这里坐坐。”

“哈哈哈。”男子大笑起来，“这世上哪有什么鬼？你带我去看看！”说罢关上房门，往李羽轩住的门口走去，“这间房子？我白天见过你。”

李羽轩点点头，“刚才一阵风吹过，我的同伴就不见了。”

“一阵什么风？”

“寒风！”

男子走进房间，点亮灯，仔仔细细的周围看了一片，一脸的惊奇与佩服，“这人武功好高。你的同伴是被人虏走了。”指着窗台上一处地方，“你看，此人就是从这里进来和出去的，但是他虏着一个人也只碰到了窗台上的这一个地方，可见这人武功高不可测，轻功更是出神入化啊！”

李羽轩细看那窗台，果然窗台边上都落有薄薄的一层灰尘，只有他指的那一处，干干净净。

她不禁对这个高大轩昂的男子敬佩有加，江湖人，难道都是这么厉害的吗？这人知道虏走李新云的是个武林高手，那他也一定是武林中人了。

她可不可以问问昨晚的事情？

男子看完李羽轩的房间，见她还在望着自己，便笑道：“仁兄要是害怕，今晚就去我那里睡一晚吧！”

李羽轩被他看出心思，也不掩饰，“仁兄好眼力，小弟确实有此想法。”

“哈哈哈。”男子一笑，“走吧！”

他的房间里，桌子上摆着两只酒坛，两只酒碗，李羽轩在桌旁坐下，笑道：“仁兄一个人在喝酒吗？怎么有两只酒碗？”

男子脸色微微一暗，“另外一只碗是给我死去的妻子准备的，我只要喝酒，必定想起她。”

李羽轩没想到自己一不小心问到了别人的隐私，马上站起来赔礼道：“不好意思，我唐突了，勾起了仁兄的伤心事！”

男子摇摇手，在桌旁坐下，“没事，死者已矣，我和你说出来，心里也痛快！”说罢提起酒坛，往碗里倒满了酒，“仁兄既然来了，就陪我喝两杯吧！”

李羽轩接过酒碗，“我姓李，名羽轩，中原人士，以后大哥叫我李羽轩就好，不知大哥姓甚名谁？”

男子把酒一饮而尽，“你叫我萧漠就是！”

“原来是萧大哥，今晚叨扰大哥了，我敬大哥一杯！”李羽轩也把碗里的酒一饮而尽，再把两人碗里的酒斟满。

这酒，好刺喉咙，李羽轩一碗下去，喉咙里马上火烧火燎的痛了起来。不过酒能壮胆，此刻有人陪着她说话，别说是酒，就是酒精，她也会喝下去。

第三十九章

几碗酒下肚，李羽轩向萧漠说起了昨晚和今天的怪事。萧漠听完微笑道：“你的同伴明早还会回来。”

“我也这么猜想，只是不敢肯定。”李羽轩郁闷的攒起了眉头，“你说她会不会是让采花大盗给盗走了？”

萧漠摇摇头，“我在这里几日，还未听闻这兴庆城内有采花贼。”见李羽轩依旧一脸的郁闷，笑道：“李兄，那位小姑娘是你的心上人吗？”

“不是，是我的救命恩人。”

“这样啊——”萧漠又喝完一碗酒，用手背抹了一下嘴角，“救命之恩自当涌泉相报，明日我帮你便是。”

李羽轩大喜，赶紧给他又斟满一碗酒，“小弟谢谢大哥仗义相帮。”

萧漠接过酒喝下，“路见不平拔刀相助，江湖人的根本，李兄弟不必谢我，举手之劳而已。”

“听大哥口音，也不像是本地人啊？”

声音略有迟疑，“我居无定所，四海为家。”

李羽轩知道江湖人士一般都秘密很多，不再相问，只盼着他明日帮助自己找到虏走李新云的那人，不再这般担惊受怕。

两人喝完酒，已到深夜，李羽轩就伏在这桌子上小憩了一会儿，天亮醒来，赶紧起身去自己的房间。

房间里，李新云又穿戴整整齐齐的睡在床上，呼吸匀称，双颊潮红。

李羽轩简直要抓狂了。

萧漠也跟了过来，他看出李新云是被人点了睡穴，拍拍李羽轩的肩膀，示意她冷静下来，一手拂过李新云的左边肋下，替她解了穴道，李新云哎呀一声醒了过来。

李羽轩赶紧上去抱起她，“新云，你没事吧？”

李新云看着李羽轩，满脸通红，只是摇头步说话。李羽轩抓住她的手，“别怕，这位是萧大哥，他答应帮我们。”

“我，我，我……”李新云突然哇的一声大哭起来，“我不要活了，我没脸见你了。”

“说什么傻话呢？”李羽轩抱着她在炕上坐好，又请萧漠在一旁的桌旁坐下，出去提了一个暖壶进来，给三人每人泡上一碗热茶，看着李新云把热茶喝下，这才问道：“新云，到底发生了什么事情，你给我们说说吧，我们也好给你想办法。”

李新云双手把着茶杯沉默不语，半晌抬头看向李羽轩，“臭小子，你娶了我好不好？我不想住在外面了，我想回家。”

“我？”李羽轩噎住了，“我家里已经有老婆了，而且，我也不是西夏人。”

“我不管，我就要你娶我！”

“我真不能娶你——”

“你不娶我我就死给你看！”

……李羽轩看了萧漠一眼，发现他也正在看着他，眼神里有迷惑好像还有一丝不屑，大概他刚才是看到他抱新云公主那亲昵的动作了，以为他是个不负责任的花花公子。

这可不行，她们还想着他的帮助呢。

果然，萧漠站起来不悦道：“李兄，你既然家里有老婆，怎么还和这位姑娘同居一室呢？既然都同居一室了，为什么又不娶她？做人要厚道，不能这般无情无义。”

“我——”这都什么跟什么啊？

李羽轩只得苦笑，“此中苦衷，萧兄并不知情。”

“我只知道不能辜负人家姑娘的一片痴心，到时候后悔，你就来不及了。”萧漠幽幽地叹了口气，仿佛此话又触到了他的隐私。

李羽轩无语，望着李新云。

李新云执着地看着她，仿佛她不答应，她就一定会去死。罢了罢了，先答应了，过了今晚，等这位萧兄查出事情的真相再说吧。

不知道为什么，对这位萍水相逢的萧漠，她竟然如此信赖，就像展昭，就像徐清之，是不是有些人天生就让人心生信赖？

还是他萧漠这个名字让她心生信赖？不知道。

她对着李新云点点头，“我答应你就是。”

李新云喜逐颜开地从床上爬起来，走近她身边在她脸颊上砰地亲了一口，“我就知道你不会置我不顾的。”

李羽轩拉着她的手坐下，“跟我们说说你昨晚发生的事情吧？”

李新云脸上的红潮又来了，“我还是不知道谁虏了我去，我一睁开眼睛，就什么都看不到了，只觉得刺骨的寒冷，被人赤身裸体地丢在某一处地方。”看了萧漠一眼，放低了声音，“然后我就睡着了，再一醒来，就回到了床上。这两晚都是一样。”

“你身边没什么人？”

半晌，李新云低声答道：“没有。”

李羽轩知道此等事情不好深究，何况萧漠还是一个外人，李新云脸皮再厚，也是一个未出阁的少女，见萧漠还欲再问，马上在一旁问道：“不知萧兄今晚用什么法子呢？”

萧漠对李羽轩的好感已经从见面的百分之百，到他刚才说家里已经有老婆，又答应娶李新云开始降到了百分之一，不过他答应了他的事情，还是会做到，见李羽轩问起，便不冷不热地答道：“我没什么好法子，不过是让你穿上这位姑娘的衣服，让对方掳去，然后我悄悄跟去探听清楚而已。”

“啊？”李羽轩长大了嘴巴，“要是对方发现我是个假冒产品，会不会有危险？”

萧漠没有看她，喝着手中的茶，“你不是说这小女孩救过你的命吗？此事正是你报恩的时候。”

李羽轩干笑一声，“是啊，可是——”可是我也是个女人啊。看着李新云期待的目光，“好吧，我答应。”反正被俘虏已经是家常便饭，加碟小菜也无所谓。

“那就这样吧，”萧漠站起来，“你下午就和这位姑娘换过衣服，我再去叫一位朋友过来帮忙。”

“谢谢萧兄！”李羽轩赶紧抱拳相谢，她虽然从萧漠的眼睛里看出了他对自己的不屑，但是他肯帮忙，她还是很感激。她知道这都源于他之前答应了自己。

一诺千金，这男子值得她从心底里崇拜。

这个上午，李新云反常的沉默，一个人坐在桌旁不知道在想什么，一会儿哭一会儿笑，连午饭都只吃了一个卷饼。

李羽轩差不多两晚没睡，想起晚上还有重要任务，萧漠离开后就开始睡觉，一直睡到起来吃午饭。

吃过午饭，两人就背对着背隔着炕开始换衣服，还好是冬衣比较宽大，李羽轩穿上李新云的衣服也不觉得小，刚刚合身。

李新云穿好李羽轩的衣服，自己在那边咯咯地笑，李羽轩见了久别的女装，心里一时五味杂陈，站在原地许久未动。

李新云半天不见李羽轩的动静，在那边问道：“穿好了吗？”

“好了。”

“好了啊？”李新云闻言转身往这边看了过来，一看之下马上惊叫起来，“臭小子，你到底是男人还是女人啊？你穿着这衣服比我还漂亮。我妒忌。”

李羽轩苦笑一声，“妒忌就没必要了，我是男是女你总会知道的。”

傍晚时分，萧漠也过来看了李羽轩身着女装的模样，半天没说出话来，许久才说道：“中原江南的男人果然俊俏。”

再过了半天，仿佛是刚刚想起，“今天在街上，有人在找李羽轩，应该是找你们。”

“找我们吗？”李羽轩激动起来，“他们找来了吗？我不要扮成女子曲诱敌了吗？那太好了，是什么人？他们在哪里？你告诉他们了吗？”

萧漠看着她的激动过度，只道她怕死，淡淡地说道：“我告诉他了，应该就在我身后赶来。”

李羽轩拔腿往门口跑去，“是谁呢？信王？展昭？徐大哥？”完全忘了此刻自己是一身女装，出了院子，跑到了客栈门口。

客栈的大堂里，长身玉立，风尘仆仆的徐清之正站在那里手脚并用的向小二询问李羽轩住在那间房子。李羽轩站在他身后，认出了他，他见着李羽轩一身女装从他身边跑过，根本就没有看她面孔，自顾自按着小二的指路往她的房间走去。

李羽轩心里有点淡淡的失望，徐清之不会武功，这是个遗憾，他既然来了这里，是不是信王他们也来了呢？

她跟在徐清之后面往房间内走去，后面却有人拍了她一下肩膀，“请问——”

她没好气地回过头去，“问错人了。”

回头一望之下，这个含笑而立的人不是信王又是谁？

难怪这声音这么熟悉，话也听得懂。

看着她的一脸惊喜，信王却不可置信地怔在了原地，“你，你，你——”

“我，我，我，我什么？这是个意外，回房间里再告诉你。”李羽轩看到自己一身女装，干笑几声摊开手，“救人的需要，男扮女装而已，不要想歪了啊。”

信王嘿嘿一笑，搂住了她的肩膀，“是啊，你是我的好兄弟嘛——，本王怎么会想歪呢？本王是那么没水平的人吗？只有做贼心虚的某人才会此地无银三百两。”

李羽轩挣开他的魔爪，在这生死关头看到他也确实开心，呵呵一笑，“就你一人吗？展大哥呢？”

“展护卫随后就到了，我记挂你的安危，先行了一步。”

“谢谢你！”

“谢什么？徐兄弟也应该到了这里，你没看到他吗？”

原来他们不是一起来的？好巧，巧到不能再巧，两人都选在了这个最美好的时刻看到了她的庐山真面目。

她带着信王往房间里走去，“我还有一个惊喜要告诉你。”

第四十章

走到房间门口，她突然有些心虚，不知道徐清之看到她这模样有啥反应？

信王看到她的扭捏，失笑道：“里面是谁？让你这么为难？”话音才落，李新云已经从房间里扑了过来，“臭小子，徐大哥来啦！”

李羽轩接过扑面而来的李新云，尴尬地一笑。李新云见到信王，马上哈哈大笑，“你也来了？太好了，那臭小子不要扮女人去冒险了。”

信王也哈哈大笑。

房间里传出了熟悉的脚步声，李羽轩低下了脑袋。温润的声音从她的头顶传来，“李兄在哪里？”

李羽轩头顶充血，一下子从头皮充满了全身。这感觉有点像做贼心虚，不是，简直就像被抓奸。也不是，反正她这一刻只希望地上突然裂出一个洞来，她好钻进去。

李新云抱着她的左手摇呀摇，笑得夸张得“沉鱼落雁”，“这个就是啊，臭小子现在是个绝世美人。”

李新云大概真觉得男扮女装的李羽轩很可笑，用手扶正了她的脑袋，“你们看，是不是？绝代风华吧？哇，脸这么烫，还害羞了？”

李羽轩嘴角抽了抽。

信王抽了抽嘴角。

徐清之眉毛眼睛嘴巴一起抽。

看着他们表情的李新云笑弯了腰，“臭小子，你要真是女子，只怕这房间里的几位爷们都会芳心大动，非你不娶，我就会有好戏看了。”

三人继续抽。

幸好还有一人正常，萧漠也从房间里走了出来，“既然李公子来了朋友，在下就告辞了。”

一句话惊醒抽风人，李羽轩想也没想就否定了，“萧大哥，你先别走，我来介绍我的这两位兄弟。”她特意在兄弟这两个字上加重了语气。

听到李羽轩如此说，信王马上走过去抱拳道：“在下赵蕴，见过萧兄。”

“赵蕴？”萧漠惊奇地打量了他一眼，“宋朝的信王赵蕴？”

“正是！”信王回答得很干脆，让一旁的李羽轩扬起了眉头，这么张扬就不怕在这异国他乡遭意外吗？

萧漠整容抱拳，“信王爷如此坦诚相对，萧漠佩服！”

信王呵呵一笑，“萧大侠名扬海内，赵蕴久仰大名，今日能在此地相见，是赵蕴的福气。”

“哈哈哈哈……”萧漠纵声大笑，“王爷说哪里话，王爷眼力太毒了。肖某佩服。”

徐清之好不容易抽完了，把眼光从李羽轩身上扯出来，赶紧调整出一个严肃的表情，对着萧漠揖了下去，“徐清之见过萧大王。”

李羽轩瞠口结舌地望着他们三人，认识？萧大侠？萧大王？这名字有点熟悉……可她之前真没见过他啊？

三个男子不知道是惺惺相惜还是臭味相投便称知己，呵呵大笑过之后就相携到客栈的大堂里喝酒去了，完全剩下了她这个刚才还风光无限的不男不女。

李新云也完全忘了上午的苦闷，笑意吟吟的粘在她身边喋喋不休。看这阵势，今晚这一劫可以免了吧？

她强烈要求换回衣服！

李新云却说啥也不肯，一定要穿到明天早上。

她看着李新云耍赖无计可施，要论长度，她比她长点儿，论力气，论武功，她都不是她对手，李新云不乖乖的换下来，她只有在一旁眼巴巴的份。

来到了江湖才知道，这里面大腕多了，奇怪，这萧漠这名字咋这么熟悉呢？

见她沉默，李新云凑过来问道："怎么啦？真生气啦？人家只是觉得你穿我的衣服很漂亮嘛！"

唉——，苦笑一笑，"我在想我为什么会到这里呢？命运到底要把我转到哪里去呢？"

嗯？李新云睁大了眼睛。

李羽轩非常哀怨地白了她一眼，"不懂别说话，自己一边玩去！"

晚饭是信王叫进房间里来吃的，信王，徐清之，萧漠和她们围坐一桌，一桌子的羊肉，牛肉。三人都喝得满身酒气，开始亲热的称兄道弟。

李羽轩坐在信王身边，李新云坐在萧漠身边。房间内点了四座烛台，把房间照得透亮。李羽轩记起萧漠说过还有一个朋友，便问道："萧大哥，你不是说你还有一个人吗？怎么没叫他一起来呢？"

"呵呵，我那兄弟也失踪好些日子了，有人说曾经在这里见过他，我此次便是来寻他的。"

"寻到没有？"

"没有！"

烛台的灯好像闪了一下，李羽轩不自觉地缩了缩身体，信王含笑看了她一眼，抓住她的手，很丢人，她的手心里一手心的汗，她紧张的都要心肌梗死了，可是，表面上还得装出点笑容不是？这位萧大侠已经很不待见她了，再装死惹毛了他，他袖子一甩不管了，吃亏的是她自己。

拜托，今晚这么多人在，那谁谁谁不会来了吧？

烛台的灯再闪了一下。

所有人都停止了说话。

李羽轩感觉寒意从背心里直透心底。转头看李新云，小姑娘一脸不知什么表情，有茫然，有害羞，有恐惧，有期待——

她一定被吓得眼花了，怎么可能有期待？她把外面的棉袄再裹紧一点，感觉信王握住她的手也在发抖。

你可千万别抖——

祈祷没完，还如前两夜一样，一阵寒风从敞开的门口灌了进来，无声无息，房间里一瞬间陷入了黑暗，四座烛台全部灭了。信王手用力一拉，把李羽轩拉到了自己的怀里。

李羽轩闭上了眼睛。

靠在他的胸膛上，她好像没那么害怕……

听到耳边传来萧漠的一声大吼，接着又没了声息。李羽轩摸摸信王的手，他还在，摸摸自己的手，也还在。

太好了，那人没来抓人。

只是，信王搂得太紧了一点儿，她都喘不过气儿来了。

房间里的烛台又亮了起来，徐清之点亮灯。

李羽轩挣开信王的手，却没有如心中所想的离开他的胸膛，房间里，李新云和萧漠都不见了。

她脚软，她站不稳。

信王扶她在床上坐下，“没事，那人只是针对李新云而已，你不要害怕，而且他对李新云应该很熟悉，这样子都没有认错人。徐兄，你看着李兄，我出去帮萧大侠。”

后面这话是对正在仔细研究房间蛛丝马迹的徐清之说的。

徐清之点点头，信王大步走了出去，就见一个人影嗖的一声上了房顶。李羽轩眼巴巴地望着：羡慕有武功的人啊！！！

剩下她和徐清之两人，两人都不敢看对方，房间内的空气变得有些闷热。李羽轩坐正了身体，咳嗽了一下，“这个，徐大哥，我穿这衣服很别扭吧？”

“很好看。”

……

“这个，徐大哥，你怎么一个人来了这里？还不是和信王同路？”

“你那日被抓，我就跟在你身后追来了。”

心里暖暖的有些感动，“我要是个女子，你还会这么对我好吗？”

砰——，徐清之的脑袋砸到了窗户上。

“大哥？”

“……会！不会！会！你怎么可能是女子？”风中凌乱这个词用在这里绝不浪费。徐清之以为李羽轩之前看出他的龌龊心思，正在用话试探他，正在全身冷汗热汗一起冒。

李羽轩哪里知道他的心思，想趁着这个机会说清楚了，免得以后他怨她没早说，舔了舔嘴唇，这话有些难出口，“我是说如果，如果我是女子你怎么办？”

徐清之终于抬起了头，对上了李羽轩的眼睛，“如果你是女子，我一定娶你为妻！”

……

第四十一章

李羽轩没想到徐清之平时呆呆的，这时候倒这么直白，嘴上唔了一声，全身也冷汗和热汗一起冒了出来，不知道徐清之突然而来的这话是什么意思？

他当真了吗？看着他那眼睛里暧昧得不能再暧昧的眼神儿，李羽轩的心不由得扑通一声后死机了。

旋即见徐清之摇头苦笑，“可惜三弟是个男子，这世上又哪来与三弟一般的女子呢？”

扑通一声，心脏又跳回来了。

李羽轩整理一下表情，露出一个大大的笑容，“大哥，你这不是在消遣小弟我吗？吓我一跳。”

徐清之叹了口气，没精打采地在她对面坐下，“三弟，大哥真不是消遣你，大哥真有这想法，平日里怕你笑话我，都不敢和你说，今日你这么问我，我就实话实说，反正咱们是兄弟，感情比女人来的深厚多了，是不是？”

我不笑话，这一点都不好笑。李羽轩抽动一下嘴角，无话可说。不知道是该庆幸自己当男人当得很成功，还是鄙视自己当男人当得很成功。

这死呆子啊死呆子……

她忽然觉得自己很失败。平心而论，如果有一个人注定要知道她的性别，她的小心思里希望这个人是徐清之。不知道为什么，只知道他就算知道了，也不会给她带来危险。

她轻叫道："呆子，坐我身边来。"

徐清之有些讶异的望她一眼，坐到了她身边的床沿上。李羽轩轻叹口气，把头搁在了他的肩膀上。她感觉到徐清之整个人一震，僵在了那里。

"大哥，我累了，借你的肩膀靠靠。"

"嗯。"声音低沉，成熟男人特有的气味隔着衣裳熏在李羽轩的鼻子里。心脏又要失调了，看起来文文弱弱的徐清之，肩膀很宽啊。其实按道理，她对信王的依赖比对徐清之远远来的高，她每次遇险，脑海里第一个想到的就是信王，大概是信王太强势了，让她不敢心生邪念吧。

如果让她理性的在这两个男人里选择，她会选择谁？

因为如果确认知道了她是女儿身，只怕他们谁都不会选择她。

选择她，等于选择了平凡。她能熬到给李知府一家找出凶手或者熬不到给李知府一家找出凶手，她的结局都只有一个，辞官归隐，远离朝廷，远离汴梁。

选择她，等于是徐清之放弃了前途和梦想，信王爷放弃了无边的尊崇和权势。

试问，有几个男人会为了女人放弃自己的事业和追求呢？

她不做梦，她谁都不能去爱。为了他们，也为了自己。

这个肩膀，暂时借着歇歇吧。

借着……歇歇。

她抬起头来，低头，一笑，"大哥，我突然想到了一首好词，想要写下来，不知道这客栈里有纸笔没？"

徐清之正在那里如坐针毡，李羽轩靠在他肩上，那熟悉的，让他心荡神摇不能自制的香气在他的脑海里翻飞出来，伴随着李羽轩轻轻的喟叹，他费尽了全身的力气才没让自己的手伸过去把她搂进怀里。

他不能爱上男人——

见李羽轩如此说，赶紧站了起来，"我去找小二——"逃也似的跑出了房间。

李羽轩再次轻叹一声，坐到了桌旁，这傻小子的心她何尝不知道呢？她又不是他，她也不是懵懂无知的小女孩。

徐清之居然真要到了纸笔，帮她在桌上铺开，“难得三弟有此心情，快写出来给大哥看看。”换件事情分散注意力是最好的选择。

李羽轩看着他的眼睛，一笑，“这首词就送给大哥吧！”握笔在纸上工工整整写道：“风絮飘残已化萍，泥莲刚倩藕丝萦；珍重别拈香一瓣，记前生。人到情多情转薄，而今真个不多情；又到断肠回首处，泪偷零。”

徐清之跟着轻念道：“人到情多情转薄，而今真个不多情，三弟，我懂你的心。”

“你懂我的心？”

“我们会做一辈子的好兄弟！”他还在纠缠她和他断袖的事情。也好。

房门嘎的一声打开，信王和萧漠走了进来。

李羽轩急问：“李新云呢？”

信王摇摇头，“我追着萧大侠到西夏皇宫，我们两人在皇宫里找了一圈，失去了那人和李新云的踪迹。看样子那人对西夏皇宫非常熟悉，应该就是皇宫里的人。”

“啊？”李羽轩不敢置信，“既然是皇宫里人抓她回去，怎么会把她丢冰窟里？又怎么会一大早把她送回来？”

“或许是仇人。”

这仇人除非是疯子。

那人已经知道我们在跟踪他，看明天早上他还会不会把李新云送回来吧！信王走进桌旁，“两位在做什么？”

徐清之让开一步，“正在欣赏李兄填的词。”

“你们还有雅兴填词啊？”信王看了李羽轩一眼，往桌上看去，“情深意切，很写实的词啊，是特意写给我们看的吧？”

太让人了解透彻了也不是一件好事，信王一眼就看出了她的心思。

“是的。”

“那我就不客气了。”信王随手欲卷起纸笺，却被同时而来的萧漠抢过，“如此时节还有心情作词，李兄真是一雅人，李兄难道就不担心李姑娘的安危吗？让我看看都写的什么？”

李羽轩知道萧漠是责怪他不担心李新云，脸一红，“我很担心李姑娘的——”却见萧漠望着那首词，脸色十分古怪。

咦，他为什么要流泪？

但见信王拍拍他的肩膀，“前尘事，前尘去，前面的路还长，萧兄不要太执着了。”

萧漠点点头，“我是睹物思情，情不自禁，让王爷见笑了。”

“像我这种飞花蝴蝶，平生最敬佩的人就是萧大侠这种坚贞不渝之人，哪来笑话之说。”信王这话说得有些低沉。李羽轩看出他纯粹就是在拍马屁。

萧漠把字折好，看向李羽轩，“李兄这词和字，就送给我吧！”不是商量，一点商量的余地都没有。

李羽轩看了徐清之一眼，反正这呆子也没看懂，那就送给萧漠吧，呵呵一笑，“萧兄喜欢，拿走就是。”

萧漠把字放进衣服里，“李兄的文采果然一流，也不枉王爷和这位徐兄弟把你当朋友。”这话什么意思？

“只是李兄的性情，还得多向这两位兄弟学习。做人需得坦坦荡荡，问心无愧才好。”

这又什么意思？

她看向信王，信王呵呵一笑，“萧大侠，你可能对这位李兄弟有些误会。他和我们一样，都是性情中人，只是，呵呵，嘴巴毒了一点，皮厚了一点，为人死磕了一点。”

你们都给我睡觉去——

把三人赶出房门，李羽轩往坑上倒去，不管了，睡觉。

大概是因为有了徐清之和信王，李羽轩这一觉是这一段时间以来睡得最安稳的一次，安稳得她醒来的时候，发现自己裹着被子睡在地上，她也太不小心了，睡地上来了都不知道，往炕上爬，有个人哎！

哇，是新云公主！还穿着她的衣服，瞌睡一下被吓到瓜哇国去了，她披着被子开门往外面走去，“王爷，萧兄，李姑娘又回来了。”

没有人回答。

去敲萧漠的门，“萧大侠，李姑娘又回来啦！”还是没人回答。

等不及了，手上用力，门应手而开，没关，里面没人。

再敲开信王的门，没人。连徐清之都不见了。

不会吧，唱空城计给她看？不会这么敬业，三人一早就去追那人去了吧？她一向都是以最好的心去度侧人心，暂且相信他们是去干正事去了。

回到房间里，从李新云身上脱下自己的外套，用被子把她盖好，再穿好自己的衣服，这一番折腾过后，天也大亮了，客栈里的客人都起来了，院子里喂马的，聊天的，做早操的，齐齐的热闹了起来。

她听不懂他们在说什么，出去街上买了两个馍馍进来，对着李新云慢慢地吃，这小女孩到底遭遇了些什么呢？看她那神情，一定是隐瞒了一些东西，有什么东西不能让她知道呢？还寻死觅活的要嫁给她。头大。

这个掳走她的人太奇怪了，这都什么跟什么嘛！老鹰抓小鸡的游戏？

又到了晌午，李新云才醒来。

醒来的第一反应就是红着脸一个劲儿地喝水，喝完水起床，拉起她的手就往外跑，在马厩里拉出他们的那两匹马，自己纵身跃上，叫李羽轩也上去。

李羽轩看着她变幻莫测的表情，弱弱地问道：“去哪里？”

“回皇宫！”

“这么急着去干吗？”

“成亲！”

“和谁？”李羽轩的心脏又死机了，一脸惊悚，蹬到马鞍上的一脚又退了出来。

“和你！”

李羽轩顿时恨不得晕过去，那啥，你继续死机吧。

第四十二章

可是李新云根本不管她的脸色，俯身一探，抄着她的腰就把她丢在了自己身后的马上，挥鞭往马后甩去，马儿吃痛，长啸一声，撒蹄子往客栈门口奔去。

李羽轩一个趔趄，差点摔到马下，只得伸手抱住了李新云的腰。

客栈小二听到声响，出来见是她们，马上追出来叫道："哎哎，两位，还没结房租呢！"

李新云长鞭一甩，把挡在门口的小二一鞭子甩到了院子里的墙根下，"让开！"在补一句，"剩下的那匹马给你当房租。"

小二七荤八素地爬起来，只听得马蹄声远，李新云已经去得远了。他莫名其妙的挨了这一鞭子，正想破口大骂，旁边一人看着他劝道："我看她们身边的男子都不是寻常之人，你这倒霉就认了吧，别再惹出大娄子。"

李羽轩见李新云出了客栈，一路快马加鞭，横冲直撞，不久就到了一处高墙大院之下，里面树木参天，楼阁隐隐，望不到头，估计就是西夏的皇宫了，守门的几位见一马直冲而来，作势想栏，被李新云几鞭子抽了个满地找牙，"找死，瞎了你们的狗眼。"

不过李新云还是放慢了速度，顺着宫里的大道又走了半天，这才走到一院门前停下，院子里马上出来了许多人，围着李新云叽叽喳喳，李新云把李羽轩推给其中的四个女子，不知道说了什么。四个女子便笑嘻嘻的拥着李羽轩往里面走去，只听到李新云叫道："臭小子，你先在我这清露苑乖乖地待着，我先去见我那个皇帝弟弟，回来再和你说话。”

不待李羽轩造反，身形一转，没了踪影。

李羽轩看着身边的莺莺燕燕苦笑道：“你们有谁听得懂我的话吗？”一位穿绿色裙装的女子过来对着她施了一礼，“奴婢晓蕾，见过公子。”

李羽轩见她说的大宋官话，心中大喜，马上也对着她揖了下去，“姐姐真是在下的天使。有人能和我说话并且听得懂，实在是太开心了。”

晓蕾避开李羽轩的一揖，掩嘴笑道：“公子是公主殿下的贵宾，请随奴婢来吧。”引着她往前面走去，不远处是一座两层的木楼，楼边有一湾清水，楼前面放着几个褐色的大石头，石面光滑，一看就知道经常被人打磨。

晓蕾带着李羽轩走进木楼，在一间小花厅坐下，李羽轩见花厅的墙壁上挂着一幅很大的人体的经络图，而且那图上到处都是小洞，好奇问道：“公主这里怎么有这玩意儿？”

晓蕾又是掩嘴一笑，“这是公主生气的时候用的，公主生气了就用飞镖扎这些穴位。”

其他的奴婢也都吃吃地笑了起来，看着李羽轩的眼神有羡慕也有担心。李羽轩知道她们在笑什么，公主带着个男人回家，就是白痴也能想得到中间的暧昧，自己这假男人身份只怕马上就会穿破了，作不了情人做兄弟，这李新云不会对他怎么样吧？好歹她们也是生死之交的情谊。

信王他们不知道回客栈去了没有，如果回去了听到小二的话，应该知道李新云是把她带这皇宫里来了吧？

这几个小时真难过啊，李羽轩在花厅里来来走走，走走回回，好不容易在天还有一点光的时候怒气冲冲地回到了木楼。

有什么事情还是白天说比较好，到了晚上就说不清楚了。

李羽轩笑意盈盈的迎上去，“公主，你怎么才回来，我等得花儿都谢了。”

李新云撅起了嘴巴，对着一个女子叽里呱啦的说了一气，那女子低头退了出去。这才对着李羽轩说道：“臭小子，写信给你们大宋皇帝，说你愿意为了宋朝和西夏的邻国友好，自愿留在这里当西夏驸马，不回去了。”

“为什么？”

“这是太后说的，说你是宋朝的官员，西夏是宋朝的属国，这事儿得要你们皇帝同意才是。”

李羽轩松了口气，“这个事儿大宋的皇帝一定不会同意。”要是真是这样，不同意才怪。每年十万的岁银都舍得，会舍不得和他没半毛钱关系的李羽轩？

“反正我不管。”李新云一跺脚，一个婢女里面把一盘子飞镖端了出来，李新云拿起四五个飞镖，对着墙上狠狠地砸去，“要是我嫁给那个契丹蛮子，我就先杀了你再自杀！”

这个问题太严重了，“公主别急，咱们慢慢商量。”

“没得商量，你今晚就给我写信，写完我就派人送到汴梁去，契丹那边的使者都住到我们西夏来了。”

“可是我家里有老婆。”

“给你老婆再找一个嫁掉。”

“这好像有点难……”

李新云凑近她的脸，美丽的脸上有一丝说不出的痛苦与决然，“我几次救你，还比不上你家里的老婆吗？再说了，我堂堂西夏公主，哪点配不上你？”

一向兵来将挡水来土掩的李羽轩这次真的语塞了，“我不是这意思。”

“那你什么意思？”

“我是有苦衷的——”

“你！”李新云望着李羽轩那好像很无可奈何的样子，银牙一咬，“你等着！”说罢又走了出去。

李羽轩追在后面走了出去，“新云，你听我说。”

李新云一鞭子打在了前面的石头上，传来一声巨大的啪嗒声，李羽轩一怔，还是准备追过去，被晓蕾拦住，“公子，别追了，公主的火气大，不过也消得快，你在这里等等，公主消了火气自然会回来。”

李羽轩挫败地摇摇头，重新坐回房间里，也拿着飞镖往那墙上扔去。

又不知道过了多久，还是晓蕾走了过来，手里端着一杯滚烫的奶茶，“公子，先喝了这杯奶茶吧，公主说了，让公子今晚就留宿在这里了。”

这里？公主的闺房？不行不行。那就罪孽更深了。李羽轩站起来，“公主在哪里？麻烦你转告公主，她的话李羽轩一定会仔细思量的，还请公主换个地方给我休息吧。”

“公主说了，她今晚不回来休息了，李大人喝了这杯奶茶，奴婢就带你去休息。”

这样行吗？好像哪里不对劲。李羽轩摸了摸鼻子，李新云只是一心想嫁给他而已，应该不会害她，算了，还是走一步算一步吧，明天见了她一定得跟她说清楚。

接过晓蕾手里的奶茶一饮而尽，“那就请姐姐带路吧！”

晓蕾掩嘴一笑，眼神里有些阴谋得逞后的亮晶晶的笑意，“公子请！”便带着她转过一个回廊，往楼上走去，在一间门口前站住，“公子请！”

李羽轩推开门，只见里面房间很大，铺着厚厚的长毛地毯，流苏垂幔，金光闪闪富丽堂皇，真不愧是帝王之家。

晓蕾垂首道：“公子请进去吧，奴婢告退了。”

走进去，脚踩在厚厚的地毯上，仿佛身体也暖了起来。

李羽轩见晓蕾在身后关上了门，叹口气伸了个懒腰，好困。怎么着一下子就这么困了呢？大概是看见前面那铺满毛皮的大床了？

西夏皇宫的保暖做得真好，这房间里好热，她都出汗了，这身子好热——。那边有个卧榻，到那里去睡一晚吧，这大床太豪华了，不敢睡。

脱了外套，李羽轩往卧榻上面倒去，说是迷糊要睡觉，可也不是真的要睡觉，就是这身体说不出的别扭，好像怎么放着都不合适，心里烦躁得只想脱掉随身穿着的这身棉袄，不是，是心里一波一波的悸动传来，让她浮躁的只想脱下身体所有的衣服，包括那紧紧裹着她的一点儿也不舒服的裹胸。

一想起这个，李羽轩的脑海里马上出现了自己午夜时在镜子里看到的自己的身体，这胸前的双峰并没有因为长期的不见天日而萎缩，每次解开裹胸，它们都会如兔子一般弹出来。

每次洗澡的时候，她总要细心地给它们做按摩，那饱满柔软的感觉真舒服啊，真想再摸摸，她的眼前出现了她在汴梁的时候洗澡的情景，双手不由自主地从衣服里探了进去。

手刚触到裹胸上，又下意识地停了下来，不行，这里是西夏，不行——，可是，真的好涨啊，受不了了。

不行，她这是怎么啦？中邪了吗？伸手摸摸额头，额头上全部去汗珠，这房间里温度太高了，那就把棉袄脱了吧，脱了不热了就不会胡思乱想了。

可是更热了，好难受。信王的胸膛好结实，书呆子的肩膀好宽阔，不知道两人如果脱了衣服，里面的肌肉会是什么样子呢？有没有七块八块腹肌？那天看展大哥的侧影，那身材真好啊，为什么当时那么君子，不睡到他身边呢？吃点豆腐多好。

她这是怎么啦？她想到哪里去啦？李羽轩狠狠地摇摇头，脑海里却出现了更多的男欢女爱的图像，她不行了，她要死了。

扑通一声，迷糊里在卧榻上左右翻滚的李羽轩掉到了地上，头脑稍微清晰了一点儿，发现自己的手正在衣服里往小腹下面探去。

这一吓头脑又清醒了一点，呻吟一声，赶紧把手握成拳头拉了出来，这太不可思议了，她不可能会这么失控，一定是被李新云做了手脚。

她把手深深地掐进肉里，春药，难道她被李新云下了传说中的春药？

李羽轩正在咬紧了牙关死死地用手掐进手臂的肉里缓解身体的颤动，房间的门无声无息地开了。

第四十三章

一只手搭在了李羽轩的肩膀上，接着，一个红色的身影蹲在了她面前，纯净的大眼睛里有些犹疑和看不懂的深邃，正盯着李羽轩的眼睛。

此人正是李新云，她此刻身着一身大红的衣裙，带着凤冠，一身盛装。

李羽轩咬破了下唇。哑声道："公主。"

李新云没有回答，用手去给她擦嘴角的血渍。李羽轩偏开头，避开她的手，继续说道："公主，你帮我解了药，我有话跟你说。"

李新云把她从地上扶起来，"说罢！"

指甲掐进肉里的疼痛缓解了她的难受，她倚着卧榻坐下，艰难的舔了一下唇上的鲜血，有点咸，有点酸，有点苦。就像她此刻的心情，"公主，我是女人。"

"我不信！"

李羽轩用咸咸苦苦的鲜血抑制住身体里抓狂的欲望，"你解开我的中衣，解开里面的裹胸，我不骗你。"

李新云像第一次看见她时一样，用不可置信的眼光把她的全身打量了一阵，"当真？"第一次是不相信世界上有如此俊美的男人，这一次是不相信这个男人会是女人。

李羽轩用力地点点头。

看着她颤抖的身体和嘴角愈流愈多的鲜血，李新云半信半疑的伸手去解她的中衣，李羽轩呻吟一声，避开了眼光，李新云却被臊得满脸通红，手也开始发颤，她心里隐隐地希望李羽轩说的是真的，又希望她说的不是真的，她真的不知道要怎么办了。

那似幻似真的三个晚上，那晚上一直在她身边的男人，那冰寒之地的缠绵悱恻，那情窦初开少女的火热与彷徨，那男子结实的胸膛，深情的呢喃，都让她慌乱不堪，无所适从。

她不知道那是梦还是真实的存在，说是梦，偏偏又那么真实，真实得身体上好像还留着那男子的体温，身体还留着欢愉后的酸胀，说真实，每次醒来，都看不到摸不着，无所适从。

所以……所以……所以她这么急切地想要和李羽轩成亲，也不知道自己是要掩饰些什么，她就是又羞又急又乱，想要给这三晚的梦境找一个借口。

可是她又不希望别的男人碰到她的身体，好像，李羽轩一直没给她作为一个男子的压力？才让她这么放心的想和她成亲？

她确实是喜欢李羽轩的，喜欢她的帅气，喜欢她的书生的优雅，喜欢她的洒脱与偶尔的放荡不羁。她不同于她身边的男人，不会让着她，不会讨好她，甚至第一次见面就让她跌了个狗爬式。

可是今天早上醒来，她发现这一切都比不上那个在梦里与她相处了三个晚上的男人。她不知道要怎么面对自己，怎么面对她，怎么面对那个梦……

如果李羽轩竟然是个女人……那她是不是不算移情别恋？

她颤抖着解开了李羽轩的中衣，里面一层白色的裹胸赫然出现在她面前。她不敢再解下去，望向李羽轩，却见她大汗淋漓，脸色通红，快要支持不住了，只得咬咬牙，找到裹胸的布头，闭上眼睛用劲一拉。

听到李羽轩啊了一声，她睁开眼睛，眼前的景象让她又哭又笑，这这这，这居然是真的！

这怎么可能呢？

她可是堂堂的大宋探花郎。

还有她可是对她下了药的……这说出去，还怎么有脸见人啊？

看到李羽轩是个女子，她居然还一点都不生气，居然还有点欢喜，这个人可是骗了她那么久的，骗的她还傻傻的喜欢上她，难道有问题的是她李新云吗？难怪她穿女装出来那么自然，难怪她说她是有苦衷的，现在，现在怎么办？

她给他吃的可是她师傅给她的“春风荡漾”，没有一时半刻散不了药性的。她这模样看着也熬不了多久了，要怎么办？

李羽轩看着李新云见到她是女子后居然一脸的傻笑，以为把她刺激过度了，想要安慰她一句，解释一下，喉咙里火烧火燎的已经说不出话来。

她指了指口。

李新云摇了摇头，“没解药的。”

她知道再不想办法自己马上就要疯掉了，想起昨天萧漠是在腋窝下替她解了睡穴的，艰难地抬起手来，指了指腋下。

睡着了应该没事了吧？

李新云还是摇摇头，咬咬牙帮她整理好衣服，往外面奔了出去，不一会儿，带着两个婢女进来，几人抬着她下了楼，出了清露苑，放到了一辆马车上。李羽轩虽然全身如万蚁穿心般难受，心里还是使劲保持着一点清明，李新云坐在她身边，用手死死按住她的双手，“我只能这样了，马上把你送客栈去。”

李羽轩摇摇头。

李新云知道她的意思，柔声道：“放心，我不会告诉他们你是女子的，我知道在南方，你女扮男装当官是死罪。你虽然骗了我，可是我正好松了口气，知道自己真正喜欢的人并不是你。”

李羽轩只得闭上了眼睛。李新云知道真相后的反应意外得她不敢相信。

马车有些颠簸，应该已经出了皇宫，李羽轩不知道此刻回客栈会出现什么状况，她的真女子的身份是否会彻底暴露，面对着他们她会不会兽性大发。

她已经熬不住了，每一秒钟都如在油锅里煎熬。公主啊公主，你就算下药，也意思意思就算了，用得着下这么狠吗？就算我真是男子，以你的武功，你有心要扑倒我，那也易如反掌。

李新云见她嘴角流出的血愈来愈多，知道她是在自虐减少身体的反应，对她有些佩服也有些懊恼，不知道自己在慌乱羞急之下这么会想出这么一个笨主意。真是笨到家了。可是这样也不行“要不，我去找一个男子给你先过了这一关？”梦里和男子的缠绵随着这句话一起出现在她的脑海里，她的脸攸的红了，“要不，要不，你那两位兄弟都待你不错，你就找了他们其中一位吧，他们得了便宜，难道还回去朝廷告发你是女子？”

这话把李羽轩惊开了眼睛，也不知道此刻的眼睛除了欲望还能表现出什么心情，只得使劲摇头。

李新云唉了一声不再说话，只是死死的压住她的两只手。师傅说过，这药不可轻用，中药之人如不能与人合欢，轻则全身瘫痪，重则全身血管爆裂而亡。可是，她身上除了这药，没别的药啊，当时想她自己要是反悔了，随便给她一个晓蕾什么的都行。

怎么就没想到她是女子。

现在怎么办啊怎么办……李新云真恨不得把自己踢上几脚，用左脚用力往自己右脚踢去，直踢得自己龇牙咧嘴。

马车一路狂奔，不久就来到了客栈，李新云叫赶车的侍卫踢开客栈的边门，直接冲到了院子里，大声叫道：“赵蕴，徐清之，萧大哥！”

三人都在客栈里睡觉，下午回来没看到李羽轩和李新云，知道他们是一块儿出去的，李新云又是这西夏的公主，估计也出不了什么意外，又听见皇宫的守卫说她们两人是进了皇宫，就更放心的没有去找她们，没想到半夜三更的，外面有人狂呼自己的名字，还好像是李新云的声音，都是一惊，赶紧爬了起来。

李新云见他们房间里的灯亮了起来，心中大喜，奔到信王的房间前，见他出来，拉起他的手就往马车跑，“快点快点，臭小子让人下毒了。”

徐清之也从隔壁房间走了出来，两人听到都变了脸色，“你说什么？她在哪里？”

“在马车里！”

信王甩开了她的手，提气两步纵到了马车里，见李羽轩面色赤红，紧闭双目，下巴和脖子里全是鲜血，一动不动地躺在那里，心中一痛，来不及细想，抄手把她抱到怀里，下来马车，飞一般的掠进房间里。

迷糊里的李羽轩闻到熟悉的男子的气息，控制不住地往他身上粘去。

信王正想把她放到床上，却见她两手紧紧地抱住他的腰，脑袋不停地往他胸膛上蹭。再感觉到李羽轩滚烫的身体，看到她咬破的下唇，眼神一冷，咬牙骂了一句无耻，扳开李羽轩的双手，不顾她挣扎，强行把她放到了床上。

徐清之早已被李羽轩的样子急白了脸，上去拉住她的手，“三弟！”

李羽轩听到他们的声音，知道李新云已经把她送回了他们身边，心里一喜，脑海里稍一松弛，欲火如同失控的野火腾腾的燃烧了起来。

一直跟在她身边的李新云赶紧把徐清之的手扯了出来。信王拿来了一条浸了冷水的毛巾，把它敷在李羽轩的额头上。李新云吃了一惊，“这大冬天的，这样她会生病。”

信王的声音比冷毛巾还冷，“这是谁干的？”

李新云知道这一关躲不过，只能实话实说，小声道：“是我。”

“你……！”信王哑住，“为什么？”

“她不肯娶我，我一时生气。”

“你下的什么药？”

“春风荡漾。”

“药性如何？”

“我不知道，只听师傅说过这不是毒药，只要能有人，哦，有人那个，就没有事情……不然，不然，好像会死的。”李新云耷拉了脑袋，这一刻她突然觉得自己还理亏，特别是在信王恨不得碎了她的眼神里。

信王继续问道：“你师傅是谁？”

她不敢撒谎，只得说道：“是我们西夏的一位太王妃，叫水长东。”

房间里又进来两位男子，一位是萧漠，另外一位是一个鼻直口方，浓眉大眼，头顶的头发只有一寸长的奇怪的男人，听到她说出水长东，在一旁大呼小叫：“水长东？她不是已经死了吗？”

第四十四章

李新云奇怪地看了他一眼，水长东王妃失踪，她也是晚上才知道的，这个看起来不伦不类的小子怎么知道她死了呢？不过现在没时间纠缠这个问题，怎么样解决床上躺的这个人这才是问题。

徐清之一脸通红地坐在床边，信王神色凝重的苦着脸不知神游到了何方，萧漠过来看了一眼咦了一声，还有这个奇怪的男子一脸奇怪和傻兮兮的表情。臭小子说不能让他们知道她的身份，这难题不是一般的难。

额头上的冰凉让李羽轩的神志又恢复了一点清醒，她努力睁开眼睛，看到徐清之正坐在她身边，动了动嘴唇，挣扎着叫道："徐大哥。"

屋内的人见李羽轩醒来，都围了过来，李新云怕她再自虐，压住了她的两只手，信王拨开李新云，坐到了她刚才坐的地方，沉声道："羽轩，你怎么样？"

李羽轩憋了这么久，强自撑了这么久，听到这话，眼泪不由自主的迸了出来，"我要死了。"她真的要死了，全身膨胀得就如要撕裂一般。

都说留得青山在，不怕没柴烧，可是这样子面对他们两位，让她情何以堪啊，还不如死了算了。

她看向徐清之，这个呆子纯洁得就如山涧的清水，而且他一腔抱负济世救民，她怎么忍心伤害他？以他的为人，如果知道这事两人交集后一定不肯罢休，一定会无论怎么艰苦都会对她不离不弃，她又怎么忍心让他放弃梦想和追求，以后和她浪迹天涯？她摇摇头，不能把徐清之拖下水，她不想看到他难过，她不想他以后怨恨她。她希望他快乐。

徐清之正一脸焦急，“三弟，你会没事的，有这么多人在，我们一定会想办法。”

我明白，你糊涂，这是最好的结局。

她闭上眼睛。

心里的疼痛，身体的疼痛让她突然觉得这样死了也干脆。

一直没说话的萧漠在一旁沉声道：“性命攸关，你们还在这里磨叽什么？大丈夫有所为有所不为，赶紧去外面找个姑娘过来给李兄解了药吧！等到时辰过了，想办法也没有用了。还有，李姑娘你既然给李兄下了这样的药，为什么又不和他在一起？你不是要嫁给她吗？赵兄，我们都出去，留李姑娘在这里吧！”

李新云窘得一脸通红，望向屋顶，“要是我能解决，还用你们来做什么？”

李羽轩却感觉身体一空，接着被谁抱在了怀里，她反手抱住这身体，熟悉的气味让她知道是信王，他终于还是出手了。

她放弃了坚守。

轻飘飘腾云驾雾一般被他抱着一阵后，她被他扯离怀抱放到了某一个坚实的地方。她张开嘴，两人的舌头很快就纠缠在了一起。

忽然身上一空，隐约听到一句怒号，紧抱的身体不见了，身上的压力消失了——

她坐直身体，想要找回那个激情肆意的躯体，眼前却出现了三四个男子的身影，她还没看清楚男子都是谁，紧接着肋间一麻，什么也不知道了。

等到她醒来的时候，已经到了第二天的下午。房间里只有李新云一个人在，看到她醒来了，一脸的不知道什么表情，据不完全肯定，是一脸的坏笑和想笑不敢笑。她隐约记得自己被她下了春药，后来就完全没有印象了，难道，她被他们之间的谁吃了吗？记得好像有信王——

她看下衣服，衣服穿得整整齐齐。

李新云见到她的动作，还是捂着肚子放声大笑了起来，“别看了，你都已经被他们看光了。”

虽然她没有印象，但是李新云把她送回客栈，这个结局就在料想之中。反正她还活着，再怎么囧也比不上活着起床更加幸福，肚子咕咕的叫起来，看来是饿了。她掀开被子准备起床。“看到的都有谁？”

她的这种淡定让李新云有些不知所措，以为她被打击得厉害都糊涂了，小心翼翼地上去扶着她，“他们，他们就是信王，徐清之，萧漠还有那个叫青竹子的和尚。”

“都看到什么程度？”

“……什么都看见了。”

“具体一点？”

“啊？”李新云讶异地望着她，“你都不记得了吗？”

李羽轩揉揉眉心，脑袋里的记忆仅仅停留在她被放到马车上，大概是这之后药性发作，迷糊里什么都忘记了，“我真不记得了。”

李新云放她在桌旁坐下，嗫嚅了一阵，才挺直了腰背说道：“告诉你也好，不过你不许难过。不许生我的气。”

“我不难过。我也不生你的气，毕竟是我不该骗你。”

“那就是你……那啥先和徐清之说了一些莫名其妙的话，随后被信王带走，随后我们发现客栈里出去了几个奇怪的人，萧大哥怕那些人对你们不利，我们就一路跟了去……然后我们发现他们真的是想对信王不利，就冲进了你和信王的房间，然后，然后……发现你盖着被子躺在床上，什么衣服都没有穿。”看了李羽轩的衣服一眼，“你这衣服是我给你穿上的。”

“就这样？”她是被信王吃了？还好还好，那个花花公子应该不会用情太深。

“我们进去的时候，正有三个人在围攻信王，他当时的情形要多惨有多惨，背上被人偷袭拍了一掌，萧大哥说是，是最后关头他点了你穴位，帮你拉被子的时候被人拍到的……”

过程太狗血了。可怜的信王爷，没有从此废了武功吧？李羽轩无力的苦笑一下，“这就是全过程？”

“不是！”

“还有？天啊，还有什么？”

“还有就是你体内的药，是……是那个叫青竹子的给你解的……”

……

她心脏彻底停止了跳动，为什么会是青竹子？难道信王没吃成功吗？她太悲剧了，被个路人吃了。对了，“青竹子是谁？”

“就是昨晚和萧大哥一起的男子。”

还是个没见过面的路人。

看到李羽轩一脸的悲催，李新云没心没肺的扑哧一笑，“你别想歪了，他救的你，是用他的内力救的你，而不是……那什么。”

……心脏又剧烈的跳动起来，她现在一定植物神经失调，迷走神经乱走，这么吓来吓去，多好的心脏都会被吓得缺血。她又被李新云的这句话吓到了，“这个可以信吗？”

李新云干脆在她对面坐下，“当时没办法啊，他们都知道了你是女子，信王又受了伤，还好他脸皮够厚，被他们发现了这个真相也没表现出什么害羞，只是不好意思再和你来一次，最后萧大哥就对青竹子说，‘二弟，用你的百冥神功试试把李大人体内的药吸到你体内去，我们再助你把药逼出去。’就这样帮你把药解了啊！”

李羽轩只得苦笑，“公主，你把我害得……我怎么出去见人啊，全天下都知道了。”

“放心吧，我们都不会说出去的。对了，他们说你醒了就让我告诉他们，我先出去一下啊——”

“别！还是算了，去吧，躲得了一时，躲不了一世，总要见面的，顺便给我带点吃的进来吧！”

第四十五章

看着李新云出去，李羽轩站起来整理了一下衣服，这身子丢了，面子不能再丢了。怎么样也得让自己看起来云淡风轻才好。

不一会儿，外面传来了脚步声，她赶紧站好，微笑，直视着房门，她不是小媳妇，一定要镇定。

第一个进来的是信王，徐清之扶着他，跟在后面的是萧漠，还有一个不认识的男子，应该就是李新云口里的青竹子了，李新云不在，大概是去给她买吃的去了吧？

他们进来看见李羽轩的微笑，都不自觉的愣了一下，李羽轩见他们的模样，笑道："才一天不见，就不认识我了？"

萧漠微愣过后哈哈一笑，"李大人大人大量，不愧是铮铮男儿，叫萧某好生佩服。"

李羽轩学着他的模样哈哈一笑，"萧大侠大仁大义，不愧是侠骨丹心，叫李某好生佩服。"

"呵呵哈哈"萧漠放声大笑，房间里他们进门时的微妙气氛在萧漠的笑声里顿时烟消云散。

信王露出了他的招牌笑容，不过在揶揄里多了一丝宠溺，"嘴巴还是这么毒。"

李羽轩见他面色苍白，笑的时候不自觉的抽动了一下唇角，知道是牵动了伤口，心里一柔，就算不关爱恨，这个男人对她的心意她又岂会不感动？她对他，也说不上真的一点情意也没有，不是她花心，而是信王的强大让她无法忽略。

何况，真像李新云说的，昨晚他们还在一起那么坦诚相对过。她避开徐清之的眼光，走到信王身边，扶住他的胳膊，“你还好吧？”

徐清之放开信王，退到一边站开。

李羽轩见到他的动作，知道她和徐清之再也回不到过去了，强抑住心底的那份遗憾和酸楚，把信王扶到炕上，让他倚着被子坐好，轻声问道：“伤哪里了？要不要紧？”

信王顺手抓住她的右手，笑道：“我哪有那么柔弱呢？再说了，有萧大侠他们在，怎么也死不了。”

李羽轩望向一直默不作声的青竹子，看着他比她还要手足无措的样子，还是忍不住红了脸，“昨天谢谢你。”

青竹子的脸比她的还红，听她道谢，慌忙摇摇手，“不用不用。”

“你要谢这位青竹子的地方多着呢，要不是他昨晚渡了不少内力给你，你以为你现在能这么精神的站在这里和我们说话吗？”信王握紧她的手。

是啊，难怪她起来除了觉得饿，一点都不觉得身体有啥不舒服的反应，还以为是自己身体好呢。

见李羽轩没事，大概也是看到了信王握住李羽轩的那只手，萧漠咳嗽一声，“你们好好聊聊，我们还有事情，就先出去了。”说完也不待谁回答，就大踏步地走了出去，青竹子和徐清之也低着头跟在他身后走了出去。

房间里剩下了她和信王两个人，这感觉，有点不正常，她背脊有点发麻，就算她脸皮最厚，那也太尴尬了。

李新云呢？这家伙买吃的都买到哪里去了？

见她目光望向门口，信王轻笑道：“又饿了？是昨晚没吃饱吗？”手上用劲，把她带往自己的怀里。

噗——，李羽轩胀了个满脸通红，这信王，比她还无耻。居然敢拿她的丑事笑话她。她嗔怒的甩手就要挣开他的力道，不知道是她羞急之下用力过猛还是信王受伤没了力气，她这一用劲，信王便斜着往她前面倒来，眼看就要与大地来次亲密接触。她想也没想，赶紧俯身抱住他的身体。

重新把他扶正了坐好，正要重新去整理他身后的被子，两人却都是一悸猛然呆了下来，原来李新云给她穿衣服的时候没有给她系上裹胸，而她，见身上穿的是男装也忘了这个细节，此刻，因为她俯身越过他，她的柔软正好触在他的脸上……

“王爷——”我不是故意的，天地良心。

“叫我子卿！”信王往后面倒去，趁着李羽轩分心的一刻用双手抱住她的腰，把她压到自己的身上，“羽轩，叫我子卿，从此以后，我是你的子卿。”

李羽轩被信王制住趴在他的胸膛上，感受着他透过衣服的温热肌肤，听着他强有力的心跳，身体也不由得柔软了下来。嘴里却说道：“要我听你的心跳吗？心跳很有力，证明你死不了。”

“羽轩——”信王加大了手的力度，大概是用力过猛，低声的哼了一声。李羽轩被勒得喘不过气来，双手用力按住炕上，想要挣扎出来。却只换来了信王的几声闷哼，那手上的力道丝毫不减。

她有些泄气，放弃了无谓的挣扎，“王爷！”

“叫我子卿！”

“子卿——”

“恩？”

“昨晚是个误会，我什么都不记得了。”

“我记得！”

“我……”剩下的话被信王迅速贴过来的嘴唇封住了，她听到他呻吟一声，身体变得如火般滚烫和热烈。开始细细的咬她的唇，温热地吻住她的嘴唇，落到她的脸上，最后缠绵到了她的舌尖上，是那样的柔情四溢而又无从抗拒。

她不得不承认这个信王是个情场老手，连吻都能吻到这么深入而缠绵，让她情不自禁，情难自已。她不自觉地嗯了一声，开始回应他的热烈。他温柔的手掌在她的背上轻轻的摩挲，那份悸动，从他的指尖漫开，融入了到四肢百骸，心灵深处。

是他的强大让她屈服，还是她本来也是喜欢他的？还是一个女人对第一个看光她身体的男人的依赖？

她不知道。

他终于让他的唇离开了她的脸部范围，李羽轩双手隔着衣服摩挲着他的胸膛，声音想要严厉却有些慵懒，“可以放开我了吧？”

信王莞尔一笑，松开了手。

李羽轩站起来，他却并没有容忍她从他身边走开，揽住她的腰让她站在自己身边，长长地出了几口气，看着她的眼睛，“你心里还是有我的。”

李羽轩冷笑一声，“你以为我心里有你，你便可以这样胡来吗？”这厮太胆大了，得断了他的念头，不然，以后她就只有被欺负的份了，而且保证只要他身体一好，她立马会被他吃干抹尽。

论体力，论心计，她都不是他的对手。

问题是，自己也并不排斥他的强大。

可是，她找谁嫁给谁都行，就是不能嫁入皇室，她不适合，也不喜欢。何况她现在女扮男装，官居四品，嫁人根本就是不可能的事情。更何况她还有大仇未报……这种事情，坚决杜绝。

可是，要怎么让他离开呢？

太过分的无情的话她实在说不出口。

“子卿。”

“嗯？”

“昨晚真的是意外，这与我心里有你没有你没有关系。你知道的，我女扮男装这事一旦传出去，是犯了欺君之罪要砍头的。”

“我知道。”

“所以，我们还是做朋友吧，做君子之交。”

“我做不到了。而且，做了我的王妃，你就是最安全的。”

“我还有大仇未报……”

“你的大仇，我替你去承担，我会给你答案。”

“你并不是我真心想嫁的那人！”

“我知道，我可以和你隐居天涯。”

“赵蕴！”李羽轩终于忍不住咆哮了起来，“你要怎么样才明白我的意思？我不会嫁给你的，不会！我不喜欢你。你就是乘人之危的小人。”

望着她怒气冲冲的小脸，信王放开她的腰，好整以暇地微笑道：“继续，继续说，威胁有用的话，要包拯和展大侠做什么？我是典型的牡丹花下死，做鬼也风流，难道你不知道我的这句至理名言吗？”

“你变态！你不是喜欢男人吗？呜呜，放了我吧？我求你还不行吗？我求求你大发慈悲，大仁大义，大人大量，你就放过小人吧！”她要发飙了，“你要不同意，找个时间我废了你！”

信王一愣，旋即哈哈大笑，“你要谋杀亲夫吗？”

李羽轩低着脑袋往墙边走去。

“你干什么？”

“撞墙自杀！”

“哈哈哈哈。”信王又没良心的大笑起来，笑得太嚣张，扯动伤口，哎呀一声呼了声痛，“我知道你什么意思，放心吧，你的身份没确定之前，我是不会把你怎么样的，你当你的李大人，我当我的信王爷，不过……”他的手在胸前一比画，“这里给我看严实了，不能像今天这样出状况了，王爷我可是禁欲很久了，经不起诱惑的。”

第四十六章

还好李新云终于提着食盒进来了，他们的谈话终于也告一个段落，李羽轩本来是想和信王好好沟通的，沟通的时候才知道这一切都是她美丽的幻想，鸡和鸭子虽然每天关在一个笼子里，但绝对没有共同语言。嘎嘎嘎，咯咯咯，听的人一地鸡毛，讲的人悲愤不已。

李羽轩只好悲愤不已地对着食物狼吞虎咽。信王躺在炕上假寐，深深浅浅的呼吸声传来，一派无辜无害状。

李新云则托腮瞪大眼睛望着房顶，神游天外。

直到吃晚饭的时候，她才再一次见到了徐清之，平日里他都习惯坐在她的身边，今日却是一进来就远远地坐在了对面，避之不及。

信王很严肃的地叫了她一声李大人，可是那眼神让她抖落了一地的鸡皮疙瘩。还好李新云对她到底心存愧疚，很仗义地坐在了她和信王之间。

这一顿饭吃的真叫食不知味，如同嚼蜡。李羽轩第一次对自己的未来充满了危机感和无助感。以前能在桌上和他们称兄道弟，谈笑风生，现在只能眼睁睁看着他们全都变了味儿。

她哀怨地望向李新云，一包春药颠覆了她的大半个人生啊，下什么药不好呢，泻药，毒药，疯药……为什么偏偏是春药啊，对了，“怎么不见萧大侠和青竹子？”

“他们走了，说是灵鹫宫出了事情，萧大侠陪青竹子上灵鹫宫了。”徐清之终于说了今天的第一句话。有第一句就有第二句，有第二句就有第三句，只要心结打开了，什么都好说。继续继续——

“徐大哥，那青竹子是什么人？他是怎么出现在这里的？”

“听萧大侠说是他的义弟，早一月前被人俘虏到一个冰窟里，昨日才脱险。”大哥啊，你终于愿意理我了，泪流满面啊——

看着她一脸的惊喜，信王低咳了一声，“李大人，那日你不是说新云公主也是被掳进了一个冰窟里吗？”

李新云的眉头纠结在了一起，“我没有说过是冰窟吧？我只知道是一个很冷很冷，很黑很黑的地方。”

“啊——”李新云腾地站起来，把筷子一甩，发出了一声惊天动地的嚎叫。

李新云扑通一声又跌坐了下去，“是他！原来就是他！”

大家对李新云的反应弄得莫名其妙，同时问道：“什么是他？他是谁？”

李新云突然又站起来，风一样的走了。留下一屋子不明真相的人。

“对了。”李羽轩问信王，“昨晚上打伤你的人是谁？为什么找你？”

“这个我就不知道了。”信王深深地看了她一眼。

突然，对着她而站的徐清之突然爆瞪双目对着她身后扑了过去，“不要——！”紧接着身后传来了几声怒吼声。

她吓了一跳，赶紧转过身子，只见院子里的雪地上不知道什么时候多了五个黑衣人，正围着信王全力扑杀，一刀刀都直指他的要害。

徐清之扑过去，马上被一人一脚踢到地上，眼看明晃晃的刀就对着他横腰斩了下去。

李羽轩看得心胆俱裂，看到院子里李新云并没走远，大叫一声，“新云！救信王！”便对着徐清之扑了过去，这呆子不能死，他还家有老父母。

那人也一脚对着李羽轩踢了过去，李羽轩惊呼一声，万念俱灰，信王重伤，不能自保，今日此劫，只怕是他们三人都逃不了。

那脚踢到她身上，却没有她想象中的痛，而且身上还暖洋洋的舒服起来，她奇怪地望向那人，却见那人脸色扭曲，不一会儿就委顿不堪自动趴到了地上。

她心里震惊，活动了一下手脚，发现身体轻飘飘的好像有使不完的力气，联想起信王说的青竹子救她的时候，曾渡过一些真气和内力给她，难道这就是内力的好处？

她马上对着另外一个黑衣人的背上抓去，“神功来啦！”

黑衣人低咒一声找死，转刀对着她的手一挥而过，她急忙缩手往后面倒去，虽然她现在反应比之前快多了，还是慢了一步，钢刀滑过她的手臂，鲜血马上浸红了衣裳，她惨叫一声，黑衣人见她如此脓包，不屑的鼻孔里哼一声，转刀去对付信王，也一脚对她踢了过来。

她这次不躲了，张开双臂迎接，“来吧，来吧，我华丽丽的内力来吧！”

见脚踢到她身上，正在拼死浴血的两人齐声惊呼了起来，却见那男子一脚踢到她身上，却如碰到了鬼一般的号叫起来，惨不忍睹，其余三人一惊，不知道出了什么状况，都挥刀往李羽轩身上砍来。

第四十七章

信王大叫一声，李新云长鞭一甩，跟着扑到了她身边。有两人身势稍缓，被信王和李新云截住，另外一人的钢刀继续向她的胸前劈落，就像平日里她拿刀切西瓜一样，她这只西瓜不知道切开里面会是什么样子？心肯定是红的，一颗红心向着党，说不定她还可以穿回去做她的红旗下的美少女。

悲催，刚才还在狂喜自己体内有了神功，从此可以纵横江湖，转眼就华丽丽的被切了西瓜。

人真是很奇怪的东西，平日里她是很怕死的，可是现在真要死了，心里反而平静了，脑海里的念头乱七八糟，就是没一样是怕死逃生求饶的。

她瞪大眼睛看着钢刀落下，忽然眼前一黑，一个人影挡在了她的前面，也挡住了她眼前的钢刀。

只听见前面的人一声低呼，倒在了她身上。那只脚也终于萎靡了下去，跌落到了地下。

她抱住倒向她的身子，凭气息不看也知道是徐清之这傻瓜。

刹那间天地一片静籁，只剩下漫天的雪花飞扬。

她抱好徐清之，看到他身后面的雪地上，鲜血横流。雪花覆在上面，妖艳得触目惊心。

这怎么可以？怎么可以？这不可以！

她身体发抖，不顾一切地使劲摇晃着怀里的身体，尖叫道：“呆子，呆子，你不可以死，这不可以，你不可以死，你还有你的抱负，你还有你的父母，你还没有老婆，你中了状元郎被我害得还没过一天好日子，你一定不可以死！”

她感觉抱着的身体还有心跳，攒足了力气两个耳光对着他的脸甩过去，“你给我醒来，你不要晕过去，人没有这么容易死的。你一定不会死！你给我撑住了，大哥，徐大哥，你不可以死啊……你死了我还怎么活？你这个傻瓜，谁叫你来救我？你不知道趁机逃跑去给我们搬救兵？你怎么这么傻——”

眼泪如决堤的大水肆虐，她放下徐清之，想要去检查他的伤口，感觉一双温柔的手抱住了自己，“臭小子，你不要这样，我们安全了，徐大哥不会死的。我们先进去吧，让他们把徐大哥和信王先抱进去再说。”

“信王，信王也死了吗？！”他们都死了？李新云的话就像是一声惊雷，李羽轩顿时觉得天崩地陷，万念俱灰，身体一软往地上倒去，“那我怎么还活着？你怎么还活着？”

“对不起，他们来晚了一步。”李新云指着院子里密密麻麻站满的西夏武士。是啊，她是堂堂公主，怎么会没人保护呢？

可是，信王？她刚才说信王怎么啦？她透过泪眼望旁边望去，见两人正抬着信王往房间里走去，她站起来，又跌跌撞撞地往那边扑过去，“子卿，你不要死，你不可以死，你要是死了，我该怎么办？我也死。”朦胧里，信王脸色灰白，双目紧闭，平日里斜飞的嘴角紧抿着，看不到一丝颜色。

李羽轩无力的后退了几步，猛地抽出一个武士的弯刀，就往脖子上抹去。你们谁都不可以死，让我死了吧。正好欠你们的相思之情，救命之恩，都一次性了断。来生我们再做真正的兄弟吧。

李新云正在指挥人把徐清之抬进去，指挥人赶紧去宫里叫巫医过来，见李羽轩这个精神失常的举动，大惊，对着身边的武士大叫：“阻止她！！”还好李羽轩身边的武士反应快，伸手就点了她的穴道。

李新云嘘了一口气，对旁边的一个武士首领怒道：“你们怎么这么晚才出现？想看着本公主被他们杀死吗？！”

“属下不敢，属下一见到危险就马上带人出现了。”

李新云哼一声，从武士手里接过昏倒的李羽轩，“你们赶紧派人去送信给送岁银的展昭，告诉他信王和徐清之，李羽轩遇害，叫他赶紧过来善后！”

“是！”

“派人包围了这里，不许任何人出入！”

“是！”

“你们，真是气死我了，还说是我的护卫呢，专门只会来收拾乱摊子。”一鞭子甩在他的脚边，“滚！滚回去把巫医给我掳过来，顺便把晓蕾给本公主带来！”

……

李羽轩在黑暗里沉沉浮浮，只觉得胸口疼得厉害，眼前满是满身是血的徐清之和脸如死灰的信王在飘飘荡荡，在找她索命，他们的脸一会儿温柔，一会儿狰狞，让她喘不过气来。

她无法呼吸了，不行，她不要被憋死——

她用尽力气想要呼吸，只感觉手上一痛，呼吸通畅了起来，一个声音在耳边响起，“公主，你轻一点……”

“怎么能轻一点？这么长的口子，不粘紧了以后会留疤痕的。”紧接着一声叹息，“这伤口怎么样都会留疤痕了。”

这声音好熟，好像是李新云的，她试着动动眼睛，能动，再睁开，耀眼的白光照得她眼睛一眨，马上一个惊喜的声音叫道：“公主，她醒啦！”

“她本来就不会死！”话虽然这么说，李新云还是一脸惊喜地看着醒来的李羽轩，“臭小子，你终于愿意醒了吗？”

李羽轩转头看看旁边，熟悉的坑，熟悉的装饰，她没有死，还在这间客栈的房间里。前面两张笑脸，一张是李新云，另外一张是她在皇宫里看到的那个宫女晓蕾。

“徐大哥和信王呢？”她没死，他们也没死吧？徐清之好人没这么容易死，祸害留千年，信王爷应该不会死吧？

晓蕾重新把她的被子掖好，“放心吧，他们都没有生命危险，只是失血过多，一时半会儿好不了。”

“我就知道！哪有那么容易死的，是外伤又不是内脏破裂。嘿嘿。”

李新云白了她一眼，“这时候知道笑了，也不知道当时是谁寻死觅活的，解了穴道也赖在床上不醒来，我以为你就这样一直装死下去呢！”

“我没装死！”这个问题比撒赖严重，一定要澄清，“大概是我真想死，所以自动装死。”这个问题涉及到脑电波，神经反射等一系列的生化反应，说出来也没人相信，算了，“那他们现在呢？”

“比你早醒，睡在隔壁房间里呢！”

“你们俩都在我这里，谁在照顾他们？”

李新云给她的手上完最后一点药，用布条扎好，“你这条手臂，以后算是见不得人了。展大哥带着你们的侍卫到了呢，你还怕他们没人照顾？我是见他们照顾你不方便，才带着晓蕾亲自上阵的，你小子醒来也不见问候一声我，开口就是那两个男人。”

李羽轩脸一红，“这不是你没事吗？要是你有事，我一样舍身相报！”

“呸！还嘴贫！晓蕾，去告诉他们李大人醒来了。”

晓蕾答应一声，走了出去，李新云对着李羽轩不怀好意地笑道：“我看那两个小子都待你不错啊，一个个为了你连命都不要了，我说，你也算重情重义的一人了，居然想自杀，本公主虽然看错了性别，到底没看错人。可是你的麻烦可就大了。你要怎么办？”

“我不知道！”本来就头大，现在更头大了，“为什么你不看上他们中的一个，偏偏看上我呢？要是分一个给你，就天下太平了。”

“死小子，人家好心问你，你还笑我，好吧，我也不管你们的闲事了。”

晓蕾推门进来，两人都没有再说话，晓蕾端着两个小碗走了进来，“公主，这是厨房热着的燕窝和李大人的药，都给李大人趁热喝了吧！”

李羽轩在被子里踢踢腿，还好，能直能弯，动动身子，除了那只受伤的右手，一切活动正常，便用左手支撑着坑坐了起来，“晓蕾，把药给我吧。”

喝完药，吃完燕窝粥，自觉自己没有大碍，既然信王和徐清之都没有死，她也不要死了，“我去看看他们吧！”

晓蕾把他扶起来，“李大人先去看谁？”

“谁伤势最重？”

“信王爷。”

他居然伤势比徐清之还重？！悲催了，那他们两个岂不是真正的在鬼门关前走了一遭？

“徐大人是外伤，信王爷是外伤加上内伤。”

真是个可怜孩子，“那我先去信王那儿吧”

“嗯！”晓蕾扶着她往外走去，李羽轩走了两步，推开了她的手，“我没事的，不要扶了。”

晓蕾抿嘴一笑，带着他往信王房间里走去。

信王房间里，展昭和军医都神情凝重地坐在里面，见李羽轩进去，都站了起来。李羽轩看到展昭看她神情很复杂，想必是他已经知道他们之间发生的事情了，就算没有人说，他也能从蛛丝马迹里嗅出来。

她叫了一声展大哥，往信王的炕边走去，信王已经醒来了，脑袋被白色的棉布包得严严实实，只剩下了脸蛋的中间一部分在外面。见她进来，把目光转向了她。

她低声道：“你怎么样？”

信王伸出一只手拍拍炕边，示意她坐过去，展昭对着军医看了一眼，军医马上退了出去。

李羽轩在炕边坐好，信王看着她的右手，“你没事吧？”

李羽轩点点头，“我很好，一点事儿也没有。你呢？”

展昭在一旁答道：“王爷断了两根肋骨，背上被砍了一刀，头上被砍了一刀，加上之前中的那一掌，你说好不好呢？”

信王握住她的左手，有些责怪地看了展昭一眼，嘴角牵出一丝笑容，“别听他胡说，我们习武之人，这点伤算不了什么。”

第四十八章

李羽轩苦笑一声，“是啊，你们练武之人，没有光荣牺牲已经很了不起了。”

信王无可奈何地撇撇嘴角，眉眼里隐出一丝笑意，“你啊，就不会说点好听的吗？比如表扬一下我武功好，身体真棒，大难不死必有后福，有情人终成眷属之类。”

“你这武功还算好啊，被几个乌合之众打得这样浑身捆得跟粽子一样，差点就挂掉去见了阎王。你这功夫算好，我就可以打遍江湖无敌手了。”她伸出右手，“看看，那样强敌环伺之下，吾才不小心伤了一只手臂而已。”

信王终于忍不住笑了出来，不过只笑了一声就戛然停止了，李羽轩也知道他断了肋骨，是不可以笑的，可是她知道他们两个都好端端的没死，心情好嘛，要知道当时状况太突然了，她还差点做了枉死鬼。“展大哥，那些人都是些什么人？”

“契丹人。”

难怪接二连三对信王痛下杀手，原来是契丹人。看样子他们是要让信王死在这西夏境内，挑起西夏和大宋的不合，然后坐收渔翁之利。那信王是不是还有危险？

展昭好像看出了她的心思，“现在不要担心了，西夏皇帝已经知道信王的身份，派了最好的武士来保护他，还有这座客栈从店小二到厨房，全都是我带来的侍卫，契丹人不敢再来了，来了就是摆明了和我大宋过不去，他们就是要挑起战争，也不会这么傻的。”

那就好。

“你们都到了吗？银子在哪里？”

“银子随大部队，两天后到这里。”

见信王神情疲惫不能说太多话，李羽轩和展昭聊了几句就出来了，跟着晓蕾往徐清之的房间走去。

不知道为什么，现在面对徐清之的时候她总有些紧张，有些愧疚，在徐清之的门口站定，却迈不开进房间的那一腿，她要跟他说什么呢？说抱歉？说谢谢？

晓蕾抬手敲了敲房门，一个侍卫出来开门，见是她们，低声道：“徐大人睡着了。”

晓蕾往房间里望了一眼，“还没醒吗？”

侍卫点点头。

李羽轩脚下一漂浮，差点摔倒，“你们不是告诉我他已经醒过来了吗？”

“是中午睡着了还没醒来，所以我还没来得及告诉他你已经醒来了。”晓蕾伸手扶住她，“既然这样，我们先回吧，徐大人失血过多，需要休息。”

李羽轩从门口望着里面的炕上，“我轻轻去看一眼就走。”

侍卫侧开身子，李羽轩走进去，房间里充满了药香，桌子上的一个小碳盆里正热着药，徐清之侧身朝里睡着，看不到面容，只听到均匀绵长的呼吸。

李羽轩松了口气，轻轻地退了出去。

回到自己房间里，开了一张单子交给晓蕾，“你按照这个单子去买药，能买到多少是多少，然后交到厨房里要他们每天熬两次给徐大人喝。”

她知道西夏人生病，还是信奉原始的巫医治疗，一般是不吃药的，所以也不知道这些最简单的补血药在这里有没有。

李新云接口道："晓蕾，你回宫一趟吧，去看看宫里有没有，有的都给拿来。"

"是的，公主。"

晓蕾从宫里拿来了当归，黑豆和黄芪，说只有这几样，并且带来三株李羽轩从没看到过的长得整整齐齐的大野山参，说是太后娘娘送给信王和他们的。

李羽轩便要晓蕾拿了这些去给徐清之和信王熬粥，她自己和李新云每日无聊，就在房间里聊青竹子的八卦。到了第三日，庆云城内欢声震天，大宋的岁银终于平安到达了这里。晌午时分，银子到了客栈，自然是抱着李羽轩又哭又笑。

李羽轩也百感交集，打发她去照顾徐清之。这两天里她去见过他几次，知道由于西夏武士的及时到达，他只是在背部靠肩胛处被划开一道一尺来长的伤口，没有伤及骨头，大概是那人的刀刚砍到他背上，就被一箭射到，没能再砍下去。

不过她觉得他由一个大男人照顾，总有些不合心意，她本想自己亲自上阵，又怕更加引起误会，只得作罢。

银子知道了他们发生的事情，知道徐清之是为了救她家小姐而受伤，二话没话马上就过去了。

李羽轩道："徐大哥是一定不肯的，你要死皮赖脸的留在那里，有什么事情就来告诉我，要是徐大哥的伤口有什么意外，我以后就拿你是问。"

由于信王受伤不能起床，第二日西夏的皇帝亲自来到了客栈和信王交接岁银，一切事情搞定完毕，这位十一岁的小皇帝在李羽轩的房间里特别接见了李羽轩。

他虽然不知道李羽轩是女子，但大概也听说了一些这些天她和李新云之间发生的事情，所以第一句话问的是他愿不愿意留在西夏当驸马。

这严肃的话从他稚气未脱的声音里说出来，有一种啼笑皆非的效果。

李羽轩也很严肃地告诉他自己在中原有老婆，而且已经和新云公主说清楚，不过既然新云公主不想嫁给契丹，他也就不要把自己的姐姐往火坑里推了，建议他给新云公主比武招亲，这样既不得罪契丹，又能连得强盟，像大理王子，瀚海王子，不丹王子等都是少年未婚，正好和李新云相配。

一番话说得这个小孩连连点头，“朕回宫马上就去和太后商量。”

五天过后，西夏王宫贴出告示，西夏新云公主于一个月后比武招亲，欢迎各国未婚男青年踊跃参加。

李新云每天窝在客栈里缠着李羽轩要答案。说这一招到底有没有用，青竹子会不会来，他会不会喜欢自己，会不会已经忘了自己……

徐清之已经能下床走动了，虽然脸上依然苍白，但不知比被展昭强制困在床上的信王舒服了多少倍，每次看到她和徐清之一起走进他的房间，他都会无比惆怅，无比哀怨的看着他们。然后诅咒展昭的不仗义。

他头上的棉布已经解了，伤口已经结痂，只是伤口的地方被剪掉了头发，一头青丝散在肩上，配上他懒懒洋洋的神情，很难看出这个男人会是一直那么强势和自信满满的信王爷。

对于之前的那件事情，他们谁也没有再提，好像都已经忘了，就连徐清之，也会看着她的眼睛叫三弟了，只是不再拍她的肩膀。

因为信王的伤至少要在床上躺上一个月，而展昭又限制她没有他陪同不准单独出去，这一月成了李羽轩最无聊的一个月。

银子和晓蕾成了朋友，每天叽叽喳喳的同进同出，就如同李新云每天叽叽喳喳的粘着她。

这样过到了这个月的最后一天，很早李羽轩就和徐清之，李新云一起来到了信王的房里，来见证他这个被炕上捂臭了身体这个月第一次站起来。

顺便来见证他有没有被捂出虱子，这个提议是李羽轩出的，因为她实在太无聊了，无法想象这一个月里那些侍卫是怎么帮他擦的身体，如果是在以前，她一定会猜想展昭和他之间会有些什么。

现在她依然猜想，不过只能烂在肚子里，有断袖前科的人总是让人想入非非，不然他怎么坚决拒绝李新云派一个宫女来护理他呢？一定要展昭亲力亲为。

不是她一个人猜想，很多侍卫都是敢猜不敢言。就连李新云都觉着奇怪。

来到房里，信王还躺在炕上，靠着一床被子歪着，还是那样懒洋洋的，大有我已经睡了这么久了，不在乎多睡几天的架势。

早几天他就提出了要求，这一天什么都要听他的，不然他就一直不起床。

李羽轩看着他那无赖的样子，笑道："真的不起来吗？我还想来邀你一起去外面呼吸新鲜空气呢，看样子要失望了。"

信王笑着指指墙角，"等他站起来了我就起床。"

她和徐清之两人的目光往被屏风挡住的墙角望去，只见展昭正在一个人嘿咻嘿咻地做着俯卧撑。

再看信王，他一脸得逞的招牌笑容，"不多，为了报答他这一个月对我的照顾，我只要他做一千个俯卧撑而已。至于你——"他笑意吟吟地看着李羽轩，"为了让你报答我的救命之恩，我只要你做五百个。"

李羽轩吸了口气，没想到他会是这样的要求，马上举起受伤的右手，"我手受伤了，强烈抗议虐待伤员。"

信王的笑容扩大，"不做也行，那你今天要一天都陪着我，包括洗澡和上厕所。"

李新云扑哧一笑，李羽轩敲了她脑袋一下，"看在我曾经被你害得那么惨的分上，这个活儿交给你解决。"

李新云推了一把徐清之，"这个活儿徐大哥最合适了，又温柔又善解人意。"

徐清之这些天被她们两个口无遮拦的话语锻炼了出来，听到这话也不再脸红了，微笑道：“王爷的意思，下官岂敢违逆呢？三弟就辛苦你了。”

三人正在打闹和围观展昭的俯卧撑，门外有人来报：“客栈门口有一群人求见王爷，说是王爷的朋友。”

三人对望了一眼，都有些奇怪，这塞北西夏，他们哪里来的朋友？

第四十九章

展昭腾的一下从地上站起来，带头往门外走去，李羽轩赶紧闪身拦住他，“不急不急，展大哥做完了运动再走，不然怎么对得起你这一个月的鞠躬尽瘁死而后已？惹得王爷不高兴，你这一个月的马屁就白拍了。”

展昭作势一脚往她身上踢去，“我一向马屁都拍在马蹄子上，某些人恩将仇报，我这是自作践，不可活。”

“呵呵。”三人大笑，李羽轩避开他的攻击，对着一直跟在后面的银子道：“仔细照顾好信王起床。”

三人来到客栈门口，见正中站的一人正是萧漠，旁边站着青竹子，还有十来个轻裘华服的年轻男女。李羽轩笑着迎了上去，“萧大哥当日不辞而别，小弟可想念你得紧。”李新云却是站到了徐清之身后。

萧漠呵呵一笑，“李大人大人大量，一定不会计较萧某。萧某听说王爷受伤，特来探望。”

李羽轩做了一个请的手势，“大伙儿请！”把一群人请了进来，展昭把一行人带入一间空房，才喝过茶上了点心，就听见了信王在门外的笑声，“你们也来得太及时了，早来一日，我还被他们困在床上虐待呢。”

房间里的人立即站了起来，信王披了一件纯白色的敞口毛裘，除了脸色还有些萎黄，谈笑风生里一点都看不出刚受过那么重的伤。倒是脸色苍白，神情忧郁的徐清之一看就是大病初愈。

大伙儿互相认识见了礼，都说了一些场面话，萧漠这才说这次他是来保护契丹的王爷萧哈喇，也就是原来新云公主欲嫁的那位契丹皇戚来招亲的。

说起西夏毁婚，原本契丹没这么容易同意的，不过正好太后萧耨斤病死，由于萧耨斤曾害死仁德皇后，皇帝一直对太后心存不满，此次太后已死，对于她的家人哪里还放在眼里，不过是碍于契丹国体的面子，才叫萧漠陪着他来应景儿，娶不到更好，正好找个借口远远的打发了他们。

萧漠知道皇帝的意思，也不想参与到他们后宫里的你尔我诈中去，一到西夏，就会合了奉父命前来招亲的段琪，一起来找还滞留在西夏的信王。

信王听到萧太后已死，眼睛不自觉地瞟了李羽轩一眼，笑道："比武招亲这事儿我们就不参合了。"眼睛找到一直躲在徐清之身后的李新云，"我知道新云公主绝世风姿，并且正在寻找她的梦中情人。不过我也知道我这摸样入不了公主的法眼，就不去丢人现眼了。"转向青竹子，"这位青竹子公子也是来招亲吧？"

青竹子见信王看到，连连摇手，"不是不是，我就是来陪我大哥二哥的，我，我，我……"憋红了脸说道，"我也有梦中情人的。"

李羽轩纵声大笑。

知道内情的信王和徐清之也笑了起来。

旁边的人不知就里，以为他们是笑青竹子的反应，见他那可爱的窘样，都跟着呵呵笑了起来。

李新云恨恨地盯着他们，一张脸笑也不是，不笑又忍不住，也憋得通红。

李羽轩知道这样大笑对青竹子有些不礼貌，走过去对他深深一揖，"李羽轩谢青竹子大哥救命之恩，赠神功之恩。"

青竹子这一下彻头彻尾变成了一只熟透的虾子，"不，不用，举手之劳，李大人不用放在心上，哦，你没事就好。"

信王叫人去给他们收拾房子，几人也不客气，就在这里住了下来。

展昭本是江湖豪侠，少年成名，小小年纪便曾游历江湖，因为包拯对他的知遇之恩才留在了包拯身边，哪里有当年纵横江湖时的自由和潇洒，这时候见了萧漠，就如见了亲人一般亲热，萧漠也听说过展昭的大名，一向仰慕他的正直无私，为国为民，两人一拍即合，谈江湖，谈国事，谈的不亦乐乎。

李新云把李羽轩拖出了房子，轻声问道："那傻子根本就不是来招亲的，你有什么办法？"

李羽轩敲了她一下脑袋，"问你这里，我一向不参与别人的感情，哈哈哈，自己的事情自己解决。"

李新云做了一个苦哈哈的表情，"只有七天了，我这心里还没底呢，到时候这傻子打不过别人呢？"

李羽轩白了她一眼，"你就不会换别的法子吗？自己好好回去琢磨琢磨，别老赖在这里问我，过两天我们就回去了。"

"不会，皇上留信王在这里过完比武招亲再走，信王已经答应了，所以我要你陪我回去，帮我想法子。"

对于这个问题，李羽轩坚决拒绝，也不是她不愿意帮她，而是不想再闹出什么误会，李新云这段时间每天和他在一起，已经很让人误会了，让自己人误会无所谓，让西夏人误会就问题大了，她可不想被逼到太平洋去洗澡。

李新云无奈，愤恨地瞪了她一眼，"我先回去了，明天再来。"

李羽轩笑嘻嘻的挥挥手，"去吧去吧，等你的好消息。"

李新云走开不久，一个侍卫急匆匆来报，说是新云公主和一个人在客栈外面打了起来。李羽轩不以为意，公主这刁蛮的性子，在自己这里吃了闭门羹，总要找个地方发泄一下的，便挥挥手道："知道了，随她去吧，难道她还在这里有什么危险不成？"

正好青竹子在里面听得无聊，走了出来，问道："出什么事情呢？"

侍卫看了李羽轩一眼，李羽轩抬眉道："说罢！"让这小子英雄救美，去认识一下新云公主也好玩，谁叫她已经闲的发霉了呢。“青竹子大哥，正好你出来了，我不会功夫，帮不了忙，你陪我一起去看看吧。”

客栈外，李新云正和一男子打得风生水起，男子步步退让，李新云步步紧逼。到李羽轩他们看见的时候，大概男子也被李新云逼得有些郁闷，正在对着李新云一顿抢攻。

青竹子大袍一挥，也不见他动作，就见他生生地把自己插入了两人之间，“这位施主，好男不跟女斗，施主为什么要和这位女子动手呢？”

李新云见青竹子出现，俏脸微微一红，停止了进攻，跑到李羽轩身边，“这家伙就是当日里俘虏你和我的人，不知道怎么也来到了这里。”

“你没问？”

“本公主哪里来得及问，看见他就火大，直接用鞭子伦上了。”

那人不像李新云一样认得青竹子，最后一招也就没收住，直接拍到了青竹子身上，却感觉只是拍到了青竹子的长袍上，手里的力道如石沉大海，心里一惊，退开一步。知道遇上了高手，抬腿便要离开。

“慢着！”李羽轩赶紧叫道，“青竹子，先别让他离开。”几步走下台阶，对着那男子微微笑道，“阁下可还认识在下？”

男子不语。

“你不回答我就当你承认了，青竹子大哥，麻烦你帮个忙，把这人带着去见信王爷。这人和王爷还有一些过节。”

那人见青竹子真要听话，冷笑道：“不是和你们王爷有过节，而是你要公报私仇吧！上次之事，不过是一场误会，而且我也让你们平安的逃了出来，那日晚上要不是我，你们能逃得出来吗？”

李羽轩平生最恨这种睁着眼睛颠倒是非黑白的人，也冷笑一声，“那我岂不是要谢谢这位大侠的救命之恩？那就请这位大侠移步里面，好让我正正经经的谢你一回。”

那人看着李羽轩两眼冒火，“你勾搭我的未婚妻，让她变心，难道我不该找你报仇吗？”

李羽轩笑意盈盈地看着他，“果真如此？”

“正是如此！”

“哈哈哈哈哈。”李羽轩大笑起来，“引诱人家的未婚妻，果然是我的不对，大伙儿一起上，把这位恩人请去里面喝茶。”

一大群侍卫听李羽轩如此说，都围了过来。

那人见这场面自己无论如何是走不开了，昂头冷笑道：“李大人不必如此客气，我自己进去就是。想我堂堂契丹王爷，还会怕你不成？”

第五十章

李羽轩跟男子说话，眼睛却看着李新云笑道："阁下就是传说中的契丹王爷啊，难怪对我如此愤恨，原来是大水冲了龙王庙，不识冰窟真面目，哈哈哈哈。大伙儿有请龙王庙进去。"

李羽轩笑得得意，青竹子却是一脸惊愕地看着她，李新云知道李羽轩跟她耗上了，冷哼一声，甩了她一个后脑勺给她。

看到李新云又害羞又吃瘪的模样，李羽轩心情大好，凑过去在她的耳边低语道："美丽的公主，不去看看你的未婚夫落在我的手里有什么结局吗？"见李新云不回答，继续在她耳边吹到，"你不想见识一下后面的精彩表演吗？"

李新云看了还在发呆的青竹子一眼，"你要去消遣他，我跟你没完。"

见自称契丹王爷的男子眼光往她们瞧过来，她把声音提高了两度，"我们两个生生世世，无穷无尽，永远没完没了。"

青竹子发完呆，低着头有些怯怯地走到李羽轩面前，期期艾艾地问道："李大人，你，你也知道冰窟吗？"

李羽轩顺手在李新云的腰上掐了一把，"冰窟啊，冰窟不就是藏冰的地方吗？"

此话一出，青竹子满脸的期待马上变成了深深的失望。看得李羽轩有些后悔不该调戏纯情的救命恩人。

"咳咳。"她咳嗽一声，"其实嘛，缘分这两个字太诡异了，有时候觉得觅无可觅的东西其实远在天边，近在眼前，公主认为呢？所以才有咫尺天涯，有缘千里来相会，无缘对面不相逢这些个说法，阿弥陀佛！我佛慈悲。”说罢赶紧转身往客栈里面跑去，把那两个不知就里一头雾水的家伙打包丢在了一起。

李新云的不知就里在于她的汉语仅止于平日里的交谈，对于那些拗口的成语从来都是一知半解或者一知不解。青竹子的不知就里是他觉得李羽轩说得太高深了，大有我佛拈花微笑的最高境界，阿弥陀佛，正所谓菩提本非树。明镜亦非台，执着即生孽障，生孽障即堕阿鼻地狱……

李新云见青竹子脸色古怪地望着自己，以为他听懂了李羽轩的话认出了自己，低头娇羞一笑正待说话，却见青竹子一声怪叫，拔腿对李羽轩追了过去。

李新云不知就里，虽然有些恼怒，也还是跟着走了过去。

见前庭里打打闹闹，信王和萧漠也走了出来，男子看见萧漠，脸上有些喜色，叫道：“萧大王！”

萧漠心里诧异，“萧哈喇王爷，你怎么到这里来了？这是怎么回事？”

李羽轩见这人真是契丹的王爷，马上呵呵一笑，“萧大哥，他真是王爷啊，我还以为他就是一打着王爷旗号招摇撞骗的骗子呢，所以就送给大哥来见识一下真伪了。”拍拍袍子上的尘土，对着那个叫萧哈喇的王爷低头抱拳道，“李羽轩不知真王爷驾到，为了我们信王爷的安慰，得罪了王爷，还请王爷海涵。”

她知道信王和大家的心里肯定也如明镜一般，不过这国与国之间的外交，不管暗地里多么的龌龊不堪，波涛汹涌，这表面上的一团和气还是要做足的，不能让对方抓住场面上的把柄。

萧哈喇也放柔了脸上的线条，做无辜纯洁状，“李大人忠心耿耿，本王哪会怪罪李大人呢？是本王听说萧大王在这里，冒昧寻来，莽撞了。”

信王哈哈大笑，走近携过他的手，“今日有萧大侠，和王爷光临，小客栈蓬荜生辉啊！”

李羽轩一听他这句和王爷就是带着卷舌音一卷而过，自恋的人听得出是王爷二字，不自恋的人一定听成汪——

这人就是作假都做得比她假。

她转头欲走远一点儿，青竹子放大的面容冷不丁出现在了她面前，吓得她不自觉的往后一退，再见青竹子，一脸虔诚的望着她，“青竹子谢谢李大人指点迷津，不过青竹子愚昧，心中有一事还是想问清李大人，李大人刚才所说的冰窟，不知可否再详细解释一二？青竹子心中纠结，这个词关系到我心心念念的一个人，不知道李大人是巧合还是故意说给我听的呢？”

谁说青竹子是傻瓜？他根本就是个扮猪吃老虎。这么深奥的问题都被他听出来了。

她故作深沉地笑了笑，“冰窟姑嘛，既是无意，也是有意，此乃天机不可泄露，你若用心，天涯也是咫尺，你若无心，咫尺也是天涯。”

“那么李大人可否告知，这冰窟是在咫尺还是在天涯？”眼神炯炯，盯在李羽轩脸上。

李羽轩还来不及说话，后面一个低沉的声音响起，“青竹子公子，咫尺和天涯都在你的心里，你想要咫尺，伸手便得，你无奈天涯，你心中所想之人便是坐在你身边，那也是遥不可及。”正是徐清之。

李新云见徐清之出现，马上拉过他的衣袖，“徐大哥，臭小子欺负人，你帮我教训教训她。”

徐清之的目光在李羽轩的脸上扫过，“是李大人自己在纠结咫尺天涯的问题吧，怎么倒扯到青竹子公子的身上了？”

“我才不会纠结什么咫尺天涯呢，是我的，我不会放弃，不是我的，我绝不强求，在我心里，所谓的咫尺天涯，不过是时间未到而已。”顿了一下，看着徐清之的脸笑道：“不过我倒是明白大哥咫尺天涯的意思，大哥饱读诗书，一腔热血匡世济民，大丈夫在世，自然是希望学以致用，青史流芳，断不可以为了情爱而放弃自己的理想，所以咫尺也好，天涯也罢，都是小家子气的儿女情长，断不是大丈夫所为，大哥，我说的可对？”

徐清之背对着她望着天，没有说话，李羽轩不知道自己怎么一下说得这么刻薄，她不就是希望徐清之能一展抱负，不辜负他的满腹才学吗？她这个嘴巴永远快于思考的毛病找个机会一定要改一改。

青竹子在一旁一脸认真的接道：“非也非也，大丈夫在世，最主要的就是能和自己心中所念所想之人在一起，快活地过日子，不然就算是活过几百岁，那也是白活了。”

又一人鼓掌从房间里走了出来，“三弟说得太对了，如果不能和自己心爱的人在一起，那活着也是行尸走肉，人生还有什么意义呢？”

青竹子叫道：“大哥！”

李羽轩笑道：“情爱两字，也就是你们这些吃饱了撑的没事做的公子哥儿干的事情，真正的大丈夫，以天下为己任，先天下之忧而忧，后天下之乐而乐，还怎么有时间去柔情四溢，卿卿我我呢？所以成大事者，必然不谈情爱，像大禹治水，三过家门而不入，刘邦无情，夺得汉家天下，项羽有情，横死乌江，啧啧，多少前车之鉴，吾要多去学习学习。”

徐清之讥笑道：“等你学完，项羽必定被你气得重新活了过来。就你这模样，还学得了先天下之忧而忧？”

李羽轩本来就是知道自己之前说错了话，用这些话来博徐清之一笑的，见他讥笑自己，也不为意，继续呵呵一笑，“你说错了，我不过想向和尚看齐而已，色即是空空即是色。”

“嗯，嗯。”徐清之轻咳两声，李羽轩回过神来，看向青竹子，见他正一脸通红，又被煮熟了，可怜，这次绝对是误伤。

李羽轩红了脸，“对不起，我不是说你。”

青竹子揉揉脑袋，“没事，我不会在乎的，我喜欢你的观点。”

所以说知己都是聊天聊出来的，看，现在青竹子和萧漠听了她的这段高谈大论，都对她大为赞赏，三人一高兴，马上称兄道弟的出去喝酒了，剩下李新云和徐清之咬牙切齿。如果腹诽可以听见，大概李羽轩此刻已经被他们两个修理得体无完肤。

不过李新云听了青竹子的这一番话，心里还是甜蜜蜜的暗暗窃喜，知道臭小子终究是帮自己在套青竹子的心里话。李新云知道徐清之的足智多谋不必李羽轩差，见他们走了，马上一脸笑容地望着徐清之，“徐大哥，我有事要请你帮忙。”

“什么事？”

“帮我想个办法……”低头，后面的话就不要说出来了。

徐清之明白，“这个好办，青竹子公子是个良人，值得托付终身，走，咱们也去小喝一杯，边聊边想办法。”

日子就这么热热闹闹地过了下来，这些天李新云很少在客栈露面了，那个契丹王爷来过一次后也没有再出现，青竹子又教了李羽轩一些驾驭和修炼神功的心法，顺带也教了她几招武功，好在青竹子的武功本是走的阴柔一派，李羽轩练起来也就得心应手。有如此高师指点，她自是手舞足蹈，分外认真。

经历了这一路的磕磕碰碰，她现在对功夫的膜拜从心灵上提高了一个档次，从开始的不以为意和羡慕，到了现在眼巴巴的妒忌。

很快就到了比武招亲这一日，他们一行一大早就被皇宫来人接进宫里去了，进入特意为这次招亲准备的揽冰阁。李羽轩看到里面花红柳绿，华服彩衣，人声鼎沸，已经有不少人先行一步到了这里，他们这一群靓男美女的到来，引起了一阵不小的骚动。

李羽轩悠闲的找个位子坐下，她就是来看戏的。

第五十一章

其实他们这一群人都是来看戏的，某个不知道真相的人正十分悠闲地踱着方步看着室内的陈设，一副事不关已高高挂起的淡然样。

大部分的人都在猜测着这个西夏公主的美貌和意图。

大约过了半个时辰，李羽轩看见晓蕾走了出来，看见他们，先对着他们微微一笑，然后朗声说道："公主在书房恭候各位光临，请各位随奴婢前行。"

说完带着大家往揽冰阁的后门走去，出了后门，走不远，眼前就是一覆盖着白雪的山峰，晓蕾在一处断崖前停下，回头一笑，不顾众人的惊愕，对着崖底说道："既然说好了是比武招亲，这武功身手一项就是免不了的，此崖下去，就是公主的书房，不过此崖深逾千丈，下边就是贺兰山底，跌下去定会尸骨无存，如果哪位自衬轻功火候不到，还请不要涉险。"

说完退到徐清之身边，"公主说了，徐公子是贵宾，叫奴婢带公子前往。"抿嘴一笑，"请公子闭上眼睛就好。"伸手抱住徐清之的腰，不顾众人抗议的目光，走到悬崖旁边，往下面跳去，但见绿裙飘飘，在中途某处斜身往一处山壁飘去，不一会儿，一个清亮的声音传来，"各位贵宾请按照奴婢的路线下来吧！"

悬崖下马上飘起各路人影，能到这里的，大部分都是各国的皇室贵族。贵族公子，除了要求精通不少国家的语言，一般都是文武双全。

当然也有人不敢下去，望着悬崖摇头叹气，信王看向李羽轩，"我们下去吗？”

信王抱起李羽轩，也跳了下去，展昭紧随其后。

原来下去不远的山壁被凿开，凿成了一个异常宽广的大厅，大厅里红烛高照，四面山壁用红绸和各色字画遮住，一派喜气洋洋。

里面摆好了水酒和各色糕点，每个八仙桌旁站一个艳丽的宫女，每个下去的人都被招待在八仙桌前坐下。李羽轩不知道李新云想出了什么法子，再找徐清之，他和晓蕾都不见了踪影。

这小子居然被待为座上宾了。难怪这几天都没怎么见他晃悠，原来是做了李新云的军师。

大伙儿边吃边聊，既来之则安之，那就安享口福，只有李羽轩总觉得哪里有一双眼睛在看着她，浑身都不对劲，扫视全场，除了那契丹王爷偶尔对上她的目光，也没见谁特别注意她。

这感觉太怪了，让她全身发冷。

就如同那一次看到尸娃一般，想起尸娃，她打了个冷战，马上起身坐到了信王和展昭的中间，两人见她神色古怪，都问道：“你怎么啦？”

“我也说不出来，就觉得很古怪，总觉得哪里有人在看着我。”

信王呵呵一笑，“是这山洞里的寒气让你冷吧！”取下脖子里围着的貂毛，给她围上，“说了要你多穿点衣服，你偏要向展昭看齐，人家是什么身体，你是什么身体，一点自知之明都没有。”

“你说展大哥是什么身体？”李羽轩围上貂毛，感觉背心上没那么发麻了，心里轻松起来，就在这时，一直和契丹王子在一起的萧漠不知道什么时候站到了他们的桌旁，望着李羽轩几秒后，伸手抄起她的腰就往洞外疾飞而去，信王和展昭大惊，腾身急追。

青竹子见状也想追去，被门口的几个宫女拦住。

李羽轩也被这意外状况弄晕了头，被萧漠夹在肋下，笔直飞回了崖顶。到了崖顶，萧漠放下李羽轩，“得罪了。”

信王和展昭也几乎同时赶到。

李羽轩深呼吸一下，镇定了由意外而带来的身体自然惊骇，笑道："萧大哥说哪里话，对于萧大哥的一切行为，小弟都无条件服从，发生啥事了，萧大哥就直说吧！"

萧漠脸上出现一丝愧色，"李大人此话叫萧某汗颜，李大人如此相信在下，萧某也实话实说，我刚才听到王爷和别人密谋什么，好像和李大人有关，大概是妒忌李大人和新云公主的关系，想要对你不利，所以我就自告奋勇的把你虏了出来，这场游戏，你还是不要参与为好。"

沉吟了一会，"萧某再说一句，你们过了今日，就赶紧回朝吧！李大人只怕不小心牵扯到了更多的是非里面。"

信王和展昭的表情都在瞬间变得有些僵硬，虽然就是一瞬，也没逃过李羽轩的眼睛。

展昭抱拳对着萧漠一揖，"萧大侠高义，展昭这里谢过，我们这就回去打点行装，明日准时出发。还有，等下你见到徐大人，请你转告他马上回来和我们会合。"

萧漠点点头，"萧某一定转告。"

信王拉起李羽轩的手就往外面走去。

"去吧，一路保重！"

李羽轩重重地点点头，"你也保重！"这才随着信王和展昭一步三回头地走了出去。看着萧漠高大的身躯站在洁白的崖顶上，山风吹起他的披风，猎猎作响。

回到客栈，展昭马上去布置回程的事情，下午时候又派人去西夏王宫把徐清之接了回来，原来徐清之被李新云留在里间喝酒了，被人接回来的时候一身酒气，还在说着不醉无归，祝有情人终成眷属之类的话。

大概李新云和青竹子终于有情人终成眷属了。

记着明天要赶路，李羽轩准备上床早早休息，却被信王表情凝重的阻住，李羽轩想着萧漠的话，知道信王是担心她的安危，乖乖待到桌旁打瞌睡，大约三更时分，展昭穿着一套平民的衣服进来，丢给李羽轩同样的一套衣服叫她换好。

李羽轩看不明白，想要相问，那两人却马上退了出去。李羽轩心知有异，连着两只狐狸都变得这么小心翼翼，赶紧换好了衣服，把萧漠给她的匕首藏在靴子里，叫道："我好了，进来吧！"

这次进来，展昭的背上多了两个包袱，信王走到她的身边，冷不丁的伸手抱住她，"你和展昭先走，马上就走，我身上有伤，不能照顾你了，你要小心。"说完这句，又猛然抽开怀抱，退开一步，对着展昭低声道："走吧！"

展昭点点头，"王爷自己小心。"拉过李羽轩，"我们走！"

李羽轩有个很优良的传统美德，就是危险来了的时候从不婆婆妈妈，叽叽歪歪，逃命第一位。当下和展昭两人骑上准备好了的马匹，趁着黑夜离开了庆云城。

第五十二章

直到天边曙光初现，两人纵马奔在草原上，李羽轩才找到时间问展昭：“我们这样走了，信王爷和徐大哥不会有危险吧？”

展昭斜了她一眼，“你终于想起了他们的死活啊？”

“我一直关心他们的死活！”这话说得义正词严，“我之所以和你逃跑，就是关心他们的死活，要是敌人来了他们既要关心自己又要关心我，顾此失彼，那才叫不管他们的死活。”

某人还是斜眼，“你体内不是有了那两个契丹武士的内力吗？青竹子不是教了你几招什么折梅手吗？你怎么还这么胆小如鼠啊？”

“青竹子说我那点内力遇到敌人只能打酱油，对了，要不你的内力再分我一点儿？”

“你！”展昭对着她的马屁股就是一鞭子，“赶紧走，日出之前我们过了这个草原。”马儿吃疼，撒蹄狂奔，李羽轩拿住缰绳，回头叫道：“我们这是去哪里？”

“契丹！”

“什么？！”李羽轩差点从马背上掉了下来，“你们这招明修栈道暗度陈仓也修得太大胆了吧？”

“我们只是转到契丹境内，等王爷他们回到中原，然后再折回玉门关。这叫虚虚实实，出其不意。”

……

中午的时候两人找了一个背风的小山坡停了下来，吃了点干粮喝了点水，然后又继续赶路，李羽轩很想问到底发生了什么事情，就是那个什么哈喇子契丹王爷发飙，也不至于这么兴师动众仓皇狼狈战战兢兢吧？

难道契丹和中原的战争已经一触即发？那个契丹王爷想拿她祭旗？

这是不可能的，要祭旗，信王比她适合多了。

那到底是为什么呢？为什么他们都选择沉默都不告诉她实情？这种沉默真让她想入非非的抓狂啊——

想问不敢问的煎熬更让她闹心。看着展昭对着她不苟言笑的一张冷脸和偶尔出现在他嘴角的含有某些深意的微笑，她就知道他一直不怎么待见她，就是知道了她是女人也一样。

对了，信王有没有告诉他她是女人呢？

听他那对她说话的调调，估计是知道了。她也知道他和信王的关系非同一般，有没有小花对小花她不知道，凭着他一点也没假手他人的照顾了信王一个月，说有 JQ 一点也不意外。要是这样，他们两同样这么强势，那谁是被扑倒的那个呢？

马蹄声响过，又是一声皮鞭声传来，“快点！”悲催，她想到哪里去了？她还在逃命呢？腿上一紧，夹紧马背伏在马背上。这日子真是过得……仿佛她除了逃命就是逃命，好点的一次，就是被李新云下了春药。

傍晚时分，天空又飘起了大雪，两人找了一家牧民借宿，虽然听不懂语言，但好歹那牧民一家能看明白手势，晚上就着篝火喝着马酒，看着温馨的牧民一家人，李羽轩有瞬间的恍惚，第一次对自己女扮男装进入庙堂的选择产生了动摇，报仇真的那么重要吗？

但是事情一路走来，偏离她的初衷已经十万八千里。就算这次她和展昭顺利回到汴梁，这么多人知道了她的女儿身，就算他们不去告密，她这个探花郎也是当不下去了。

她微微的喟叹一声，还是回去吧，趁一切都还来得及，回到李知府的老家江南，过她的大小姐的日子，远离纠纷，远离恩怨，平淡的享受属于李幼莹的天伦之乐。

睡觉的时候是通炕，李羽轩早就知道这个，也没什么好奇怪的，牧民夫妇睡左边，女儿傍着他们谁，一个儿子大概是十五六岁左右，睡在中间，展昭睡在他身边，李羽轩睡最右边。牧民夫妇盖一床被子，两儿女一床被子，她和展昭一场被子。谢天谢地，不是六人一床被子。展昭就像一座屏风，把李羽轩彻底的隔开了他们的世界。

李羽轩白天在马上颠簸了一天，很快就睡着了。

第二天醒来的也早，见他们都还睡着，本想再赖一会儿，但是这么近距离这么清醒的伴着展昭的身体让她很不自在，只得轻轻爬了起来。

外面的雪已经小很多了，大概昨晚下了一晚，地上的雪很厚，她拉开帘子走出去，冷风迎面扑来，冻得她缩脖子一哆嗦。脚踩进雪里，马上踩出一个深深的坑。

这是一个背风的山坡下，有十几顶帐篷远远近近的搭着，应该是一个牧民的小集聚地，外面看不到一个人影，大概都还没有起床。

她对着满目的白色使劲吸了几口气，顿时觉得心旷神怡，转到放马的地方，摸着马儿的脑袋看着它大大的眼睛，昨天一天加前天晚上，不说日行千里，至少他们也行了八百里吧？这是到什么地方了呢？看牧民的衣着，他们应该是已经进入到契丹境内了。

这个时代也好，千里草原尽情驰骋，到哪里都用不着偷渡。只要不进城，就没有人查你身份。

她看看昨天牧民放水的地方，上面厚厚的结了一层冰，用拳头敲敲，敲得手疼，冰却一点反应都没有，她学着青竹子教她的方法把身体里的气都凝聚到手上的曲池穴，对着冰窟打了下去。

先说明一声，这是她第一次试自己的功力，青竹子说过，她之前从没练过内力，体内一片纯净，练这个神功可算是歪打正着，事半功倍。因为练神功第一点，就是要废去之前所有的武学。

砰的一声，她还没反应过来，满头满脸就被溅起的冰块和水花浇了个透心凉。真的是透心凉啊，零下几十度还被水浇，她后退一步，用手抹去脸上的水珠，再看那冰窟，只剩下了几块碎碎冰在那里打水漂。

再左右翻转的看看手，一点变化也没有，顾不得寒冷，嘿嘿地傻笑起来。没有什么事情比一个乞丐突然发现自己身上有藏宝图更加兴奋的事情了。

她原来，已经这么厉害。伸手捧起一捧水放进嘴里，让水绕着牙齿转了几个圈，再吐了出来，其实，她只是想找点水漱口而已。

身后有咔嚓咔嚓的声音传来，她回头一看，展昭正一脸好心情的朝她走来，“李大人厉害，看来不用我展昭保护也可以自保了。”

“哪里哪里，小弟的这些雕虫小技，哪里比的了展大哥的神功盖世，计谋多端。”又是一哆嗦，“这天气真冷，我们什么时候出发？”

展昭叹口气走进她身边，“说你傻吧？你看起来很聪明，说你聪明吧，你有时候真傻。”把自己的披风取下来，递给她，“把你的披风给我！”

李羽轩看着他伸手递过来的披风，有些傻傻地问道：“为什么？”难道他见她的糗状，这么好跟她换披风？

猜想得完全正确，展昭瞪了她一眼，“我不想冻死你！”

“嘿嘿。”李羽轩一笑，解下自己的披风，再从他手里接过他的披风围上，“展大哥真是侠骨丹心，铁血柔情，嫂子嫁给你真是有福了。”

“嫂子？”

“是啊！”

“我四海为家，在京城的时候也是四处奔走，哪里来的嫂子？再说了，哪个女子愿意嫁给我这种浪子？”

“你别忽悠我，你这种风流倜傥，武艺高强的少年英侠是每个女子心中的梦中情人。你没老婆，骗尽天下所有人我也不信。”信王曾青口白牙的说他有老婆的。

展昭沉默了下来，负手望着远处一望无际的白色，良久幽幽的轻嘘了一声，“士为知己者死，我已经为包大人奔走了十年，我十八岁那年遇见包大人，被他的心胸所折服，从此以后发誓效劳他的鞍前马后，包大人已经老了，身体状况也每况愈下，也不知道我还能在他身边待多久了。”

包大人吗？看他平日里那身子骨，估计大概确实也熬不了多久了。

“包大人死了你怎么办？”

“我？当然是做回我的老本行了，像你说的，远离朝堂那个是非之地，娶个老婆，好好过日子。”

“你真没老婆？”

“我常年在外，娶个老婆放家里变怨妇吗？”

也是啊！

展昭居然没老婆，这个男人居然没老婆，信王居然骗她，可恶！

空气突然之间变得有些紧张起来，李羽轩不自觉地摸摸鼻子，“你别介意啊，我就是随便问问，不是有意打探你的秘密。对了，我们今天什么时候出发？”

“今天不走了，我们昨天的马蹄印肯定被这场大雪覆盖住了，今天再走，马蹄印就把行踪暴露了，所以，我们干脆就在这里休息几天好了。”

“哦！”

不知道为什么，知道了展昭没老婆，李羽轩跟他在一起反而没有之前那么放松了，总觉得有些别扭。说不出来的别扭。

就这样别扭了一天，又到了晚上。主人家的小女孩十岁左右，红红的脸蛋，笑起来两个大大的酒窝，和李羽轩待一起打闹了一天，对她很是熟悉了，经常被李羽轩逗得咯咯大笑，但是晚上李羽轩说要她陪着她睡觉，她怯生生地望了她父母一眼，摇头拒绝了。

她也不想做得太过刻意让展昭难堪，只得作罢。含泪望着主人一家已经往炕上爬去，也只得爬了上去，盖一床被子，真是悲剧啊。

第五十三章

展昭是何等玻璃心，看李羽轩故作云淡风轻的样子就知道她对自己有了戒心，便只是脱下披风盖在自己身上，并没有盖被子。

李羽轩见他的模样也知道了他的心思，把自己的披风也脱给了他，身强体壮的一个大男人应该不会有事吧？何况这炕烧得热烘烘的……

一个人裹着被子睡到炕边上，临睡着前还是丢了一截被子给展昭。睡前迷迷糊糊地想，要是早知道展昭没有老婆，将来和他浪迹天涯也是人生美事吧？

她的心，究竟是不安分做不成大小姐的吧？

所以，她终究是不可能和徐清之这样的谦谦君子道德典范在一起的吧？

所以，她更加不可能充到信王那个后宫里去每天争风吃醋，争宠夺爱吧？她最讨厌的就是和女人斗心机。

还好她一直是个随遇而安的人，很快就又睡着了。

第二天一早醒来，身边空荡荡的，一看，展昭已经起来出去了。

她翻身继续睡。

他说的不要赶路，这么早起来干什么？

再醒来，是被脸上的寒意给冻醒来的，她手舞足蹈的哇哇大叫，叫完发现展昭笑眯眯地抓着一把冰对着她，“还不起床？再不起来我就把这个塞你被窝里。”

她转头看了一眼炕上，哇，只剩下她一个人还在睡觉，他们都起床了吗？“现在什么时候了？”

“就要吃午饭了。”

悲催，居然睡了这么久。

她还想着给他留点好印象呢。到时候跟他跑江湖打打酱油也好。能够站在展昭身边打酱油，该是一件多么快意人生的事情。

她一骨碌从炕上爬起来，小女孩也来到她身边，指着外面，指指展昭，对着她做了一个人的手势。

“雪人？你们在外面堆了雪人吗？”李羽轩拔腿往外面走去，“我也要做雪人！”

快乐的日子总是一晃而逝，不知不觉他们已经在这里住了五天，这日上午，一只鸽子停在了他们的帐篷前，展昭取下鸽子带来的纸条，对着李羽轩一笑，“王爷他们已经平安过了玉门关，根据线报，契丹萧哈喇的人马已经撤了回去。”

李羽轩松了一口气，心情大好，“那我们什么时候回去？”

展昭从身上披风的里襟里私下一角，再去火炉旁拿起一根烧过的小木棒在上面画了个0字，系回鸽子的脚上，把鸽子重新放回后才答道：“不急，再过几天，等他们搜完了放弃了咱们再走。”

“你这个0是什么意思？”

“天机不可泄露。”

“切！”知道了信王和徐清之没事，李羽轩对自己就没什么要求了，随便哪天走都行，或者一辈子留这里也不错，看了一眼展昭，当然前提是他要和她一起留在这里。

她知道，她这辈子再也遇不到像信王，徐清之和展昭这样的男人了。不过展昭，似乎对她没什么特殊好感，永远一副公事公办的样子。

信王救过她的命，徐清之也救过她的命，两人都对她情深义重，而她，心里对他们除了感激，也是有爱的吧？但是生活不单单是爱情，还有现实，现实是一把利剑，可以把爱情割得七零八落，最后零落成泥。

她又纠结了，想起这个问题就头疼。要是她还是一个单纯的小女孩多好，可以什么都不想，可以不管不顾，可以飞蛾赴火。可以从此以后灰姑娘和白马王子过上幸福的生活，可以被现实击得满身伤痕后再冷眼看世界。

而不像她，一开始就冷眼看世界。在那个消失的世界里，她也有过她的青葱岁月，有过她热情如火的爱恋，也有过刻骨铭心的伤痛。那里充斥的，都是现实的婚姻与感情。

虽然她来到这里五年，对感情依然是敬而远之，甚至有些很世俗的斤斤计较。

爱情是什么？就是在滚滚红尘里找一个想嫁的，可以嫁的人。

可是如果失去了信王，徐清之和展昭。她这辈子可能也找不到想嫁的人了。还有谁会比他们更优秀呢？

她抬头望天。

雪花马上覆盖上了她的脸，冰冰凉凉。

“展大哥，信王爷为什么告诉我你有老婆？”这个问题一定要搞清楚，她已经忍了很久了。

展昭还在侍弄着他的雪人，“王爷说的是我之前的未婚妻吧？”

果然，他还是有老婆的。

“有未婚妻不就是代表有老婆吗？”一切都是忽悠。

“她已经嫁人了，受不了等待的寂寞。我说过等包大人不需要我了，我就回去娶她。”声音淡淡的，听不出感情。

李羽轩晕死，“要是包大人活二百岁呢？你就一辈子不结婚？”这男人的脑袋有问题，哪个女人会用一辈子的青春去等一个缥缈的承诺？“你自作自受！”

“别说我了，你说说你自己怎么办吧？回到汴梁你准备怎么办？”眼光对着她的身体打量了一周，“你这欺君大罪可是要掉脑袋的。”

李羽轩耷拉着脑袋蹲了下去，“走一步算一步吧，反正在宫里知道之前脱身就好。”

“这就好，世上没有不透风的墙，你还是小心为好，我就怕你执着于报仇，顾忌不到这些。”看李羽轩瞪着他，也瞪了回去，“放心，你的女儿身我早知道了，不是王爷告诉我的，我们这几个人还不至于卖友求荣。”

“我知道！”声音嗡嗡的几乎低不可听，“你们都是君子，我是小人，欺骗了你们这么久。”

看着她那颓废的样子，展昭摇摇头蹲到她身边，“别想着别的什么了，回去以后马上辞官，离开汴梁，就算以后要回来，也换个身份回来，明白吗？”

缩了缩鼻子，“明白！可是展大哥，你们是不是知道我的仇人是谁，又都不敢告诉我？”

展昭一怔，“你这么知道？”回答得太快了。

“我就知道你们知道，每次我提起报仇你和信王的表情就怪怪的，为什么不能告诉我？”继续可怜。

“因为你的仇人已经死了，报仇对于你来说已经没有意义，”声音顿了一下“所以你还是不要知道的好。相信我们是为你好。”

“我想知道真相也不行吗？”

“以后你总会知道的。”

“以后是多久？”

“是你知道了的时候！”还是忽悠。

李羽轩愤愤地蹲开身子背对着他，“你不说我自己继续找。”不管找不找，威胁还是要的。不然让他看扁了她。

只听到身后一声轻轻的叹息，展昭起身离开了。

唉，李羽轩摸摸鼻子也站起来，难不成她那当知府的爹惹到的还真是大仇家？还死了？这五年朝廷里好像没死什么皇亲国戚啊？

不想了，想想回去以后怎么办才是真理。

这一待，又是三天，每天喝羊奶吃羊肉，李羽轩都能闻到自己满身的羊骚味了。展昭对她的态度亦如往常，不远不近，不即不离。

到了第四日早上，两人谢过和告别了牧民夫妇和小女孩，开始赶路。这一次没有上次逃命那么急，心情自然也不可同日而语。一路上李羽轩故意找话题和展昭说说笑笑，饿了吃东西，天黑了找地方睡觉，到第三日上午，两人已经能够看到玉门关的城墙了。

李羽轩心情激荡，有一种游子归故乡劫后重生的恍惚感，快两个月了吧？玉门关，我终于活着回来了！

她打马往前疾奔而去，来到关下，展昭拿出他的御赐金牌，两人顺顺利利的进入关内。进了关入了城，关内的繁华和关外的清冷是两个不同的世界，玉门关虽然孤立大漠草原，却是当时商人的南北通道，大概快要过年了，每家每户都透露出一些喜气洋洋。

街道上每一个酒肆里都坐满了人，一看就是守边关的将士们。每逢佳节倍思亲，所以才会有这葡萄美酒夜光杯，醉卧沙场君莫笑的寂寞和思念吧？

李羽轩发现自己愈来愈多愁善感了。

两人找了个成衣店买了两套衣服，找了家客栈住下，十天没洗澡，李羽轩直觉身上已经发霉了。

大概展昭也有这感觉，两人进客栈的第一件都是叫小二打水进来。

洗了澡，换上汉服，李羽轩神清气爽地走了出来，想去外面看看这传说中的玉门关，她当日被契丹人俘虏，直接跳过了玉门关到了西夏，这遗憾得补回来。

走出客栈，他信步在街上闲逛，她这打扮也没人注意她，就是一个在酒肆里跳舞的胡女瞥见她，顺便丢给了她一个媚眼。

大雪，酒肆，官兵，红火，艳舞，这就是逛了一圈后玉门关留给她的所有印象。

没有战争的边关，平静如乡间的小镇。

走回客栈，发现客栈台阶下的雪地里卷曲着一个老头，旁边丢着一个酒罐，大概是哪位喝醉了的老人倒地上了吧？

李羽轩一时心善，走过去叫道：“这位大爷？”

没有反应。

摸摸他鼻子，还有呼吸，便欲把他扶起来，“大爷！你不能睡这里！”

“不睡这里睡哪里？”听见他嘟嘟哝哝的嘀咕了一句，撑开了半线儿眼睛，“你不要管我。”

眼光在李羽轩的面容上扫过，突然睁大眼睛看着她，“你是谁？”

“一个路人。”李羽轩已经把他扶了起来，“要不大爷，您就先进去歇歇吧？您的儿女呢？我去叫他们过来。”

“儿女吗？”老人的眼睛又塌了下去，但是只有一瞬间的时间，这双眼睛变得精光四射，李羽轩一惊，心里知道不妙，还没等她做出反应，老人已经反手抓住她的命门穴，一个纵腾就飞到了客栈的屋顶上，迅速地朝城外的方向掠去。

这一抓一纵，就在眨眼之间，李羽轩只来得及叫了一声展大哥，就被扑面而来的风塞得说不出话来了。

第五十四章

老人抓着她并没有走多远，就在一处屋檐边站立不稳跌了下去，李羽轩被他抓住，自然也跟着他跌了下去，结结实实地摔在了雪地里。

这一摔，倒是把老人的手甩开了。她是直跌下来的，老人却被她甩到了院子外面。李羽轩揉着被摔成了八瓣的屁股站了起来，看看自己的手，一点异样也没有，身体里暖洋洋的，四肢百骸都好像被暖气充盈着，舒服得无法形容，简直就跟销魂得欲生欲死有得一拼。

老大爷，我真的不是故意要吸你内力。

李羽轩悲鸣一声，却改变不了老人的内力被她吸走的事实，青竹子的神功有自动护体之功，老人手一按到她的脉们上，她的脑电波就自动调整成全自动接收状态了。谁叫她还没练到收放自如呢？

她坐在地上按照青竹子教她的法子把在她体内乱窜的真气收回丹田穴，就站起来去找她最后用内力弹开的老人，走出院子，发现老人居然躺在了路的另外一头，离她至少两百米。此刻也正在慢慢地准备爬起来。

李羽轩小跑着过去，搀住他的胳膊，“您还好吧？”

老人站起来，本来就是一身泥泞的衣服此刻更是惨不忍睹，他大概没想到酒醉后一时失手，把修习了六十多年的功力就这么给弄没了，眼睛看着李羽轩，有惊诧也有疑惑，不过没有李羽轩想象中的痛不欲生，痛苦抓狂，这眼神好奇怪……

李羽轩心中愧疚，扶他进院子里找主人借一条板凳让他坐下，院子的主人早被他们这从天而降的两人给惊住了，见李羽轩语气和善，似乎没有歹意，便站在了台阶上围观。

老人被李羽轩扶着坐在凳子上，闭上眼睛开始调整气息，等气息平稳了下来才问道："吸星大法？"语气平淡，波澜不惊。

她揉揉鼻子，吸星大法？

"不是！"

"老人家，您为什么好好的要抓我？您看，现在弄到这样，也不是我的错，您是个武林前辈，一定能看出我是个新手吧？单单会吸内力这一门功夫，还没练成火候。我说的都是实话，您千万不要找您的徒子徒孙来找我报仇。到时候我为了保命而全部吸走他们的内力那可是大家都不妙！"

"哈哈哈哈！"老人毫无预警地大笑起来，笑声悲怆而苍凉，"吾这一辈子就两个弟子，都已经死于非命，哪里还有什么徒子徒孙？！天意啊天意！"笑完神色一正，双目炯炯地看着李羽轩，"你是谁？为何出现在这里？"

"小子李羽轩，奉皇命送岁银去西夏，现在正赶回京师复命。"

"李羽轩，你父亲可是叫李德？"

"啊？"李羽轩强压住心内的震惊，旋即摇头，"不是！"敌我未分，这话可不能乱说。

老人见李羽轩否认，也不纠缠，"我也不管你父亲是谁，你吸去了我三分之二的功力，这是事实，也是缘分，老朽也不找你麻烦，今日就收了你这个关门弟子，你就磕头拜师吧！"

拜师？

"人在官场，身不由己，大爷，我不小心吸走了你的功力，认您做爷爷行，这拜师就……有点困难吧？既然您两个弟子都不在了，要是身边没有亲人，您就随我回京颐养天年吧！"她已经够善良的了，但是这老人说出了李德的名字就不能小视，在没搞清他的身份之前。她怎么也不会拜师的，要是拜了个仇人，她这辈子就废了。

“唉！！”老人重重地叹了口气，“我本来还要给我枉死的女儿女婿报仇的，现在我也没什么活路了，女儿啊，我这就陪你一起死去，死了好，死了干净！我可怜的女儿啊！”边嚎便从凳子上站起来往墙上扑去，“我这就去死！”

“别！您别！”李羽轩急忙用身子挡住他，“这事儿好商量，您别这么激动！”他要是真死在她面前，她还真有些良心愧疚。所以说天上掉馅饼这事还是慢点去接，说不定后面就跟着个大棒槌。

“那你拜我为师！”

“这事儿好商量。”

“那你让我去死！”

“您死了我要是想通了上哪去拜师去？”

“也是啊，那你想通了没？”

“还差一点点。”

“那你让开，我还是去死！”

“我——我去死好了。”

“那我们一起死好了！”继续往墙那边用劲——

“啊——”李羽轩被这突发状况搞得一个头两个大，为什么对方要是一个老人呢？要是个年轻人，她一定此刻把他内力吸个干干净净，一点不剩，然后把他丢哪个旮旯里去，看他还这么猖狂，居然拿死要挟她……天啊——“我拜你为师，成了吧！反正生米已经煮成熟饭，你要霸王硬上弓，我就从良吧？好吧？只要你从此安安静，不再寻死觅活。”

老人马上回凳子上坐好，“大丈夫一言九鼎，拜师吧！”

“拜——师——，师傅，您老人家叫什么名字？”

“飞天圣手王乃恭。”

很有名吗？没听说过。

“弟子李羽轩拜见王师傅！”

“磕三个响头！”

……

李羽轩正在犹豫怎么样跪下去，院门外吵吵嚷嚷的进来一大群人，看见老头，一人叫道：“庄主，您叫我们好找！”

老头还没答话，李羽轩一脸不可置信地大叫：“徐大哥！”

那群人绑了一个人进来，不是徐清之还有谁？他不是随信王早就入关了吗？怎么还在这里？怎么又被人绑了？

徐清之看见她，也大吃一惊，“三弟，你怎么也在这里？”

“大哥，你怎么还在这里？你不是和信王爷一起早就入关了吗？”

两人互看一眼，都没有再说话，大概也明白了是怎么回事。

李羽轩嘻嘻地对着老头笑道：“王乃恭，王庄主，你们第一山庄难道还没有对岁银死心吗？你现在要劫，跑西夏去才成了，拿住我们两个算什么英雄好汉？我之前以为你只是一醉酒的老头，发酒疯撒酒气所以抓了我，顺便送了点礼物给我，没想到这礼物我还是受之无愧，早知道我就多收一点了。收到你爬不起来了才是正理，啧啧，真是后悔啊！”

老头也对着她嘻嘻一笑，无视于她的话语里的不敬，“你已经拜了老夫为师了，怎么还可以如此没大没小？”对着院内一干人道，“这位李羽轩已经被我收为关门弟子，以后就是第一山庄的少主人，你们都过来见过少主人！”

院子里齐刷刷的人都怔住了。显然是被这句话给雷得里焦外嫩。李羽轩赶紧摇手，“你要抓我就抓我，用不着这种苦肉计。给只香馍馍挂我脖子上，闻得到吃不了最后引来大灰狼，这事儿我没做过也不会做。”

“你怎知这事儿是陷阱？多少人想拜老夫为师还求不来呢，今日这事，只怕由不得你做主了。”问旁边的一个男子，李羽轩看出是当日在石洞里的死老头之一，“展昭呢？”

“已经被麻药麻倒送往山庄！”

“好！咱们这就回庄。”

原来一切都是预谋，就连展大哥都被他们算计了。也怪他们逃过一劫，心里一高兴，放松了警惕。这朝廷，这江湖，真是步步为营步步惊心啊！难怪大家都用卖命两字来形容。“你们回庄可以，把徐大哥留下来！王庄主，你不会认为凭你现在的实力还能留得住我吧？”

“我凭什么要留你？你已经是我第一山庄的人了，你想干吗干吗去，不过，你要是去了不回来，你这位徐大哥，那位展大哥我就只好切片儿喂狼狗了。”王乃恭还是笑嘻嘻的样子。

李羽轩发现自从那些人进了院子，王乃恭的态度就来了一个一百八十度的大改变，再也不是那个躺在雪地里买醉思念爱女的酒醉老头，那样的老头才是真实的吧？这个王乃恭虽然笑嘻嘻的，说出来的话却让她不寒而栗。

把他们切片儿喂狼狗，你奶奶的，老狼还没吃呢！摆明就是抓住了她的死穴，“得，反正我得了你六十年的内力，不叫你一声师傅你也不会甘心，我就随便陪你走一趟。到时候我要是把你的第一山庄搅得乱七八糟，呜呼哀哉，你可不能找我算账。”

第五十五章

路上徐清之告诉她，他和信王一起过了玉门关，准备在安西多休息两天等她和展昭，他们收到了鸽子的回信，知道他们平安，心里也踏实，又得到消息说萧哈喇还没回契丹就被契丹皇帝耶律洪基贬到了极北之地的莫湖去守林子去了，也没有负担了，便叫两名副将先带着人马上路，他们在安西等和他们会合了再前行。

没想到昨日午时，他和信王在客栈里吃午饭的时候，也不知道他们下的什么迷药，他们一点发觉都没有就被迷晕了，他一醒来，就变成了现在这样子。

“那王爷呢？”李羽轩这才真的急了，连展昭和信王都被抓了，这下全军覆没了。展昭不是一向吹牛自己的江湖经验有多么多么的好吗，还有信王，平时多么细心谨慎的一只狐狸，都在胜利来临的曙光里翻了船，人生“杯具”啊，最后平安的居然会是她这个平时当小弟打酱油的角色。

而且这个打酱油的一时好心还凭空的多了六十年的内力。好心有好报，打酱油的也有春天——

不待徐清之回答，李羽轩自言自语答道：“他们一定是压着信王去交涉被你们抓住的那十八个人了，是不是？而你，大概是用来牵制我和展昭的，只是没想到压根儿就没用上你，一盆洗澡水就把一只御猫给放倒了，我说的对不对？”

徐清之点点头。

老头斜眼望着她，“探花郎果然心思敏捷，只是你知不知道我们根本就没把你放在眼里，是你自己送上门来的呢？你又知不道送上门来以后小老儿见你骨骼清奇，一定要收你做了徒弟呢？而且是个关门弟子，唯一的弟子。将来要代替小老头带领第一山庄呢？”

大家对两人之前说的话都是半信半疑，因为王乃恭的玩世不恭在道上是出了名的，说话真真假假。假假真真，谁也捉摸不透，此刻见他们第三次提起这事儿，许多人这才很正式的把惊奇的目光看向了李羽轩。

这目光就像是打开了调料铺，姹紫嫣红一片。

得，李羽轩知道自己比被抓住还惨，被抓住至少知道谁要害她，这样一来，她头顶一片彩虹，黑暗里不知道有多少人想要把她咔嚓。让她一死再死不能再死。江湖上堂堂的第一山庄啊，平日里听展昭描述它的口气就知道它在江湖上的位置，北绿林当之无愧的第一霸主，朝廷对他们都是睁一只眼闭一只眼，任其称霸武林。

难道他的女儿和女婿就是这样被人害死的吗？她背心里顿时冷汗一片，她就知道自己是颗棋子。这老头儿好狠的心思，一箭双雕——，是一箭三雕，既要救出被俘的手下，又会查出女儿死亡的真相，然后借她的手帮他消灭仇人或者借仇人的手帮他消灭他们，再或者让他们两败俱伤，他坐收渔翁之利。

徐清之见李羽轩的脸阴得可以挤出水来，忍不住用劲握住了她的左手，“别担心，会有办法的。”

“嗯！”李羽轩对着徐清之挤出一个微笑，“我不担心，那两狐狸我才不担心呢，我只是想跟着去看看他们玩什么诡计，不入虎穴焉得虎子，说不定我运气好，一不小心就把这第一山庄收为已有了，岂不痛快淋漓，精彩之至？还可以顺搭发一笔横财。”

要真是这样就好了。不过这个愿望可以叫梦想。

两人说着话故意落在人群的后面，那群人也像吃定了他们，随他们磨磨唧唧的不远不近地跟着，像对他们自己人一样放心。

出了城，大家拐上了山道，天色也暗了下来，天上又飘起了鹅毛大雪。见徐清之唇色发白，李羽轩把自己的披风解下来要给他披上，徐清之摇手正要拒绝，被李羽轩双目一瞪给逼了回去，“逞能吗？要病给我看吗？我体内有北冥真气不知道吗？放心吧，我不冷的。”

徐清之只得接过披风，“我自己来。”

李羽轩拉着他紧走几步，追上前面的王乃恭，“今晚在山里过夜吗？”

“谁说的今晚在山里过夜？今晚没得休息，回到山庄再说。”王乃恭语气淡淡的，里面的威严却不疑抗拒。

这点威严对李羽轩来说，也就是左耳朵听着右耳朵出来，信王爷还不够威严吗？人家可是天生的贵气，让许多人见了膝盖儿自动拐弯，她在他身边混久了，再大的威严也都可以忽略不计。

看在展昭和信王都在他手里，她沉默的退了开去。

这跑一晚的山路，徐大哥可有得受了。

她这时身轻如燕，飘飘欲仙，六十年的功力唉，那可是货真价实没打半点折扣。

跟着他们在山弯里七拐八拐之后，在一座破旧的山庙里停了下来，远远望去，山庙里正烧着红彤彤的篝火，一个人守在火旁。那人见他们过来，赶紧迎了上来，“庄主！”

王乃恭沉声问道：“杨霄呢？怎么还没来？”

“杨管家没有和庄主在一起吗？”那人也表示非常的奇怪。

王乃恭在黑暗里看不出脸色，只听到他的声音变得异常的清冷，“把马都牵出来，连夜赶回山庄！”

人群散开从庙里牵出来十多匹马，王乃恭把一匹马指给李羽轩和徐清之，“上去！”

李羽轩听到有人在嘀咕杨霄和展昭的事儿，心里兴奋了起来，莫不是展大哥逃跑了？那真是老天有眼，阿弥陀佛。只要展昭没事，她们一定会全体没事的。

徐清之已经坐上马匹，对着李羽轩伸出手来，“上来吧！”李羽轩抓住他的手坐了上去，很自然的坐在他身前。徐清之把披风拉过来覆到李羽轩身上，“抓好！”一拉缰绳，马儿跟着马队后面向前奔去。

“如果展大哥逃出来了，我们是不是也可以逃走？”李羽轩窝在徐清之的胸前，感受着他的体温和只属于他的淡淡的体香，悄声说道。

“王爷现在在他们手里，我们此刻逃走也于事无补，不如就依了他们，跟着他们去看看到底他们想干什么，也好看事行事，好过当无头苍蝇。还有……”他低头看了一眼她，“你就不想知道他为什么会知道你父亲的名字吗？”

“你听到了？”李羽轩震惊的僵了一下，很想回过头去看他的眼睛。

“我在围墙外听到的。”徐清之的手向她的腰部紧了一下，示意她不要乱动。说实话，徐清之的马骑得很好，就是在这颠簸的山路上，李羽轩都觉得心里很踏实。

“你的马技怎么这么娴熟？”这个很奇怪。

“我练了很多年。”

“你不是书生吗？怎么会练习骑马呢？”他又不是大家子弟。

“因为我知道我总有一天会打马驰骋。”这话听起来好爷们。

冒着风雪赶了一夜，到天明的时候终于看到了前面的镇子，那些人却不休息，笔直的插过小镇继续前行，连李羽轩想停下来喝碗热汤的机会都不给。这一夜颠簸，李羽轩觉得自己的腰就快要断了。

她差不多把自己的重量都依到了徐清之身上，所以说男人最怎么柔弱，这腰总比女人来得结实。不然咋不见徐清之也像她这般弯下腰来左摇右摆呢？

又这么纵马奔驰了一上午，中午的时候她看到了安西城三个大字，奔驰的队伍也缓了下来，进入城里，拐到一个相对偏僻的城市一角，一座高宅大院依山傍水而建，赫然出现在她的眼前，大门上四个黑漆漆的大字：第一山庄。

原来真叫第一山庄——

这江湖山庄这么堂而皇之地建在城里，真有些匪夷所思，就不怕朝廷关上城门围剿来个瓮中捉鳖吗？

这主意好，要是他们不放了信王，她就给他来个瓮中捉鳖。

走进庄子，前面是个大院子，四角都有类似炮楼设计的瞭望岗，再进去就是一个大厅，大厅中间挂着一个匾额，写着正大光明。

她正在观察大厅的设置，一个声音从大厅外面传了过来，“庄主！一切都好吧！”随即从外面进来一个蓝衫男子，正是杨霄。

王乃恭呵呵一笑，“老弟，我这次可有个意外收获，收了个关门弟子，你过来见见。”

“庄主收了个弟子？”杨霄一脸惊奇地随着王乃恭的目光望去，正好看到李羽轩撇着嘴角苦笑的脸，“是你？是她？”这个冒牌的李羽轩？“庄主，她不是——”

李羽轩怕他在这大厅里戳开她的身份，马上答道“是我！这位大叔要发表什么意见吗？”

杨霄上上下下打量了她一阵，脸色变得非常古怪，喃喃道：“李羽轩，你果真是李羽轩吗？”

王乃恭呵呵一笑，“老弟，我这个弟子没收错吧？”

杨霄打量完过后却一脸严肃地对向王乃恭，“庄主，此李羽轩不是彼李羽轩，此人上次我见过一面，是个被赵蕴抓来给李羽轩当替身的女子！”

“女子？”

“嗯！”

“当真？”

“确定！”

“哈哈哈哈”王乃恭大笑起来，“杨老弟，通知各位好友，就说我第一山庄王乃恭喜得爱徒，第一山庄后继有人，哈哈，三天后在山庄大宴宾客！”

“是的，庄主！”杨霄脸上虽有疑惑，却恭恭敬敬地领了话准备退出。

“慢着，杨大叔！”李羽轩笑嘻嘻地走了出来，“要我当你们的箭靶子可以，你先把展大哥的去向告诉我，不然我誓死不从，两败俱伤，大家都没什么好处！”

第五十六章

做生意当然要讲价。

别人买卖之心愈急迫，这价就愈好讲。杨霄这么好好地站在这里，展大哥就只怕凶多吉少了。趁着王老头这么急着把她推出去，她一定要趁着机会好好讲讲价。

“展昭吗？”杨霄眼神锐利地盯着她，“当然在这庄子里。”

“我要去见他！”

“等你三天后成为少庄主，你见谁都可以。”

“我现在就要见他，不然就没有三天后活的李羽轩了。我一定要先确认他还活着。”不用想也知道，青龙镇一役后，这庄里多少人想吃了展昭的肉肉。展昭落在他们手里，不死也要变残疾。

杨霄盯着她半晌，忽然哑声道：“你不是替身，你是真的李羽轩。”

“是！”李羽轩大大方方的回盯着杨霄的眼睛，“我是真的李羽轩，替身已经被我们送回汴梁了。”要引蛇出洞，只有以身作饵了。王乃恭不是认识李德吗？杨霄不是认识萧夫人吗？“我就是李德和萧夫人的儿子！”

大厅里瞬间沉默了下来，只剩下他们几个的呼吸声。李羽轩继续呵呵一笑，“你们不是一直在找李德的后人吗？我就是！你们放了展大哥和徐大哥，我留下来任你们宰割。”

杨霄的眼神变得异常冰冷，“你如此胡言乱语，不怕我们马上杀了你吗？”

“我为什么要胡言乱语？我说的句句属实。你们王大庄主看到我的第一眼，不就是问我这个问题吗？你当日在山洞，不也问我的母亲是谁吗？”

王乃恭走进杨霄，“杨老弟！”

“庄主，你确定她是吗？”杨霄的声音仿佛从远方飘来，“庄主，你确定是她吗？”

王乃恭目光如箭射向李羽轩，“她来了就走不掉了，你放心，要是她不是，咱们也正好让她给柔儿报仇。”

李羽轩被他的目光射得心慌气短心里发毛，靠到站在一边的徐清之身上。豪言壮语说出来很容易，做起来还是有些难……

“三弟！”徐清之送上半边肩膀给她靠着，“别说傻话，我不会离开你的。”

“大哥，要是这样能救出你们，我高兴还来不及呢，哪里是傻话，我从来没有这么认真过，难道展大哥没有和你提起过我的身世吗？”

徐清之摇摇头，“没有，但是我不会要你救我，我相信展大哥也不会！我们是兄弟，同生共死，能和你死在一起，是我徐某的幸运。”

“大哥——”

徐清之宠溺地朝她笑笑，“被他们抓住，我也没想着再活着回去，只盼着能转开他们的注意力，让王爷和展大哥有时间脱身而已。当然，如果能帮助你查出你家当日的惨案，不管生死如何，我也很高兴了。真的。”

“大哥——”早知道他是这样想的，那她昨晚上为什么不逃啊——，不是，是她为什么沉不住气这么快就把身世给露出来啊，不会拖两日再说吗？她真的是笨死了。

杨霄的目光重新落到李羽轩身上，不再那么冰冷，但是那份绝望的疏离让她觉得自己就是一个罪无可恕的罪人。也让她的心莫名揪紧了般的疼痛。他，真的是她的仇人吗？

她咽了口唾液，反手抓在了徐清之的腰上。

王乃恭扶着杨霄，“杨老弟，我先送你回去歇着吧，先别激动，我会帮你查清楚的。”

李羽轩看着杨霄点点头，然后王乃恭和他两人出了大厅，消失在了他们眼前。她虚脱一般的叹口气，站直了身子。

见他们离开，徐清之这才双手扶住她的肩膀，“三弟，你真打算留下来接受王乃恭的要求？”

“还有比这更好的办法吗？如你所说，留下来，牵制住他们，也好知道他们的动向有的放矢。”李羽轩找了把椅子把自己放进去，揉了揉酸胀的双腿，“还有，我总觉得这杨霄好奇怪，他的反应不单单像仇人这么简单，或者我这一庄押对了也说不定。他就是我父母的一个故人，我对他的感觉真的也很奇怪，奇怪在哪里我又说不出来。”第一次在山洞里见到杨霄，听到他说的那些话，这感觉就一直在。

她会乖乖的和王乃恭回到第一山庄，很大的原因是她想再见到杨霄，找出她的疑惑。当然，更大的原因是信王和展昭的性命押在那儿。

一个侍女走过来，“庄主吩咐奴婢带两位去休息，两位请随奴婢来吧！”

李羽轩和徐清之对望一眼，跟着侍女往大厅后面走去，后面很开阔，所有的房子都傍山而建，一个一个单独的院落从山顶一直建到半山腰。侍女带他们顺着大道走到山中间的一处院子旁，“两位就先住这里吧，庄主吩咐了，叫两位不要乱走，这庄里机关重重，要是不小心走错了路，自己伤了性命可怪不得他老人家。两位的饭菜奴婢自然会送上门了，你们有什么需要，找奴婢就是，奴婢会二十四小时都在的。”说着带他们走进院子，这是一个一溜三间房子的院子，侍女指着最前面的一间房子，“奴婢就住这里，剩下的两间两位随便吧！”

李羽轩看着侍女一直没停歇的嘴唇，“姐姐，说了这么多，你不累吗？先进去喝点水，歇歇吧！”什么侍女，摆明了就是一来监视他们的。

她无视侍女的窘状和想吃了她的目光，拉着徐清之往房间里走去，“还有，姐姐，麻烦你去把饭菜给我们端过来吧，我可是你们庄主的关门弟子。饿死了我你也不好交差，是不是？”

……

走进最里间的房子，关上门，李羽轩这才放开徐清之的手长长嘘了口气，“我这人注定当不了英雄，这一路吓得我，小腿肚抽筋连走路都打颤了。”爬到桌旁的椅子上坐下，“大哥，我现在好歹在青竹子那里混到点功夫，又在王老头这里混到六十年的功力，虽然没有实战经验，但青竹子那么高的功夫，我作为他的假弟子应该也孬不到哪里去，我这样儿都忍不住有些胆战心惊，你为什么能够这么镇静？”

这话，很早以前就想问他了。

徐清之嘴角微微上扬，在她的对面坐下，“因为我是男人！”

切！李羽轩差点被自己的口水呛到，“大哥，你这摆明了就是打击人！我现在也是个男人！”

“女人再强大，她还是女人，她还是需要男人的保护。这是几千年以来在人们脑海里根深蒂固的思想，你无法改变。我知道自己一介书生，无法保护你，但是有我在你身边的时候，除非是踩着我的尸体，不然我不会让别人伤害你。”

……李羽轩心里一颤，低下头去。他不必说出来她也知道。那日在西夏他为她挡刀，她就知道了。

只是她的身份，在这样的社会，注定她要辜负太多的感情。她不敢拿别人的前途和生命去赌。她赌不起，也没有资格去赌，这么说吧，每次面对着徐清之，她都好怕自己会赌输。这份感觉与面对信王和展昭不同，他们两个那么强势，就算赌输了，他们也不会输得那么彻底，他们也输得起。

李羽轩没有回答，徐清之也不再说话，空气里弥漫着彼此熟悉的迷惘与遗憾。这一份相知，已经不需要语言来表达。

饭菜很快就端上来了，徐清之望着李羽轩狼吞虎咽的样子，不知道她怎么还能有这么好的心情能吃下饭，他的饭哽在喉里，怎么咽都觉着难受。

此情可待成追忆，只是当时已惘然。这份惘然，痛彻心肺。

他的三弟，真的是个女子，一个惊世骇俗的女子。

他发现这个事实，心却比以前更疼了。

徐清之往嘴里塞进一口饭，“对了，要是我们能活着回到汴梁，你要怎么办？”

“当然是辞官了。”

“要是你家的案子没有查清呢？”

“那也是无可奈何之事，既然我的身份被你们知道了，总要一天就会被别人知道，与其明知顶着脑袋冒险，还不如顶着脑袋多活几年了。逝者已矣，我再怎么折腾他们也活不过来了。”李羽轩垂下脑袋，“我们先想办法活着回去再说吧！就算我们活着，要是信王有个三长两短，我们一样回去了也活不了。”

这个问题才真正愁死人。

信王，信王现在在什么地方呢？他重伤刚愈，应该不会发生什么意外吧？老天保佑，你可一定要顶住啊——

吃完饭，李羽轩往床上爬去，“大哥，你也先去休息吧，吃好睡好咱才有精力做咱想做的事情。”

徐清之站起来，“你休息吧，我没事。我去庄内转转，我没有武功，他们不会怎么防我，我去看看有什么办法可以把我们困在这里的消息散出去。”

李羽轩：“散给谁？”

徐清之：“丐帮！”“丐帮人多口杂，第一山庄又是江湖风口浪尖上的地方，有第一山庄的内幕消息，经他们一传，不怕江湖上的人会不知道。青竹子兄弟的灵鹫宫不是到处都有耳目吗？只要这消息传到了灵鹫宫，我想青竹子兄弟和新云公主一定会来救我们的。”

李羽轩一拍床沿坐了起来，“是啊，我真蠢，怎么想不到这点呢？我和你一起去！”

徐清之微微一笑，“你要是跟去了，这招就没机会用了。”

“怎么会？”

“他们不会防我，因为我对他们来说没有太多的利用价值，除了用来威胁你，但是你呢？我保证你说要出去，立马有人把这院子围起来。”

这话没错，他们现在的目标就是她。但是，但是，“我不放心你一个人出去。”

“没事的，只要我能出去就好，在你没有做他们的少庄主之前，他们不会对我怎么样。”

好像也没错……

“但是，你真的觉得你可以一个人出去吗？”叫她怎么放心得下，“你一点防身之力都没有。”

“这就是我安全的地方！”

李羽轩把身子缩进被子里，用被子把脑袋盖上，嗡声道：“你去吧。”

第五十七章

听着徐清之的脚步出了院子，李羽轩才从被子里伸出头来，她原本想下午休息一下，晚上去夜探第一山庄的，刚才听了徐清之的话，她这个夜探的希望也渺茫得很，谁叫她空有一身的内力，却轻功什么的都不会呢。

这么一想，她的睡意也没了，爬下床，自己倒了杯水，开门把外面的侍女叫了进来。

侍女没有进来，站在门口看着她。大概真把她当成一个男人防着。

这样也好，必要的时候她还可以牺牲一点色相。

对着侍女绽开一个只露出八颗牙齿的她自认无人能敌的微笑，“之前唐突了佳人，小生先在这里赔罪了。”

侍女看着她冷冷地一笑，“有什么话就说吧，奴婢好歹也在江湖里混了好些年，像你这样自以为是的人也见多了，就不要在奴婢面前装可爱了。再说了，你少帮主的礼奴婢也受不起。”

“呵呵。”李羽轩不以为然地继续笑，“姐姐要我直说我就直说了，王庄主的女儿可是叫王柔？”

“是的。”

“她们，我是说王柔和大刚她们两个都遇害了吗？这是什么时候的事情？”

“一个月前。”侍女看她的眼神由冷淡变成了诧异。大概对她知道王柔和大刚的名字不由自主的激动了。

哦，一个月前她在西夏。她最后见到王柔，就是那尸娃一路跟着扑向她们，难道……？李羽轩心里一麻，难道她们真被那尸娃杀死的吗？

虽然王柔几次抓她，她对王柔却没什么成见，江湖之事各为其主，本来就说不上对错，而且王柔善良美丽，身为第一山庄的少庄主，还能对当时的她和颜悦色，很是难得。

“你们还没有查出凶手吗？”这句话问和不问没多大区别吧？

侍女摇摇头，看着他的眼睛里有些许的湿润。

李羽轩挥挥手，“没事了，你出去吧，去告诉你们庄主，我有事要见他！”

王乃恭却到掌灯时分才派人来叫她，待到她去，徐清之已经坐在了那里，不知道他想了什么办法，看见李羽轩进来的时候对着她挑了一下大拇指。

这个动作是他抄袭李羽轩的，意思就是搞定。

王乃恭身边还坐着一人，李羽轩认得是当日王柔嘴里的方叔。自她进来，他就在一眨不眨地盯着她看，看得出他和杨霄的私交是比较深厚的那种，派他来旁观还是审案？

李羽轩装作什么都没看见的见过王乃恭，然后在徐清之身边坐下，“大哥，这半日都不见你，原来是在王庄主这里聊天啊。”

徐清之微微一笑，“我也是刚才被王庄主叫来的，下午无聊，找一个小子陪着在山庄内散散心，疏解一下郁气。”

李羽轩伸个懒腰，踢踢腿，打个哈欠，“我刚起床，睡一觉真舒服啊！徐大哥，你要学我，既来之则安之，车到山前必有路，柳暗花明又一村，是福咱接着，是祸咱也躲不过，是吧？所以，郁闷啥呢？”

“李大人，听说你要见我？”王乃恭截住李羽轩的话，不让她再发挥下去。他也看出来了，李羽轩这插诨打科的本领比她的真实本领要厉害。

“呵呵。”李羽轩一笑，直视上王乃恭的眼睛，“我只是想问问，或者来预测一下我的死期和死法而已。我想王庄主既然要我出面当报仇的引子，就不会介意把仇家的来历告诉我吧。让我也好心里有个底儿。再说了，我对你虽然没什么好感，对于令爱王柔，我还是心存遗憾的，很遗憾她会死在你的前面。”

王乃恭也逼视着她的眼睛，“你是同意了！”

“三天后，你把展昭完好无缺的放在我面前，我就配合你演好戏。你知道的，我这个人不怎么靠谱，惹毛了什么事都干得出来，不过顺着毛摸，有时候也可以一诺千金，千金不换。”

王乃恭的眼睛眯了起来，让李羽轩联想起狮子看到猎物扑杀时的模样。传说中盘踞整个北武林的雄狮，就是成了废人，也还是一头狮子。

狮子阴沉着脸还未说话，一个浅浅的，娇柔的声音从门口传来，“几月不见，李大人还是这么好的口才，佩服佩服！”

王乃恭坐在这里，谁敢未经通报就直接走了进来？而且还是一熟人？李羽轩和徐清之同时转过脸去，见门口走进一白衣女子，发鬟低垂，艳若春花，正对着李羽轩盈盈而笑。

“海棠姑娘！”两人同时叫了出来。

海棠走过他们身边，对着王乃恭拜道：“女儿海棠见过父亲。”

王乃恭依旧面无表情，对着旁边的凳子挥挥手，示意她坐过去。

见海棠坐好，刚才一直没说话的方叔问道：“海棠姑娘，你说你在汴梁和李大人曾有过几面之缘，你刚才也在一边看了这么久，这个李大人是真的吧？”

“回方叔，这个是如假包换的李羽轩。”海棠很肯定的回答。

原来他们还在纠缠真假这个问题……姐一直就是个假冒的，从没真过……

“真的是真的吗？”方叔看样子还有些不相信，“我看和那天的是一个人啊，连说话的语气都一模一样，对了，就是说话的声音有点不一样。”

李羽轩故作不屑地瞟了他一眼，“要是假得太多了我找个专业替身做什么？随便抓个甲乙丙丁做替身不就好了？”

没人回答她这个问题，王乃恭在沉默，大伙儿都沉默了。

李羽轩望着王乃恭，她知道他是在考虑她话的可信度或者执行起来的难度。难到展昭真的出意外了吗？被他们分着吃了吗？

想到有这个可能，李羽轩不直觉地拉下了脸，要是只有她一个人在，她一定会大闹第一山庄，要么把展昭闹出来，要么把自己闹进去，总之见到了人就好想办法，两个臭皮匠总比一个诸葛亮好。

可是，徐大哥怎么办？就算青竹子知道了消息，要来救他们也不是一天两天的事情吧？她转头望向海棠，“海棠姑娘，早知道你就是这王庄主的女儿，当初在汴梁我就好好地巴结你了，不知道你在不在意信王爷的死活呢？你们当初感情不错吧？我现在真是后悔在品香居那晚睡地上啊！信王先知先觉给我的好机会就让我那么浪费了，还有苏公子给你制的熏香你带回来了没有？带回来的话分我一点儿，我可是想念二哥得紧呢。”

预料之中海棠用杀死她的眼光看着她，“李大人很念旧的嘛，不知道李大人准备怎么样去救你的好哥们儿呢？”

“嘿嘿”李羽轩整整衣角，“办法是有的，正在看王庄主同不同意。”

王乃恭站了起来，“我同意，三天后让你看见一个活的展昭。还有，你们都出去吧，李大人一个人留下来。”

徐清之担心地望向她，李羽轩点点头，“我和王庄主现在各取所需，不会有意外的，你放心。”

海棠也望着她，眼神里有一丝恨意。

方叔也望着她，眼神里她看不懂的遥远，是属于思念的遥远。

三人都走了出去。

王乃恭重新坐了下来，“你很好奇我女儿王柔是怎么死的吧？”

“是的。”这个很正常。

“她是被人下毒毒死的。”

“她不是被尸娃杀死的吗？”看到王乃恭目光一冷，她知道自己说错话了，“这是展大哥告诉我的，他说看到有尸娃在追王姑娘。就是你们劫岁银的那晚。”

“你一直都在军中吧！”停了一下，“所谓的替身就是你自己吧！你到底是男是女？”语气很淡……

“男！”你总不至于叫人来扒我衣服。

“放心，你不会有太大的危险，虽然我要你引出仇家，但是会在背后保护你。我还不想第一山庄和朝廷结下太多的梁子。”

这话三岁小孩才相信吧？“你去劫岁银，这梁子就已经结下了。”

“岁银是朝廷剥削的民脂民膏，如何劫不得？”

好吧，不想和他纠缠这鸡生蛋的问题，“你们准备怎么做？”

“只要你乖乖听话，信王和展昭就不会有危险，三天过后，你可以和我一起去青州衙门用信王和展昭换我庄的十八位壮士。我保证他们两位的性命无忧。”

“你就不怕你这样给你的第一山庄带来没顶之灾吗？劫持堂堂的信王。你就不怕朝廷派兵来灭了你吗？”李羽轩真不相信这世界有这么笨的人这么笨的主意。

王乃恭一声冷笑，“朝廷？朝廷还靠着我这第一山庄给他守着这安西城呢，凭那些官兵，这安西早就是西夏人的了。”

原来……难怪……这王乃恭这么嚣张。

“我们成交！”人在屋檐下，该低头就低头。李羽轩说完欲走，被王乃恭叫住，“别走！”

嗯？

“你好歹叫了我一声师傅，我教几招我的成名绝技给你，免得你以后出去让人知道了笑掉别人的大牙。你想学什么？”

嗯？李羽轩一下没回过神来，“你真教？你不怕我学了来对付你？”

“你要对付我那也是没有办法的事情。”王乃恭声音突然变得很柔和，“你想学什么？说罢！”

李羽轩被他这转变吓得抖落了一身鸡皮疙瘩，想也没想，“我想学凌波微步那样的逃命很容易的那种！”

……

第五十八章

王乃恭盯了她半晌，李羽轩分明听到他呼气的声音，“这个我没有。”再过了半晌，“我看你也没耐心学，几天之内也学不到什么复杂的东西，既然你身体里有我六十年的内力，我就教你一个简单的吧，教你一个暗器。这个只要你稍微学习一下如何控制内力，很容易。”

“暗器？”这个也不错。

“对！”王乃恭反手从身上摸出一片金叶子，在李羽轩眼前晃动了一下，“你站到门边去，你看着！”李羽轩走到门边只觉他手微微一动，再看，金叶子已经不见了。

她左右看了一遍房间，没有。

王乃恭走到她身边，“看你的身上！”

随着他的目光，她低头看向自己的衣服，真是不看不知道，一看吓一跳，金叶子正插在她的腰上，穿透了她身上穿的厚厚的棉袄，却没有伤到她的皮肉，这力道，这准确度，真他娘的吓死人啊，她把金叶子从衣服里取下来，“王庄主，这大冬天的，你可得赔我衣服，这腰要是受了风寒，那可是很严重的问题。”主要是这东西要真打到她身上，那就真的吓死人了。

王乃恭从她手里接过金叶子，放好，重新走回原来的位置，再来回转了几圈，“李大人，这暗器要学也没什么难的，主要是锻炼你的腕力，还有就是三字：快，准，狠！明日里我让人给你准备好器物，再教你凝气之道。我带你去见识一样东西。”

李羽轩看到他双眉紧锁，表情凝重，好像是下了很大的决心才说出这句话，难道是要告诉她关于李德和萧夫人和杨霄和他之间的关系吗？她正准备开口要问呢。

她跟着王乃恭出了门，在黑暗里七七八八的拐了不少弯，王乃恭带着她来到一个小院落前面，围墙不高，一张有些陈旧的木门紧闭着，王乃恭伸手推开木门，李羽轩看到院子中间的一间房子里正亮着灯，昏黄的灯光从窗户里飘出来映在清冷的雪地上，说不出的萧瑟与寂寞。

王乃恭朝着亮灯的房间走去，门打开，一个背向而立的修长的男子身影出现在李羽轩的眼里，他听到响动，缓缓地转过身来，看到王乃恭身后的李羽轩，显然是吓了一跳，探询的目光望向王乃恭，然后再望向李羽轩。

李羽轩有些尴尬地摸摸鼻子，杨霄给她的感觉真的很奇怪，他那冷傲的气质总让她觉得很熟悉，一种来自骨子里面的熟悉。

王乃恭轻声道：“杨老弟，我就知道你今晚会在这里，我把李羽轩带来了，你……还是和他说开了吧！有什么想问的，有什么想说的，都说了吧，不要这样老憋着。你难受，我看着也难受，二十年了，这个误会已经过去二十年了，那人也已经死了，还有什么解不开的结呢？五年前，你不是已经明白了事情的真相吗？”

杨霄冷冷的目光扫过李羽轩，“我和她没什么好说的，庄主有意收她为徒，我也不反对，这是庄主自己的意愿，至于我，庄主就当我不存在吧！”

她和杨霄还真有很大的渊源，为什么杨霄初见她时那么激动，现在又这么冷漠？

听见王乃恭叹了口气，“你不愿说出来也罢，不过纸包不住火，萧哈喇已经发现了她的可疑，一路都在追踪她，保不准此刻的大都也知道了消息，虽然萧耨斤已死，但是她的势力依然存在，这点也不可不防。”

李羽轩被王乃恭的话听得一头雾水，什么萧哈喇，什么萧耨斤，与她有关系吗？好像她和契丹扯不上半毛钱的关系吧？

她就是一土生土长的中原人……

慢着，她的母亲姓萧，难道真是萧太后的那个萧？难道和萧漠一样，姓萧的都是契丹人？难道她这个身体还有非常复杂的背后的故事？

难道这就是信王和展昭不肯告诉她当初惨案的原因？也是当初李德的案件朝廷没有查下去的原因？难道是契丹杀人灭口？那么那个血书的王字又怎么解释呢？

这个消息太强大了，还好她不是真正的当事人而是个路人甲。不然听到这个消息很有可能消化不良而憋死。

她看着王乃恭，很慢地问道："我和你说的那些人是什么关系？"

王乃恭望着房间内的梳妆台，负手而立，李羽轩看到梳妆台上有一个小小的石雕，模样是个女子。杨霄的目光也停留在那石雕上。

她念头一动，"这女子就是萧氏夫人吧！"

王乃恭点点头，李羽轩以为他还要说话，他突然转过头来看着李羽轩，"你不是李羽轩！"

嗯？李羽轩被他眼光里的凌厉给吓到了。

"如果你是李羽轩，你会叫你的母亲萧氏夫人吗？"

是啊，确实不会，可是现在这情势不是也得是啊，何况她正在接近惨案的真相，"为什么不能叫萧氏夫人？难道我要说这女子就是我的母亲吗？要是不是呢？那不是玷污了两个人？"

王乃恭显然对她的这个回答不满意，鼻子里哼了一下。

李羽轩知道言多必失，也不再说话。

又是难熬的沉默。好像大家都喜欢用沉默来打发她。她打量了一下房间，房间里除了这个梳妆台，靠里墙的柜子旁，还有一个不高的矮柜，矮柜上面放着一面很大的铜镜，不过由于没有人清扫，上面蒙了一层厚厚的灰尘。

待了一阵，见他们两位都没有再说话的意思，李羽轩干笑一声，“王庄主，杨管家，要是没什么事情，我就先走了。”

王乃恭压压手，示意他站好，指着石雕像是问她，又像是自言自语：“你知道我这里为什么会有萧氏夫人的遗物吗？”

李羽轩摇摇头，“不知道！”

“因为她是我的小师妹！是我师傅的关门弟子。”

“不懂！”她既然是你的小师妹，那怎么又和契丹那些谁扯上了关系呢？

“她也是当年契丹仁德皇太后妹妹的女儿，那一年，是二十年前，因为生了辽太宗从宫女晋升为皇太妃的萧耨斤为了当上皇太后，趁着辽兴宗不在，刺杀了仁德皇太后和她妹妹一家，并且欲对当时仁德皇太后一家赶尽杀绝，后来虽然辽太宗极力阻止，但是……”看了一眼杨霄，“还好当时的萧氏夫人住在师傅的结谷崖，逃过此劫。”再沉默一下，再看一眼背着他们而立的杨霄，“但是萧耨斤知道她的位置，派人守护在结谷崖的出口，师傅云游回来，不知出了这么大的事情，在崖口遭到埋伏，遭遇毒手。”

王乃恭沉浸在了当年的回忆中，眼神痴痴地望着石雕，“小师妹知道后伤心欲绝，后来在一个夜晚趁我们不备离开了结谷崖，留条说萧耨斤势力太大，她不想连累我们，自会去找一个安静的地方隐居，要我们忘了她。”

再看一眼杨霄，“那时候我还不是第一山庄的庄主，杨总管和我是师兄弟。我们一直没有放弃对小师妹的追查，但是小师妹如同在人间蒸发了，我们找了整整二十年都没有找到她，直到五年前，我们无意中从一俘虏的契丹武士口中得知他们要去中原刺杀一个人，就是当年逃走的仁德皇太后妹妹的女儿，我们大惊，马上调集人马赶了过去……等我们赶到的时候，只看到了漫天的大火，听旁人说李德知府一家在那个下午被人满门屠杀，没有留一个活口……”王乃恭的声音变得非常低沉，低沉道最后一句几乎听不见。

李羽轩也觉得有些呼吸困难，这个故事……这是个故事吗？听起来怎么那么痛彻心腑？让她唏嘘不已？这宫闱之争，真的就这么赶尽杀绝吗？二十年啊，隐居了二十年，最终没逃脱被杀的命运。如果这故事是真的，那李知府手底下那个血书的王字怎么解释？难道是要当时的李幼莹投奔王乃恭？

那他，一直都知道萧氏夫人的底细？这怎么可能呢？他如果知道，怎么会找一个契丹女子做老婆呢？就不怕一朝事露，身败名裂？这太难想象了。如果是真的，这又是怎样的一份不管不顾的爱？

爱真的可以这样吗？

萧耨斤萧耨斤萧耨斤，这个他们口里的女子就是她一直在追寻的仇人吗？她记得早一个月萧漠说过太后萧耨斤死亡，他回去奔葬，就是这个萧耨斤吗？难怪信王和展昭都说她的仇人已经死了，大有劝她放弃报仇的意思。

可是，她真的是契丹人的后裔吗？这个可开不得玩笑，她要是背上一个契丹人的马甲，这辈子隐居江南也就不要梦想了，她之前的那些梦，都是白做了，她的探花郎也是白考了。她和信王，徐清之，展昭什么的，谁都不要想了……

不行！

坚决不承认。

她调整好自己的面容，从嘴角牵出一丝笑容，“王庄主，你这是在说什么呢？我听不懂。”

第五十九章

杨霄回过头淡淡地看了她一眼，目光在模糊的灯光里深如古井，但也就是看了一眼，就把目光转向王乃恭，声音里有一丝明显的疲惫与沙哑，“庄主，回吧！”

王乃恭也看了她一眼，这一眼李羽轩看出了里面的讶异，大概是很奇怪她可以如此冷静的六亲不认吧？她自己都有点汗颜，如果这一切是真的的话……

但是王乃恭为什么要告诉她这些呢？

如果真是为她好，那这一切就应该瞒在肚子里，让这个秘密永不见天日，像信王和展昭一样，守着秘密，守着她的平静的生活。因为一个契丹人的身份会让她万劫不复。

所以，王乃恭其实只是想利用这个秘密让李羽轩心甘情愿地为他卖命吧？她低下头装作没看到王乃恭的目光，“如果没什么事情，我就先出去了，不打扰你们两位叙旧了。”

她看到杨霄点点头同意，马上退出屋子从院子里走了出来。雪还在下，北方的冬天，一直是在下雪的吧？在玉门关的时候见到家家户户都贴了红色的桃符，大概快要过年了吧？不知道哪天是除夕呢？不知道这个除夕她会是怎样的身份？

要是王乃恭对外宣布她是契丹某人的后裔，她还会不会看到这年的除夕？害人之心不可有防人之心不可无，这王乃恭不得不防。

出了院子，马上有一个家丁领着她回到住地，一路上李羽轩阴沉着脸，回到房间里，徐清之看到她的表情也吓了一跳。

她避开徐清之关心的眼神，把眼睛望向地面，低声道：“大哥，你先回吧，我心情不好，让我一个人安静一下。”

徐清之望着她的模样，突然露齿一笑，“连我的好消息也不要听吗？”

“哦？好消息？是青竹子回消息了吗？”她抬起了眼睛，迫不及待地问道。她真不想再待在这里，每一分钟都是陷阱，每一分钟都不知道下一秒发生什么事情。

徐清之笑着摇摇头，“当然不是，哪会有这么快呢？你再猜。”

李羽轩又把眼睛耷拉了下去，“除了这个，没有好消息了。”

“如果是海棠姑娘说给我的好消息呢？”

“海棠？”想起她看她时那愤恨的眼光，她激灵灵地打了个冷战，“她能有什么好消息？我看她恨不得把我蒸着吃了呢。”

“她为什么要恨你？”

李羽轩白了问话的人一眼，声音还是懒洋洋的，“大哥，你消遣我吧？我又不像信王那样和她有关系，怎么会知道她为什么要恨我？莫非是见我和你们关系好了，吃醋？发飙？”

“你啊！”徐清之走过去敲了她一下脑袋，“你这什么乱七八糟的心思，她送我回来的时候告诉我，如果我们愿意逃出去，她愿意助我们一臂之力。”

她抓住徐清之落在她头上的手，直视向他的眼睛，“大哥，如果我是契丹人，你会怎么办？”

徐清之被抓住的手缩了一下，脸上有些微微的发红，避开李羽轩的眼睛，“别开玩笑了，你怎么可能是契丹人呢？你一弱女子……”

李羽轩用劲抓住他的手，这个回答让她忐忑不安的心更加酸胀了起来，她固执地加大了声音，“大哥，你看着我，我需要你一个正面的回答，你回答我，你会怎么办？”

“我不会怎么办，我们还是兄弟。”徐清之终于对上李羽轩直视的眼睛，“你在我心里的位置永远不会改变。”

李羽轩放下了他的手，心里突然像被掏空了一般惶恐起来，她真的怕一切都变成现实，虽然她之前的现实也不会比这个好多少，虽然她女扮男装也是提着脑袋在玩票，可是如果她真的是个契丹人的后代，她身边所有的人，是否都会离她远去？

她真希望徐清之能够走过来给她一个拥抱，徐清之那么聪明，难道会看不出她的用意吗？看不出她问题背后的意思吗？

她真的一点儿也不坚强，她好想此刻有一个坚实的肩膀让她靠着，说：“别怕，一切有我呢，我才不管你是契丹人还是汉人呢！”

这个肩膀终于没有靠过来。她使劲地把想要夺眶而出的眼泪逼进去，伸手抱住了徐清之的腰，把脑袋放到了他的胸膛上，笑了，“大哥，我们永远是兄弟！你永远是我的大哥！”

说罢，松开手，退开一步，继续笑，“大哥，我逗你玩呢，就是想缓和一下气氛而已，说吧，海棠姑娘说怎么样送我们逃出去？”

徐清之微不可及地叹了口气，重新坐回椅子上，“不说也罢，我知道你不会放下展大哥去逃命的，我也不会，就当我没有说。”

李羽轩也在对面的椅子上坐下，“我看出来了，他们不敢对展大哥怎么样的，第一山庄和朝廷，是彼此恨之入骨又彼此需要，第一山庄是不敢大张旗鼓明目张胆的和朝廷作对的。只要我们出去了大放言论说展昭是被第一山庄抓住了。我想不明白的就是，那么多年过去了第一山庄和朝廷都是井水不犯河水的，为什么这次就杠上了呢？”

“这是有人挑唆！”徐清之开始低头扒拉手指头，“这个是他们内部的问题，我们就不要猜测了。如果真如你所说，逃走也好。”

“问题是海棠姑娘不是叫王乃恭父亲吗？她为什么要背板王乃恭帮助我们逃出去？”难道她真记着苏二哥的情意？不太可能，她不像会这样大发善心的人。

不知道为什么，她对这个海棠姑娘就没有过好感。特别想起她或者还曾经是那谁谁身下的人心里就特憋屈。可能这也是她不待见她的原因吧！她吃醋！

徐清之稍稍加重了一下语气，“据我所知，她只是王乃恭收养的义女。王柔死了，她回来了，王乃恭也就她一个义女，但是王乃恭突然说把第一山庄传给你，你说你要是王柔会怎么办？”

“我会看戏！难道她看不出这时候坐上第一山庄少主人这个位置就是找死吗？”李羽轩不以为然地摇摇头。

“如果她不想让别人找死呢？”

“啊？”李羽轩震惊地看着徐清之，“你说什么？你觉得是她？”

徐清之摇摇头，“没有，我只是按照常理来猜测，因为王柔一死，最大的收益人就是她。然后，刚才我也一直在想王乃恭为什么要把第一山庄给你，而不给她呢？不外乎两个原因，第一个是保护她，第二个是猜忌她，不相信她！而她要送我们走，也不外乎是两个原因，一个是真的想帮助我们，一个是不想让我们参合到里面，让她树更多的敌人。她在京师那么久，对信王爷和展昭一定是非常熟悉的，所以，不到迫不得已，她不想和我们为敌。”

“是啊。”李羽轩的心思彻底被徐清之转过来了，那契丹人什么的都不是当务之急，“这么说的话她没有理由忤逆王乃恭而帮我们，所以只剩下第二个可能。只是她被你徐状元的外貌迷惑了，不知道你看着像小白兔，其实骨子里也是狐狸，才会来找你合谋，然后让你来说服我。她大概以为我才是狐狸，其实我比你纯洁多了。”

徐清之用手捏着眉心，“三弟，和你交谈真是愉悦身心啊，居然用小白兔来形容我，你知不知道我此刻想做什么？”

“做大灰狼？”

噗哧——一地鲜血，“想揍你！”

李羽轩看着他清秀俊朗的面容，脑海里有些恍惚，初见时的记忆从眼前晃过，那内敛羞涩的笑容，那青衫飘飘的身影，那让她温暖的眼神，而今都换成了此刻的咫尺天涯。咫尺天涯，她还真是铁嘴，要是不做官了她是不是可以写个布衣神算去给别人算命？

她不自觉的抓住了衣裳，“大哥，夜深了，揍我也等明天吧，今天先休息吧！”

徐清之眼神里的落寞一闪而过，不过没逃过正死死盯着他的李羽轩，见徐清之嘴角牵出了微笑，她也夸张地露出个笑脸，“晚安！”

“晚安！”

……“晚安！”看着徐清之的身影离开自己的视野，李羽轩坐回了凳子上，她并不想睡，也没有睡意，只是突然间觉得不知道要和徐清之怎么相处下去才彼此不会受伤。他与信王和展昭不同，他的今天是他一步一步踩着汗水和心血走过来的，是他十年寒窗的结果，是辛辛苦苦熬出来的，她不想因为她的原因让他失去现在的一切。依他的心性和能力，他会有所作为，会大显身手，会活出他的风采。

最重要的一点就是这是他一直以来的梦想。他前二十年的追求。

隔壁那间房间里的他，又在想什么呢？他刚才看着她的软弱而站着不动，已经说明他的心意了吧？而她那一抱的决绝，他也看出来了吧？

从此萧郎是路人——

路人，路人，路人。

第六十章

第二天上午，李羽轩赖到很晚才起床，王乃恭给她送来了打制好的暗器，是一个可以缠在手上的羊皮护腕，护腕用铁钉扣住，里面分成了八个小格，每个小格里都放着一把精致的小刀，小刀呈锥形，但是并不锋利，刀柄留在外面，配上红色的丝络，带在手上很有一些韵味，一般人很难看出这是一个暗器。

这个东西非常的合李羽轩的胃口，她马上就带着它在房间里练习了起来，她现在体内功力不差，差的就是眼力和准确度。

山庄里开始挂上了大红的灯笼，因为现在是第二天了，明天就是王乃恭口里的第三天。正在她腹诽徐清之不见人影的时候，徐清之和海棠来到了她的房间里，带给了她一个更加震撼的消息，就是青州那边信王宁死不肯出面去换人，今天晚上展昭会被王乃恭押往青州，她要求设法救出他们以后，他们可以想办法在半路上截下展昭。

李羽轩赶紧点头，并且要求见展昭一面，这个要求被徐清之拦下了，他说海棠姑娘此举，已经冒了很大的风险，咱们不能给她再添麻烦。

李羽轩知道他的意思，他做事谨慎，不敢在节骨眼上再出差错。也就是说不能让海棠姑娘此时在王乃恭面前露出了狐狸尾巴。

说完这几句话，徐清之就把海棠送走了，屋子里再重新剩下李羽轩一个人。

一个婢女模样的人进来给李羽轩斟好茶水，问她还有什么需要帮助的，李羽轩知道这院子里的婢女都是王乃恭派的软禁自己的人，也没看她，挥挥手就叫她出去。却见那婢女站着不动，温言软语地叫了一声："李大人！"

李羽轩被她的声音吓得一屁股从凳子上弹了起来，再看那前面的婢女，清丽出尘，抿嘴而笑，正是李新云的贴身侍女晓蕾。

李羽轩大喜，扑过去抓住她的手，压低声音道："你们怎么这么快？"

晓蕾看向门口，低声道："昨日下午徐大哥的消息传出去，我们晚上就得到了信使传递的消息。"见李羽轩不信，又抿嘴一笑，"李大人，我们灵鹫宫八部万余人遍布西夏和中原的各个地方呢，不然，我怎么一来就能进得了这第一山庄呢？"

李羽轩揉揉头，"这也是啊，早该想到的，这第一山庄离灵鹫宫不远，肯定有你们的人在里面。"旋即促狭的一笑，"灵鹫宫怎么变成了你们的灵鹫宫？难不成青竹子变成了张生，你变成了那个铺床叠被的小红娘？"

见晓蕾不解地望着她，知道她没听懂这么含义深刻的话，拉着她坐下，"你来了，准备怎么办？"

晓蕾没有回答，用茶水在桌子上写了一个走字。旋即用手往门外一指，快速地从另外一边的窗口掠了出去。

门被人推开，一直守着他们的那个婢女端着饭菜走了进来，李羽轩调整好呼吸，笑道："姐姐辛苦了。"

女子看了她一眼，没有回答。除了那天带他们进来，以后李羽轩就基本没见她说过什么话，可惜冷则冷焉，艳则不艳。还一副看李羽轩像看色狼的表情。所以说有些人的眼力真不是一般的差。

女子放下饭菜，左右看了一眼，又关门走了出去。整个过程一句话都没有说。只有那脸黑得跟包大人一样。

她出去了，晓蕾又钻了进来。李羽轩拿起馍馍准备吃，被晓蕾拦住，用银针在上面一试，没毒。再试汤里面，也没毒。晓蕾这才放手，"你吃吧！”

李羽轩呵呵一笑，“要放毒，我就活不到现在了。”

晓蕾把整个房间扫视了一遍，“你可别大意了，王柔既死，自然有人不想要你坐上这少主人的位子，何况你也确实和这第一山庄有扯不清的联系。”仿佛感觉自己说漏了嘴，她抿嘴一笑，“驸马爷说了，要你答应明天的大典，他明天自然会出现在大典上，如果可以，他顺便可以把你之前的恩怨全部帮你了了。还有，我们昨晚就派人去通知萧大哥了，放心吧，没人敢把你怎么样的。”

李羽轩差点被馍馍噎死，“你说什么？把我之前的恩怨了了？我不要！我只要你们把我救出去，然后帮我把真秘密也好假秘密也好，都瞒在肚子里就好，我不要知道以前的事情。”

晓蕾没想到有人会不想知道自己的身世，睁大了眼睛，“为什么？”

李羽轩端起桌上的杯子喝了口水，把口里的馍馍吞进去，“我不想做契丹人。”

晓蕾的眼睛瞪得更大了，“原来你什么知道！”接着白了她一眼，“还枉了信王爷叫萧大哥什么都别说，说怕刺激到你。”

李羽轩张开的口没敢合起来，“你说萧大哥也知道了？你们大家都知道了？就是我不知道？啧啧，你们真是我的好朋友好兄弟啊——”

“还有徐大哥也不知道。”晓蕾难得地垂下了眼睛，“李大人，刚才我进来的时候看见徐大哥和一个女子走出去，那女子是什么人？”

“是王乃恭的义女，也是我们在汴梁城的一位旧识，说是今晚放我们逃出去。”

“旧识吗？”晓蕾的声音低了下去，“那你们今晚还走不走？”

“既然你来了，我们就不走了。对了，她说今晚会把展昭押往青州，你能不能带我先把展大哥救出来？”

“呵呵。”晓蕾调皮地对着她眨了下眼睛，“公主和驸马说了，我的任务就是保护你和徐大哥的安全，其他的就不用我操心了，还有我告诉你，展大哥今儿一早就被押走了，你的消息过时了。”

李羽轩重重地叹了口气，“青竹子大哥教我的那些东西我还没用过呢，我是不是很怕死？身在这个庄子里都没有打探出一点消息，就坐着等在这里等人来救，是不是很没用很窝囊？难怪青竹子大哥不肯收我为徒，一定是看出了我就是一个贪生怕死的。”

门外传来敲门声，晓蕾在屏风后面藏好，李羽轩停止了自我剖析，去打开房门，徐清之一身雪花站在门口。李羽轩赶紧把他扯了进来。

晓蕾见是徐清之，马上笑意吟吟的从屏风后转了出来，那笑容就像刚吃了蜂蜜一般，柔柔的，腻腻的，甜甜的，每次看到晓蕾的笑容，李羽轩就恨自己生错了性别。

徐清之也很兴奋，“你来得这么快！”

“一接到消息奴婢就连夜出发了，庆云离这边也不是很远，快马加鞭所以今儿晌午就到了。”

“那王爷那边你们准备怎么办？”徐清之坐下倒了杯水喝，“我们倒是没什么事情，王爷和展大哥那边你们要加紧进行才是。”

“那边已经有人过去了，徐大哥不要着急。”晓蕾浅浅一笑，在他身边坐下，“那你们今晚走还是不走？”

李羽轩也重新坐下来，“走，怎么不走？大不了今晚走了明天再回来。要是不走的话说不定就没有明天了。”

下午很平静，大概是有的人都在忙明天的事情。

晚上也很平静，没有人来给他们下蒙汗药也没有人来寸步不离地盯着他们，晓蕾已经离开了，说好了会在庄子外面接应他们。

李羽轩和徐清之两个待在房里大眼瞪小眼地等着海棠的出现。

一直等到四更时分，海棠一袭黑衣的出现在他们的屋子里，两人心照不宣地跟着她往后面的山上走去。在一处围墙下海棠止住了脚步，趁着雪反射的微光，李羽轩看到这个围墙上面挂着一个藤做的软梯，海棠指着软梯，“赶紧走！”

李羽轩还没来得及把脚放到梯子上去，四面八方传来了脚步声，白晃晃的钢刀在雪花的映衬下寒碜碜的吓死人。

徐清之拍拍手，站好，拉起李羽轩的手，“好啦，三弟，别瞎闹了，走吧，回去睡觉。”

李羽轩看看四周，哪里还有海棠的身影。便也笑笑，“各位好闲情啊，也来学我们半夜赏雪谈情？”

那些人沉默如影子一般包围在他们周围。李羽轩知道海棠这子姜还是嫩了点儿，被王乃恭那老姜给糊弄了。

还好两人对这次逃亡本来也没抱多大希望，又相携回到了屋子里，谁也睡不着，继续大眼看小眼，想看两不厌。直到变成四只熊猫眼。

清晨的时候王乃恭就派人给李羽轩送来了今天要穿的衣服，不知道晓蕾用了什么办法，又混成了送衣服的婢女进来了。

李羽轩打开衣服，是悲催的一套大红的女装，还有一盒子首饰。

原来——，王乃恭什么都知道，她一直是一个人在当跳梁小丑！

晓蕾拿起衣服，“李大人，换吧，衣服只是表面而已，正好这样可以混过朝廷的耳目。”

第六十一章

混不混过朝廷的耳目都已经无所谓了，弄出了这么多风波，除非老天眷顾她，不然汴梁那边总会知道的，八卦是人的天性，一路传来传去就传到汴梁最里面那位官家的耳朵里了。

而且八卦一经人传递，两条腿的青蛙就变成八条腿的螃蟹，这还算好结局，都还是水陆两栖动物，五百年前还是一家，最怕的就是明明是一只青蛙，他把你传成了一只灭绝了的暴龙……

晓蕾不愧是李新云身边的侍女，李羽轩看着衣服神游自怜的一会儿，她就帮她把头发梳起来了。徐清之在晓蕾进来的时候就已经退出去了，这时候屋子里只剩下她们两人，李羽轩看晓蕾要扒她的衣服，忙不迭地闪到了一边，“不急，等要走的时候再换吧，我不喜欢穿这么张扬的衣服。”

晓蕾看了一下门外，很大声地说道：“李大人不要为难奴婢了，赶紧地换了吧！”

李羽轩垂下了头，晓蕾这阵势就是告诉她外面有人守着呢，你避不了的。她是真的想避啊，可是避无可避。

今天，会发生什么事情呢？天知道。

最坏的结局就是万劫不复吧，万劫不复也不是什么大不了的吧？大不了她真是一个契丹人，大不了她不回江南了，大不了再一次漂泊流浪，大不了一个人隐居大漠，大不了也上灵鹫宫去练那什么八荒八合地老天荒功，把自己整成个天山童姥第二，再大不了，把自己这头上的家伙送给王乃恭当酒杯，说不定老天又把她穿回去了，所以，真没什么大不了的吧？

没有答案。但是晓蕾已经很麻利地给她穿上了女装。火一般的红色耀着她的眼睛，像是在嘲笑她把大红的嫁衣穿的如此不合时宜，穿成了如此晦暗的灰色。

晌午时分，王乃恭派人来叫她去聚义厅。她仔细的挽好围在手脖子上的那个暗器，跟着来请她的一大群人走出了院子。

白雪，红装。她走在前面，所有的人都跟在后面，包括徐清之，包括晓蕾……

一只孤独的金步摇插在脑后，随着李羽轩的脚步颤颤摇摇。

这一去，家乡万里一梦遥。

还是，这一去，堂前花谢离人泪，从此阴阳两相隔？

这一去，必须去。她当日跟着他们来到这里，就做好了面对今天的心理准备，虽然她害怕，惶恐，想逃，虽然她知道李幼莹的身世后对这个秘密畏为猛虎，但是她还是很高兴她留下来了。

她留下来，吸引他们的目光，拖延他们的时间，让青竹子有更多的时间去救她愿意舍身相救的这三个人。在这个世界上，像银子一样，给了她温暖，给了她信任，给了她爱的这三个人。

这五年来，背负着莫名的家仇，背负着莫名的被仇家追杀的可能，她把自己紧裹在一身男装里面，深入简出，守着她的秘密也守着她的心，用本不怎么坚强的肩膀硬生生地挑起了一片天空。也用这个肩膀把自己硬生生地隔出了人群之外。人们只看到她脸上的笑容，看不到她心上的那一滴泪。

除了与她相依为命的哥哥和银子。

银子，银子现在在哪里呢？只有她知道她的孤独，知道她的孤僻，知道她其实就是一个用蚕丝把落寞和自己一起裹起来的可怜人。

她孤单的太久了，任何一点善意的温暖都可以让她融化。她放诞不羁，她嬉笑怒骂，她让自己冷漠，让自己什么东西都不在意，可是，她真的什么东西都是在意的，很在意，太在意了，在意得不得不用一层坚硬的铁甲来保护自己。

李羽轩缩了一下鼻子，感觉自己有些像英勇就义的烈士，在临死前，把自己的人生看得那么清楚。

走到前院，院子里已经有很多人在了，看见她来，都让出了一条道来。杨霄在庭前等着她，李羽轩对着他走过去，看到他脸上有片刻的恍惚，不过马上换成了笑脸对她迎过来。

李羽轩使劲把脑海里那些七七八八的想法都压下去，换成笑脸跟着杨霄走进了聚义厅。

很早以前，她就整理出了一个招牌笑脸，那是心情不好的时候拿出来应付人的，用着用着就成了习惯，只要不是真心的笑，那笑容就是现在这模样。眼睛弯的看不出里面的内容，两边嘴角上扬，看起来非常开心非常喜庆。

虽然她早有准备，聚义厅里的人还是多的吓了她一跳。这是她第一次来这里，这个厅，大概可以坐满一千余人吧，此刻，除了王乃恭和贵宾们坐着的主席台，整个厅子里都或坐或站的挤满了人。她扫了一眼人群，没看到萧漠和青竹子的影子。身边的晓蕾也不知道什么时候不见了。

英雄总要在最后关头出现，这是英雄的定律。

那些坐在贵宾席上的老者有不少是她母亲的旧识吧？看到她出现，有激动过度的忍不住站了起来还要人扶着，一双老眼一直就停留在她身上，包括那个有几面之缘的方叔。

昨晚没逃掉她就知道今天她要面对的不单单是王乃恭，还有更多的明的，暗的，前面的，背后的黑手。

她笑着走向王乃恭，恭恭敬敬地叫了声师傅。

王乃恭走下席来，笑眯眯地拉住她的手，把她拉到自己身边。乱哄哄的大厅里顿时静了下来。

一老者问道："王庄主，她真是当年萧盈盈的女儿？"

王乃恭哈哈大笑，“此时此刻，不用我说，大伙儿也能看得出来吧？还需要我来解释吗？不是母女，这世间哪有如此相像的两个人。”

厅里又热闹了起来，所有的眼光都从疑惑变成了探询或者质疑。

李羽轩静静地站着，听着他们的议论。这个阴错阳差给了自己六十年内力的王乃恭，毫无意外地把她卖了。

他曾经是她母亲的师兄……说找过母亲二十年。太好笑了。

她看向杨霄，他的脸色有些苍白，静静的默立一边。

她再看向徐清之，他正站在人群的前面，被一左一右两个人控制着，脸色阴沉得像要滴出水来。见她望过去，也回望了过来，眼神还如初见般纯净而温暖。她心里一酸，转开了眸子。

等厅内的喧哗声小了下去，王乃恭提起中气扬声道：“首先说声抱歉，这么急的把大家请来这里。今日山长水阔的请诸位到这里，就如拜帖上所说，今日是第一山庄重新确立少庄主的日子，大家都知道，我的女儿王柔一个月前死于非命，连半个孙子也没给我留下来，然天可怜见，竟让我在给女儿报仇的时候找到了当年师妹萧盈盈留下来的孩子，师妹一家五年前惨遭契丹人屠杀，我得知消息后救助不及，引为一生的憾事，如今找到她的孩子，也算是了了我这辈子的心愿，所以我宣布，从今天开始，第一山庄的少庄主就是萧盈盈的女儿李幼莹。”

“不行！”马上有人站出来反对了，“她是契丹人的种，绝对不能当第一山庄的少庄主，不然我们北绿林在江湖上还怎么混！”这句是实话。

王乃恭笑笑地看着他，“她和契丹有国恨家仇。”

底下又有一个声音传了出来，“王庄主不是还有一个女儿吗？为什么不用她当少庄主呢？坚决反对契丹人来统领我们北绿林！”

大厅里炸开了锅。

有人沉默，有人劝解，但是更多的人反对。

王乃恭一直笑眯眯地听着他们的反对。李羽轩看着王乃恭胸有成竹的模样，不知道他要怎么从这一片反对声中看出阴谋的影子。找出他想要找的人。

让他们自行议论了半晌，杨霄说话了，“第一山庄内部有不同意见的人站出来一个一个的说话吧！至于各位盟友，这是我第一山庄的私事，就大家过来就是做一个见证而已，还请大家先安静。”

安静。

第一个反对的人站了出来，理由同前。

第二个反对的人站了出来，理由同前。

第N个反对的人站了出来，理由不再描述，不过后面渐渐歪楼，变成了大伙儿都支持海棠姑娘任第一山庄的少主人。

李羽轩原来看着海棠还挺聪明的，现在再看，就觉得她很一般。把目的剥开了摆在众人面前，不管是本意还是被本意，都是急功近利的昏招。可能在脂粉堆里混久了失去了政治斗争的敏锐。

朝廷也好，江湖也罢，有权利的地方就有政治。有政治的地方就有你死我活。

看到王乃恭脸上渐渐浮起的霜意，李羽轩把目光看向一边的海棠，她今日也是一袭红装，看起来优雅而沉着。

李羽轩见海棠接触到她的目光后，站起来微笑着制止了再要站出来讲话的人，“大家不要再说了，父亲深谋远虑，一向以家国为重，立这位李幼莹姑娘为少庄主，一定有他的理由，我们大家只要乖乖的服从就是，以后千万不要再说我海棠什么什么的话，海棠自幼被义父养大，除了报恩，别无她想。你们这样，是陷海棠于不忠不义不孝。”

她是看出了王乃恭的愠意，知道适可而止不争朝夕吧？不过这话乍听是劝和，其实摆明了就是挑唆。挑唆她和王乃恭，挑唆大宋和契丹的民族情结。好一句一向以家国为重。

以家国为重，就是告诉你李幼莹，你当了棋子了被利用了。以家国为重，表面上是夸王乃恭，其实就是说他不厚道，利用契丹人当棋子，不家不国不大丈夫。

汗，这话听出意思来的人不多吧？武夫一般都没有她李羽轩这般的猥琐心思。

果然，马上有一个大嗓门叫了出来：“海棠姑娘，你就不要谦虚了，要是王庄主真的立这契丹人为少庄主，我铸剑们第一个脱离第一山庄。”

李羽轩看向这个脑袋短路当海棠替死鬼的人，见他的目光一直盯在海棠的身上，目光是爱慕和痴迷。

厅内又乱哄哄的嘈杂起来，很多声音在叫要脱离第一山庄。

李羽轩揶揄地看向王乃恭，看他要怎么来收拾这个局面，来达到他处心积虑的效果。在这人群里火眼金睛地找到他要的证据。

他大概什么都明了了，只是没有证据不敢妄下断语吧。

王乃恭看出了李羽轩的意思，回给了她一个一切皆在掌握之中的微笑。他或许真能一切尽在掌握之中吧，不过，他有是否有权去掌握她的命运呢？她冷笑一声，继续观战。她母亲有这样的师兄，大概也是她脱离师门，远遁中原的原因之一吧？

前院里传来的噼噼啪啪的打斗声把厅里的嘈杂声压了下去，很多人顾不得她这个伪少庄主往院子里奔去，杨霄看了一圈回来禀道：“庄主，外面有门派和第一山庄的人打起来了。”

“其他的人呢？”

“围观。”

海棠站起来，“父亲，我去看看！”

王乃恭点点头。

看着海棠离开，李羽轩冷笑道：“你就不怕引火烧身吗？”

王乃恭哈哈一笑，“这火是我引起的，当然不怕烧身了。杨总管，你去加把劲，把火引进来。”加大了声音，“我这几十年的功力都给了李幼莹了，我就剩下一把老骨头，我怕什么？”

杨霄退下去，很快就有人冲进来和大厅里的护卫打成了一片。大厅里观光客很多，护卫不多，一阵人仰马翻后就剩下了围在王乃恭他们身前的几个护卫，和海棠，剩下的，是涌进来的愈来愈多的强烈要求杀了李羽轩的爱国同志们。连杨霄也站在了他们后面。

此情景早在李羽轩的意料之中，煽动民意，进行逼宫。你王乃恭不是没内力了吗？看你怎么斗得过这么多热血沸腾的江湖好汉。

很老的一招。但是很实用。

李羽轩很不厚道地笑了出来，“师傅，需要我自裁以谢天下吗？”

一个洪亮的声音从人群里传出来，震得李羽轩的耳膜发麻，“王庄主，只要你收回你的话，杀了这个女子，我们还是你的部下，绝无二心，今日此事，关系到国恨家仇，要此女做我们的少庄主，你就休怪我们不听话了。”随着声音，一个高个子年轻男子走了出来，这男子李羽轩也见过，是当日王柔身边的人。

李羽轩用手挑了一下鬓角的头发，微笑，“这位仁兄说得太对了，王庄主你这棋下得太臭了，既然要我任少庄主，就不要把我身世宣布出来了是不是？你太老实了，就不知道这世道人心险恶吗？哈哈哈哈哈哈。”

说罢李羽轩看着前面的男子，希望他能够听出她话的意思。如果听出来了就赶紧回家洗洗睡去，好歹留下了他的大好皮囊。也让她早点功成身退，刀剑无眼，虽然现在铁板钉钉的是个契丹人了，也不能呜呼哀哉这么挂掉。

很“杯具”的那男子没听出她的弦外之意，反而还向她逼近了一步，“庄主不说话，我就当庄主默认了，让我来杀了她替这边境上被契丹狗杀掉的无数老百姓报仇！”

李羽轩拨开挡在她身前的护卫，走了出来，“这位大哥，你要杀我我一点意见都没有，你也没必要再前进要挟我师傅了。”眼光看过厅里众人的脸（还是没看见萧漠和青竹子），“你只要告诉我杀了我，你们这个第一山庄谁合适当少庄主呢？王庄主百年之后，谁来挑起者第一山庄的担子呢？”

她进一步，男子退一步，她听到后面有人在叫她会吸星大法，叫男子小心一点。

男子见她问话，立马答道：“我们第一山庄人才济济，谁来都比你合适，不是有海棠姑娘和杨管家吗？论关系论武功，都轮不上你这个妖女。”这男子不笨，马上把她定性为妖女了。

“你这是自己想当然，如果是他们不愿意当把这个倒霉的少庄主主动把位子让给我的呢？”李羽轩在人群前站好，微笑着看着前面的男子。

“呸！”男子一声怒喝：“这是不可能的，没有人不愿意坐上这个位子。”

“那就是你愿意坐上这个位子啦？很好，我把这个位子让给你，你跟老庄主说一声，你坐好了。”李羽轩绽开了唇边的笑容，“师傅，我帮你找到一个愿意继承您位子的人了，您就让他坐好了吧，好歹这个根正苗红。不像我一个好好的中原人让您贴上了契丹的标签。您很得意吧？”

……对面的男人被李羽轩说得涨红了脸不知所措，看着王乃恭冰冷的脸色退了开去，“我不是这个意思，我的意思是庄主你为什么不选择自己的义女而要选择一个契丹人呢？”

也难怪这个男子被李羽轩的话镇住了，无论在哪里，叛贼这个名字就代表了死无葬身之地。王乃恭功夫不在了，余威犹在。何况他身边还有这么多老人没说话呢。

他退下去，人群开始重新骚乱，有人在叫：“这个妖女一定是用妖术把庄主迷惑了，大伙儿并肩子上，杀了这个妖女。”

李羽轩看向海棠，她一脸平静的仗剑站在王乃恭身前。再看王乃恭，王乃恭没有接触她的目光。

他是让她自生自灭了。为了给王柔报仇，他也豁出去了？

李羽轩下意识地摸了一下手臂上的暗器，这是他给她保命的最后武器吧！

下一秒，群情激荡的人持着武器向她逼了过来。

李羽轩挺直了脊梁，“你们一起上还是一个一个的上？”她的几招武功终于可以发扬光大了。青竹子大哥，你们还不来我也就会在这发扬光大的三脚猫武功里血溅第一山庄，供人瞻仰了。

那群人许是被她的淡定和气势唬住了，围着她却没有攻上来。大概传说中的吸星大法也让他们有所忌惮，一个个都把刀剑伸得老长，身体却不敢前进过来。

不过这只是表象，他们人多，过了这个心理适应期，他们就会攻上来了。她是不是要先下手为强？用暗器？用青竹子的神功？好似此刻都不是它们的用武之地。

透过人墙，徐清之被两个男子制住，脸如死灰。王乃恭依旧坐在那里。其他人也坐在那里，只有方叔的脸上显出了一丝焦虑。

厅里的气氛有些诡异，在这大战一触即发的时刻，居然静悄悄没了一点声音。她看到杨霄朝这边走了过来，所有人的目光都看在他身上。

杨霄这个第一山庄总管的威望大概也没比王乃恭差多少，他经过的地方，人群都自动让开了道。

他走到王乃恭身边，“庄主，差不多了吧？”

王乃恭摇摇头。杨霄默然，看了李羽轩一眼，面无表情地站在了李羽轩身边。

终于有人出来帮忙了吗？杨霄啊杨霄，你初见我时如此激动，为什么这次再见，你是如此冷漠？李羽轩望着杨霄冷漠坚硬的面容，一直想不通这次再见，他为什么会变成这个样子。

却只见杨霄把腰间的佩剑取下来，递给她，“拿着，自己小心。”

李羽轩一怔，还是接过了佩剑，感觉有点啼笑皆非，不知道王乃恭和杨霄到底打的什么算盘。她从来没学过剑好吧？最好的剑再她的手里也是一把柴刀。

杨霄把剑给她，人也站在原地没有离开，看上去一副人淡风清事不关己的模样，又偏偏像老虎一样挡在了她身前。

围着李羽轩的人不知道杨霄葫芦里卖的什么药，退了几步，不敢进攻。

李羽轩心里一动，直觉王乃恭和杨霄其实也是在等，在等某人的出现或者时机的成熟。他们此刻也是在利用她拖延时间。

他们，其实也并不如她所想，置她的生死于不顾吧？

听到后面海棠的声音传来，“杨叔叔，您这是怎么了？您忘了她当初和信王，展昭一起设计抓了我们的人吗？就算她不是契丹人，这个仇我们也一定要报！”随即声音低下来，“父亲，我——”

没等她说完，王乃恭一声轻哼：“你那只眼睛看到她和信王展昭在一起了？”

“她不就是……”显得很委屈。

“退下！”没有商量余地。

海棠虽然很委屈的不再说话，不过这句话的效果相当好，因为被抓的人都在在场的人的亲人兄弟和朋友。他们正憋着一肚子的气没地方发泄呢，一听这话，不管前面这女子是不是真的仇人，一下哗啦啦全部围了上来。一个个气愤填膺，恨不得立刻扑上去撕了她。

李羽轩看到杨霄也变了脸色。

大概这样一来，想要救她都难了。

李羽轩抽出宝剑，把剑鞘丢给杨霄，尽量让自己的脸色不太差，学着王乃恭的腔调哼了一声，“你们哪只眼睛看到信王身边有女人啦？欲加之罪何患无辞，来吧，正好我出了灵鹫宫还没和谁打过架呢，就那次一不小心吸走了王庄主六十年功力而已。”

她已经知道了灵鹫宫，在江湖上就是神一般的存在，听李羽轩如此轻描淡写地说出她吸走了王庄主六十年的功力，而且之前王乃恭自己也承认过，恐怕是真有其事，激愤的人群围着她，没有谁敢第一个冲上前来。

有杨霄站在一边，李羽轩自觉胆气也足。她就是这样，平日里胆小如鼠，贪生怕死，真到了危险时刻，骨子里的傲气上来，管你火海刀山，那也要想办法变成一路平川。就算要死，那也要死得铮铮铁骨。

何况她相信青竹子一定会来的。她的性命一定没有危险。她只要尽量地拖延时间，拖一分钟就是一分钟的希望。

她把剑横在胸前，准备只要有人冲上来，她就把青竹子教她的那几招变成剑使出去，灵鹫宫纵横江湖的武学精华，就算只学到了三分之一，也应该能在第一招上抢出气势吧！

只是，只怕等不到她气压全场了，因为她的眼角撇到门口进来了四个人，真正能气压全场的四个人。

萧漠，李新云，晓蕾和一个气度不凡的陌生男子。

场上人们的目光都集中在李羽轩身上，没几个人看到他们的到来。

李羽轩放下剑，忍不住哈哈大笑，叫道："你们就不能早点出现吗？害得我差点就成了这帮人的人肉包子。"

萧漠在人群外哈哈一笑，"你要是会这么快被人鱼肉，也就不配我萧漠千山万水的赶来了。"

契丹南院大王萧漠！

李羽轩看到大厅内的人听到这话都见鬼了一般转过了身子望向说话的地方，然后往四面散去，包括一直围着她的人。

李新云和晓蕾很快走到了徐清之身边，然后三人一起站到了李羽轩身边。

李羽轩感激地望了李新云一眼，"没想到你也来了。"

李新云嘿嘿一笑，"青竹子来了，我能不来吗？"

王乃恭这时才站了起来，"萧大侠近来可好？让王某好等。"

萧漠侧身让过陌生男子，呵呵一笑，"萧某闲得无聊，来王庄主这儿找一位故交。"

对话说完，场上的人们都确认了萧漠此行的目的，其实这里面很多人是不明白当年萧盈盈的真相的，也不知道萧盈盈是谁，毕竟二十年过去了，除了王乃恭身边的几位老人，当年看见过萧盈盈的人大都已经换代了。

相信李羽轩是契丹人，说白了就是被人鼓动起来的，还多少有些不相信，到最后也是因为同胞的仇恨引到她身上，这才同仇敌忾。

可是现在不相信不行了。

海棠见到萧漠出现，脸有喜色。

王乃恭走出座位，“萧大侠是收到了王某的帖子吧，王某把山庄交给萧夫人的女儿，正需要萧大侠鼎力相助。”

此话一出，全场的人又一次被震倒了。这太匪夷所思太凌乱了，这根本就是不可能的事情，让萧漠这个契丹人来管理第一山庄？第一山庄可从来都是以契丹为敌的。

李羽轩看着哗啦啦的一屋子人目瞪口呆风中凌乱。海棠青灰的脸色。

第六十二章

李羽轩突然对海棠充满了怜悯，苏轼不是说过她的兰花画得极好的吗？一个画兰花的孤傲女子，怎么会沦落到此刻的孤掷一注？连王乃恭如此明显的居心都看不出来。

王乃恭把自己放在了众怒的巅峰之上。他这样做，说白了就等于当了契丹的走狗。把第一山庄的花花江山拱手送给了契丹。

谁想取而代之，此时都是最好的机会。

片刻的震惊过后，厅里出现了历史性的转折，就是王乃恭的脖子上多了一把剑。这把剑的后面是方叔的手。一直默默地坐在那里没有说话的方叔的手。

接着是他的话，“王乃恭，我们第一山庄的人跟着你出生入死，你怎么能说出这样的话来，我们是堂堂大宋的子民，再怎么样也不能沦为契丹的走狗，今日既然你这么说，就别怨我这个老兄弟不认你这个庄主。”

这一下出的太意外，连李羽轩都呆住了。

马上听到不同人的叫道：“方大哥！”

方叔继续说道：“我知道今日此事，你只是在逼出当时杀害王柔的凶手，可是你要查凶手，不能把我们第一山庄全部赔进去。你以为你把第一山庄交到了萧漠手里，你还收得回来吗？安西是大宋北方的屏障，失去了安西就等于失去了北方的半壁江山，王乃恭，你太糊涂了。”

和萧漠一起来的陌生男子呵呵一笑，“你说的不错。王庄主确实糊涂了。”

李羽轩好奇地望向这个男子，脑海里开始搜索萧漠身边的人物，回忆了半天，始终想不出除了青竹子还会有谁。

那男子感受到李羽轩的目光，毫不掩饰自己眼中的惊艳和兴奋走近了她们三个，“没我们的事了，我们走吧！”

李羽轩扶住依然脸色苍白的徐清之，“大哥，你没事吧，我们走吧！让他们自己窝里斗，反正都不是什么好人。”

徐清之点点头。

一把宝剑从斜刺里直奔李羽轩的身体，被李新云用鞭子卷开。抬头望去，见海棠横剑拦在了他们前面，非常的凛然正气，“第一山庄是你们契丹人说来就来，说走就走的地方吗？大伙儿给我上，不能让他们出去！”

陌生男子看到海棠的举动表示很不可思议，他嘴角微微上翘，“这位姑娘，你要拦住我？”好像他看到了世上最好笑的笑话。

刚撤下的包围圈又围了上来。

李羽轩无奈地叹口气，从旁边拉过一张凳子给徐清之，“大哥，先坐下吧，咱们看戏就好了。”强行把徐清之按凳子上坐下。

对于她的这一举动，陌生男子表示了同样的不可思议，就如同她和徐清之初见时徐清之对她表现出来的震惊。“这么多人围着我们，你坐下观战？”

李羽轩呵呵一笑，“坐下打架也行啊，我没说看戏不动手。再说了，有你在，还有我们什么事儿？看你刚才那架势，不是很傲的吗？”

萧漠爽朗的笑声传来，“王庄主，你请我来就是请我来看戏的吗？恕萧某不会奉陪，对于第一山庄，萧某也没有兴趣，萧某带上朋友，马上就走。”

“萧大侠，你来去自便，对于你说的朋友李幼莹，你也尽可带走，她中了我的伤魂草之毒，没有解药，四十九天后必死无疑。”这是方叔的声音。

“你！”“你！”“你！”三个声音，从王乃恭，杨霄和萧漠的口里出来，都是不可置信和气急败坏。

李羽轩呆若木鸡，她什么时候被人下毒了？她一直都和徐清之一起吃饭的。

方叔嘿嘿冷笑，“王乃恭，别以为我不知道你的心思，你压根儿就不会对李幼莹咋样，你就算想利用她找出害死王柔的凶手，也不过是恰好而已，因为你要让李幼莹知道她的身世，要她回去给你那师妹报仇，是不是？你以为我们真会相信你的话？你那六十年功力也是你自愿给她的，是不是？你也是真心地想把这第一山庄交给她是不是？你还瞒着我们把萧漠叫了过来，是叫他来保护李幼莹的吧？你怕万一事情闹大，不好收拾是不是？你别把我们当傻瓜，我知道王柔死后你就一直怀疑我们，我告诉你，今日就算是有萧漠在，你们也出不去，李幼莹来的第一天我就派人在她喝的茶里放了我独门毒药伤魂草，这毒药四十九天后才发作，你想不到吧？”

李羽轩想起进院子后喝的水，身形一晃，她记得那水徐清之也是喝了的，她们当日在一起聊天，直到午饭后才分开。

徐清之握住她的手，温热的温度从他的手掌心传过来。

李新云看到李羽轩的神色，知道他所言非虚，一鞭子对着方叔甩了过去，“你居然用卑鄙的手段下毒，老娘先杀了你。”

海棠截住鞭子，两人马上缠斗在了一起。

方叔冷冷一笑，“王乃恭，萧漠，你们纵然英雄无敌，也想不出好办法吧？我要是死了，就让李幼莹陪葬吧！不然，你们就乖乖的自废了武功，滚出这第一山庄。”

王乃恭沉声道：“方槐，我想不到会是你！我们师兄弟这么多年，你为什么要这么做？”

“我们师兄弟这么多年？当初你杀了我儿子的时候，你有没有想过这句话？！嗯？”方槐继续冷笑，“你杀我儿子的时候，就会想到今天！”

“你儿子奸淫妇女，杀了人家一家四口，死有余辜！”

“别人的命是别人的，我不管，我儿子的命是我儿子的，我一定要替他报仇！”方槐把剑晃了一下，“萧漠，我劝你带着你的人马上离开，不要卷到我和王乃恭的恩怨里面来。”

“如果我说不呢？”

“那我情愿自杀也不会把解药给李幼莹。”

为什么所有人都喜欢拿她当筹码呢？李羽轩嘘了口气，把手从徐清之的手里拉出来，站到三人前面，“方叔，只要你放了王庄主，我们立马离开你这儿，我的解药你爱给就给，不给拉倒，这第一山庄的庄主你爱当就当，不爱当也拉倒，我们从此天涯海角，正眼儿也不来瞅你第一山庄一眼。怎么样？”

她知道像萧漠这样的人是不屑于讲价的，只屑于打架，一旦打起来，王乃恭没了内力。一剑就会让方槐给割了。

想想方槐的话，王乃恭好像也没那么可恶，如果他揭露自己的身世只是为了让自己去给萧夫人报仇，那也情有可原。

唉，她真是个容易心软的好孩子。

大厅外面又传来了乒乒乓乓的兵器声，这是哪里又打起来了？李羽轩挫败地低下头，这第一山庄真够乱的。

有人来报，外面王乃恭的人和方槐的人已经打起来了。

打吧打吧，红太阳说过，只有毁坏了旧世界才能创造出一个新世界，你们使劲地打，甭客气，最好把这第一山庄打成碎片就算用强力胶也粘不起来。

又有人来报：“庄子外面围着一大群不明来历的人。”

又有人来报……走近了李羽轩看出这个人不是来报的，这个满身血污的人华丽丽的就是展昭！身后跟着五个戴着面纱的女子，一看服饰就是灵鹫宫的人。看到她们，李羽轩突然想起青竹子说过他教的武功可以当暗器使用。当日教她试演过一片，她觉得这玩意儿太过歹徒，她也不会解，一直没放心上。

晓蕾不等吩咐，越过人群把展昭拉了进来，展昭脸上一条条的鞭印醒目的刺着李羽轩的眼睛，还有粘在他身上的那血袍，惨不忍睹。

她颤声扶过去，“展大哥，你这是怎么啦？”徐清之赶紧把凳子给展昭坐下。

展昭倚着李羽轩坐下，抬头望了她们一圈，“你们都没事，太好了。我没事，骨头已经让青竹子给接好了，剩下的都是皮外伤，人在江湖漂，哪有不挨刀。”

李羽轩握紧了拳头。

李新云还在和海棠纠缠，看到灵鹫宫的手下到来，把海棠交给她们，自己退了出来，回到李羽轩身边。萧漠和方槐对矗着，大概对着这乱纷纷的场面谁也没想到一个好法子。

方槐就是打破脑袋也想不到逍遥红尘外的灵鹫宫的人会插手到这么件小事里来。他现在只能拿着王乃恭和李幼莹的性命赌博了。

因为看这架势，李幼莹的性命这把他赌对了，他们都不敢拿李幼莹的生命开玩笑。不然凭他们的人和武艺，踏平这第一山庄也是举手之劳。

李羽轩叫道：“萧大哥！”

萧漠转头看着她，她招招手，莞尔一笑，“萧大哥，过来！”

围着他们的人早自动乱了套，萧漠看着她的笑容不知其意，走了过来，“李姑娘！”萧漠是这里最大的劲敌，所有人的目光都跟着他的脚步移动。

李羽轩再笑，看萧漠愈来愈近，她也慢慢向萧漠靠拢，看方槐的身体在眼前的视线上倾斜出了三分之一，她把手捂住嘴巴，像笑得花枝乱颤，狠狠地吐了一口痰在手里，然后凝气，那液体结成冰块，然后近距离对着那三分之一用力气甩了过去。

这是她第一次出手。真正意义上的第一次出手。

谁也不知道她甩出的是什么。

她自己也不确定，因为她不认得穴道，但是她知道中医里有说，紧急情况下，人体的全身都可以是穴位，叫做阿是穴。

萧漠停住了脚步，他也看了出来。他没想到短短几天的时间，李羽轩居然真把这个学到手了。虽然有突袭之嫌，对她而言，已经很了不起了。

趁着方槐一愣，萧漠迅速掠过去两拳之下把王乃恭抢了出来。

李羽轩拍拍手，嘻嘻一笑，“怎么样展大哥，我可以给你报仇了吧？告诉我谁欺负你，我帮你去揍他！”

展昭看着她的眼神也算是多姿多彩，“我还担心你们遭不测，被青竹子和公主救出来就强烈要求来找你们，原来……咳咳，你很好嘛！”

“是你来我才好的。吾对自己一直没什么信心，直到看见你，知道靠你是没希望了，只能靠自己，这小宇宙才爆发了出来。哈哈哈哈。”得意洋洋地看着方槐，“方大叔，灵鹫宫的穴位符你应该听说过吧，咱俩就扯平了，你拿解药来我就帮你解符，你要不拿，那就咱们一起死翘翘黄泉路上也有伴。”

方槐面若死灰，瞪着她没有说话，大概在后悔没一开始就废了她的功夫。

海棠被灵鹫宫的人拿住，送到了李新云面前。

李新云啪啪啪对着她的脸蛋一顿耳刮子，“你居然敢偷袭我，你也不看看本姑娘是谁，本姑娘叫她们剥了你的皮拿去做羊皮筏子！”

王乃恭挡住她的手，“这位姑娘，她好歹是我的义女，年轻不懂事，被人挑唆，你就饶了她吧！”

李新云收回手，对着打得通红的手掌吹了口气，“拉下去，那死老头不拿出解药，她也不想活。把外面围着的人全部都给我叫进来，不是，让外面的人进来把这庄子里所有人都喂上灵鹫宫的毒药，要是李大哥和徐大哥有什么三长两短，叫这一庄子的人给他们陪葬。”

“是！夫人！”

李羽轩咂咂舌，这皇宫里出来的人还真不把人命当人命。

王乃恭又急白了脸，他们庄子里的人哪里是灵鹫宫带来的人的对手，不一会儿就一大部分人被灌了毒药，就连请来观光的那些人也没放过。“姑娘，这不行的，方槐，赶紧把解药拿出来，你自己不要命，难道要陪上这庄里千余条人命吗？”

连李羽轩都没想到事情会发展成这个样子，目瞪口呆地看着整个庄子鬼哭狼嚎。王乃恭和方槐更不会想到了，看着一地的鸡毛，两人的脸色都比死人还难看。两人本以为这只是山庄内部的矛盾，没想到要搭上整个庄子的前途和他们自己的性命。

王乃恭求救地看向李羽轩，“李姑娘，你快叫他们住手！我要方槐拿出解药！”

李羽轩耸耸肩膀，表示无能为力，“你求这位李夫人吧！她是灵鹫宫的主人！”

李新云头一转，丢给王乃恭一只耳朵，“拿来解药再谈条件。”

萧漠与李新云当时在西夏的时候也相处过一段日子，知道她的脾气，知道她也就是折腾折腾，顺便给展昭报仇而已，也负手而立，站在一边。

愈来愈多的人跪到了大厅里，求方槐拿出解药。还有一些人拿武器逼近了方槐，不拿出解药就要杀了他，还扬言要去杀了他祖宗十八代，扒了他老爹的坟，这些人都是江湖汉子，逼急了确实什么事情都做得出来。

李羽轩看着这乱七八糟的场面，扶起展昭，叫晓蕾扶好徐清之，“萧大哥，咱们找个清静的地方歇着去，等他们想好了再说吧！”

那个站在他们身边冷眼旁观的陌生男子点点头，“走吧，我原来还以为这第一山庄有多么了不起呢，原来就是一帮乌合之众。脏了我的眼睛。”

这个比李新云口气还大。

一群人走出大厅，在院子一边找了个凉亭坐下，李羽轩见陌生男子一直用打量的目光看着她，忍不住问道：“萧大哥，这位是谁？”

第六十三章

萧漠犹豫一下，看了男子一眼，“这是你表哥。”

表哥？李羽轩联想起自己的身世，看到萧漠欲言又止的表情和这个男子打量她的目光，心里大概明白了这个男子的身份，她现在对自己这个契丹人的身份深恶痛绝，连带着对这个所谓的表哥也非常不待见。

要是在以前，她一定会非常八卦的从这个契丹人身上研究耶律王朝的野史。

男子微微一笑张开嘴，“李——”

李羽轩很快转过头去蹲到了展昭前面，“展大哥，他们怎么把你伤成这样子？”

展昭的脸有些发红，“死不了，咳咳，你可不可以站起来说话？”

李新云吃吃地笑起来。

李羽轩看了一眼四周奇怪的反应，每个人都很怪地看着她，她摸摸脸，“我没事吧？难道吃的毒药就开始发作了，在我的脸上开了一朵花？”

李新云从后面提起她的领口，把她提起来，“臭小子，你以为你还真是臭小子啊，看看你的衣服，再看看你那蹲的模样，比我还不如。”

她叉开腿蹲着，可是不是裙子罩住了什么都看不到吗？什么叫比我还不如？李羽轩丢了个大白眼给她，“是啊，我刁蛮不如你，有钱不如你，老公不如你，你有我没有。剩下的，咱俩也都差不多吧？”

她说完微不可及的叹口气，每个人的脸色都沉重和压抑着，她这时候本应该是痛哭流涕寻死觅活的受害者，可是好像刚好相反，她才是那个旁观得不能再旁观的路人。

而她身边这些人，才是寻死觅活的受害者，看那些脸黑的，一个个跟包大人的亲戚似的。唉，看在他们都是为了她的份上，她爱包大人。

大厅里的人都向她们这边拥了过来，走在前面的是王乃恭。展昭舒开了眉头，“臭小子，解药来了，上去接吧！”

徐清之站起来，“我去！”大步迎着王乃恭走过去，萧漠不远不近地跟在他身后。李羽轩坐了下来，意料之中的结局没啥好兴奋的。

“你们给这庄子里的人喂的是什么？”这个问题要搞清楚，她们灵鹫宫哪里会随身带这么多毒药。这话是李新云问的，她当时是气话而已，没想到还真有这么一出。

“回禀夫人，我们喂他们吃下的只是随身带着的干粮，不是毒药。”一个灵鹫宫的宫女走上前，一本正经地回道。

微愣片刻，大伙儿一齐哈哈大笑。

李新云骂道：“你们这群小蹄子，连我也敢蒙。”

走近听到对话的王乃恭脚步一滞，哭笑不得，摇了摇头拿来一个小瓶子递给李羽轩，“解药，吃了吧！”

“徐大哥呢？”

徐清之走上前，接过瓶子，“我已经吃了，你也不急着这一时半刻，等过了一个时辰再吃吧！要是他玩什么花样，我们也不会全军覆没。”

李羽轩点点头。在徐清之面前，她无需伪装，也明白徐清之的心意。明知山有虎偏向虎山行这事只有武松才会做。

那个叫表哥的陌生男子望着杂乱不堪的院子，双眉紧锁，抬手，“萧大王，我们走吧！”

萧漠望向李羽轩，“他们的家事等他们自己解决，我们先离开吧，找个地方给展大侠好好养伤。”

展昭站起来沉声道：“我的伤就不劳萧大王费心了，我和李大人徐大人马上赶赴青州。”

萧漠知道展昭是忌讳他身边的这个人，一笑“我还有事情要和李大人说，那就请各位移步离开一下。”

三人远远的避了开去，脸上表情各自不同。

表哥盯着她的脸慢慢开口：“李——幼——莹——”

李羽轩不想和他关系扯太近，抱拳，“表哥有话直说，李羽轩在此恭听。”

男子哈哈一笑，“果然是我草原儿女，够爽快，那么，你就随我回上京吧，我此次出来，一是见识一下萧大王口里巾帼不亚须眉的表妹，二是接你回去，完成父皇的心愿，父皇对仁德太皇太后之死，一直非常的遗憾，一直在寻找太后的亲人……”

男子就是耶律洪基，契丹国现任皇帝。李羽轩猜得一点不错，能让萧漠鞍前马后，大牌的就是这耶律洪基了。

李羽轩冷冷的很不客气地打断了他的话，“这话只有萧耨斤死了你才会说出来吧，我不是你表妹，我也不会随你回上京，你已经看见我了，可以回去了。”

一句话就可以放弃满门屠杀的血恨家仇吗？李德知府一家，再加上现在知道的仁德太后一家，就算她李羽轩是路人甲，也不可能从此云淡风轻被一句话打发掉，遗憾，我还遗憾呢，好死不死的变成了你的表妹。

“萧大哥，你也太不仗义了。”李羽轩无奈地看着一旁虎眉紧缩的萧漠，“你怎么可以这样出卖我？”

“他这是为你着想，只有回到上京公开你的身份，你才是最安全的。”耶律洪基也没恼李羽轩的无理，开始给她讲道理摆事实，“现在你的身份知道的人不少，我能知道，你那南朝皇帝也会知道，南朝武林也会知道，你以为他们会放过你吗？”

“你来了让我更看到了切肤之痛，我不会回契丹的，我是大宋人，我父亲是地地道道的中原人，我就算要回，也是回洛阳的李府，不是你的上京。”李羽轩咬紧嘴唇转身就走，“话不投机半句多，你回去吧，这里不安全，你的身份要是被别人看出来，你也是死路一条，没的还连累萧大哥和我。”

萧漠拉住李羽轩的手臂，“李大人，你表哥的话句句属实，请你三思。”

“我……”看到萧漠关切而痛苦的眼神，李羽轩鼻子一酸，满腹的辛酸和委屈都找到了突破口，眼泪倾盆而出，扑到萧漠怀里大哭起来，“大哥！”

萧漠抱着她，“傻丫头，哭吧，你的痛苦我都知道。”

这一哭地动山摇，李羽轩抽抽噎噎的想停停不下来，好像这么多年的泪水和委屈，一旦泄洪，就注定会发场大水。

“大哥，我怕……”

萧漠拍着她的后背，“别怕，你还有我。”

“你是男人——”

“你不也一直挺男人的吗？”

“假的！”李羽轩把脸埋在萧漠的胸前，这才想起这大庭广众之下，她的脸丢大了。她把手绢从袖袋里拿出来，塞给萧漠，“你帮我擦！”

萧漠的大手接过手绢，“傻丫头，你这是何苦呢？”见他笨手笨脚的真拿手绢给自己擦眼泪，那手绢在他的手里不堪一握可怜兮兮，李羽轩忍不住抢过了他手里的手绢，心情也平复了下来。

不经意间，她看到不远处的晓蕾正望着这边，眼神里有说不出的哀伤和那一种她说不出也抓不住的感觉。

到底是什么感觉？

来不及深究，耶律洪基递着一样东西放到了她眼前，“唉，见你如此，我也不能，也不想强逼你随我走，这个你拿着吧，紧要关头，只要是我契丹武士，都会听它号令。”

李羽轩接过这个像御赐金牌一样的东西，收好。他的人她可以不喜，这个东西还是可以不客气，江湖太险恶，多一样保命的东西总是好的。

见李羽轩不客气地收下金牌，耶律洪基嘴角微微上扬，“萧大王，此地不宜久留，我们就走吧！”

萧漠点点头，李羽轩缩缩鼻子，跟在后面走出了亭子。

大伙儿从后面跟来，一起走出了第一山庄的大门，大门外，整齐地排列着萧漠的契丹十八武士，尚未下马。耶律洪基走近李羽轩身旁，低声道：“你不回来也成，假若南朝皇帝对你不好，我便挥军南下，灭了他为你报仇。”

李羽轩心里一惊，望向他，他说完便大步向前，上马，带着萧漠一干人疾驰而去。

看着他们走远，展昭叹口气，低声道：“我们也走吧！”

李羽轩看着扶着他的晓蕾，之前那不对劲的感觉又消失了，她继续缩鼻子，“去哪儿？这里这乱七八糟的局面怎么办？”

李新云不屑道：“你还管他窝里斗呢，都不是什么好人，青竹子去青州救信王了，我们也去吧！”招手叫过身旁一人，“你们都回去吧，别跟着我了。”

李羽轩看着那人转身回走，“新云，叫她们保护好杨霄和王乃恭，那海棠，如果真没参与谋杀的事，也饶了她吧。好歹她们都和我有些纠葛。”

李新云白了她一眼，吩咐下去。

徐清之驾来一辆四辕马车，“这是我在庄子里找到的马车，展大哥，公主，你们都上去吧，去青州也不要赶得你们来时那么急了，有青竹子兄弟在，一切都不是问题。”

李羽轩帮着晓蕾把展昭扶上去，看到杨霄的身影远远地站在院子里看着她，无限落寞。她想自己是不是误会他们了，或者是她让他们误会了什么？

展昭随着她的目光看去，轻声道：“走吧，人生没有不散的筵席，将来总有机会再见问清楚今日之事的。”

李羽轩点点头收回目光，坐进马车里。

徐清之一甩马鞭，马儿一声嘶鸣往前奔去。

他这个动作让李羽轩不自觉地想起了信王，那时候她意气风发，虽知前路凶险，却少年不知愁滋味，此刻重想，恍惚过去了百年，身边同样是展昭和他，那种踏实的安全感已经不在，长路漫漫，哪里都看不到她的归宿。

她的一切美好的希望，都跌落在了这第一山庄。

第六十四章

傍晚时分一行人到达安西城外的一个小镇，在一家叫平安的小客栈里歇息下来，李羽轩换回了男装，吃了解药。晚上李新云教了她一些驾驭和修炼内力的口诀，李羽轩问起晓蕾的事情，李新云说她也不知道，晓蕾是一年前她在草原打猎时救下的一个汉家女子，见她聪明伶俐又无处可去，就收她在身边了。

“晓蕾说话的声音又娇又柔，有点像中原吴越那边的口音，你没问过她的来历吗？”

“问过啊，她只说一家人都被盗匪杀害了，她拼死才逃了出来，别的就什么也不肯说了。”李新云说完奇怪地看着她，“你问她干什么？”

李羽轩摸摸鼻子，“我只是奇怪她的汉语说那么好，随便问问。”她为什么会用那种眼神看着她和萧漠呢？难道她和他们认识？

晚上李新云要求和她睡一起，习惯了独眠的李羽轩只得分了一半的床给她，没想到李新云纯粹就是一小女孩，睡着了以后手脚并用的把她赶到了床边上，最后到底把脚放到了她肚子上才没再折腾。

小客栈里没有火盆，空气寒冷得像要把一切都冻成冰，李羽轩被李新云折腾得睡意全无，脑海里翻腾的全部是她中了探花郎之后的点点滴滴，和徐清之的点点滴滴，和信王的点点滴滴，回忆总是温馨的，一开始她的心思是在苏轼身上的，后来徐清之以同样的风流倜傥吸引了她的目光，信王，信王是什么时候开始走进她的心里的呢？

她一开始真对他没好感，她觉得男人断臂是一件很不可思议和不能接受的存在，可是一路相处下来，她对他的断臂之好产生了怀疑，这样一个强势的男子，或者说信王在她面前表现出的一切行为，都不像一个摘花赏菊的人。

还有展昭，这个在她心目中以传说里的英雄横空出世的人，是那样的睿智大气，铁血柔情，他们都以不容忽视的姿态在她的生命里存在过，像春风一般吹拂过她的生命，不久的将来，或者是明天，他们也将如风一般在她的生命里吹走，剩下她孤家寡人。

她突然没有勇气去面对明天的事情，没有勇气去面对着一切的结束，没有勇气去想象他们全部从她的生命里离去的情形。

窗外北风一阵一阵紧过，李羽轩心里凄惶，空落落的不知道要如何自处，这一路上，她都在刻意冷淡徐清之和展昭，他们两个对她，似乎也没了之前的亲近，也在刻意的疏远着她，是啊，她现在的身份尴尬得就如天鹅群里的丑小鸭，除了给接近她的人带来一身臊气和灾难，其余的什么也给不了。

与其让别人难以自处，不如自动消失吧。

这个想法一出来，李羽轩连自己都吓了一跳，可是这个想法一出来，就占据了她的整个思维，她开始后悔自己执着于那点希望和温情，没有和萧漠一起离开。

这么一想，她再也睡不着了，穿衣坐了起来。

离开，离开，离开这里，她要走向何方？她要怎么离开？她艰难地吞了口唾液，她要怎么才能下决心离开这些她生命里最亲近的，如家人一般存在的人？

她看了一眼李新云，睡得正好。

她打开门，北风呼啸着灌进来，冻得她一哆嗦，赶紧把门关上了。这样走出去的话，她大概会被冻死吧？

她怕被他们所有的人抛弃，她也怕死。明日白天再看情形吧？

李羽轩爬回床上，看到李新云睁开眼睛在看着她，她心虚地一笑，“你怎么醒来啦？”

李新云嘿嘿一笑，“守着你啊，怕你逃走。”

……

第二日继续赶路，有了李新云昨晚那句话，李羽轩也不敢轻易下决心溜掉，她在往前走还是往后退的矛盾里离青州愈来愈近。

她也就愈来愈犹疑。

有灵鹫宫的宫女来报告青竹子和信王在青州的驿馆里等他们到达。

听到信王无恙，大伙儿都松了口气。

一路快马加鞭，下午的时候就看到了青州的城门，李羽轩再也在马车里坐不住了，也知道此时在众目睽睽之下溜走也绝无可能，一颗心如猫揉一样难受。眼睁睁看着马车驶进城门，穿过青州府衙往驿站而去。

驶到驿站，接到手下预报的青竹子和信王站在门外等他们，李新云见青竹子，第一个从马车上跳出来跳进了他怀里。徐清之停好马车，晓蕾扶着展昭下去，李羽轩缩在马车里，迟疑着要怎么出去，要怎么着才不会让自己更受伤，才会让自己看起来云淡风轻满不在乎。

“李大人呢？”是信王的声音，声音洪亮，不像被虐待过。

“在车里别扭着呢！”是李新云呵呵笑的声音。

车帘被掀开，信王的笑脸出现在面前，“李大人，难道要我抱你下来吗？”

李羽轩剜了他一眼，拍拍衣襟站起来，“就到了吗？一不小心神游忘了时间了。让王爷久等了。”

信王一笑，无视她的别扭，伸手把她拉下马车，“是啊，等你已经等得我头发都白了，结果你还赖着不见我。”

李羽轩挣开他的手，勉强一笑，“王爷还这么爱消遣我。”

驿臣迎了出来，说王爷吩咐的事情已经办妥了，请他们去后院喝茶吃点心。

信王一拂衣袖，重新不容抗拒的拉起李羽轩的手，“走吧！”

等他们都走到了前面，李羽轩叹口气，“王爷，今时不同往日，你就饶了我吧。”

“今时是什么？往日是什么？”信王突然拉着她的手往驿馆内走去，没去后院，直接走进了驿馆里的客房，一进房间，就紧紧地将她抱住，仿佛要把她揉进身体里，把下颚顶在她的发际上，柔声道：“我不在，让你受委屈了。”

李羽轩缩缩鼻子，“还好，还死不了。”

“你呀！”信王腾出一手在她脑袋上弹了一下，“想我没有？”

李羽轩没想到信王一点不在意自己的身份，还是这么自以为是热情似火，心里那点点伪装的坚强和高傲顿时都没了。

信王一手拥着她，“我都知道了，没什么大不了的，不就是个身份吗？改变的又不是人，人改变了才可怕呢，是不是？有我在呢，没什么大不了的啊？！”

“你就不怕我的身份连累你吗？”这个是心结。

“只要你愿意和我在一起，我愿意被你连累。”

“这不是闹着玩的。”

“我也不是闹着玩的。”

“大宋朝廷不会容你和一个契丹女子在一起。”

“我陪你浪迹天涯。”

“你会失去你现在拥有的一切。”

“我从来就没有真正拥有过什么，我真正希望拥有的就是能够温暖我生命的东西，就是你和你的心。”

“你会后悔的。”男人为女人放弃他的事业，总有一天会后悔的，何况信王放弃的，不仅仅是事业，还有他的家国天下。

“你不信吗？”信王捧起她的脸，眼睛里的深邃让她沉溺，他慢慢地用唇贴上她的脸，最后覆上她的双唇，他的温暖和她的冰冷交织着，还有嘴角咸咸的泪水一并带了进去。

“你就算了吧！”李羽轩双手抵上他的胸膛，避开他，“你汴梁的王府里还有那么多姬姬妾妾呢，我算什么东西？我不过是你寂寞无聊时打发时间的玩具而已，等回到汴梁，你眼里还会有我吗？”

信王一脸受伤地望着她的眼睛，“你这是吃醋吗？我是这样的人吗？我已经下定决心了，那个王府，我是再也不会回去了。我就留在这里守着你一个人。”

李羽轩不置可否地笑笑。

“李羽轩！”咬牙切齿，“你没良心！我强烈要求你对我负责任。”。

李羽轩开门走了出去。

外面寒风刺骨。

正好李新云和展昭走了过来，“臭小子，我知道你现在也不想回中原了，你准备怎么办？”

“怎么办？”李羽轩茫然的叹口气，“我也不知道怎么办，要不，我和你们一起回灵鹫宫吧，我实在无处可去。”

“你和我们一起回中原！”信王笃定的声音，“不过你要换成另外一个身份。我会写一个奏折给皇上，说探花郎李羽轩在押运岁银途中被绑匪杀害，以身殉职，你是我们在回家的路上救的一名孤女。”

“这样不行吧？”展昭皱眉，“这样瞒得了一时，瞒不得一世，到时候被人揭穿你和她都是死罪，还不如此刻快刀斩乱麻，像她说的，让她留在灵鹫宫，你若真心对她，你大可以回京后想法子放弃你的高官厚禄来找她，如果你放不下你的江山，你带她回去也没有用，只会将她陷入险境。”

展昭，你真是看透人心啊！

徐清之低沉的声音传来，“展大哥说得对，她不能和你回京师，我不能让她陷入险境。你这样太冒险了。”

“她可以换一种装束，换一个身份，再说，她的梦想就是回江南，去看她的红荷绿叶小桥流水，就算她现在留在灵鹫宫，她将来也会回中原的，难道以后回去就没有危险吗？没有我们在她身边保护，她的危险更大。我们不能每次都用武力解决问题，像这次一样。”信王有些激动。

这是实话，没人反驳。就连李羽轩也没有底气说自己可以一辈子住在灵鹫宫，一辈子不去她前世记忆里的江南。

江南，一直在她的梦里，缠缠绵绵反反复复。

一个娇柔的声音如天籁一般想起，“如果王爷坚持，奴婢可以帮你。”

“怎么帮？”

“奴婢会一点易容之术，可以帮李大人易容成另外一个人然后随你们回汴梁。”

信王马上把晓蕾从李新云身后拉出来，“那太好了，赵蕴先谢谢你！”

晓蕾掩嘴一笑，“王爷先别激动，还不知道把李大人易容成谁好呢，再说了，我家公主还没说话呢。”

李新云白了她一眼，“好人都让你做了，我也不是坏人，你有这么一手，怎么我不知道？”

晓蕾浅浅一笑，“雕虫小技，哪敢在公主面前卖弄呢？今儿个是见李大人实在无计可施，才想起此招，还不知成不成呢。”再笑，“其实奴婢想说，最安全的就是把李大人易容成公主的模样，那么李大人在汴梁可以和你一样横冲直撞。就算嫁给信王爷，大宋皇帝也会求之不得。”

李新云揪住晓蕾的耳朵，“不行，我正要和她们一起去汴梁逛逛呢，上次偷跑出来汴梁没去成，碰到倒霉的李羽轩又叫老娘给绕回西夏去了，这次我一定要去中原，去江南看看，要看够了再回来。”

青竹子笑呵呵地看着李新云，“娘子说去，我就陪你，这样正好，李大人可以易容成你的表姐，更没人怀疑了。”

“嗯！”剩下的人一齐点头，“这个主意不错。”

李新云看向晓蕾，“趁天色还早，你去置好东西，明日出发，你就帮臭小子改装。”

“好的，公主！”晓蕾望着李羽轩一笑，准备退出。信王叫住她，塞给她一张银票，“去吧，东西找好的挑。”

这事儿商议定了，李新云眉开眼笑，“臭小子，以后你就得叫我姐姐了，还好我也姓李，你不要改姓，随便叫个李三李四就好了。”

“你叫李新云，她叫李卿云好了，里面加个我的字，我喜欢。”信王见事情如此顺利，也高兴得合不拢嘴，他这个提议当然没人反对，李羽轩自己也无所谓，她也觉得事情真能如此顺利解决，实在是不幸中之大幸。

第二日出发之前，晓蕾和李新云早早地来到了她的房间，李羽轩任她在自己脸上捣鼓完，又换成和李新云差不多式样的衣服，这才在李新云的无限惊叹声中去看铜镜里的自己。

不看不知道，一看吓一跳，这哪里是她李羽轩，分明是个高一号的李新云。两李新云站在一起，你看看我，我看看你，都是哈哈大笑。

李新云捏住晓蕾的脸，“死蹄子，你也梦想成真了，和我们一块去江南。”

晓蕾跪下去，“谢公主！”

李羽轩问道：“晓蕾，你的老家在江南吗？”

晓蕾低下头，“是的。”

出发的时候信王借故支开了驿臣，因为不急着赶路，除了青竹子和信王还有徐清之轮流着驾车，大家都坐进了马车里。

一路上饿了吃饭，累了睡觉，平时一起打打闹闹，日子过得挺快，展昭也在青竹子每日的治疗下快速的恢复了身体。

不知道过了多久，他们一行在李新云兴奋的叫喊声中回到了汴梁。

信王报告李羽轩因公殉国的奏折早回了京师，皇上下旨追封她为三品翰林学士，封她的夫人银子为诰命夫人。

李羽轩听到这个消息哭笑不得，怕和大部队先回来的银子真担心她的生死，送走信王他们，便带着李新云他们三个回他西子胡同的院子。

第六十五章

春节已过，又是乍暖还寒的早春时节。

汴梁的温暖比起北国的朔风，让人有阔别千年的恍惚之感。

特别是李羽轩脚踏进西子胡同李府的那一瞬间，她感觉她走出和她回来像相隔了一辈子的时间。

家里的仆人已经不认得此刻的她，见她们到来，赶紧去报告银子说有客人来访。

银子认得李新云和晓蕾，当即迎出来请了她们进去。几人走进大厅，银子正要叫人上茶，李新云看着一旁郁郁不乐的李羽轩，对银子笑道："李夫人，我有话和你说，咱们里面说话吧。"

银子知道她和李羽轩的关系，马上把她们引进内院，来到卧室，屏退了左右，急忙问道："公主，你是要说我家公子的事吧，我家公子怎么啦？怎么还不回来？我年前就收到展侍卫派人传来的口信，说一切平安，千万冷静。可是没过几天朝廷就收到信王的奏折，说我家公子为国捐躯，死在了回来的路上，这到底是怎么回事？"

看着银子嘴里说的着急脸上一点哀伤也看不出来，李羽轩撇撇嘴角，"你家公子死了你可一点也不伤心啊！"

"才不是呢！"银子打断她的话，"我家公子才不会死呢，依她跟他们三个的关系，要是她真死了，怎么可能只有一封轻飘飘的奏折传来，怎么着他们也会折腾着给我家公子报仇。"

李羽轩敲了她一下脑袋，“不愧是我的人，脑袋愈来愈灵光了。”

银子听着她的声音张开了嘴，满脸震惊，“公子？！”

李羽轩长叹一声往躺椅上靠去，“你可以叫我姑娘了，李夫人！”

银子扑哧一笑走过去，“姑娘，要不是你这声音，我还真认不出你来了，真的出什么事情了吗？怎么这样子回来啦？”看着李新云两个，赶紧招呼她们坐下，“新云公主，晓蕾姐姐，太谢谢你们两位送我家姑娘回来了。”

看李羽轩这身女装，知道这伪少爷也没必要装了，李羽轩既然死了，那就代表她家姑娘自由了。改装成这个样子就是想瞒天过海。

经过这一路的风雨，银子也成熟了不少，望着李新云，“公主，奴婢要如何称呼你呢？”

李新云嘻嘻一笑，摇着青竹子的手，“随便，看信王回宫后怎么安排吧，总之我是出来游山玩水的，在这里待几天就走，堂堂的西夏公主，也不怕在这汴梁城有人会对我怎么样！”

李羽轩哧道“你就叫她新云公主吧，她这德行，叫公主还安全些，要是一介平民，早晚叫人为民除害。”

李羽轩知道她们三人是不可能住在这里的，这样会很让人猜忌把李府和银子放到众目睽睽之下，三人正在商议今晚上住哪里，府门外面礼部的人就带着官家的手谕来请李新云和青竹子还有她这位假公主去皇家驿馆。

所谓皇家驿馆，就是专供各外国来使和来汴梁观光的各外国皇亲国戚准备的休息玩乐和睡觉的地方，李羽轩曾经和驿馆的老官聊过天，知道里面奢靡异常直逼皇宫，就连歌姬娈童，里面也养了不少。

大概那些贵族纨绔子弟都好这一口。

李羽轩别了银子，临走在银子手上捏了一下，银子点点头，低声道：“放心吧，我会做好一切的。”

她们已经在来的时候套好说辞了，就说西夏皇帝的皇姐新云公主非常仰慕大宋的美丽繁华，跟他们一起过来学习大宋文化的，至于先到李羽轩家而不先去朝见皇帝陛下，那是因为公主只想微服私访，不想大张旗鼓，公主和李大人在西夏相识一场，前去凭吊也是人之常情。

所以就算是待这汴梁城，都要凭空死掉好多脑细胞。

礼部官员把她们带到驿馆，很快就有人来宣读皇上让李新云和青竹子明日早朝觐见的条条框框。信王办事能力不错，里面没有她李羽轩。

李新云虽然长在皇宫，对这驿馆内的一切还是大表惊奇，倒是晓蕾很沉静，而且很多东西都无师自通不用驿馆内的仆人插手就会使用。

第二天李新云和青竹子去朝堂，被皇上赐宴，看戏，直到晚上才回来。回来后看李羽轩的眼神很奇怪。李羽轩问她，她却摇头不语。

大概她实在是憋不住话的人，第二天一起床，就找到李羽轩一本正经地告诉她，昨天信王一直陪着她们，信王的身边一直有个女人，她仔细问了，虽然不是信王的正妃，却也是当朝某外戚的女儿，看样子那女人和宫里的关系还不错，说完很遗憾的摇头，“你真的要选择信王吗？”

李羽轩咬紧下唇，黯然地摇摇头，“不知道。”

“那你怎么和他在一起！”李新云不满地看着她，“你之前在朝堂为官难道不知道信王有女人的吗？”

“公主，你可以不提这个话题吗？”李羽轩心里清楚回到京师必然要面对的就是信王和他的女人们，这正是她情愿当鸵鸟也不愿意去面对的问题。

她的心很堵很痛，不在意是假的。

李新云继续用恨其不争的眼光看着她，“我看得出徐大哥也喜欢你啊，你为什么不选择徐大哥？”

“公主。”李羽轩握紧自己的手，“徐大哥，我要不起……”

“为什么？”

“我要是跟他在一起，他的前途就会毁了，你知道的，他和信王是不一样的人，他在乎很多东西。”

“可是我觉得。”李新云揉揉脑袋（这个青竹子的经典动作她已经照搬了），“没有什么东西会比和心爱的人在一起更重要。”

李羽轩苦笑，“公主，你的经历太单纯，你不懂的，男人的生命里除了爱情，还需要有面包。他就算现在为了你放弃面包，如果哪一天他想起面包了，他就会怨恨你。”

李新云嘟起嘴，“不懂你说的，我和青竹子就很好啊，他也不会去找别的女人。”

李羽轩深深地呼吸一下，“因为你们两个都有爱的资本和背景。”

“那信王有爱的资本吗？我看他连爱的资格都没有。我最讨厌男人喜新厌旧。”李新云转身离开，她是真的很气愤信王身边有别的女人，也为李羽轩不值。

李羽轩看着她的背影远去，想要抬脚离开，觉得身体轻飘飘的如站在云层里一般，一脚下去，半天才踏到地上，再踏出一脚，还是一样，眼前天旋地转，一切都模糊了，她听见自己的声音在叫：“公主！”

李新云走得并不远，也不是生李羽轩的气，而是生信王的气，觉得他不该去沾惹李羽轩，走到前面，想起李羽轩的表情，心里到底不放心，回头望去，正看到李羽轩摔倒在地板上。

她大惊失色，马上狂叫青竹子，身旁的晓蕾比她先一步抢到李羽轩身边扶起了她。她摸住了李羽轩的脉搏，又翻看了李羽轩的眼睛，对一旁脸色惨白的李新云道：“公主，她没事，就是心气郁结太久，刚才公主的话正好又说道她的痛处，一时气血翻滚，晕过去而已。”

青竹子听到李新云的大喊大叫，已经飞了过来，看过晓蕾手里的李羽轩，知道晓蕾所说不假，拥紧李新云，“没事的，不急。晓蕾，把李姑娘抱回房间去，再去告诉驿馆的人把太医请过来。”

把李羽轩抱回房间放好，陪伺她们的礼部章大人已经到了，见状赶紧去找太医，李新云叫过晓蕾，“你赶紧去，再找两个人把信王，徐大人和展昭逐个通知一遍，就说李姑娘突发恶疾，快要不行了。”

“是的，公主！”

李新云爬上青竹子的背，“在他们来之前你要想办法不让她醒来，最好让她的情况看起来更加凶险，一两天也醒不过来。”

青竹子愕然，“为什么？”

“我不能看着臭小子受苦，我要看他们三人谁更愿意为臭小子舍去一切。臭小子顾忌太多了，在乎这个在乎那个，把别人都排在自己前面考虑，我才不要在乎这么多呢，自己开心才是最重要的。人生本来就是很简单的对不对？为什么要看得那么复杂？”

青竹子在她脸上捏了一把，“下来吧，就按你说的办，我让她昏迷三天都醒不来，行不行？”

李新云嘻嘻一笑，坐到了李羽轩的床头。

太医很快就来了，一脸苍白的展昭也来了，和太医同时到达。李羽轩静静地躺在床上，脸色惨白，虚汗淋漓。

李新云见只有展昭一人到来，顿时阴下了脸，“信王和徐大人呢？”

“还没散朝呢。”

晓蕾也很快回来了，告诉她信王和徐清之那边已经通知到他们府上了，他们下了朝一回府马上就会知道。

太医说李羽轩是气滞血郁证，给李羽轩开了药，说是拿去库房去取药，等会就送来，展昭拿过单子，“不必去库房了，我去取来就是。”

太医要给李羽轩行针灸，被李新云止住，说她们西夏从来就不信针灸这玩意儿，看完了就一旁候着，需要的时候再进来。

她才不会让他把李羽轩弄醒呢。

晌午的时候徐清之满头大汗的来了，看了李羽轩的模样呆坐在凳子上半天没能说出一句完整的话来。

展昭拿完药后又被开封府的人叫了过去，包大人过完年后感了一场风寒，病情一直没好，并且还愈来愈严重了。

一直守到晚上也没见信王出现，李新云等不住了，“我去把他抓过来。”青竹子压住她的肩膀，“我去！”

第六十六章

青竹子走后，剩下李新云和徐清之两人留在房间里守着一直不曾醒来的李羽轩。看着坐在一旁心绪不宁愁眉深锁的徐清之，李新云突然问道："徐大哥，你的生命里最重要的东西是什么？"

徐清之沉默半晌，低声道："一直以来，我人生的目标就是尽我的努力能在这清平盛世里不求闻达于天下，但求能像包大人和欧阳大学士一般造福于社会……"

李新云抬眼望屋顶，"果然——"

"果然吗？"徐清之喃喃道，"她都说了什么吧？"

"我问她为什么会是信王，她说你在乎很多东西，她要不起。"

徐清之颓然摇摇头，"她错了，不是她要不起，而是我要不起，我无法给她她想要的生活。"

李新云不解的审视着徐清之，"我真是无法理解你们的思维，一会儿她说要不起，现在又轮到你说要不起，你说，你为什么要不起？喜欢一个人是简简单单的事情，真不明白你们一个个都要弄得这么复杂，喜欢就喜欢了，哪有什么要的起要不起。"

徐清之抱住脑袋，痛苦地摇摇头再摇摇头，"你鄙视我吧，我是懦夫，我没有信王的勇气，我不敢，我犹豫，我是笨蛋，一路上居然没看出她是女子，最后知道了，她却成了信王身边的人，我和信王爷是生死之交，他心里的女人，我怎敢再去说一个爱字……"

“你不是因为她的身份？”李新云嘻嘻一笑，“我不信，我看你就是怕她的契丹血统影响你的前途和功名，才摆出这么冠冕什么的理由来骗人。我知道你们汉人骨子里是很看不起我们西夏人和契丹人的。”

“我承认我对西夏和契丹人没有好感，这是因为你们长期骚扰我国边境杀害我国边民所导致的民族情仇，但是我对你，对她，对萧大哥从来没有过这种想法，你们都是侠骨丹心的英雄，是值得我徐清之以生命相托付的朋友，我怎么会用这种心来看你们呢？”徐清之说的有些激动，苍白的脸也因此抹上了一抹红色。

床上的李羽轩轻轻嗯了一声，两人都停止说话赶紧俯身过去，见李羽轩正睁开眼睛看着他们。

李新云别开了头生闷气，咬牙切齿对青竹子腹诽，“死青竹子，说好了要她两三天醒不来，这么快就醒来了。她醒来了老娘还怎么玩。”

李羽轩只觉得自己睡了一觉，醒来正好听到徐清之后面的话，正要开口询问，见两人都一脸惊喜的以她想不到的速度站到了她的面前。

徐清之的声音都颤了，“你醒来啦？”

李羽轩转了一下脑袋，除了有些头晕没感觉到身体有什么大碍，“我醒来了怎么啦？”

咳咳，李新云脸微微有些发红，看来青竹子只是点了她的睡穴，“你上午晕倒了，我们一直守在这里等你醒来。”这是事实。

李羽轩攒起眉头，上午的记忆被李新云一刺激马上全部钻了出来，那些话那些人那些她不想面对的现实。

头又炸裂般的疼痛起来。她闭上了眼睛。如果所有她不愿意面对的事情都能自动消失，那该有多好。

回汴梁了，回汴梁了，呵呵，她回到汴梁了，回来了是不是也就是她该离开了？银子已经答应她在这几天处理好李府的事情先行一步去汴梁城外的郭家庄等她，等她一起离开汴梁。

有一双手在轻缓的给她揉着太阳穴，指尖冰凉，带着她熟悉的力道和味道。为什么只有他一个人守在这儿呢？

信王呢？为什么他不在？那些真真假假的深情真的都只是寂寞旅途的逢场作戏吗？

她用手使劲掐到自己的大腿上，很疼很真实，疼得她心阵阵紧缩，然后裂开。血液肆意地冲向脑门，像肆意爆发的火山，到处都是疼痛的残骸。她把那点冰凉拿到眉心中间，“这里，这里疼。”

冰心说：“相爱吧，人类，你们向着同一种归宿。”

真正爱过的人伤过的人才知道，相爱如刀。爱或者不爱，都是刀，可是这世界上如果没有爱情，我们又用什么来抵抗人生的寂寞和虚无呢？

时间一滴一滴都是盐水流过伤口。

青竹子回来了，身后没有信王，见徐清之坐在床头的凳子上，招招手把李新云叫了出去。

走到廊外，李新云使劲掐了他手臂一下，“李羽轩已经醒来了，赵蕴呢？”

青竹子揉揉头，“信王一直没回家，听说从昨天进去就没出来。我到皇宫里抓了个小太监问了一下，据说是信王做了什么事情让他们皇帝生气，把他软禁在宫里了。”

李新云自小在宫里长大，马上想到：“难道信王真的向老皇帝提出要退出朝堂随李羽轩离开？他也不想想，这大宋老皇帝身边儿子没一个，只有两个侄子，怎么会让他离开。”

徐清之见青竹子回来，李新云出去，望着李羽轩依然紧皱的双眉和微闭着的微微上扬的丹凤眼，轻声问道：“还疼吗？”

李羽轩点点头，“好多了，夜深了，你回去吧，你留在这里会让人猜忌的。”

额头上的手停顿半秒，“没事儿的，我今晚就留在这驿馆里了，等下和公主说一声就是。”

“我饿了，叫晓蕾给我送点吃的进来。”她不说什么了。这个男人认定的主意也没人说的过。

温温润润湿湿的感觉在她的眉心传来，那种酥麻让她不由自主地缩了一下脑袋，睁大了眼睛，“大哥！”

徐清之却已起身站了起来，还是那样温和的微笑，“你先睡着，我出去叫晓蕾。”

李羽轩伸手抚住眉心，上面还有刚才那一丝温润的痕迹。

晓蕾进来了，身后还跟着四个侍女，手里都托着点心和小菜清粥，很快摆满了一桌子。

李羽轩坐起来，晓蕾扶着她起来给她披好衣服在桌旁让她坐好，对着外面叫道：“可以进来了。”

李新云青竹子徐清之还有太医从门外一起走了进来。

李羽轩本来也不是个弱不禁风的人，让她倒下的是心病而不是真病，醒来后想通了某些纠缠，做出了某个决定，起来除了感觉头痛肚子饿，也不觉得有什么其他的不适。

看见太医手里捧着药，她赶紧从晓蕾手里接过勺子喝粥。晓蕾从太医手里接过药，“有劳大人了，大人请回吧，奴婢在这里伺候我家公主就好。”

太医躬身退了出去。

李羽轩喝了两碗粥，又就着小菜吃了几个松子酥，人也精神了不少，“奇怪，我这次怎么会晕倒这么久呢？从上午到现在，饿死我了。”

晓蕾捂嘴一笑，“李姑娘可以记住这个历史性的时刻。”

李新云白了晓蕾一眼，“臭小子，信王被宫里软禁了。”

“是吗？”李羽轩重新拿起一碗粥低下头慢慢舀，“这个是能想到的。他要离开跟我要留下一下，都是在明知不可为而为之。”

“那要怎么办？”

继续舀粥“不要怎么办，依信王的睿智，他会一开始就被软禁，证明他根本没真想要离开。除非他当局者迷被晕了脑袋。”

“这么可能？”青竹子揉揉头坐到她身边，“李姑娘，他不想走怎么会被软禁呢？证明他就是想走了。”

李羽轩喟叹一声，不置可否，“他真想走他就不会傻到直接去找皇帝，而会去找那个一心想要他离开的人。”

“谁想要他离开？”

“当然是太子。”李新云接口，“笨蛋，连这都想不到。是啊，他完全可以去找太子合谋，皆大欢喜。”

“要是是太子告的密呢？”

“他去告什么密？”李新云白了青竹子一眼，“他当皇帝的竞争对手就只有信王，谁愿意放个定时炸弹在自己身边？宫廷争斗，从来都是你死我活没有退路的事情，现在信王主动退出，他还不笑眯了眼睛。”

李新云不愧是皇室里的人，李羽轩要说的话她什么都懂。

徐清之低低地叹口气，“王爷太急了，贪速则不达。”

李新云瞪了他一眼，“是你太笨了，就没见过你这么笨的人。”

“公主！”李羽轩止住她。

李新云嘻嘻一笑，“我和青竹子要回去睡觉了，你们慢慢聊，晓蕾你收拾好桌子，我们走。”

挽上青竹子的手臂，两人走到门口，正要开门。门自动从外面开了，一个黑色的影子闪了进来。

李新云反手往影子抓去，低喝道：“谁！”

影子迅速移到房间内，“公主，是我。”

灯光里，一身黑色劲装的展昭站在那里。

“展大哥？”

“你这么这副德行进来？”李新云收回手，笑得不怀好意，“你该不会是想着夜深了一个人来夜探臭小子吧？”

“胡说什么？”展昭俊脸染上了一层红晕，“我是收到王爷的口信，来告诉李姑娘要她少安毋躁，在这里静静等上几日，他会想办法出来的。”

"那你为什么要这么鬼鬼祟祟的？别告诉我你是掩人耳目，你就是心怀鬼胎。"

"公主！"李羽轩苦笑，"你去欺负你们家青竹子吧，去吧去吧，别在我这房间里逮着一个欺负一个。要不等我明儿好了，我欺负得你家青竹子找不到东南西北。"

"你敢！"李新云抱紧青竹子的手，"你要是欺负他我就找你拼命，把你的王爷，呆子，大哥什么的一个个欺负到找不到西北东南。"

晓蕾收拾好了桌子，含笑道："公主，咱走吧，他们三个人我们斗不过他们的。"

李新云对着李羽轩莞尔一笑，"臭小子，我走了啊，明儿起来别让我看见你还是病怏怏的样子。"

展昭做了个请的姿势，"公主好走！"目送李新云离开，关好门看着李羽轩，"你精神得很啊，亏我今天马不停蹄的做好事情这么晚还来看你。"

徐清之倒一杯茶给他，"你冤枉她了，刚才起床呢，一直叫头疼。"

展昭长叹一声在桌旁桌下，看着李羽轩一下没一下的舀着粥，"端正，包大人的病只怕好不了，皇上已经下令欧阳大学士来暂时接替开封府尹这个职位了。"

"早上朝堂的时候不是还没说吗？"徐清之的脸色凝重起来，"我早上听说王大人向皇上呈了力求改革新政的万言书，听皇上的语气以为这开封府尹的位子会是王大人的呢。"

展昭摊开身子在椅子上靠着，"今天累死了，这么晚还要跑这里来，李羽轩你这个害人精。"

李羽轩终于舀完了最后一碗粥，把碗推开斜瞄着展昭，"不是我要你来的吧，我巴不得你们都给我回去睡觉去，在这里扰人清梦还叽叽咕咕，你看看你哪里有点展大侠的样子。"

"展大侠应该是什么样子的？"展昭眉毛一扬，"该不会是李大人这样雌雄难辨吧？”

李羽轩抱起手臂，盈盈一笑，“你知道吗？我不认识你单知道你名字的时候，你在我的心目中就是一铁血丹心侠骨柔情玉树临风不苟言笑但是笑起来倾国倾城那种人。再看看你现在，瘫在椅子上就像软骨猪一样，让我对你那点荡漾的心情何以堪啊！”

“你！”展昭指着她，“你再消遣我——别以为你是女子我就不敢把你咋样，你还真以为你是多么美丽的女子吗？在我的眼里，你还是那个不伦不类男不男女不女的李羽轩。也只有摔坏了脑袋的人才把你看成女子当成宝贝。”

“呵呵。”李羽轩笑起来，“你这话说得太对了，不知道刚才是谁说‘别以为你是女子我就不敢把你咋样’。放心，我现在穿着这女装逛到街上去，肯定没人追上来叫我展大侠，也不会说我倾国倾城。”

展昭瞅着她的神情半晌，不怒反笑，“你这样是在告诉我你曾经心里很待见我这个展大侠吗？可惜我不待见你，你就在发飙吃醋吗？”

“咳咳。”徐清之轻咳两声，“两位的斗智斗勇暂时可以停下来吗？展大哥你不是来给信王稍口信的吗？信王为什么会被软禁了？”

展昭不好意思坐好身体，“这家伙太不知好歹了，我累死累活跑来，她还这样损我，也不想想我这都是为了谁。”

李羽轩鄙视他，“说罢，你来的目的，不会单单就是说个口信吧？信王为什么被软禁了？”

“还不是为了某人。”

“你就别拿我当小朋友忽悠了，信王有你这狐朋狗友，加上他自己那七窍玲珑心，会因为这事就被软禁？我才不信。”她真不信。

“李羽轩。”展昭收起笑脸，很认真地看向她，“你从来就没有从心底相信过王爷是不是？”

……沉默。

“可是你为什么不拒绝他呢？”

“我……”

“你知不知道你这样是害了他？”

泪奔，明明是他害了她。

“你知道王爷对这个朝廷势力的平衡是多么重要吗？”

不知道……

“你以为皇上会那么轻易地让他离开？”

“我没有要他离开。”

“你以为他选择了你还有可能在这汴梁待下去吗？就算待下去了你会到他的王府里乖乖的做他的王妃吗？你会看着他其他的女人为他争风吃醋不逃跑吗？”

不会……

“李羽轩，我们都太了解你了，你就是一个没心没肺自私自利的小女人。你真为他着想，你就当初不要招惹他。招惹他了你就应该相信他。他是个值得任何女人托付终身的男子。”

大雪飘飞，“我没有不相信他。”嘴硬心软。“展大哥，你除了替信王爷抱不平，还没说他为什么被软禁呢？”

“太后的亲外甥女儿看上了王爷，昨天的宴会后太后指婚，王爷回绝，太后一怒之下就把王爷留宫里了，说是想通了再放他回府。”

“好啊，天赐良缘——”李羽轩神情阴了下来，嘴角依然轻笑。看到展昭盯过来的嗔怒的眼神，“我是说我很吃醋，很妒忌，很伤心。那颗心，早伤了，不在乎再伤一次。”

“你啊！”展昭长长地叹口气站起来，“也不知道你到底有哪些好，浑身上下没一个地方像个女子，偏偏……唉！我走了，明天再来，你们早点休息。”说完打开门，又像来时一样消失了踪影。

徐清之也跟着往外走，“我也先去休息了，明天下朝再来看你。”

第六十七章

李新云见李羽轩没什么大碍，信王又被软禁在宫里不知什么时候出来，干脆在这驿馆里住了下来，白天出去赏花看鸟，晚上回来睡觉不亦乐乎。

第三天的上午，银子派人给李羽轩送来消息，说一切都好了。下午李羽轩避开他们一个人去西子胡同转了一圈，看到李府大门紧闭，知道银子已经走了。

李羽轩知道自己也终于要走了。

晚上徐清之和展昭都没有来，他们一个忙着接父母进京，一个忙着开封府的交接工作。她称自己不舒服要休息很早就关门了，本来想走之前写点什么留给信王他们，铺开纸看着洁白的纸面却无从下笔，说什么呢？说她懦弱不敢面对现实还是说她无情辜负了他们的期待？

这些都不是真的，她不想写违心的东西，难道写她是太在乎他们所以离开成全他们？好像有一点但这也不是全部。

在这个通讯单靠眼睛和腿的时代，她知道这一离开相见就会遥遥无期。就算他们要找茫茫人海里谁能找得到谁呢？

茫茫人海咫尺天涯……

李羽轩潮湿了眼睛。痛过了哭过了，可是一想到真要离开他们，她还是忍不住眼泪。

眼泪滴到面前的白纸上，很快化开，化成了一个圈两个圈三个圈，圈圈再圈圈。

四更时分，一夜没睡的李羽轩重新换上男装，从驿馆的后门走了出去。

早春的空气里冻着冰，寒冷如北方的严冬。

城门打开，她第一个走了出去。

身后是愈来愈多的行人。

她不敢往后看。怕哪怕就是看一眼，眼光也会被粘住，会停住她前行的脚步。她知道这时候驿馆里的人都还没有起床，等她们发现她走了，她已经真走开了。

在城外买了一匹马，她纵马往郭家庄的方向疾驰而去。

五十里地很快就到。

以前住过的小院子还如离开之前一样整洁。就连那一盆吊兰，也在围墙上肆意欢腾。

她叩门，听见银子在里面回答："谁啊？"

"是我！"

"姑娘！"

打开门，是银子惊喜的笑脸，"你这么快。"

李羽轩咬住下唇，走进屋里，这屋子，她和银子住了整整五年，但是信王知道这个地方。"银子，还有什么要收拾的吗？没有我们就走吧，这地方信王当初查我身世的时候来过，只要她们知道我走了，这地方就是第一个来搜查的。"

银子拿出两个包袱背上，"我知道，所以睡觉都没有脱衣服。"从院子里牵出她的马，"我们去哪儿？"

两人上马，"随便吧，走到哪儿算哪儿。"

路上的人不多，她们疾驰的马有些让人突兀。李羽轩突然想起自己想落了一个环节，那就是青竹子和他的灵鹫宫，如果他和李新云两个也掺合进来，来个江湖大围捕，她这样赶路无异于自动暴露目标。

她转身打马往旁边林子骑去。两人在林子里吃了点干粮，银子有点泄气，“姑娘，你说我们真的能走掉吗？”

“我想好了，我们这两天不骑马，往回走到前面汴梁城外相对繁华的地方住下来，他们应该不会想到我们就留在这旁边。人都有固定的思维，认为离开了就是走得愈远愈好。”

放了马，两人沿着大路往回走，路上骑马的人渐渐多了起来，李羽轩看那马上人的穿着，知道她走了这事展昭已经知道了。

那些人果然没有对李羽轩这个行人多看一眼，都是骑马往前面疾奔。

走路速度和骑马相差太大了，李羽轩他们骑马半天的路，现在走路回走，至少要走两天。

晚上她和银子分开住进了不同的客栈，很安全。这一路离京师不远，到处都是往来京师的各地商人，没有人在意她们两个。

第二天继续，马路上开始流传八卦，说开封府的展护卫的老婆跟别人跑了，他派人到处在找。

银子笑道：“这展护卫冤得，只怕这辈子讨不到老婆了。他是在给某人当替罪羊吧？”

中午时分，他们来到汴梁城外最繁华的桥头镇，说是桥头镇，其实就是汴梁的护城河外，和汴梁城隔河相望。这里的繁华丝毫不比城里面差，特别是这里的茶楼楚馆，和城里比起来别有一种清新的风韵，是城里士大夫们平日里消遣的好地方。

李羽轩和银子选了一家最豪华的妓院住了进去。

那时候的妓院其实不是我们想象中的那种，很多都当客栈用的，只是比一般的客栈更舒服更要银子而已。

有美人相伴有丝竹入耳，所以生意相当好。三教九流的人为了附庸风雅都喜欢住在妓院里。

而且这里也是听外面消息和八卦的好地方。

外面纷纷扰扰，里面花团锦簇。李羽轩和银子在这里住了五天了，每天在茶室里去喝喝茶，听小姐弹弹琵琶，日子很快过去。

这一天李羽轩正坐在房间里回忆过去的日子，银子慌慌张张的走了进来，“少爷，不好了，信王爷来了。”

李羽轩滕的一声站起来，赶紧关好房门，“你在哪里看到的？”

“我刚在大厅看到的，他和另外一名男子一起来的，走进了一间包房，不过不像是来找咱们的，像是巧合。”

李羽轩幽幽地叹了口气踱到窗前，“银子，已经七天了吧？除了我们最早听到的关于展大哥的八卦，再也没有听到他们什么动静了吧？我想他们已经放弃了，这里毕竟太危险了，明日我们离开回江南吧！”

“不回洛阳吗？”

李羽轩摇摇头，“那里暂时不回。先过个一年半载吧。”

听到信王在这院子里，李羽轩好不容易放下的心又勾了起来，这段日子，寂寞和相思是她每晚的煎熬。她可以装作不在意，不是她真的不在意。那些日子那些缠绵不是说忘就忘。

不知道他现在好不好？不知道他是怎么出来的？不知道他答没答应那桩婚事？不知道他会为自己的离开伤心吗？

不知道……

“银子，王爷在那间房子里？我想偷偷去看看。”一切的不知道换成了迫不及待地想看他一眼。

“姑娘，这样不好吧？一旦被发现了，你这些天的苦就白受了。”银子犹疑着不同意。

李羽轩拍拍银子的肩膀，“我知道的，我就远远地看上一眼，明天就离开这里。”

银子无奈地低下头，“好吧，就在一楼左边的第三间包房里，我们站到二楼的楼梯上偷偷地看，他出来的时候可以看到。”

李羽轩拿起一把折扇，“走吧！”

二楼的楼梯最左边有一根柱子，两人便站到了柱子后面。

一楼左边的第三间包房的门紧闭着，看不到里面的人。半晌有个女子抱着瑶琴走了进去。

再过了不知多久的时间，房门终于打开了，房间里出来了两个男子，一个正是信王，另外那一个却是她的二哥苏轼。

信王的憔悴烙痛了她的眼睛。这个眼眶深陷胡须拉杂的男子竟然是从来干干净净整整洁洁甚至有些轻微洁癖的信王吗？

她握紧拳头转过身体，“银子，我们回吧。”

第六十八章

第二天中午，李羽轩正在大厅里和老鸨结账准备离开，从外面进来了四个男子，好像正在聊着李羽轩的名字，李羽轩扭头看到他们的面容，正是和她同榜的四个同僚。

那四个人显然没认出已经被易容了的李羽轩，继续着话题走进了里面。

“真没想到那李羽轩竟然是契丹女子。”

“是啊，这下信王爷和徐大人展大人都有麻烦了。”

“这海棠姑娘我以前也见过，她怎么会知道李羽轩的身世的？”

“是啊，她不就是一品居里的姑娘吗？怎么会找到王御史把这件事情捅出去的？”

“王御史是太子的人嘛，谁都知道，谁不定着海棠就是太子的棋子——”

“别说了！”

……

李羽轩僵在了原地收回银票，“不结账了我们还要住几天。”

这是怎么回事？海棠到京城来告发了她的身世？顺便连带着把信王徐清之展昭都告了？

她看着那四人走上了二楼走进了一间房子。也跟着他们走了进去。见四人望着她的目光有些惊奇，她哈哈一笑抱拳，“小弟和展大侠有些私交，刚才听见四位仁兄聊起展大侠，心里关心就跟了进来，还望大家海涵。”随即对立在门边的侍女说道，“捡你们这里最好的菜和最好的酒上来吧，今天我请四位仁兄，大家不醉无归。”

四人相视一眼，马上也哈哈大笑，“这位兄台太客气了，请坐请坐。”

一顿饭吃下来，李羽轩基本知道了情况，就是今日朝廷传出消息，御史王珪奏了信王一本，说他私自放走了契丹女子也就是今科探花郎李羽轩，并且用假奏折欺瞒圣上，其心可诛罪无可赦，顺便连带着和他们一起的徐清之和展昭也被奏了。

李羽轩丢下手里的酒杯，“李羽轩不是半路被契丹人杀死了吗？怎么出来这么个情况说她是契丹人？他们这不是存心整信王吗？顺带着连信王党也一锅端掉。”

一个人做了一个嘘的手势，“小声点，我们也是这么想的，用一个死了的人来做文章，这叫死无对证。不过我们还是小心一点好，哪边都是我们吃罪不起的，大伙儿有话在这里听了就是，出去可得全忘了。”

“你们不是说还有一个海棠吗？到底怎么回事？”

“据说是一品居的海棠姑娘向王大人告发的，她手里有证据证明李大人是契丹人而且还是个女人。”

难道信王昨天和苏轼来这里就是为了这件事情？她想起了那个案件档案……这里面可以动动手脚……真正的知情人只有展昭包大人或者还有当今老大？

“那皇上准备怎么处理这事？”

“不知道。据说朝廷上分成两派当时就耗上了，一派就是御史王珪，一派是欧阳大学士。”

王珪？李羽轩脑海里突的想起李知府压在手底下的王字。难道是王珪？当日的惨案就是他向契丹告的密？

这个想法太大胆太出人意料了，大胆得李羽轩浑身都不由自主地颤抖起来。

如果这个王珪才是契丹的内奸，如果这个王珪就是和第一山庄有联系的人……他不敢想下去，立马站了起来，“你们慢慢饮，需要什么就叫侍女添上来，我叫柜台记我账上。我就不陪你们了，临时想起还有一件重要的事情没有做。”

走出包厢他直奔自己住的房子，银子还在那里整理东西，见她出现，噘嘴道：“你怎么才来，都等你好久了。”

“你赶紧的去驿馆看看新云公主还在不在，在的话赶紧把她叫我这儿来。”

“又出什么事情啦？”见李羽轩一脸的气急败坏，银子也跟着着急起来。

“回头再跟你说，你先去驿馆找新云公主，如果她离开了就什么都别说，若果在你就一定要把她叫过来，去吧！”

“是的，姑娘！”银子二话没说就去了。

剩下李羽轩一个人在房里团团乱转纠结无极限，这事情来得太快了，快得让她措手不及。

她要怎么办呢？

为什么只要是她预料到的就一定会变成现实呢？

银子到傍晚时才回，“新云公主和驸马早两天就离开汴梁了，徐大哥被放南方五省巡按，保护公主一路前行也走了。展大哥和信王没看到人。”看了她一眼，放低了声音，“听说牵涉到李羽轩的案件里，都在家里闭门思过。”

“皇上没定他们的罪？”

“暂时还没有，听说证据不够不能成立。”再看了她一眼，“姑娘，你真是乌鸦嘴说什么灵什么，现在我们怎么办？”

“不知道。”李羽轩颓废的往靠椅上一躺，“没想到好办法。”

“听说皇上要信王交出李羽轩的尸体才相信她真的死了。生要见人死要见尸。对那边也是一样。”

“这话你听谁说的？”

“我找信王府的家丁聊天时听的。”

李羽轩翘上了唇角，“看样子皇上对信王还是不薄的嘛，死要见尸比生要见人容易多了。”

银子不解地望着她，“可是姑娘你不是好好的吗？”

李羽轩拍拍她的手，“放心好了，这件事情展大侠一定能搞定，新云公主和徐大哥去了哪里？咱们明日就找他们去。”

“你好不容易逃出来又去找他们？”她家姑娘是怎么啦？

“我需要晓蕾的变身术，只要我不出现他们就找不到我，找不到我信王和他们就是安全的。”这么浅显的道理都不知道。

“你现在不是已经让人认不出真面目了吗？”银子还是奇怪。

“我脸上戴的这面具是晓蕾用松脂做的，用不了多久，咱还得找她去要个更耐用的。”

“姑娘，这不是办法，只是权宜之计。”

李羽轩叹口气，“我知道，但也只能走一步算一步了。但愿车到山前必有路，天不绝我。”

主仆两人就海棠的事情聊了半晚，第二天一早就结账离开买了两匹好马往李新云他们的方向赶去。

李新云一路游山玩水走得不快，第三天晌午的时候李羽轩来到河北的大名，就打探到李新云就住在大名府的府衙里。

大名是北宋仁宗时的陪都，繁花不亚于汴梁。著名的铜雀台就在这里，“铜雀春深锁二乔”让多少后来者千古唏嘘。

她在大名府旁边的茶楼里下了马，找了间对着大名府大门的位置坐下。她不能这么贸然地去找李新云，只能守株待兔等她们出现。

既然来了就不急了。

那些万水千山的去找她李羽轩的人还不知在哪里折腾呢。

没过多久，就见李新云挽着青竹子的手笑嘻嘻地从府衙里走了出来。

李羽轩叫银子在楼上等着，自己下去走到他们前面用折扇遮住了脸，“打劫，只劫色不劫财。”

李新云一脚向她的身下踢出，“你还劫色呢，我叫你被劫色。死家伙，在我面前玩失踪，我就知道你跑不了，就算跑了也死不了。”

李羽轩嘿嘿一笑，“公主你太看得起在下了。”放下折扇。

李新云拖着她就往茶楼里走去，“告诉你一个好消息，刚才青竹子的人传来的。”

“什么好消息？”李羽轩引她到座位上坐下，“京城里的坏消息你应该知道吧？”

“昨晚上海棠和王珪都被来历不明的人杀死了。”

李羽轩没表现太大的震惊，这也在她的意料之内，“他们下手也太快太明显了吧？难道他们的后台没派人去保护他们？”

李新云知道她说的他们是谁，接口道：“不是他们，据消息说是契丹的人，大概是耶律洪基派在中原的密探。杀了他们等于保护了你。你这个表哥对你还不错。连我都没想到他暗地里在你身边派了护卫。”

李羽轩扒拉一下手指，“这样才糟糕，此地无银三百两，信王爷洗不清了。”

青竹子喝着茶，“李姑娘不要着急，我已经让地支的人潜进汴梁了，有什么风吹草动我们都会知道。对了，这些天你去哪儿啦？让我们好找。”

李羽轩眨眨眼睛，“我哪儿也没去就在汴梁啊。住在汴梁的妓院里。”

李新云一口茶差点憋死，“我就说你这烂人一定不会走太远，他们不信，对了，你今天是住这里还是跟我们住那边？”

“我就住这里了，你们别告诉徐大哥我来了。”

“你还真玩上瘾了。”李新云白了她一眼，“看上你的男人都是瞎子。走吧，先陪我们到处逛逛，徐大哥很多案子在整理忙不过来不会出来的。”

“那就走吧。”听到海棠和王珪被耶律洪基的人杀了，她心里虽然还担心怕人说是他们杀人灭口，不过看到徐清之还稳当当的当着他的钦差大臣，就算是有事也不会在他们的控制范围之内。

再说了信王和展昭是谁啊，斗赢他们也没那么容易，何况还有青竹子这么大的后台。

心情一开朗，周围的景色也变得无限娇柔起来。

第二天李新云跟徐清之说她和青竹子先行一步，就和李羽轩四人离开大名直往南走。不久就来到了苏州地界。

姑苏城外寒山寺，夜半钟声到客船。

她们第一地点就直奔寒山寺。

寒山寺在唐太宗年间因为高僧拾得而名声大振。

在寒山寺休息两天，李羽轩带着他们前去太湖。

春天的太湖偎红倚翠垂柳依依正是风光无限。但是她有一种很不好的预感，总感觉着两天来一直有什么东西在身边盯着自己，让她没有来由的毛骨悚然。

来到了渴盼已久的梦中的故乡，这份激动和喜悦还是让她把这份莫名的恐惧感给压了下去。

京城那边传来消息，包大人已经死了，展昭已经离开汴梁往江南而来。虽然信王的事情因为海棠和王珪的死已经被仁宗压了下去，但是太子党提出契丹欺人太甚，要求出兵征讨契丹。

李羽轩眉头一震，难道这不安就是来自于这个吗？这个时候她们几个正在太湖游船，几人嬉笑着把往芦苇荡里驶了进去。

第六十九章

不知不觉船儿就驶进了芦苇荡里。举目之下一片连天的翠绿直到烟波飘渺的湖水深处看不到尽头。李羽轩啧啧感叹此时的太湖之大，北国大漠长大的李新云哪里见过这样绮丽的水乡风情，恨不得跳进水里去抓鱼才好。听说大理比这江南还美丽，于是，李新云心血来潮要去大理。

李羽轩此刻也是没有根的浮萍，跟着他们随便去哪儿都成。

于是五人又重新出发，前往大理。

青竹子派手下告诉了正在赶来这里的展昭，要他转去大理会和，顺便也通知了徐清之，说他们离开江南到大理去了。

五天之后，他们在怒江边上遇上了比他们早到一天的展昭。展昭一身宝蓝色的儒衫，一副士人装扮，让他平添了几分儒雅。李羽轩见他风尘仆仆似乎瘦了不少。

当晚住店，吃完饭李羽轩就闪进了展昭的房间，“你真的不在朝廷干了？”

“真的。”

“朝廷没有因为李羽轩的事件怪罪你们吗？”一直在奇怪。按道理太子党没这么轻易地放过他们。至少花花草草要拔掉一些。

“因为信王一个人承担了下来。”展昭眸色深深地盯着她，“他很快就要和太后的侄女成亲了。”

李羽轩心抽了一下，干笑一声，又被她料到了，她很早就这么猜想过，“他用这个条件保你们平安？”

“是的。”

“他是好人。”

……他真是好人，李羽轩感觉心在一滴一滴的碎掉，心里的血射去了就回不来了，全身的血液充盈着，只有心是空荡荡的。她用左手抓住自己的右手，像抓住一根救命稻草，深吸一口气，“他还说什么？”

“要我向你说对不起，说如果有下辈子，他一定对你完成他的承诺。一定在茫茫人海里先找到你，陪你到江南看旧日风景。一辈子只陪你一个人。”

“如果他不这么做会怎么样？”李羽轩哑声道。

“我不清楚，这是他跟太后的交易，他没有告诉我，只要我找到你，然后答应他一定保护你，像他对你一样守护你。”

“你答应了？”

“答应了。”一问一答对答如流。

李羽轩咬牙看着前面这个男人，“你们都可以去死了。”

“李姑娘！”

李羽轩收拾起身体里的意志，“展大哥，我要去见他。”

“你确定？”

“我确定！”

展昭这才走到她的身边扶上她的肩膀，声音同样有些沙哑，“嗯，我陪你一起回去。你和他，彼此都需要一个答案。”

李羽轩透过朦胧的眼光看着自己的脚尖，点点头。

当天晚上，她就找李新云说明了理由并且把银子留在了他们身边，又让晓蕾重新给她换了一个面孔，换成了一个有些苍白萎黄的病书生模样，第二天一早就和展昭一起直奔汴梁。

才到洛阳，就在城里听到了信王两天后大婚的消息。李羽轩马上走进一家店里叫小二上酒菜。

展昭问已经吃完第三只烧鸡的李羽轩，“想好了没有？还去不去？”

还去不去？

人家都要大婚了……去干吗？把他夺过来还是祝福他幸福？

他那样的人会做这样的决定，一定是思考再思考，斟酌再斟酌，决定的那一定是他的最大的利益，又或者他根本一切都是在敷衍她，她还要傻不啦几地跑到他面前去丢人现眼吗？

喝酒！吃肉！

店门外，一个奇怪的小孩正在向他们靠近，可惜两人都沉浸在各自的思绪里谁都没有发现危险的来临。

第七十章

正在郁闷得要抓狂的李羽轩腰部突然狠狠的疼了一下，接着火辣辣的烫起来，她下意识地用手往腰上摸去，“谁不长眼睛用开水烫你姑奶奶？”

目光扫去，一个白色的物体正迎面向她扑来，闪着幽蓝色的爪子直扑她的眼睛。来不及惊叫，她马上闪身后退一脚往那玩意儿身上踢去，经过这些天青竹子和李新云的指点，她已经能把体内的真气运用自如也把那几招武术给练熟了，青竹子说她现在在江湖上找个人打架一般都可以应付得了。

耳边听到展昭有些惊惶的大叫：“别碰那爪子，有毒！”

一脚踢到那堆软软的身体上，李羽轩顾不得恶心，错手往那东西后面抓去，她已经看出前面这东西就是当然害死王柔的尸娃了，对着按剑攻来的展昭叫道：“你斩它尾巴！”展昭答应一声，招招凌厉的专斩它那条长尾巴。

小小尸娃虽然打不死，却也在电光火石之间被李羽轩和展昭打得嗷嗷直叫唤。

李羽轩知道猫靠尾巴平衡身体，合着展昭两人只对付它的尾巴。她一直想不明白就是剑刺进尸娃的身体尸娃会一点反应也没有，就算是猫也只有九命，怎么就会整不死呢？

店里的人早被尸娃的出现给吓得跑了个精光，展昭不想在闹市里惊世核俗让人看出身份，找了一个空隙拉起李羽轩的手，“走！”

两人如风一般的卷出城里，来到城外白马寺，转到寺院后面的山坡上，展昭放下李羽轩的手，抹了一把额头上的汗，“李姑娘，这下你麻烦了。”

李羽轩也抹了一把额上的冷汗，“我也这么想。”

“你准备怎么办？”

“我准备跟着你走。”

展昭无语地望着她，“你现在功夫不错啊，怎么还这么赖皮？”

“你自己不是说是来保护我的吗？大树底下好乘凉能靠别人我当然不会靠自己。”主要是这尸娃太可怕，杀不死的东西想想都胆寒，“话说那海棠不是死了吗？为什么尸娃还会找上我？还有，我不是易容了吗？尸娃怎么会认得我？你当初不是说尸娃是凭画像认人的吗？”

他们说过被尸娃缠上就是一场噩梦，可是曾经让李羽轩那么胆战心惊的尸娃这次再看，李羽轩也没觉得那么可怕了。俗话说的好，艺高人胆大，她已经不是那个让人宰割的小瘪三了。

李羽轩揉揉鼻子，心里对自己走了狗屎运的蜕变表示心情很好。

春日的树林湿气缭绕，满眼的花红草翠让刚看了尸娃的眼睛愈加的赏心悦目，可惜两人都没心情浏览这满地春光。展昭皱着眉头摆弄着手里的剑，李羽轩直视着展昭等待答案。

展昭无视了李羽轩一会儿，抬头见她认真执着的眼神，苦笑一声，“别把我当江湖百晓生好不好？我也是第一次接触这玩意儿。对了，你为什么要我攻击它的尾巴？而它好像对它的尾巴也挺忌讳的。”

李羽轩高深莫测的嘿嘿一笑，“这个很简单啊，猫是靠它的尾巴维持身体平衡的，它要是没了尾巴就等于你展大侠喝醉了酒，进了妓院里本来想要找看花姑娘结果手里抱了个清小倌一样。”

展昭没想到李羽轩会出来这么一个比喻，怔了一下，马上耳根充血，“你才喝了酒去妓院呢！”想起李羽轩是个女子，血又从耳根憋到了脸上，哭笑不得。

见展昭的窘样，李羽轩只觉这一天的闷气一扫而光，哈哈大笑。

展昭别开脸，“李羽轩，拜托你记得自己是个女子好不好？”

李羽轩拍拍自己的男装，“展大侠，你是眼花了还是在你心里我无论什么装扮都是女子？告诉你，我很自恋的，我会把你这句话自动理解成情人眼里出西施。”

这话一出口，李羽轩就知道自己玩笑开过了，展昭不是信王，不是什么玩笑都可以云淡风轻一笑而过的。展昭虽没徐清之那么较真，但也没信王那么什么都不较真。

果然，两人间的空气因为这句话而变得尴尬和暧昧起来。李羽轩不自在地揉揉鼻子，看着展昭红苹果一样的脸蛋，“那个，展大哥，你知道的……我一高兴说出话来就口无遮拦，你就当听疯子胡言乱语……”

“我当你说的真心话。”

李羽轩惊愕地看着展昭。

“情人眼里出西施。”展昭脸蛋虽红，可说出来的话一点都不磕巴，言简意赅。

现在轮到李羽轩的脸蛋红了，不过隔着一层面具看不出来。“咳咳，尸娃为什么没跟来呢？”

展昭没有接话，眼神落在她身上，深邃如桃花潭水，“我不介意你知道我的心思，江湖儿女本来就要活得坦坦荡荡，敢作敢当，我说出来不是要你接收，我也知道你和王爷的心思，王爷不惜委曲求全成全我，我也不会当缩头乌龟任他去委曲求全。”

“嗯？”这是什么意思？

“我来找你就是要带你回京师，阻止王爷娶那个女人。”

“他不娶那个女人，可是他还有别的女人。”这才是最要紧最纠结的问题。

“男人三妻四妾本来很正常了，何况他是王爷。”展昭说得理所当然，理直气壮，随即叹息一声，“王爷果然了解你的心思，可惜落花有意流水无情，你太无情了。”

李羽轩望天无语哽咽。这展大侠的心思还真是一秒三千里，才说道情人眼里出西施马上就血泪控诉她对别人的无情无义了。

……难道他是来当说客的？这说客也当真稀里糊涂当得太失败，还把自己给拐了进去。

“和别的女人共享一个老公我会被醋淹死……”这个是事实，“王爷知道我是个悍妇所以了解我的心思，你以为我是个西施所以认为我会和真的西施一样去某王的后宫……”

展昭木立哂然，神色诡异波澜壮阔，声音低沉，“你是悍妇我们都知道。”

山风吹来，吹路满地桃花。

展昭拾起一朵桃花，研究良久，“尸娃暂时不会来了，我们走吧！”说完带头往大殿走去，“这里的主持和我有过几面之缘，我们先进去再想办法吧！”

李羽轩紧走一步追上，“万物相生相克，既然有尸娃就一定有克它的法子，不是说它只听玉佩主人的话吗？咱们先下手为强反守为攻找到那主人偷了那玉佩。”

“尸娃执行任务的时候主人一般不会跟在它身边，你说的这一点谁都能想到。”

“别人说不定没我聪明。”

两人从后面走进去，后院是禅房，静悄悄的没有一丝声响。展昭带着她往右边最里面的一间房子走去，在门上轻叩三下，“悟本禅师在吗？展昭求见！”

没一会儿门吱呀一声开了，里面站着一个胖乎乎的老和尚，白须飘飘仙风道骨就跟供奉的弥勒佛一般，看见展昭白须一阵颤动，“展施主好！”

展昭赶紧揖手，“大师好！展某今日在洛阳遇到一件难事，来请大师相助。”

老和尚呵呵一笑，“两位请进。”

两人迈步进入，展昭又关上了门，老和尚在地上的蒲团上坐好，李羽轩也学着展昭的样子在旁边的蒲团上坐下。

看着两人坐好，老和尚才看着展昭缓缓说道：“展施主眉头深锁，印堂阴暗，眉间黑线直冲太阳，近日必有血光之灾。”

展昭毕恭毕敬地点点头，“特来请大师化解。”

李羽轩只觉得这大师开口的台词好熟悉，路上摆相摊卖狗皮膏药的开口都这么说。然后被说的人就吓得诚惶诚恐，赶紧求大仙指点迷津，逢凶化吉，死里逃生。

“大师有何高见？”李羽轩插上一口，被展昭剜了一眼。

“你们可是遇到了尸娃？”大师还是缓缓问道。

展昭点点头，“正是！您是怎么看出的？”

“此物中原虽不常有，但是我也有幸曾经见识过，今日见你们身上带有腐臭辛芳之气，故此知道。”

李羽轩闻闻衣袖，果然有一种淡淡的辛辣气味，有些像冰片也有些像硫黄。难道尸娃的不腐不死就是靠这些东西在维持吗？这个发现让李羽轩精神大振。

老和尚继续说道：“要对付尸娃也并不是很难，不过施主的血光之灾并不是指这个。”

“那我要怎么样对付尸娃？”展昭接过话，“尸娃缠上了我的这位朋友，还请大师指点。”

“尸娃是没有生命的东西，身体不坏全由平时泡在硫黄和水银里的缘故，你只要身上多带砒霜和朴硝，见面即扑，便可让它灰飞烟灭。”

“为什么？”李羽轩问道，这答案太奇怪，难道尸娃可用毒药毒死的吗？

“阿弥陀佛！硫黄原是火中精，朴硝一见便相争。水银莫与砒霜见，狼毒最怕密陀僧。”

展昭又是稽首，“多谢大师指点。尸娃随时会来，我们就先行一步了。”

“阿弥陀佛！”老和尚目光看向李羽轩，“这位施主眼角上挑，眼带桃花，然眉如利剑，唇薄而紧抿，与眼相相冲，注定情路坎坷，此生多灾多难。但也大富大贵。若要化之，切记以大善为重。”

“大善？”

“阿弥陀佛！勿以善小而不为，勿以恶小而为之。”

第七十一章

两人走出寺院，李羽轩忍不住问道：“这和尚很厉害吗？”

展昭戏谑地斜了她一眼，“怎么啦？怕了？”

李羽轩也不掩饰眼底的担忧，“不怕是假的，他还说你有血光之灾呢。你要是被血光了，谁来保护我？”

某人耻笑，“你就这么点良心。”

“有良心首先得有命，命都没了，剩下一个心给你蒸着吃吗？”

展昭拔剑。

李羽轩扑哧一笑往山下飞去，“快点去买硫黄朴硝，你等着尸娃找上你吗？”

尸娃暂时没有来找他们，但是徐清之来了。

李羽轩在药店外看见一个快马加鞭的身影一闪而过，熟悉的身影让她马上反射性地大叫：“大哥！”

快马顿时立住，马儿扒拉着蹄子一声嘶鸣，马上的人一个趔趄差点跌下来，把李羽轩吓得又是一声大叫：“小心！”

展昭被李羽轩的声音吸引过来，“谁？”侧身望去，见徐清之正从马上下来，不禁诧道，“徐大人？你不在江南，跑这里来做什么？”

徐清之下了马微微一笑，掩饰不住的风尘与憔悴还有一身倦意，“展大哥你怎么在这里？我要赶回京城去。”再看向李羽轩，“三弟？你怎么这副模样？”

李羽轩拍拍衣服，“这样你都看出来了。”

“你声音没变嘛！”

李羽轩了解徐清之，知道他为什么回去，“你回去做什么？还嫌乱得不够吗？你这样擅离职守，上面怪罪下来，白白的辜负了别人的苦心。”

展昭也听出了她话里的意思，望向徐清之，“她说的没错？”

徐清之缓缓地点点头，柔和但让人无法动摇，“我不能让王爷为了我牺牲。”

三人这样站在街上说话有些突兀，展昭丢给李羽轩一个装满硫黄朴硝的袋子，转身又去要掌柜的准备了一大袋丢给徐清之，走出药店翻身上马，“走吧，离开这里再说。”

徐清之接过袋子，被袋子刺鼻的气味呛得一口气没接上去，猛烈地咳嗽起来，“什么……东西？”

李羽轩上去拍拍他的肩背，瞪了一眼展昭，“不要这么大力好不好？他又不是你，没你那么野蛮。”

“好吧，你心里不舒服拿我撒气。”展昭拉起缰绳，“这是对付尸娃用的东西，其他的你问你的好三弟，都是她惹的祸，你要是不想被她牵连就一个人赶紧先走，和我们分开走。”

还没接顺气来的徐清之看向李羽轩，李羽轩无奈地点点头，“大哥，你还是先走好了，我就不拖累你了。”

徐清之再看向展昭，展昭望着天点点头。他知道自己手无缚鸡之力，真是尸娃出现他在一边也帮不了什么忙，反而还要他们分心照顾他，当即了然一笑，“展大哥你说得对，那我就先走了，大家京师见了。”把袋子递给李羽轩，翻身上马，“你们保重。”

李羽轩好久没见徐清之，此刻相见，本来是惊喜交加，见还没几分钟他就要走，鼻子一酸，红了眼眶。“我们一起走吧，我送你出城。”也翻身上马。

徐清之猛然之下见到李羽轩，心里也不忍分开，打马靠近她身边，低声道："走吧！"

李羽轩缩缩鼻子，"嗯。"其实她心里很想问身边这个把温和刻入她灵魂的男子，如果她被尸娃挂了，永远也回不了京师了，他会后悔就这么跟她分开吗？

想起行迹不定随时可能出现随时可能在你后面闪着绿光偷窥着你，趁着你松懈的时候致命一击的尸娃，李羽轩不寒而栗。王柔那么好的武艺最后搜没能逃得一死，她和展昭两人又有多大的胜算呢？

三人缓缓并辔而行，都沉默着。

走出城外，一条官道直通汴梁，她的人生从这条道开始，又会以这条道结束吗？老和尚的话鬼使神差地在这时候出现在李羽轩的脑海里，"勿以善小而不为，勿以恶小而为之，切记以大善为重。"

大善，大善是什么？

徐清之停下马，没有回头，只有挺直的背脊和微微上扬的头颅，"你们不要送了，我先走了。京师见了。"

李羽轩咬咬嘴唇，终于问道："你要怎么办？"

"我的辞官归田的奏折已经快马送到恩师手里了，大概此刻也到了官家的案上吧？"

"……你，不后悔？"

看不到徐清之的表情，只看到他摇头的后脑勺，"不后悔。"

展昭驰近他身边，低低地说了一句什么，然后在他的肩上拍了一拳，"一路顺风！"

"一路顺风！"

马蹄声响起，徐清之一拉缰绳，马儿撒蹄子往前奔去。李羽轩冲着背影大声喊道："徐大哥，回去告诉王爷，叫他想办法缓一缓大婚的日子，我会想办法去娶她。"喊着喊着，泪流满面。

徐清之不敢回头，怕自己这一回头就再也挪不开脚步，待到远了再远终于回头，只能见到有两个模糊的身影依然站在那里，他紧握的拳头松开，俯身倒在了马背上，抚摸着马儿光洁的背毛，半晌缓不过气儿来。

李羽轩一直望着徐清之远去的背影发呆，那嘀嗒的马蹄声声声刺激着她的耳膜，大家都在为她的事情牺牲，而她自己呢，在做什么？做了什么？心安理得的接受着他们的牺牲？他们谁也没有为她牺牲的义务。

她突然觉得自己想明白了老和尚的话，她的身份也不是一无是处，至少她可以利用她的身份为他们求得一份平安。

她掉转马头，又往洛阳城里奔去，展昭弄不清她的意图，在后面无声跟上。他们都是这么好，这么善解人意，当你需要沉默的时候，每个人都会在你身边守护着你的沉默。

“展大哥，帮我联系青竹子，告诉他我回契丹，让他让手下人提前通知萧大哥。叫萧大哥来接我”

“为什么？”

“没有为什么，到了你就会知道的。”

“你不去京师了？”

“总有一天会去的。”

……

“你告诉我该走哪条路？”

“你先等我的鸽子到了。”

某些事情一旦想通了，坏事也可以变成好事，就像塞翁失马焉知非福，现在李羽轩觉得面对自己的身份也没有想象中的那么困难。

当了这么久的缩头乌龟，是她把头伸出来的时候了。

在李羽轩的强烈要求下，两人不日不夜不眠不休全力赶路，不知道是身上的硫黄朴硝发挥了作用，还是尸娃被他们打坏了，这一路上它也没出现骚扰他们。

两人头发蓬松一身灰尘灰不溜秋出现在雁门关外的时候，萧漠已经带人等着她们了。

她也没力气再说一句多余的话，只说道：“带我见道宗皇帝，我先在马背上睡一觉先。”

这一觉也不知道睡了多久，多日的奔波劳累都汇集成了这昏天黑地的一觉，醒来的时候发现自己睡在了床上，身上盖着的是一张白色的虎皮褥子，她摸上老虎的耳朵，确认自己是到了大都无疑。

七八个侍女见她醒来，都围了过来，口称公主殿下。

李羽轩看着房间的情形，知道自己光荣变身成功，从逃犯成功晋升成童话里的公主。

童话故事都是这么结局的：从此公主和王子过着幸福快乐的生活……

她任侍女把自己装扮一新，穿上黑色的貂毛服，带上雕花的金冠，长靴长裤杏黄金缕裙，外面再披一个大红色绣金边的大氅，脖子上带上一串长长的玉珠，再在两边手腕上套上叮叮当当的几十个玛瑙或水晶的臂钏，加上衣服上绣上的金银铜铁之类，走起路来鼓乐齐鸣好不喜庆。

如果不是没有耳孔，不知道还要在耳朵上带多少家伙。难怪称契丹人为蛮人，每天戴着这么多东西叮叮当当，最文弱的小姑娘也会整成一力大无穷的大姐大。

这就是生活啊！当你被生活强奸的时候，你要学会享受它。

李羽轩深吸一口气，任她们再在自己的手指上套戒指，套到第三个的时候，忍无可忍，喝道：“够了！，带我去见皇上。”

“皇上和萧大王在外厅等公主醒来。”

李羽轩拔腿往外面走去，看来耶律洪基对她这个凭空冒出的表妹还不错，不知道他知道了她的条件还会不会这么不错？

萧漠曾经告诉她，找到惨死的萧菩萨哥太后的后人是兴宗的遗言，萧太后之死一直是兴宗心里的隐痛，而他终其一生都生活在萧耨斤的阴影里，直到后来郁郁而终也没能达成自己的心愿。

转了几个回廊，侍女在一扇敞开的大门前停下，“公主请进，皇上就在里面。”

李羽轩看了一眼自己的服装，伸腿迈了进去。

见到李羽轩进来，耶律洪基和萧漠一起站了起来。两人都微笑着看着她。耶律洪基走前一步，上去打量了好一会儿，呵呵一笑，“穿上这样的衣服，果然和仁德太皇太后还是有点像的。以后你就是大辽的晋国公主了，你平安回来，总算是了却了父皇的心愿。你就在这大辽草原上享受本应该属于你的一切荣华富贵吧！”

李羽轩对这个晋国公主称呼有点不太适应，不过还是跪了下去，“臣谢皇上！”

耶律洪基伸手扶起她，“以后是一家人就不要这么见外了，你以后见我无须这样的大礼，我们大辽不像南朝那么多繁文缛节。”

李羽轩身体有些僵硬地站起，“是！”

“你既然回来了，总是要学习本国语言和文字的，你和萧大王们交情不错，这事就交给萧大王教你吧！”

李羽轩扑通一声又跪了下去，“臣妹这次回来，有一事求皇上成全！”她故意加重了妹字的语气。

耶律洪基被她这举动惊诧了一下，不过也就是眼里目光一闪，很快眼神恢复了平静，本来伸手要扶她起来的那只手又放了下来，眼光看向萧漠嘴里平静地说道：“朕就知道你不会就这么回来的，说吧，有什么要求？只要不危害国家社稷朕都可以答应你。”

萧漠直视了她一眼，微不可及地摇摇头，“有什么就说吧，你现在是大辽的晋国公主，皇上不会怪你的。”

可惜李羽轩没看到他的动作，“我请求皇上为我向宋朝求亲！这事绝对不会危害国家社稷，而可以保我大辽和南朝边界的平安。”

“求亲？你要和亲？！”耶律洪基脱口而出，想都没想就否决了，“我大辽公主绝不和亲。只要你愿意，大辽堂堂男儿任你选择，无论你看上谁，朕都可以为你指婚。”看向萧漠一笑，“你说是不是？萧兄弟？”

萧漠尴尬一笑，“她的事情我不很清楚。”

“皇上，你也知道，因为臣妹的事情，南朝许多人都在谋划着进攻大辽，臣妹实在是不忍看着战祸因自己而起，毕竟是臣妹不知自己身世欺瞒他们在先，所以恳请皇上答应臣妹的要求。”

“他南朝要战，我大辽又怕他如何？”年轻的耶律洪基站起来，“此事不用再说，朕是不会同意的。今日晚宴在绪隆宫举行，庆祝晋国公主平安归来，你们两个一起来吧！朕累了先回去休息。”大概李羽轩的话把他弄得非常不爽，说完头也不回地走了。

留下她和萧漠大眼对小眼。

萧漠摇摇头，“公主，你太心急了。皇上在这儿等了你一个晚上，你至少要感谢一下他的这番心意。”

经他这么一提醒，李羽轩知道自己唐突了，都是心急惹的祸，现在整整5天过去了，不知道信王那边情况怎样，如果他大婚了，她还有什么必要和亲呢？“展大哥呢？”

“他没有跟来，在我那里等你的消息。”

“我能和你一起去你那里吗？”

萧漠站起来，“走吧！皇上没有限制你的行动。”

两人正说着，外面传来响亮的声音，“皇上有旨，晋阳公主接旨。”

李羽轩疑惑的扒拉了一下手指，“才刚走掉，又有什么旨意？”却见一大群的侍女排排站的从外面鱼贯而来，手里端着琳琅满目的七七八八的东西。见这阵势，李羽轩知道耶律洪基用的怀柔招安政策，他怎么会知道她吃软不吃硬的坏毛病？

见李羽轩的眼光望来，萧漠赶紧后退一步，“我什么都没说。”

一个头上戴着鸡冠帽的中年人大踏步进来，“皇上有旨，晋阳公主接旨。”

李羽轩只得跪下来接旨受了这一屋子的奴仆和一屋子的金光闪闪的这一辈子也用不着的金银珠宝。

看着奴仆们各就各位，李羽轩对着萧漠，“走吧！”

两人离开皇宫，所有见到萧漠的人都毕恭毕敬，对她却目光充满探索。契丹是一个非常崇拜强者的民族，对于所有用实力说话的人打心眼里服气。这一点李羽轩是知道的。她如果要在这里生活下去，又需要为自己重新打一片天空。

不过她没想在这里待多久，权宜之计而已。

南院大王的府邸里，收到白鸽消息的展昭正无精打采喝酒等着李羽轩到来。

李羽轩与萧漠进去看到的，就是喝得跟一只红烧的虾子一样的展昭在举杯邀树上的小鸟，对影成三客。

李羽轩心一沉，莫名心慌起来，直觉告诉她一定是出事了。她走过去一把抢过他的杯子丢掉，“怎么啦？展大哥？你为什么喝这么多酒？”

展昭被人抢去酒杯，摇摇晃晃站起来，见是她，哈哈大笑，用手指着她，“傻了吧？我怎么会陪你这个傻瓜来上京，而不回汴梁把那个傻瓜直接抓出来。哈哈哈哈，好了吧，成了吧？你满意了吧？王爷如期成婚了，徐大人也辞官了，干净了，是不是？真干净啊是不是？”

李羽轩抓紧拳头让自己能够继续站着，没有说话。

天地间都静了下来，连呼吸也听不清楚。

还有呼吸吗？心好痛，碎了一般的绞痛。她最在意的两人，就这么为了她放弃了他们的理想和生活？她不要，不要啊——

她还是做错了吗？信王为什么不等她？徐清之为什么这么傻？信王都大婚了，他为什么还要辞官？十年寒窗苦啊，他为什么为什么？他们都是成心联手来让她活不下去的，是不是？

她把指甲掐进肉里，不行，这一定不是事实，一定不是，信王说过，无论怎么样他都会保护她，不许任何人来伤害她，言犹在耳，他这么可能会放弃她，是不是？

展昭见到李羽轩一瞬间血色褪尽的脸，心里一惊酒醒了一大半，慌乱的拂开酒罐走向她，“我什么也没说，我喝多了说的酒话你别当真。”

李羽轩摇头挤出一丝比苦笑还难看的笑容，“他们终于都用他们的方式保护了我，是不是？我偏不要他们的保护，我要回去，我要以大辽晋国公主的名义回去。我已经不再是那个躲躲藏藏的契丹人，我是大辽的公主我不是一个人我有整个大辽国站在我的背后，我不需要任何人任何方式的保护。”

“羽轩——”萧漠瞪了展昭一眼，站到李羽轩身边，却不知道说什么好。他知道她和他们的关系，自己也一直在饱受感情的煎熬，能够感同身受地知道李羽轩此刻的感觉。

“我马上就回去，大张旗鼓光明正大地回去，我要让他们后悔他们的决定——”她最也无法控制自己的眼泪，哽咽道，“萧大哥，你说是不是？他们是不是太傻？是不是？”

“他们是萧漠佩服的真男人。”萧漠用手搂住她的肩膀，“你没看错人。大哥很欣慰。”

“可是我希望他们自私一点庸俗一点，不要这么清高这么自以为是，他们谁都不在乎我的决定……”李羽轩用手大力的一抹眼泪，“他们这是要让我痛苦一辈子吗？我偏不要，大哥，你跟皇上去说一声陪我去中原走一趟。我——一个人不敢回去。”

展昭一甩酒罐又走了上来，“我也要回去，我要去看看那两个家伙然后什么事都不管天涯海角的过我自己的生活去，什么压力也没有的日子真逍遥啊——”

萧漠看着一直用手乱抹眼泪的李羽轩，“好，但你也要答应我今晚好好地参加宴会，这个宴会是皇上向所有人宣告你的身份，只有参加了这个宴会，大伙儿才会承认你的身份，你才能如你所说大张旗鼓光明正大地回去。”

“好！”

绪隆宫内灯火通明一片喜庆，各路大臣皇亲国戚都来参见新出现的晋国公主，也有仁德萧太后本家的人，看见她就像看见了久违了亲人，一边和她聊家常一边羡慕她当初死里逃生的好运气。而她只是随便应付了他们一下就一个劲地缠着皇上和萧大王哥俩好拼酒，直拼得天昏地暗日月无光。

北方天寒酒烈，一碗酒喝下去满眼生花。李羽轩本来酒量不错，克服了喉咙火烧火燎的疼痛，正确的是喝多了喉咙已经麻木了，她愈加的喝得豪气干云天。

就在这酒气晕晕的一团和气里，耶律洪基猜拳失败，同意萧漠护送李羽轩去南朝完成她未了的心愿，但是有一个条件，就是完事后她一定要回来，不然他无法对他死去的老爹交代。

这个可以答应。

目的达到，李羽轩喜笑颜开的倒了一碗酒给耶律洪基，“来来来，你输了继续喝。直到明天早上大伙儿都起不来。”

说起来简单，真正要用辽国公主的名义出发却不是那么简单的事情，首先要耶律洪基以皇帝的名义写了一封大辽愿意与大宋相亲相爱派晋国公主出使汴梁的公函盖上玉玺快马加鞭送往大宋京师，然后就是配给李羽轩的人马，到那边去配送的礼物，随行的官员，这个是最简单的，有萧大王随行，那是很大的面子了。

就这样忙忙碌碌，用最快的速度也用了两天，到第三天早上出发，十几辆马车，几十个侍女和侍卫，再加上萧漠和与他随行的风云十八骑，华盖飘扬浩浩荡荡所到之处万人空巷。

李羽轩对耶律洪基对这件事态度的改变和积极很有些疑惑，不过他们官场上玩政治的东西她也懒得去深思，就是知道他把她当工具当枪使，那也是没有办法的事情。

她一直都是枪……送上门的枪。

出了大辽境内，她和萧漠展昭三人换成普通人打扮，轻骑快马直奔汴梁。

汴梁的繁华一如往日。

信王府却是大门紧闭，完全没有想象的喜庆与轻歌曼舞，连门房和门口的侍卫也不见了，在整个大街的喧哗里冷冷清清。

“一定出事了。”清晨的薄雾里，萧漠连马都没有下，“展兄弟，你去问问。”

展昭下马拦住一个匆匆而过的人，看那人的一身装束就是官府里的，“请问信王爷这里是怎么啦？”

那人认出展昭，“展侍卫？”

“是我！”

“王爷半个月前被皇上贬为庶民，已经不在这里了。”

“什么？”展昭惊得退开两步，“不是说他已经大婚了吗？为什么会这样？”

在马背上听到他们说话的李羽轩同样惊得一骨碌从马上滚下来，滚到了展昭身边，“为什么？”

那人见李羽轩一身女子装扮，神情又是如此急迫慌乱，眼神里有了一些洞察的得意，“你们不知道吗？因为王爷拒绝了太后的赐婚，被震怒的太后贬为庶民了。”

李羽轩和萧漠同时转头望向展昭。

展昭不可置信地用手大力的抹了一把脸，“这到底怎么回事？怎么会这样？那他人呢？”那人一抱拳，“这个我就不知道了，我还要去衙门就先失陪了。”

展昭抬起手一阵乱挥，“走吧走吧！”

听到信王没有大婚还被贬为庶民，李羽轩吃惊之余，一颗心终于放了下来，甚至很得意，一路的疲惫也一扫而光，翻身上马，“走吧，我去找他！”

“去哪里找？”两人跟上她，“你能找到？”

李羽轩嘻嘻一笑，“我知道有一个地方有一个人一定知道他的去向。”

包拯去世，欧阳修暂时代理开封府尹的职位，李羽轩直奔开封府衙门奔去。曾经在朝廷上这两个人相互支持惺惺相惜，信王值得托付而且李羽轩也很熟悉的人，就只有她的恩师欧阳修了。他一定知道信王的下落。她嘴角不由自主的划出一个笑容，“死狐狸，还和我来这一套。”

去找欧阳修这个任务就交给展昭了，她和萧漠谁去都太张扬。展昭拿着一张纸条从府衙里出来交给李羽轩，李羽轩打开一看，上面正是信王的笔迹，写着两句诗：折枝天涯寻寄处，墙外佳人墙内花。

李羽轩咧嘴一笑，“这诗烂得，跟他人一个样。他在哪里？”

“不知道！”展昭摇摇头，“他上面也没说，就留下这个给欧阳大人，说有人来找他就给这个，地址就在这里面，说这是找他的人很熟悉的地方。”

“熟悉？”李羽轩攒起眉头，“墙外佳人墙内花？墙内花？菊花？他随便站到哪墙根下这玩意儿都在。”

展昭比她还心急，“搞什么嘛，你叽叽咕咕的看懂了没有？”

李羽轩没有理他，调转马头往城外疾驰而去，难道他会在那里？

城外五十里外，郭家庄。

熟悉的围墙，围墙内一株杏花正在怒放，红色的花伸过围墙开在李羽轩的头顶上。这是李羽轩六年前搬来这里时好玩一般栽的，给自己找点乐子，傍着围墙栽着，取的就是“一枝红杏出墙来”的意思。

她伸手摘下一朵花。这株红杏终于出墙了。丫的，信王不就是这意思吗？好好的写个地址都不忘讥笑她一番。

小院的门是虚掩的，轻轻一推就开了。院子里很静很干净，大门敞开着，里面的家具还和她在时一个模样，八仙桌上放着一桌子整齐的点心素食碗筷，仿佛就是在等待远方的她们到来。

人呢？

李羽轩招呼展昭和萧漠坐下，习惯的去后面的厨房拿开水。回到了家，虽然没看到信王的人只看到他那些故弄玄乎的玩意，她也不在意了。只要他在，一切都不重要了。

厨房的门敞开着，一个湖蓝色的背影微微弯着，在砧板上切着什么。一声一声清脆悦耳，如同屋外跳跃的阳光。

李羽轩不敢相信自己的眼睛，这个背影太熟悉了，可是现在这个背影在做什么？那么高高在上养尊处优的一个人，在做菜？心抽了……抚胸屏住呼吸，蹑手蹑脚地走了进去。

走到身后，再调整心跳，慢慢地慢慢地俯身抱住了前面的背影，把脸和身体一起贴了过去，摩挲着结实的肌肉，“我回来了。”

身体紧绷了。没有回头，“我知道你会回来。”声音低沉而魅惑，手却还是那样有节奏的在案板上敲打着，好像她们一直都在一起，只是短暂的分离。

李羽轩见他一点都不回应她的热情，放开抱着他的手站到他身畔。从侧面看着那张棱角分明的脸，那张脸依旧专注地盯在手上，一点也没有久别重逢的激动。如此内敛平静，太不像她认识的那个张扬奔放的信王了。

大概，是在生她的气吧？

她伸手想接过他手里的活，“我来吧，萧大哥和展大哥都来了，你去陪他们。”

“不用，我比你熟练。”

“这个家我才是女人。”

“你也算女人？”嗤笑，“没见过比你更女人的女人了。”

“你不能因为我心情好就欺负我。”

“我说的是事实，探花郎！”

老虎不发威，真当我是病猫了。李羽轩用力压住那只他搁在案板上的手，信王挣扎一下，没有挣开，眼底终于有了变化，变得有些惊奇，“你功力进步很快啊？”

“我进步的不只是这个呢。”李羽轩嬉笑着把身体往他怀里缩去，自动把他手扣到自己身上，“我想你。”

前面的脸蓦地红了。这是李羽轩第一次看见他脸红，不觉双手摸了上去，“皮厚得跟鳄鱼一般的信王爷也会脸红，真是奇迹啊！”

“叫我子卿！”

“想我吗？”

“你说呢？”

“肯定是一日不见如隔三秋。”

“你就臭美吧！”

李羽轩一直以来对自己的选择都有些摇摆不定，对他的身世和经历都有些不由自主的抗拒，直到此时才真正被他感动，双手抱着他的肩膀，踮起脚尖晃荡到他身上，“你太高了，和你面对面真是太辛苦。”

信王紧绷的脸终于忍俊不禁莞尔一笑，“你呀！”伸手抱住她，抱紧，“让我看看变了没有？有没有红杏出墙？”

“一直在出，从未走远。”

眼前的眸子一暗，握住她腰的手用力一紧，疼得她大叫起来：“你要谋杀亲妻啊——”

一个啊字还没叫完，唇被突如其来的力道压住了，信王沉重的呼吸在耳畔响起，“让你嚣张。”

李羽轩顺势攀住他的脖子躺在了他的怀里，信王却放开了她，“缓缓气，我们一起去前厅，你们都还没吃饭吧，去尝尝我的手艺。”

“你的手艺？”李羽轩抬起双眸，“士别三日当刮目相待？你高贵懒惰的双手会做出些双眸玩意儿？”

“我一直值得你刮目相看，只是你以前蒙住眼睛不看而已。”信王不满的一撇嘴角，“我也懒得跟你计较，我的厨艺可是当初无聊的时候在御膳房学的，你不信拉倒。”

李羽轩其实很想问问信王为什么会是这样的结局，好几次话到嘴边又咽了下去，或者已经不需要再问和求证了吧，她能够做的，就只有珍惜。拉起信王的手围在自己的腰肢上，“走吧，我百分之百的相信你。”

回到大厅，隔着一个回廊就听见李新云大呼小叫的声音，李羽轩紧走几步奔过去，只见徐清之，青竹子。李新云都在那里，李新云正在神采飞扬的对萧漠描述着当然太湖上的美景。

几人看见李羽轩和信王出现，都向他们望了过来，眼睛里大有戏谑之意。饶是李羽轩脸皮再厚，也忍不住红了脸。

李新云凑到李羽轩身边，围着她嘿嘿一笑，“不错啊，来得挺快的，你是来喝赵蕴的喜酒呢还是来抢人的呢？本公主这个主意不错吧，这叫置之死而后生，徐大哥教我的。”

展昭瞪圆眼睛，“那消息是你发的？你故意整人的对吧？”

李新云眨眨眼，“这是我们大家的主意，谁叫某些人躲到一边去眼不见为净呢？只会当逃兵。”

“我没有！”李羽轩举起右手，“我发誓这次没想当逃兵。展大哥和萧大哥可以作证。”看到他们都在，她打心眼里高兴，特别是看到徐清之平静的神情，虽然他的眼睛里还有一丝淡淡的忧郁，但是看着她的时候已经没有了那种欲罢不能的痛苦。

院门又被人嘎吱一声推开了，银子和晓蕾提着俩坛酒走了进来，青竹子走过去接过酒坛，打开，整个院子里顿时酒香四溢。

银子惊喜万分的扑向她，晓蕾默默地站到了李新云身后。

信王坐下，往每个人碗里倒满酒，“好久没和大家这么相聚了，以后大家各奔东西只怕也难有这样相聚的机会了，来来来，我们不醉不休。”

信王的手艺还不错，桌上的东西还能吃下肚子。

几杯酒下肚，萧漠问道：“你们准备怎么办？”

信王耸耸肩，“我无所谓了，现在平民一个，想去哪儿去哪儿，离京师愈远愈好，你们知道的，我想的就是有这样一日。”

“你，真能放下？”问这话的是展昭，也是大伙儿最关心的问题，“不会后悔？”

信王把手里的酒喝下，“放下和放不下有什么区别呢？站在一个不需要的位置上成为别人的眼中钉，等着别人来叫你走吗？历史上这样的斗争和结局都太多了，你们都明白。”

李羽轩知道信王不想过多地谈论他的家事国事，对他来说，其实放下并不是那么轻松的事情，虽说是主动选择，但朝廷里有眼睛的人谁都知道这个主动选择也是迫不得已，等到仁宗驾崩，他的好日子只怕也就到头了。

远避锋芒，是智者的选择。没有几个人能在权利的顶峰急流勇退而已。

李羽轩吃饭完，留下他们几个在厅里海侃，自己一个人来到了曾经的卧室。卧室的地板上，书架上依旧是凌乱成堆的书籍，她曾经对银子说过，她不在的时候千万别碰她的书，因为书虽然放着乱，她却能在这一堆乱糟糟里很快找到自己需要的东西，要是银子帮她收拾了，得，第二天她得重新费九牛二虎之力恢复原样……

她蹲下去捡起一本书，是苏轼的手抄诗集，她当时花了很多银子从别人手里重金购得，也是她美丽的少女梦想。她一笑，感觉之前的一切就如梦一般不真实。苏轼，她的二哥，永远都见不到她穿女装的样子吧？

银子在门口叫道：“姑娘，那个赵大哥叫你出去。”

“谁？”这里没有赵大哥啊。新来的？

“就是信王啦！他不许我们叫他王爷了，只许叫赵大哥。”

原来是他，信王叫惯了，听赵大哥三字还真不习惯“什么事？”

“讨论你们婚礼的事情。”

"啊——"李羽轩，"不会这么快吧，告诉她们我睡觉睡着了，明天再说。"

"姑娘！"银子不依地站在门口，"你又撒赖逃避了？王爷，那个赵大哥都这样了，你还这样，你不觉得你应该很愧疚吗？人家可是为了你……"

李羽轩举起双手站起来，"好了好了，我服你我出去我去看看他们还要怎么折腾。"

大厅里四个男子正在热烈地讨论着要怎么给李羽轩和赵蕴办婚礼，因为展昭和徐清之不会在这里待多久，给他们办完婚礼他们就要走，徐清之回他的老家，展昭去四海为家。所以这两人才这么急的把这事情给提了出来。

李羽轩胆战心惊地看着他们谈得兴高采烈，作为当事人之一，她被他们鄙视了，就连她在他们面前连转了两个圈，还是没有人把话题转移到她身上，问问她的意见。

"我不嫁——"真是气死人了。

"不嫁？"赵蕴斜斜的瞥了她一眼，"你还有得选择吗？"

"反正我不能这么轻而易举的嫁了，我要……"咽了口口水，"我要大红花轿三媒六聘彩礼一大堆才嫁。"

"原来你是嫌我现在没钱啊！"赵蕴优雅地站起来，"萧大王，徐大哥，你妹子嫌弃我现在是一介平民，那这婚就别结了吧，我另外找一个温柔贤惠的好了。"

"你！你王府里温柔贤惠的那些莺莺燕燕呢？说我不温柔，说我不贤惠——"李羽轩扑上去一脚往他某地方踢过去，"自己屁股不干净还说我坏话，跟你比起来我就是一冰清玉洁纯洁无瑕的雪莲花，你身后的那些人呢？她们怎么没和你在一起？要和我结婚，先把你的那一堆糊涂账给我处理完了再说，不然没门。"

“啧啧。”赵蕴闪身拉起嘴角，“你们看看这醋坛子，还说屁股，又粗俗又野蛮，看来得好好教教你三从四德和女戒。”

“哦哈哈哈哈哈。”李新云很不给面子的笑得花枝乱颤，“赵蕴你眼力太差了，臭小子就这德行，她除了身体是女人，其他地方我是一点没看出来哪里像个女子。”

“好啊，你们成了联合战线来对付我。”李羽轩转向青竹子，“青竹子师傅，那日在冰窟里其实……”剩下的话被抢过来的李新云捂住了嘴巴成了嗡嗡嗡。

“好了，你们别闹了。”萧漠做了总结陈词，“既然赵蕴你不介意我这妹子的身份，那么在我们的大队人马到来之前就把你们的好事定了吧，恐防日久生变。早知道是这个结局，我们何必这么辛辛苦苦的大张旗鼓赶来。”

说做就做，有钱一切好办事，何况这几个人做事都是说做就做从不拖泥带水，而且赵蕴初贬，还要低调再低调，看好了吉日，婚礼就定在第五天。

没什么宾客要来，也就是这些人凑一起乐呵一顿。所以也没什么好准备的，李新云和青竹子这些天也一直住在这里，晚上一起坐在院子里看星星的时候李羽轩问他们为什么会在这里，李新云嘻嘻一笑，“我们就还是来这里准备看你和信王爷的好戏咯，哪知道你这笨蛋居然回契丹做了公主。现在好了，我是西夏公主，你是契丹公主，赵蕴是大宋落毛的凤凰，要是这三国打起仗来，咱们都咋办呢？”

李羽轩深吸了口气，眼睛不由自主地看向在大厅里和展昭谈笑风生的萧漠，“到时候再说吧，我是决定离开是非漩涡去隐居了，不过真到了那么一天……我想无论你们谁有危险我都会回来的。”

“我也陪青竹子住在灵鹫宫就好了，要不，你和赵蕴与我们一起回灵鹫宫？这样咱俩都不孤单无聊。”

李羽轩拍拍她的头发，“我无所谓了，看赵蕴的决定吧。”

“好啊！”清朗的声音从身后传来，“我没有意见，有地方收留我就好。”

“子卿。”李羽轩回头看向赵蕴，“这么从善如流？”

赵蕴在她身边挤地方坐下，揽住她的腰，“我现在成了流浪汉，只好随着你天涯海角流浪。”

李羽轩靠上他结实的胸膛，“一辈子不许反悔哦！”

“这辈子应该不会反悔。”赵蕴左手抓住她的右手。

“可是你说我是醋坛子加悍妇。”

“我爱上了一个醋坛子加悍妇。”

李新云站起来抖落一身鸡皮疙瘩，“得，你们小别胜新婚，回房间去恩爱吧，别在这里毒害我的眼睛。”

赵蕴也站起来，“羽轩，走吧，我们在这里不受欢迎。”不待李羽轩回答，强制的半搂抱着她往她的房间走去。顺便对走过路过的人们挥手致意。

卧室是个好地方，特别是关上门以后。

经历了这许多事情，李羽轩知道自己已经深深地爱上了赵蕴这个狐狸。她对他的爱不知道从什么时候开始，却已经深入骨髓深入灵魂。在失去他的那一刻她才知道，原来他在她的心里已经占据了这么重要的位置。

一直以来，这个处在权势与富贵巅峰的强势男人，这个本应该是世俗里最世俗的男人，用他的一颗最不世俗的真心默默守候着她在感情世界里左摇右摆，等待着她爱上他。

这注定是一个不眠的夜晚。朦胧的月光照在紧闭的窗帘上，偷偷地越过屏风见证着一切。

朝霞给小院子抹上了一抹嫣红，喜庆的日子很快到了。

赵蕴说过这一天要给她一个惊喜。

李羽轩和赵蕴都没有父母，长兄为父，大伙儿推荐萧漠坐了上座，李新云自告奋勇当媒人，没有花轿没有宾客只有大红的吉服和凤冠霞帔。

李羽轩举杯敬向徐清之，“大哥，小妹连累了你，我欠你的这辈子还不清了，下辈子一定还你。”

徐清之举杯站起来微微一笑，“说什么傻话呢？人生的路是我自己选择的，与你们都没有关系，以后随着你们一起浪迹江湖，笑意人生不是比在朝堂里你尔我诈好多了吗？我祝你们白头偕老永远幸福。”

“谢谢！”赵蕴也站起来握住李羽轩的手，“我一定不会辜负你们的成全。”

李羽轩含笑点点头，这个时候所有的语言都是苍白的，每个人的牺牲与成全每个人都记在心里。她能够遇上他们，何其有幸。

上帝还是眷顾她的，她对生活充满感恩。

就在这时，门外进来一个女子，进来对着青竹子抱拳道：“报告主人，第一山庄有密函交主人，说是请主人转交李羽轩。”说着从身上取出一个信封。

“第一山庄找李羽轩？”青竹子疑惑地接过信封，“他们为什么要找李羽轩？”末了，接着问道，“尸娃的事情处理得怎么样了？”

“尸娃已经被新月部的姐妹们合力赶走了，我们正在追踪中，一定会想办法消灭它。”

李羽轩张大嘴巴，“难怪尸娃出现一下就不见了，原来是你在帮我。可是你是怎么知道我们被尸娃袭击？”

“呵呵”青竹子不好意思一笑，“我一直派人跟着你们的，就是用朴硝砒霜对付尸娃，也是从你们那里学的。”

……

“你别这样看着我，跟着你的不只是我，还有，还有你们那边的武士。”

……

李羽轩翻翻白眼，知道青竹子说的没错，拿过他手里的信封，“看看有什么事？好歹我也叫过王乃恭一声师傅。”

撕开信封，拿出信纸，满满的用小楷写着两张……这都写的什么玩意儿？这都什么跟什么？李幼莹不是李德的女儿，是杨霄的女儿？

看着李羽轩盯着信纸的呆样，赵蕴走到她身后，“什么事？”

李羽轩把信纸交给他，“你看！”

赵蕴看着信纸也变了脸色，展昭和徐清之都围了过来。

赵蕴把信纸交到展昭手中，从后面抱住李羽轩的肩膀，“羽轩，你还是去吧，根据我们之前掌握的资料，王乃恭说的一切很有可能是真的。”

“真的？”

“真的！”

李羽轩用手扶上额头，“这么说我不是李德的女儿？”

“你母亲萧氏夫人只是当时李大人的填房，而且她在事变之前一直和杨霄是情侣，这是二十年前武林中人都知道的事情。”展昭也看完了信，很理智的开始分析事情的真假。

李羽轩闭上眼睛别开头，“那当时在第一山庄他为什么不救我？”

“你不是一直好好的没受伤害吗？”

是啊，王乃恭还送了她一个暗器，虽然她一直没用过，可是那个杨霄，对她的态度真的很冷啊。

赵蕴收起信纸，“去吧，如果信中说的是真的，不去你会后悔的。”

“我——”她要怎么说？她悲哀地看了一下自己从头到脚一片通红，“子卿，我们的婚礼还没完呢。”

“拜过天地父母这婚就算结完了，至于下面的……”他压低身子把嘴凑近她的耳朵，“至于剩下的洞房花烛夜，我们以后有的是时间夜夜笙歌。”

展昭还在仔细的研究那张信纸，“第一山庄这次好奇怪，到底发生了什么事情？叛乱，和海棠来汴梁告密的这事有关联吗？杨霄那么好的武艺，怎么会重伤不治呢？”

赵蕴拿起李羽轩的手，“我们先进去换衣服吧，此事耽搁不得，要是杨霄真的是你的父亲，我们两个终于可以有个亲人，不是孤儿了。我们得请上青竹子赶紧去救他。”

李羽轩听他说得低沉，没来由的鼻子一酸，点点头，“嗯！”

孤单了这么多年，流浪了这么多年，终于身边有了一个男人，上帝还要再送给她一个爹吗？

曾经她好羡慕别人有个家，可以一家人在夕阳下拎着衣服去小河边，爸爸钓鱼，妈妈洗衣服，小孩子在水里嬉戏，记得有一次，就是在这郭家庄，她看着这样的画面泪流满面。

李羽轩有些惆怅的叹口气，“自从中了探花郎，我就没在哪个地方睡热过被窝，都是刚刚在一个地方睡出感情，马上就要出发去另外的地方了。哪里才是我的家？什么时候我才不用这么急急忙忙的赶来赶去？”

赵蕴帮她取下凤冠，摇摇头一脸的不甘心，“按理说你应该是乖乖坐在这里等我来挑开红盖头的，你不仅跑出去一起喝酒，现在更是嫁给了我还在发牢骚没有家，我这男人当得太失败了。你应该说以后我在哪里，哪里就是你的家。”

李羽轩踮起脚尖在他唇上轻轻一碰，“从此哪里有你哪里就是我的家。”

赵蕴拍开她跟着按在他胸口的魔爪，“别挑逗我，正事儿要紧。”

“你说过给我的惊喜呢？”李羽轩又把爪子凑上去，“给我先。”

赵蕴又把她的爪子拍开，“以后会给你的，好好的给我换衣服去。”

李羽轩换好衣服，回到厅里，发现大伙儿都已经整理好了行礼就等他们出发了，除了萧漠还在喝酒。

“你们，都和我们一起去？”李羽轩惊奇地指着徐清之和展昭。展昭耸耸肩，“我们闲的无聊也没想到去哪里做什么就先跟着你们跑了，再说第一山庄在安西曾经好歹也为保卫宋夏边境做出过贡献。”

李羽轩微笑着扣上腕脖子上的暗器，“你是表面上闲的无聊，骨子里还在给包大人的干活。真正的侠客应该都是你这样吧，侠之大者，为国为民。”

“我才没有这么高尚呢，我只是去报上次之仇而已。”展昭取出剑，弹弹，“好像很久没用过了，不知道这次能不能用上？悟本大师说我有血光之灾，我还等着呢。”

“什么血光之灾？”李新云好奇的向展昭凑过去，被李羽轩瞪了回去，才想起这事儿不是好玩的，赶紧吐了口口水，“什么血光之灾，呸，坏的不灵好的灵，我刚才什么都没问。”

看大伙儿都已经弄妥当，赵蕴对着萧漠深深一揖，“萧大王，如果我们赶不及回来，汴梁的一切就拜托你了。”

萧漠点点头，“我在这里等你们回来。保重。”

因为王乃恭的信上说杨霄在第一山庄内部平叛的时候身受重伤，现在已经危在旦夕，希望能在临死之前在见李羽轩一面，并说之前一切种种都会给她一个解释，希望他能不计前嫌收到信后回到第一山庄与他见上最后一面。

又是从汴梁出发前往安西。同样的路同样的人。

不同的只是多了两辆马车，长途骑马太累，六人分坐在三辆马车里。

所有的人都已经不是当时的身份。也不复当时的意气风发和三人那一份暧昧难名的心迹。

那时候，能想到会有今天吗？

谁也不会想到。至少李羽轩打死她也想不到那个杨霄会是李幼莹的父亲。就像打死她也没想到她会嫁给身边的赵蕴一样。

她望向奔在她前边的四个男子，青竹子的憨厚赤诚，徐清之的谦和温润，展昭的爽朗大气，赵蕴的色厉内荏……，相处了才知道，赵蕴就是一披着狼皮的羊，强大的外表下其实有着很温柔细腻的个性。

四人完全不同的个性，都是她目光所及最优秀的男人。

她不知道赵蕴是怎么样才退婚的，经历了怎样的斗争与磨难，也不知道徐清之递上辞官回家奏折的时候是什么心情，甚至不知道展昭离开了他熟悉的开封府，送走他最敬佩的包大人的时候可曾后悔。

他们留给她的，都是云淡风轻的微笑，理所当然的执着。

没有了岁银的拖累，虽然是赶路，遇到好山好水，大伙儿还是会停下来休息一下，观赏一阵，有灵鹫宫的人马在外围清除障碍，这一路他们算是轻轻闲闲轻轻松松。

进了安西城，早有人在城门候着，对着李羽轩左口一个小姐，右口一个少主人，那待遇与当日被掳何止天壤之别。

是啊，王乃恭当时红口白牙的对外宣布她是第一山庄的少主人，假如她真是杨霄的女儿而王乃恭又早就猜到的话，她这个少主人也不完全是王乃恭用来引蛇出洞的幌子，或者他们本来就是这意思？这次重来，这意思摆到台面上来说了。

进入第一山庄，仆人直接把他们带到了杨霄住的院子里，一点客套和表面文章都没有。房间里王乃恭正坐在里面，听到仆人的通报马上迎了出来。见来人里面有赵蕴和展昭，脸色不免有些尴尬。展昭的脸色也有些难看。

李羽轩抱拳，“王庄主，我们现在如约而来，杨大侠在哪里？”

王乃恭盯了李羽轩一眼，把他们请进了杨霄的房间。

李羽轩走到杨霄床前，看着床上奄奄一息眯着眼睛看着她连一句完整的话都说不出来的杨霄，听着身边又老了不少的王乃恭不停地叽叽歪歪一样，旁边那几个怕她想不通出意外的人的神情比她紧张多了。

让王乃恭一次性不打断的说完了，李羽轩耸耸肩望向他，“王庄主，杨霄是我的生父那又怎么样呢？我是不会接受你的安排当少主人的。你们把这第一山庄搞成这乱七八糟的要我来收拾烂摊子，我才不干呢，”指指身后的人，“他们都知道。再说了，有青竹子大师在，杨……大侠也没那么容易死。”

青竹子：“先让我给杨大侠看看，或者有救也说不定。”

李羽轩把青竹子推到床前，“有你在，我一点都不担心。拜托你了。”

青竹子的脸唰啦一下红到了耳根，“我医术不好的，先看看再说。”说完掀开被子检查杨霄的身体。

王乃恭知道青竹子的身份，整个人马上容光焕发起来，弓起身把位置让给青竹子。

赵蕴一直紧握着李羽轩的手此刻才松开，李羽轩转头给他一个微笑。

青竹子看完，两手把身体揉了一遍，揉揉脑袋，“还没死啊，应该还能救吧？”

王乃恭低声对李羽轩说道：“跟我来，我有话跟你说。”说罢走出房间。大伙儿也随他除了房间，留青竹子和李新云在里面施展他们的还魂大法。

几人来到院子里的小花厅，婢女斟上茶，王乃恭把弄着手里的茶杯，半晌才问道：“你们都知道了？”

“知道了，但不清楚。”赵蕴代答，“这件事情太严重了，我们需要证据。”

王乃恭望向他，“你不相信我？”

赵蕴摇摇头，“我只相信自己的判断，与你是谁无关。”

“你要什么证据？”

“能证明这件事的人证。”

“你明知道萧夫人和李德都死了，只有杨霄一个人的证据。”王乃恭提高了声调，“难道我会用这种事情来骗你们吗？”

“难说。”这个冷冷的声调是展昭，“我们一向势不两立，你为什么对李羽轩这么热心？如果你要利用她对付我们你放马过来就好。”

“展大哥，我们先不急着论是非，看杨霄醒来这么说吧。”徐清之。

王乃恭望向李羽轩，“难道你连自己的亲身父亲也不认吗？”

李羽轩摊开手，“我一切听他们的。”想起第一次见到杨霄时的感觉，放柔了语气，“我们不会放弃这件事情不管，既然来了就会查清的，你放心好了。”

大概始终对平白吸走了王乃恭六十年功力心有愧疚，对着他李羽轩不忍心说出让他伤心的话，其实大家都知道杨霄是她生父这件事情不是王乃恭的空穴来风，之所以不承认是不想让这件事情伤害到李羽轩，或者说是等待李羽轩自己来做这个决定。

直觉告诉她，王乃恭没有说谎。只是，凭空冒出了一个爹怎么着都有些别扭。她突然脑袋灵光一闪，想起李德死前压着的那个王字，难道那个王字，真的就是王乃恭的王字？李德留这个字给她不是要她给他报仇而是要她去找她的亲身父亲，找回她的身世？

李羽轩哀鸣一声抱住脑袋，从常州到这里，这个圈圈兜好大——

赵蕴抱住她，“别这样！”

李羽轩把头伸出来，突然扑哧一笑，“我才不是伤心呢，我是高兴，我为了一个莫名其妙的理由考上探花郎，结果发现就连那个莫名其妙的理由也是一个误会，而我自己，却莫名其妙地解开了身世，附带还找了只狐狸嫁了，还认识了你们这许多肝胆相照的朋友，谁说人生不可以犯错？一犯错成就千古风流人物。哈哈哈哈。”

展昭很不客气地白了她一眼，“是啊，多好的错误，让大家和你一起成为千古风流人物。”

李新云从门外卷进来，“杨霄醒来了，青竹子叫你们过去。”拉起李羽轩的手，“走啦！”

“我……”她求救地看向赵蕴，知道真相再面对醒来的杨霄她真的很心虚，没有理由的心虚。难道这就是所谓的近情情怯吗？

李新云没等李羽轩把眼神递给赵蕴就又如来时一样如一阵风一般把她卷走了，直接卷到了杨霄的床前。

李羽轩望着一旁脸色通红的青竹子，青竹子知道她的意思，“我没有问题的，不过是镇住了他的几个穴位心脉，要救杨大侠还需要回灵鹫宫慢慢研究。我暂时只能想到这个办法。”

她把目光转向床上，杨霄正一眨不眨地盯着她，泪珠从他的眼角渗出，循着脸颊一直留下，“盈盈……”

盈盈，萧夫人的名字。

李羽轩没来由的鼻子一酸，“我是她女儿。”

杨霄伸出手，挣扎着要坐起来，“盈盈！”

大概他病重之时心心念念的都是萧夫人，醒来眼里看到李羽轩直接把她当萧盈盈了。

青竹子低声道：“我们还是先退出去吧，让他一个人躺一会儿，你们放心，我会想办法救活他的。”

李羽轩抹了一下眼睛，“谢谢你！”

其他人都站在房门外面，见他们出来，赵蕴迫不及待地问道：“怎么啦？”

“青竹子说没有生命危险。”李羽轩扯嘴露出一个比哭还难看的笑容，“很好。我们带着杨大侠一起去灵鹫宫。”

信王番外

李羽轩又被对方俘虏了，这让我痛不欲生，我曾经说过，有我在，不会让任何人伤害她，话音犹在耳边，她却被敌方一俘再俘。

如果不是展昭拦着我，如果不是我的安危会累及我身边这些无辜的将士，我一定会和徐清之一样，不顾一切地纵马追去。

我如困兽一般的行走在路上，我必须要完成我的任务，把岁银平安的送到西夏，这是我的责任。是对这个国家和人民的责任。

展昭行走在我的身边，他看我的眼神里有着怜悯，他知道我的心思。就在昨天晚上，他问过我，或者说他告诉我，李羽轩是个女子。

我没有说话，有些东西，心照不宣就好，他是个聪明人。

我和展昭带着队伍在前面行走，而岁银，却在我们后面，由展昭带来的五百御林军扮成商队押运着，不远不近地跟着我们。这一路上，我们三人都是幌子，展昭才是主角。岁银一直在他的保护之下。我们一路带着的，不过是些破铜烂铁。

李羽轩要是知道这一路而来她本来就是扮演的一当箭靶的角色，不知道她会有何感想？她是会哈哈一笑，还是会照着我们的胸膛捣上几拳，骂几句王八蛋？

她会骂我，但是绝不会骂徐清之和展昭，我知道。徐清之是君子，展昭是英雄。

我在她心目中就是一定了型的小人。

如果别人敢当着我的面骂我狐狸，我一定会觉得这是个贬义词，但是这话从她笑意吟吟的嘴角说出来，我却从心眼里喜上眉梢，她只有对我不再防备，才会这样肆无忌惮。我把它听作是她对我独一无二的昵称。

就像她有时候叫徐清之呆子。徐清之一样眉开眼笑。

男人犯贱的时候都如出一辙，我承认我是犯贱了，老徐同僚也在不知不觉中一步一步滑向犯贱的深渊。不过我知道，他不知道。

平心而论，李羽轩的男装扮得挺成功的，如果不是这许多天的朝夕相处，如果不是我长期混迹在女人群里，对女人已经熟悉得不能再熟悉，我也不会这么轻易地看出她的女儿身。

想想她欲盖弥彰地娶了个老婆在家里，我睡梦里都会笑醒。这招太毒了。

只可惜她的对手是我。

她给我取的名字其实很贴切，我就是一只狐狸。我能在太子的猜忌里一直被皇上宠爱至今，你们可以想象到我的圆滑和世故。

我高高的立在朝堂上，被人们敬仰和忌讳着。

懂我人知道我为人磊落，是个值得托付的人，比如展昭，比如欧阳修，比如皇上……不懂我的人只看到我的声色犬马，以为我放浪形骸，堕落不堪。

我不在意别人怎么看我，因为我生在皇家，别无选择。

但是我很在意她怎么看我，她的一句狐狸道出了我所有的真实。她说我是真小人，那一刻，我很怀疑她是否透过我的外表看到了我内心的无奈与挣扎。如果是这样，她的那双明亮的丹凤眼，不会比我这双牛眼来的纯洁。

她到底经历过什么的遭遇，才会有这般看透表面，看透人心的本领呢？但是我能够确定一点，那就是她是用心在看我。

或者正是源于一开始我对她的质疑，她才会这么对我上心的吧？

那日的琼林宴上，她的一个细微的动作正好落入我的眼里，当时我正在和一个宫女调情，眼光无意中扫过，看到她正偏着头，用左手支着额头揉着眉心，仿佛不胜酒力，再看她，微微向上挑开的一字眉，微斜的丹凤眼，挺直的鼻梁，紧抿的嘴唇，眉眼之间带着一种不属于中原的异域风情，大红的官袍着在她单瘦的身体上，乍一看是个俊美的文弱书生，可是在我的眼里，她那个不经意的动作告诉我，此人如若不是一个娘娘腔，就是一个真娘娘。因为这样的双眉微攒，我见犹怜，只有女人才会有。或者，就是我府里的伶人一般，是个假男人。

还有她的外貌，一个来自汴梁城外的男子，怎么会有如此的面貌呢？听着人们在赞美她如谪仙般的外貌，我丢开宫女的手，向她走去。

我凑上去和她说话，听到她的声音很低沉，不像女子的娇媚，我和她喝酒，她也很豪爽，可是我总觉得哪里不对，她身上，有一种让我欲罢不能的神秘。

说实话，在这个男人为尊的世界里，她如果是一个女人，要走到今天这个让无数男人垂涎的位置，有点匪夷所思。

她的这种雌雄难辨也让我更加的欲一探究竟。我的身后，不是我自己，是整个的家国天下。

这件事情，我是有私心在里面的，我承认。她那个双眉微攒的表情一开始就吸引了我。我有很多女人，但是没有人能如此这般让我怦然心动。

很快，我就查到了她的身世，她是五年前由常州搬来此地的，身边仅带着一个书僮，很快，常州那边也传来消息，带去的画像很像五年前被满门屠杀的常州知府李德的女儿。

李德有一儿一女，儿子李羽轩，女儿李幼莹，当初都怀疑死在那场惨祸里。

这场惨案我是知道的，当时轰动整个汴梁，李知府一家包括仆人五十六人无一生还。最后整个府衙都被烧为灰烬。皇上要开封府彻查此案，可此案到底被拖了下来，查出来的结果让朝堂不敢再查下去，只好不了了之。

我决定去找她，想证实我的证据。

而在此之前，她大张旗鼓地娶了老婆。

可是她不知道，这世界上还有我，还有展昭，展昭也是知道当时那场惨案真相的人之一，他当时就是负责此案的人。我想他对李羽轩，李幼莹这两个名字都不会陌生。

对他们的相貌也不会陌生。

但他虽然人在官场，却是一个不折不扣的江湖男儿，就算他什么都知道，他也不会说。直到昨日，他才告诉我这个事实。

可笑我原来还在想着要怎么样不让他看出李羽轩的真实身份。

李羽轩知道我怀疑她的身份，很坦率地告诉了我她的身世，除了女扮男装这点。她的机敏让我知道自己棋逢敌手。

我没有拆穿她，我想继续看她如何在这朝堂里达成她报仇的心愿，或者说我突然很想玩猫和老鼠的游戏。又或者，我这一切都是故意的，我只是想看到她在我身边，看到她躲着我，戒备着我，又不得不面对我。

我一个人寂寞太久了，想找到一丝温暖心灵的东西。她的身世让我莫名的对她惺惺相惜，而她的女儿身，让我对她的牵挂不由自主。

这次来送岁银，本来随便找两位武官就是了，但是她和徐清之得罪了卫国公主，他们要趁机整整他们两个的锐气，我只有一路跟来。

一路上，她对我从戒备到坦然相对，再到把我看成和徐清之一样的兄弟，我终于慢慢地在她心里有了一席之地。我像一个情窦初开的少年一般在意着她的一举一动。

但是她看我的目光，始终没有看徐清之的那样柔和，她关注徐清之的时间比关注我多，甚至当她一脸崇拜地看着展昭，我都能从她的眼里看出情意。

这情意，唯独对我没有。她用看一个好朋友的眼光看着我，而不是用看一个男人的眼光看着我。

我想我是她，也不会对我这样一个世人皆知的花花公子动心。这是我的悲哀。

我更大的悲哀，是我知道她的身世，知道我们的身份相隔天涯，总有一天，她会知道她身份的真相。展昭肯定也是这么认为，才会刻意来告诉我。

其实我真的不在乎放弃我的身份，和她去浪迹天涯。

如果能有这么一天，我真的愿意。

我想我一定是前世欠了她的恩情，才会如此毫无理由的爱上这个女人。

同样爱上了这个女人的，还有徐清之，他对李羽轩的逃避和慌乱，他莫名其妙的发呆与微笑，有几次让我差一点告诉他真相。如果她不能嫁给我，徐清之和展昭都是她不错的选择。

如果我不能给她幸福，我希望她能找到一个给她幸福的人。

我不能想象，当有一天她查出了惨案的真相，她会怎么样去面对那个现实。那时候，站在她身边的，会是谁的肩膀。

再过两天，我们就会到达贺兰山了，经历了上次的事情，这一路很平静，进入西夏境内后，西夏国派了一品堂的武士来迎接我们，徐清之让人捎回了信件，说李羽轩已经和李新云逃出去了，大概回去了西夏的都城，而他，也先行一步去贺兰山。

我对他的这个猜测不敢苟同，因为我知道俘虏走他们的，是契丹人，领头那人，是契丹萧太后的娘家侄子，如果他看出李羽轩的蛛丝马迹，她必定性命难保。

可是她们在西夏境内逃跑，也很有可能，李新云毕竟是西夏公主，而且武艺不错，展昭说看她的武功招数，像是天山逍遥派的手法。

有了西夏武士的保护，岁银应该不会再有什么闪失，我不想再这样胡思乱想，患得患失，我告诉展昭一声，决定先行一步，快马加鞭今夜赶到西夏的都城。

我要确认她在不在那里。

徐清之番外

和李羽轩的相知很奇怪，殿试后的一日，我为了躲避抓郎团的围追堵截，躲进了一处茅房，没想到在这里遇上了同榜的探花郎李羽轩。没考试之前，作为同科的学子，我们曾有过几次淡淡的交往，他是个有钱人，花钱很大方，我曾经觉得他就是个纨绔子弟，说话毫无禁忌，和所有的人都能够谈笑风生。他的爽朗和大方让很多人围在他身边，他每次出现，我都在他身上看不出寒窗苦读的寂寞。

我和他是两个世界的人，我的父母是普通的庄户人家，他们含辛茹苦的供我读书，从一开始，我的身上就寄托了他们太多的希望。他们希望我能出人头地，改变他们日出而作的贫苦生活，而我，也很听话，很认真的读书，从小，我的勤奋和我的天资就在让我在当地有了小神童的称谓。

随着书读的愈来愈多，我知道自己有读书的天赋，而我，也希望自己能在这清明的盛世里一展抱负，能够为国为民贡献出我的微薄之力，我想，我的这个愿望，应该是每一个读书人心中的梦想。在我十五岁的时候，我的诗词就开始风靡大江南北，和我名字相呼应的，还有一个名字：苏轼。

我们像两朵诗坛的奇葩，被人们称为南有徐端正，北有苏子瞻。

李羽轩的名字，一直默默无闻，直到殿试的那一次，他的一篇一挥而就的治国策略让所有的人对他刮目相看。

我也就是在这时重新开始审视他。

真正让我佩服他的，就是他宁愿忤逆皇上的意思，也不愿娶福安公主做老婆，冒着杀头的危险放弃了飞上枝头变凤凰的大好机会。

他很随和，和谁都有说有笑，我却发现，他其实和谁都保持着一定的距离。他的笑容里面，总像藏着一些说不清道不明的沧桑。

直到那天我知道他是孤儿，我才知道这份沧桑是什么。我也愈加的佩服他。

他要和我，和苏轼结拜兄弟，虽然我知道他们两个都是侯门世家的子弟，而我的父母只是一介平民，我也很愉快地答应了他，不知道为什么，和他在一起，我总感觉到淡淡的温暖，还有开心。

他是一个很细心的人，知道我的家庭，但是从来不说什么，只是在聚会的时候很小心的顾及着我的感受，从不聊及这方面的话题，而且总是抢着付钱，还说，钱这玩意儿用在朋友的身上，算是寿终正寝，用得其所。

他说话就这样不着调儿，用他自己的话说，这叫真名士，真风流。从最初的奇怪，到现在的喜欢，我知道我被他带坏了。

最奇怪的就是，走进他身边，总能闻到一丝若有若无的香气，才开始的时候我以为是他衣服的熏香，但是现在我知道不是，押运岁银一起走了这么多天，他是没时间也没条件熏衣服的，而他身上的香气依然存在，而且我发现他愈是出汗，他身上的香味儿愈浓。

他的这个特点让我很多次以为他是女人。

他的皮肤很白，手也很白，我曾经某一个夜里摸到过他的手，当时那种感觉我现在还记得，我就如被雷击中了一样待在了当地，那是一双温暖柔软而细腻的手，比女人的手还要销魂，虽然女人的手到目前为止我还只摸过我母亲的手，但是男人的直觉告诉我，这双手的主人，绝对不是个男人。

我发现他当时也脸红了，急急忙忙地抽回了手。我被自己的想法吓了一跳，堂堂的探花郎怎么可能是女人呢？

大概是和信王爷待在一起的时间久了，我受他思想的荼毒，开始对男人有感觉了。所以我很纠结，相当的纠结。纠结得胡思乱想，纠结得魂不守舍。

人们都传说他和信王有暧昧，这些天的相处，我发现他和信王其实都是坦坦荡荡的性情中人，或者他们的城府都很深，不过在我的面前，他们都很可爱。

信王对他确实有那么一点意思，这我从信王看他的眼睛里可以看出来，而他对信王，和对我没有什么区别，他是个聪明的人，很懂得保护自己。我却一直为他担心，怕他一不小心和我一样，变得对男人感兴趣。

每次看到他和信王在一起说笑，我的心里都有些堵堵的不舒服，我承认我不想看到他和信王在一起，看到他们在一起，我总会联想起一些龌龊的东西。

我知道他们是朋友，我很鄙视自己的小心眼。

可是他真的和别的男人不同，和我看到的女人也不同。我每次在角落里凝视他，把他幻想成着裙装的女子，我想，如果他真是一个女子，该有多好。

我知道自己很贪心，和他做兄弟，已经是我几辈子修来的福分。难怪别人说兄弟如手足，女人如衣服，我以前是很不待见这句话的，觉得找一个心爱的女人，相守一辈子，是一件多么幸福快乐的事情，应该如珍宝一样的爱惜和呵护，可是现在，我对这句话开始动摇了，我想以后任何的女人都没有他在我的心目中重要，为了他的快乐，我愿意舍弃一切。

每天早上起来，看到他亮丽的笑容，看到他微微斜飞的丹凤眼，我这一天便充满了快乐。

上次他被劫匪掳去，我的焦急自然不必说，有那么一瞬间，我甚至想如果他死了，我也不要活了。我看得出信王和展大侠也同样的着急，我们在一起密谋了许久，展大侠的智慧和江湖经验，信王的深藏不露都让我对他们的膜拜又更上了一层楼。

有些人，做朋友，肝胆相照；做敌人，你死我活。

我很庆幸和他们是朋友，也很庆幸李羽轩能有这样的朋友。

他被我们救了出来，一身的青紫，一脸的泥土，他被敌人押着，微笑着看着我们。那一刻，我很感动。为了大家生死与共的友情，也为了他的这个笑容。事后我问他怕不怕，他给了我一个同样的微笑，“我知道你们一定会救我。”

别看他在敌人手里这么镇静，他在平时的生活中对自己一点都不上心，偶尔还有一些小孩子的无赖，他耍无赖的时候口才一流，我们谁也说不过他，他的倔强和执着总让我想起家乡的一句民谣：敲不烂，锤不扁，炒不爆，响当当一粒铜豌豆。

那天晚上我去给他送药，他已经睡下了，现在回想起来，他当时对我的造访有些慌乱，他的表情有些不同寻常的羞涩，黑色的头发垂散在他雪白的颈脖间，衬得他有一种魔鬼般魅惑人心的美貌，他虽然很快的穿起了外衣，但是我的眼睛鬼使神差地看到了他雪白的中衣上，中衣有些睡过后的凌乱，里面仿佛有着微微的曲线。

那一刻，我的肚腹间不由自主的腾起了一波又一波的热浪，就这么一瞬间，我被压抑多年的男性雄风被他挑拨了起来。

我迷乱地抓住了他的双手，至今都回想不起来我到底说过些什么，只知道我第二天醒来时睡在了信王房间的床上，在那晚上，我做了一晚上的春梦，醒来后裤子里湿漉漉的，让我羞愧得想撞墙自杀。

我一直是一个非常自律的人，我受的教育告诉我，我是不可以喜欢男人的，所以那天晚上以后，我开始有意地避开他，不过他好像并不在意，看我的眼光依然柔和而明亮，没有掺杂任何杂质。在这样的眼光下，我更加的羞愧了。我对自己对他有这样的想法懊恼不已。我每隔几分钟告诫自己一次，他是我的兄弟，容不得我丝毫的亵渎。

所以，当我受伤，他的小手捂住我的伤口，我的心里虽然悸动，但我能很平静地看他的手，接受他的这份关怀了。

他是关心我的，当劫匪的剑向我刺过来，当我以为自己必死无疑的时候，我的眼光停留在他的面容上，我看到了他眼睛里的绝望与伤心。

有兄弟如此，人生足矣。

但是我没死，他却再一次被俘虏走了。我马上冲出帐篷，跃上一匹马就朝劫匪退去的方向追去，我听到后面信王和展昭的声音，他们在叫我不可莽撞，我知道我这么去会很危险，我一介生于南方的文人，手无缚鸡之力，怎么去劫匪手里救他呢？

但是我管不了那么多了，我只知道多一个人就多一分力量，我只知道他不可以死。

我打马狂奔，但是我赶不上劫匪的速度，天亮的时候，我的前面彻底失去了劫匪的踪迹，我只能沿着他们的马蹄印和沿途马匹留下的马粪，继续往前面追。

下午的时候，我看到他们休息的营地，但是没找到关于李羽轩的任何东西。可见他也是一个没有江湖经验的人，这样的时刻，他是应该沿途留下些信物的，方便我们去救他。

我依旧沿着印记一路追去。晚上就在草原上让马休息了一会儿，我是睡不着的，第二天上午的时候，我到达了西夏境内的一家沙漠小镇。也失去了他们的踪迹。

小镇三面是沙漠，只有一面是草原，我猜想他们是从沙漠走了，只有沙漠的风沙才留不住马蹄的脚印。

就在我在三面的沙漠研究他们去向的时候，我中午吃饭的客栈小二告诉了我一个消息，昨晚一大群人曾经歇息在他的客栈里，其中有两个人是被绑着的，一个是年轻的男子，穿着和我一样的蓝色长衫，一个是一个女子，他对他们映象很深，因为那个女子长得很漂亮，不过今天早上那群人出去的时候，那个男子和那个女子都不见了。

我知道这两个一定是李羽轩和李新云无疑。

我要小二带着我去看了他们昨晚呆的柴房，在柴房里，我找到了一方绣着子瞻名字的手绢，我仿佛记得李羽轩曾经丢过苏轼的一方手绢，大概这手绢是被他贪污了。

听了小二的话，看到这方手绢，我的心里一下踏实了起来，我想依李新云的武功，他们一定是逃走了，而且这里是西夏国境内，李新云很有可能直接去了西夏的都城。

于是我问明了贺兰山的方向，决定先去那里等信王和展昭。我托回甘肃的商人带了一封信去给信王，告诉了他这一切，就往贺兰山赶去。